パリのアパルトマン

ギヨーム・ミュッソ
吉田恒雄 訳

集英社文庫

目次

主な登場人物

マデリン・グリーン……………イギリス人の元刑事
ガスパール・クタンス…………アメリカ人の人気劇作家
ショーン・ローレンツ…………天才画家
ペネロープ・ローレンツ………ショーンの元妻
ジュリアン・ローレンツ………ショーンの息子
ベルナール・ベネディック……美術商、画廊オーナー
ポリーヌ・ドラトゥール………ローレンツ一家の隣人
ディアーヌ・ラファエル………精神科医、ショーンの主治医
ベアトリス・ムニョース………ショーンの旧友、通称レディーバード

アドリアノ・ソトマヨール……………ショーンの旧友、通称ナイトシフト
イサベラ・ロドリゲス……………アドリアノの従妹
アンドレ・ラングロワ……………イサベラの夫
ジャン=ミシェル・ファヨル……………画材店店主
フィリップ・カレヤ……………ペネロープの恋人
カレン・リーベルマン……………ガスパールのエージェント
ドミニック・ウー……………ＦＢＩ捜査官
ルイサ……………生殖医療クリニックの看護師
アントネラ・ボニンセーニャ……………元小学校教師

パリのアパルトマン

イングリッドへ
ナータンへ

真冬になり、ようやくぼくは自分の内に難攻不落の夏があったことを知る。

アルベール・カミュ

男の子

ロンドン、土曜の昼前

まだ知らないだろうけれど、あなたはこれから三分以内に今までの人生で最も辛いことのひとつに出会うことになる。想像していなかった試練、肌に焼きごてを当てられるような苦しみに。

今のところ、あなたはローマ時代の庭園を模したショッピングアーケードのなかをのんきにぶらついている。十日間も雨が続いたあと、空が深みのある青色をとりもどし、外は晴れわたっていた。日差しの当たるアーケードのガラス張り天井が輝き、あなたの心を弾ませる。春だからという口実で、あなたは二週間前から目をつけていた赤地に白い水玉模様のワンピースも買ってしまった。気分も軽く、はしゃぎたいほど。楽しい一日になるはずで、親友のジュルと昼食をとってネイルサロンに行き、おそらくチェルシーのフラワーサロンにも出かけ、夜はブリクストンであるPJハーヴェイのライブに行く予定だ。

緩やかに蛇行する人生を穏やかに航行中といったところ。

ふいにあなたの視界にそれが飛びこんでこなければ。

★

それというのは、デニムのオーバーオールと濃紺のダッフルコートを着た金髪の男の子の姿だった。二歳くらい、もう少し上かもしれない。カラーフレームのメガネを透し、笑みをたたえた明るい色の目が光っていた。小さな頭を覆う短い巻き毛は夏の陽に輝く麦わら色、その下に繊細な顔立ちが見えていた。だいぶ離れていたけれど、あなたはその子を見つめ、近づいていくほどに魅了されてしまった。悪も恐怖もまだ汚していない未開の領分、輝かんばかりの顔。そこには可能性だけが見えていた。生きる喜び、無垢な幸せ。

そして今、その子もあなたを見ていた。以心伝心、無邪気な微笑みが男の子の顔に広がる。見せびらかすように、子供はぽってりした手でおもちゃの飛行機を頭上にかざした。

「ブーン……」

あなたは微笑み返したけれど、その瞬間、一種異様な感覚にとらわれる。その意味不明な感覚は、ゆっくり効いてくる毒のようにあなたを得体の知れぬ悲しみで満たした。

男の子は両腕を広げ、アーケードの丸天井に向かって水を噴きあげる石造りの噴水池の周りを走りだした。束の間、あなたは男の子が自分のほうに向かってきて、抱きついてくるのではないかと思ったけれど……。

「パパ、パパ！　見て、ぼく飛行機だよ！」

目を上げたあなたは、駆けよる男の子を両腕で抱きとめる男性ともろに視線が合った。氷の剣があなたの胸を刺し、あなたの心は凍りつく。

その男をあなたは知っている。五年前、あなた方は恋人同士で、関係は一年と少し続いた。彼のために、あなたはパリを離れてマンハッタンへ行き、仕事まで変えたのだった。それから半年間、二人とも子供を欲しがったけれど結局うまくいかなかった。そして彼は、まえの奥さんのところ——二人のあいだには子供がいた——にもどってしまった。彼を引き止めるため、あなたはできることは何でもやったけれど、だめだった。辛い時期を過ごしたあと、なんとか過去をリセットできそうだと思いはじめた矢先で当の彼に再会してしまい、あなたの心はずたずたに引き裂かれる。

今あなたは、なぜ自分がどぎまぎさせられたのかを知る。この子は、ほんとうはあなたと彼の子でなければいけなかった。

男はすぐにあなたに気づき、でも目をそらさなかった。そのすまなそうなようすから、彼があなた以上に驚いていることや、いくらか恥じるようなバツの悪さが読み取れた。話しかけてくるかも、と思った瞬間、彼は子鹿をかばおうとする手負いの親鹿のように、クルッときびすを返してしまう。

「さあ、ジョゼフ、行こう！」

父親と男の子が立ち去るのを見ながら、あなたは自分の耳を疑った。〝ジョゼフ〟は、あなた方二人が生まれてくるかもしれない子につけようと話していた名前のひとつだった。視界がかすむ。自分が自分でなくなったようだった。重い疲労感がどっと押しよせ、あなたは何分間か喉を締めつけられたように感じながら、その場に立ちすくんでいた。

★

どうにか力を振り絞ってアーケードから出たものの、耳鳴りがして、操り人形のようなギクシャクとした動きしかできず、手足が何トンもの重さに感じられた。セント・ジェームズ・パークの辺りでようやく手が挙がるようになったのでタクシーを停め、乗っているあいだ自分に何が起きつつあるか自問し、震えながら不吉な考えを押しやろうとした。

アパートに入ってドアを閉めるとすぐに、バスタブにお湯を入れはじめる。寝室に行っても明かりは点けない。服を着たままベッドに倒れこむ。ぐったりする。頭のなかをおもちゃの飛行機を持った子供のイメージが駆けめぐり、かつての恋人をまえにして感じた絶望が底知れない虚しさに変わっていった。欠落感が胸を締めつける。もちろんあなたは泣いてしまうけど、涙のカタルシス効果によってこの激しい悲しみが消えてくれるのだと自分に言い聞かせる。ところが苦しみは深まるばかり、波のように底から膨れあがってあなたをさらうと同時にあらゆる堤防を壊し、数年間も鬱積していた不満や恨み、叶わなかった夢までもを解き放つ。もう塞がったと思っていた傷口がまた開く。

パニックの発作が冷たいヒュドラ（ギリシア神話に登場する怪物。多頭の蛇）のように手足に這っていく。あなたはベッドから跳びおきる。胸が張り裂けそう。同じことは数年前にもう体験済みで、とても嫌な終わり方をした。そう自分で意識しながらも、峻厳《しゅんげん》な運命の輪の回転を止めることはできない。抑えがたい震えに襲われながら、あなたはバスルームに向かう。救急箱。各種薬品。湯が溢れだしたバスタブに、あなたは半分だけ服を脱いで横たわる。熱すぎるのか冷たすぎるのか自分でも分からないが、どうでもよかった。胸が恐ろしい力で締めつけられる一方で、身体のなかはがらんどうになったように感じる。見わたすかぎりどこも真っ暗闇、悲しみの帳《とばり》が降りていた。

自分でもそんな状態になっていたとの意識はなかった。ただここ数年、自分を見失っていたのは事実で、人生が脆いものということもずっと以前から知っていた。でも今日みたいに取り乱したり、自分がこれほど短時間で変わってしまったりするとは思ってもみなかった。自分の内にそんな激しい濁流が渦巻いていたとは。そんな闇が、毒が、苦痛があったとは。絶えずあった孤独感がふいに目を覚まし、あなたを慄《おのの》かせる。

★

薬のケースが航行不能に陥った船のようにいくつも浮かんでいる。あなたは手当たり次第に薬をとりだしては飲みこむ。でもまだ足りない。あなたはとことんまでやり遂げるつもりだ。だからバスタブの縁に置いた剃刀《かみそり》から外した刃を、スーッと腕の内側に走らせた。

いつも懸命に闘ってきたあなただけれど、今日はそんな気力もない。なぜなら敵は隙を見せないし、あなたのことをあなた以上に知っているから。静脈に刃を近づけたとき、窓から差しこむ朝の光を見て喜びすぎた今朝方の自分を皮肉まじりに思いだした。

そしてサイコロは投げられ、もはや後戻りできない道へ踏みだしてしまったという奇妙で平安な瞬間が訪れる。催眠術にかかったように、あなたは血がバスタブのなかに描くアラベスク模様のえもいわれぬ美しさに見とれる。自分が逝《い》ってしまうと感じながら、これで苦しみが終わってくれる、今の瞬間、それは何よりも価値があると自分に言い聞かせる。

熱い湯気のなかで、悪魔があなたを運んでいくあいだ、あの男の子のイメージがまた頭に浮かぶ。広がる海、男の子は浜辺にいた。ギリシア、それとも南イタリアかな。あなたはあの子のすぐそばにいる。肌についた砂の香りと、麦わら色の髪がにおうほどすぐ近くにいて、その香りが夏の夜のそよ風のように心を和ませてくれる。

男の子が顔を上げてあなたを見る。その美しい顔、ちょっと上を向いた鼻、笑った顔をたまらなくかわいく見せるすきっ歯、そんな表情で見られるたびに、あなたは感動してしまう。今、男の子は両腕を広げ、あなたの周りを走りだす。

「ママ、見て、ぼく飛行機だよ！」

冬のさなか

十二月二十日、火曜日

1　パリ症候群

パリに行くならいつだって賛成。

オードリー・ヘプバーン

1

シャルル＝ド＝ゴール空港、到着ロビー。

ある意味で、この世の地獄。

入国審査が行われるホールでは、アナコンダのように曲がりくねった旅行客数百人の行列が延びつづけていた。ガスパール・クタンスは目を上げ、二十メートルほど先に並ぶガラス張りのブースを見つめた。ブースは無数にあるのに入国審査官はたったの二人で、溢れんばかりの旅行客に対応している。ガスパールは苛立ってため息をつく。この空港に足を踏み入れるたび、フランスにとってこれほどマイナスなイメージの看板になっていることを、なぜ責任あるお役人は無視できるのだろうと思うのだった。

唾を飲みこむ。おまけに暖房の利きすぎでひどい暑さだった。よどんだ空気、何とも言えない汗のにおいが漂っている。ガスパールはバイカーの格好をした若者と東洋人グループのあいだにいた。張りつめた雰囲気なのは、十時間あるいはそれ以上のフライトのあとで、時差もあり、そのうえ苦難の道がまだ続くと見て、だれもが怒りも露わな表情をしているからだった。

それは着陸直後から始まった。シアトルからのフライトは定刻――午前九時より少しまえ――に着いたのだが、搭乗橋《ボーディング・ブリッジ》が用意されるまで二十分以上も待たされた。そのあと、果てしなく続く古びた通路を歩かされた。まるで宝探しゲームのように、複雑怪奇で分かりにくい標識、故障したエスカレーターを上り、骨が外れるかと思うほどぎゅうぎゅう詰めのバス移動、そしてやっとこの陰気なホールに家畜のように放りこまれた。ようこそフランスへ！

ボストンバッグを肩にかけたガスパールは汗だくだった。飛行機から降りたあと、三キロ近くも歩かされたような気がした。疲労困憊、何でこんな目に遭わされるのだろう。新しい戯曲を書くという理由で、どうしてパリに毎年やって来るのか？　自分を嘲《あざけ》る笑いが漏れてしまう。その答えはあまりにも単純で、つまり〝おのれを逆境に追いこんで執筆するテクニック〟であるということは分かっていた。彼のために毎年同じ時期に、エージェントのカレンが執筆用の静かなアパルトマンか家を手配してくれるのだった。ガスパールのパリ嫌いは――ことにクリスマスの時期――はひどいもので、二十四時間缶詰にされようと、彼はまるで気にならなかった。その結果、戯曲はすんなりというか、ほぼすんなりと書き上げられる。いずれにせよ、いつも一月末には完成していた。

　列の進み具合ときたら絶望的だった。もはや試練。ひどく興奮した子供たちが叫びながら仕切りベルトのなかを駆けまわり、老夫婦が倒れてしまわぬよう互いに支えあい、乳児は哺乳瓶から飲んだばかりのミルクを母親の首元に吐きだす。

くそったれのクリスマス休暇……と毒づきながら、ガスパールはどんよりした空気を吸いこんだ。同じ試練に立ちむかう旅の道連れの不機嫌な表情を見て、何かの雑誌で読んだ「パリ症候群」という記事を思いだした。初めてパリを訪れる日本人や中国人のうち毎年数十人が深刻な心的障害の症状を見せ、頻繁に入院、あるいは帰国させられるというのである。フランスに着いたとたん、彼ら旅行者は妄想や鬱状態、幻覚、偏執症《パラノイア》など奇妙な症状に苦しめられる。長い時間はかかったけれど、精神科医たちがその原因らしきものを突きとめた。光の都として美化されたイメージと実際のパリとの落差により旅行者の違和感が高ずるからというのがそれである。映画や宣伝でもてはやされる『アメリ』のすばらしい世界を期待してきたというのに、彼らが味わうのは冷淡で刺々しい街の雰囲気だった。夢想していたロマンチックなカフェとかセーヌ河岸の古本屋、モンマルトルの丘といったパリ像は、サン＝ジェルマン＝デ＝プレの不潔さやスリ団などの治安の悪さ、各種公害、大都市にありがちな醜さ、メトロなどの老朽化した交通機関といった現実を目にして崩れてしまう。

　気分を変えようと、ガスパールはポケットから四つ折りにした数枚の紙を出す。カレンがパリの六区に手配してくれた贅沢極まりない監獄の詳細と写真だった。画家ショーン・ローレンツの元アトリエなのだという。写真ではとても感じがよく、明るく落ち着いていて、開放的な雰囲気は、持久力が求められる執筆には最適のように思われた。だいたい写真は信用しないのだが、カレンが実際に見ており、彼も気に入るだろうと保証した。ほかにも利点がある、と彼女は謎めかしてつけ加えた。

そういうことなら早く見てみたいと思った。

それからたっぷり十五分は待たされた後、ようやく入国審査官のひとりが彼のパスポートを見てくれる気になった。

案内板のまえでまた立ち往生。反対方向に来てしまったので、後戻り。無数のエスカレーターを乗りつぎ、開くタイミングが必ずずれる無数の自動ドアを通りぬける。動く歩道より速く歩こうと思った。幸い、荷物を預けるようなヘマはしていなかった。

あと一息で地獄から出られるだろう。到着ロビーは異常な混雑で、ガスパールは抱きあってキスをしている男女を押しのけ、床に寝転がっている人をまたいで先に進んだ。視界のなかに突然〝タクシー乗り場〟と書かれた回転ドアが現れた。あとほんの数メートルで悪夢は終わってくれる。タクシーに乗ったらヘッドフォンをとり出し、そのままブラッド・メルドーのピアノとラリー・グレナディアのベースの調べに逃げこむつもりだ。そして、今日の午後からでも戯曲に取りかかろう……。

せっかくのやる気が雨で出端《でばな》を挫《くじ》かれる。アスファルトを土砂降りの雨が叩いていた。墨を流したような空。今にも陰鬱な空気を電光が引き裂きそうな気配だった。タクシーなど一台も見えない。その代わり、機動隊の警備車がずらっと並び、途方に暮れた旅行客の姿もあった。

「何があったんですか？」彼は喫煙コーナーでひとりタバコを吸っていたポーターに尋ねた。

「ああ、知らないんだね。ストだよ、ムッシュー」

2

同じころ、マデリン・グリーンはロンドンから午前九時四十七分着のユーロスターでパリ北駅に降り立ったところだ。

ためらいがちにフランスの地に足を踏み入れたものの、そこで何をしたいのか自分でもはっきり分かっていなかった。足どりは重く、ふらついた。疲労に加えてめまいとしつこい吐き気があり、胃液が上がってきて喉を焦がす。医者からはその治療が副作用を伴うとはくどいほど言われていたが、これほどひどい体調でクリスマスを過ごすことになろうとは思ってもいなかった。

引っ張っているトランクが一トンにも感じられる。コンクリートの床を進むキャスターは強弱をつけながら響きを変え、朝から治まらない彼女の頭痛をさらに悪化させた。

マデリンはふいに立ち止まり、裏地がムートンのブルゾンのファスナーを喉元まで引き上げた。汗だくになっているくせに身体が震えた。息切れがして、一瞬もうダメかなと思ったが、ホームの端まで来たので気をとりなおし、北駅ターミナル内の興奮した雰囲気に刺激されてすぐに順応することができた。

北駅に関する好ましくない評判にもかかわらず、マデリンは毎回この場所に圧倒される。ほかの旅行客にとって猥雑で恐ろしく見えるものが、彼女には凝縮された生のエネルギーのように感じられるのだった。奇跡小路（アンシャン・レジーム期のパリの各所にあった怪しげで危険な界隈）というよりも、休みなく蠢《うごめ》くミツバチの巣箱のような。幾千もの人生や運命が交差して巨大なクモの巣を張る。あぜんとさせられる張りつめた流れ、うまく馴らす覚悟がなければ飲みこまれてしまいそうな大波だった。

マデリンにはその光景が、旅行者、郊外の住人、ビジネスパーソン、巡回中の警官、物売り、密売人、カフェのギャルソン、近くの店の店員などを演じる無数の俳優たちが登場する舞台のように見えた……。ガラスの天井に覆われた駅全体を見ているうちに、祖母が必ず旅のお土産に買ってきてくれたスノードームを思いだした。けれども耳鳴りのようなブーンという音を響かせるこの巨大なスノードームにはプラスチックの雪片《せっぺん》はなく、あまりの人の多さに今にも壊れてしまいそうだった。

駅前広場に出たとたん突風に煽《あお》られた。天気はロンドンよりひどく、降りしきる雨、暗くよどんだ空、不快な空気は生暖かく湿っていた。タクミが知らせてくれていたように、数十台のタクシーが駅への進入路を塞いでいた。バスも乗用車も旅行客を乗せることができず、人々は途方に暮れている。新聞とテレビの報道番組が好んで採りあげるようなスト参加者と利用客との果てしない論議が、テレビカメラのまえで白熱する。

マデリンはその集団を急いで迂回する。どうして傘を持ってこなかったんだろう？　広場をマジャンタ通りに向かってよこぎりながら思った。歩道の端を歩いていたので、一台の乗用車に水溜まりの水をかけられた。ひどく腹が立って、ずぶ濡れになったままサン＝ヴァンサン＝ド＝ポール通りを進んで同名の教会のまえまで歩く。タクミが時間通りにライトバンで待ってくれているのが見えた。色とりどりの車体には、周囲の景色と不釣り合いなくらい陽気なデザインで店名〝生花店《フルリスト》〈驚きの庭〉――パリ市十四区ドランブル通り三番地〟と書いてあった。マデリンはタクミに手を振り、急いでライトバンに飛びこむ。

「ハロー、マデリン、ようこそパリへ！」タクミは声をかけながら、彼女にタオルを差しだした。

「元気？　会えてとっても嬉しい！」

髪の毛にタオルを当てながら、マデリンは若い東洋人をしげしげと見つめた。タクミは髪が短く、コーデュロイのジャケットにシルクのマフラーをしていた。チェック模様のフラノ地の野球帽を短髪の丸い頭に載せ、両耳が横に張りだしているから、どこか子ネズミのような感じがした。顔を上下に分けるような口髭を生やしていてもまばらすぎて、〝私立探偵マグナム〟というより思春期の少年のようだった。マデリンが自分の素敵な花屋を、当時雇っていた彼に譲ったのが数年前、そのころからタクミはまったく変わっていなかった。

「わざわざ迎えに来てくれて助かった、どうもありがとう」彼女はシートベルトを締めながら言った。

「なんてことないですよ。今日は交通ストだから、かなりひどい目に遭うところだったでしょうね」

タクミは車を発進させるとアブヴィル通りに入った。

「見てのとおり、あなたがいなくなったあとも、この国は何も変わっていないですよ」ストの参加者を示しながらタクミは言う。「毎日、少しずつ沈滞ムードになっているような気もしますけど……」

旧型ルノーのワイパーは、フロントガラスの上を急流のように流れる雨に太刀打ちできずにいる。

また吐き気に襲われたが、マデリンは会話を続ける。

「それで、暮らしのほうはどう？　クリスマス休暇はとらないの？」

「来週の週末まではむりですね。年末年始はマルジョレーヌの家族のところで過ごす予定です。彼女の両親がカルヴァドス県で蒸留所をやっているんです」

「それはたいへん！　あなたお酒に弱いのに！」

若い花屋の顔が赤く染まった。あらあら、**相変わらずタクミは怒りっぽい！**　マデリンは窓の外を流れる景色を見ながら笑みを漏らす。ライトバンはオスマン大通りまで来て、そのままトロンシェ通りを五百メートルほど進んだ。土砂降りの雨に加え、厳しい社会情勢を反映する雰囲気ではあったけれど、マデリンはここに来て良かったと思う。

　マンハッタンで暮らすのも好きだったが、一部の友人たちがあれほど言いはやすエネルギーらしきものを取りこめずに終わった。じつのところニューヨークに疲れてしまったのだ。やはりいちばん好きなのはパリで、だからここに傷を癒やしにやって来た。パリでは四年ほど暮らした。それは必ずしも最も幸せな時期ではなかったけれど、それでも、自分を再生させ、再構築し、復活するためには必要な時間だった。

　二〇〇九年まで、イギリス、マンチェスターの犯罪取締班に勤務していた。そこで捜査責任者として関わったおぞましいアリス・ディクソン事件に打ちのめされ、彼女は警察を辞めることになった。あの挫折で仕事はもちろんのこと、同僚たちからの尊敬と、自信と、すべてを失った。パリに来て、モンパルナス界隈の小さな花屋を買いとり、殺人や子供の失踪事件の捜査などとは遠く離れて人生をやり直したのだった。その安穏な生活も、ある人間との出会いから予期せぬ手がかりを得て、かつて彼女の人生を破滅させた事件の再捜査が可能となったことから、新たな転機を迎えたのだった。結局、アリス・ディクソン事件はニューヨークにてハッピーエンドを迎えることになった。捜査が成功裡に終わったことで、マデリンはアメリカ連邦政府の証人保護プログラム〈WITSEC〉管理部門で働くことになった。花屋をタクミに譲って、彼女はニューヨークに向かった。その一年後に、ニューヨーク市警《NYPD》未解決事件《コールド・ケース》捜査班にコンサルタントの職を得た。新しい視点で未解決事件に取り組むというのがマデリンに与えられた任務である。テレビの連続ドラマとかハーラン・コーベンの推理小説では興奮を誘うように見える仕事だが、実際は死ぬほど退屈なペーパーワークであることが分かった。数年間いたけれど、一度も現場に出かけることはなかった。再捜査の開始に繋がった事件が一件もなかったのも事実だ。彼女が所属していた部署は資金も人手も不足していたし、官僚主義の徹底ぶりはフランスのお役所も顔負けだった。DNA型鑑定はすべて分厚い書類に記入しなければならなかったし、かつての証人を取り調べるにも過去の調書を入手するにも信じがたいほど複雑な申請手続きを行う必要があり、それも外部機関による干渉を極度に嫌うFBIからほとんど拒絶されてしまうのだった。

その仕事を辞めてイギリスにもどることにしたのだが、後悔はまったくなかった。むしろアメリカでの滞在を引きのばした自分を責めたほどだ。というのも、彼女が愛した男、マンハッタンまで追いかけたあのジョナサン・ランペラーが元の妻の許にもどってしまって以来、彼女がアメリカに留《とど》まる理由はなくなっていたからだ。

「春には子供が生まれるんです」ふいにタクミが打ち明けた。

そう言われて、マデリンは物思いからわれに返った。

「それは……それは楽しみね」彼女は自分の口調に喜びを滲ませようと努めた。

けれども、わざとらしい反応になってしまった。気づいたタクミが話題を変えたくらいだ。

「マデリン、何をしにパリに来たのかまだ聞いていませんよね？」

「いろいろよ」マデリンは明言を避ける。

「イブの晩、もし良かったらうちに来ませんか？　大歓迎しますよ」

「それはありがとう、でも遠慮しておく。気を悪くしないで。ひとりでいたいの」

「どうぞお好きに」

気詰まりな沈黙。マデリンはむりに会話を続けようとしない。窓の外を眺め、見えてくる場所をパリで過ごした時期の記憶に結びつけて土地勘を取りもどそうと努めた。マドレーヌ広場を見て、デュフィ特別展があったことを思いだす。ロワイヤル通りは絶品の仔牛のホワイトシチューを出すビストロを、アレクサンドル三世橋は、ある雨の日、彼女の運転するバイクが起こした事故のことを思いださせた。

「仕事の予定でもあるんですか？」タクミが知りたがった。

「もちろん」彼女はごまかした。

「ところで、ジョナサンには最近会いました？」

あんたの知ったことじゃないでしょ！

「ちょっと、尋問はいつ終わるのかな？　言っておくけれど、刑事はわたしなんだけど」

「そのことですが、あなたはもう刑事を辞めたと聞いてたんですけど……」

彼女はため息をつく。この不器用な男が癇《かん》に障りはじめていた。

「分かった、ざっくばらんに言いましょう」マデリンは始めた。「もう質問攻めはやめてくれない？　花屋見習いだったあなたにお店を売った。だからといって、あなたにわたしの人生について質問をする権利はないの！」

ライトバンがアンヴァリッド前の大広場をよこぎるあいだ、タクミはマデリンを横目で見つめた。マデリンは出会ったときとまったく変わっていない。ストレートな性格、大きめの革製ブルゾン、ブロンドの前髪を切りそろえたいくらかクラシックなヘアスタイル。まだ怒りが収まらないのか、マデリンは窓を開けるとタバコに火を点けた。

「まじめな話、まだタバコを吸ってるんですか?」タクミは説教を始める。「いくらなんでもむちゃですよ」

「黙ってくれないかな」彼女はわざと煙を相手の顔に吹きつけながら言い返す。

「黙りません！　車のなかでは吸わないでください。タバコくさいライトバンなんてごめんです！」

マデリンは車が赤信号で停まるのを見て、トランクをつかんでドアを開けた。

「ちょっと……マデリン、何してるんです?」

「そんな安っぽいお説教をおとなしく聞いてる歳じゃないから、あとは歩く」

「だめ、ちょっと待って……」

力一杯ドアを閉め、マデリンはグルネル通りをひとりズンズンと歩きだした。

雨は勢いを増していた。

3

「ストライキ?」ガスパールは叫ぶように言った。「何のストですか?」

ガスパールは手で額に庇《ひさし》をつくって雨を避ける。もちろん傘など用意していなかった。

「つまり、タクシーは来ないということかな？」

「だめだね《ナーダ》。郊外急行《RER》のB線があるけど、三本に一本の間引き運転らしいから」

最高だね。冗談じゃない。死んだほうがましだ！

「バスはどうかな？」

「それは分かんないね」ポーターは顔をしかめ、短くなったタバコの最後の一服を吸いこんだ。

腹を立てたガスパールはまたターミナルのなかへもどり、売店〈ルレ〉で『ル・パリジャン』紙を立ち読みする。〝大規模封鎖〟という大見出しが、充分すぎるほど事態を物語っていた。タクシー運転手をはじめ、すべての国鉄およびパリ地下鉄公団の職員、航空管制員、航空会社の客室乗務員、長距離トラック運転手、港湾労働者、郵便配達員、ゴミ収集作業員は、論戦の的となっている法案を政府が撤回しなければ国中を麻痺させるとの声明を出していた。記事には、ほかにもストライキが予定されており、また製油所も封鎖されたため、数日中にガソリンなどが不足するだろうとも書かれていた。不運は重なるもので、月の初めに延々とスモッグが続いたそのあと、セーヌ川の歴史的な増水があったのだという。パリ近郊いたるところで氾濫が見られ、それだけでも交通網に支障が出ていたのだ。

ガスパールはまぶたを揉む。**この国に足を踏み入れるたび、いつも同じような不平を耳にする……。**悪夢は続き、だが徐々に怒りは諦めに変わっていくのだろう。

どうすればいいか？　スマートフォンを持っていたなら、カレンを呼んで解決法をみつけるよう頼むこともできたろう。ただ、ガスパールはスマートフォンを持とうと思ったことがない。パソコンやタッチスクリーンのタブレットも持っていないし、メールアドレスも持っていなければインターネットを利用することもない。

素朴にもターミナル内で公衆電話を探しはじめたが、ぜんぶどこかに消えてしまったようだ。

バスが最後の救いとなった。またターミナルから出て、やっと係員をつかまえて聞いたが、空港と市内を結ぶシャトルバスの各路線の微妙な違いを理解するまで十五分は費やし、満員でとても乗れそうにないバスを二回も腹立たしく見送らざるをえなかった。

さらに三十分ほど待たされたあげく、雨がざんざと勢いづいたときようやくバスに乗りこめた。座れなかったのは当然だが、少なくともモンパルナス駅を通る路線だった。

車内はさながら缶詰のなかのオイルサーディンといった混みようで、例外なくずぶ濡れの乗客は〝毒を食らわば皿まで〟に似たやけくその心境のように見えた。ボストンバッグを抱えたガスパールは、「何事にも慣れる存在」と人間を定義するドストエフスキーの言葉を思いだした。足を踏みつけられ、小突かれ、顔にくしゃみを浴びせられ、缶詰のように他人と身体を接して汗だくになり、細菌だらけのつり革や手すりを仲良く握りあう……。

またもやすべてを諦めてフランスから去ろうかという誘惑が頭をもたげてきたが、苦難も一か月ほどしか続かないのだからと思いなおす。期日までに、つまり五週間弱で戯曲を書き上げれば、自分のヨットが泊めてあるギリシアのシフノス島で冬の終わりから春先まで過ごすことができる。それに続く四か月間は、キクラデス諸島を巡る航海に出て、石灰が塗られた壁に反射するまばゆいばかりの太陽の白い光、コバルトブルーの空、底知れぬエーゲ海のターコイズブルー、色と感覚が爆発する自然の四大元素に溶けこむだろう。ギリシアでガスパールは、ある種の汎神《はんしん》的な融和のなかで風景と草木、それらの香りと一体化する。潮の香りを満喫したあと、海辺の灌木林をよこぎって石壁伝いに進みながらタイムやセージ、オリーブオイル、焼きダコの香ばしいにおいを嗅ぐ。その楽しみは七月半ばまで続く。そして、旅行者が島々に姿を見せはじめるころ、彼は逃げるようにアメリカへ、モンタナの山荘へと向かう。

それはまた異なる暮らし方で、極度に野性的かつ厳しい自然への回帰となる。毎日のようにマス釣りと、ブナ林や湖、川、渓流を巡るトレッキングに明け暮れる。孤独だが密度の濃い暮らし、都会の病とその住民のひ弱さとは隔絶の感があった。

バスは一メートルずつ這うようにして高速A三号線を進む。人いきれで曇った窓の外にときどき標識板の一部分が見え、パリ北東部オルネ＝スー＝ボワやドランシー、リヴリ＝ガルガン、ボビニー、ボンディなど郊外の町の名が浮かんでは消えた。

文明の害毒から自分を清めるため、彼はそのように長期の孤独な自然の沐浴を必要とした。というのも、自滅しつつある世界の動揺と混乱に対して、ガスパール・クタンスは果敢なる闘いを挑んでいるつもりだからである。いたるところでひび割れが起きているのに、まるで気づいていない世界。徹底した人間嫌いの彼は、同類の人間たちよりもクマや猛禽類《もうきん》、ヘビに親近感を抱いていた。そして、自分が嫌う人間世界から離脱できることを誇りに思っている。社会とそのしきたりの範囲外でほとんどの時を過ごしているという誇り。たとえばテレビのスイッチを入れなくなってから二十五年、インターネットについてはほとんど何も知らなかったし、運転するのも七〇年代末のダッジである。

その隠遁《いんとん》生活は決然とした禁欲主義から来ていたが、原理主義のようなものではない。機会さえあれば、ときにはちょっとした過ちを自らに許すこともある。山を下りるか、ギリシアの隠れ家を出て飛行機に乗り、ジュアン＝レ＝パンで開かれるキース・ジャレットのコンサートとかロッテルダムでのブリューゲル回顧展、あるいはヴェローナの野外オペラ『トスカ』を観に行くことだってある。それに、件《くだん》のパリで執筆する一か月があった。一年かけて頭のなかで熟成させた戯曲を、毎日十六時間も机に向かって執筆する。毎回のように、アイデアおよびインスピレーション、やる気が尽きてしまうのではないかと不安になるが、そのたびに不思議なプロセスが活動を開始してくれるのだった。過度に感情を煽ることもなく、言葉や状況設定、台詞の応酬がペンの下に自然と湧き出てくれる。

それらの作品はほぼ二十か国語に訳され、世界中で上演されている。昨年だけとってみても、ヨーロッパおよびアメリカで上演された作品数は十五にも及ぶ。最近作のひとつ『ゴースト・タウン』は名高いベルリンのシャウビューネ劇団によって上演され、トニー賞にもノミネートされた。採りあげるテーマは、とりわけインテリ向けとされる新聞に好評だが、そこに載る評は作品を過剰に解釈し、作者を過度に評価するきらいがあった。

ガスパールは自作の舞台を観たことも、インタビューに応じたこともない。カレンは当初、メディアに出ないという彼の選択を不安視していたものの、露出の少なさから〝謎の劇作家ガスパール・クタンス〟のイメージを創るという利点を見いだした。結局のところ、彼が労力を惜しめば惜しむほど、新聞は褒めちぎってくれる。ミラン・クンデラをはじめ、ハロルド・ピンター、ショーペンハウアー、キルケゴールとガスパールを並べてくれた。そんな賞賛に、ガスパールは得意になることもなかった。最初から、自分の成功が誤解に基づいていると思っていたからだ。

バニョレ門を過ぎ、バスはベルシー河岸からリヨン駅に向かう出口手前の環状道路上でいよいよ動かなくなってしまった。長いこと停車しているあいだに乗客の半分が降りてしまうと、バスは西に向かって動きだした。

さて、ガスパールの戯曲はどれも同じ土壌に根を張っている。不条理と人生の悲劇性であり、人間の条件と不可分の孤独である。それは同時代の狂気に対してガスパールが抱く嫌悪感を凝縮したもの、幻想やら楽観主義、優しさ、あらゆる類いのハッピーエンドにまだ冒されていないものだ。どれも絶望的かつ残酷でありながら、彼の芝居は奇妙で面白かった。ルイ・ド・フュネスの『プイック・プイック』、『籠のなかの道化たち《ラ・カージュ・オ・フォル》』、あるいは演劇録画番組「今宵は劇場へ」の演《だ》し物と違うのは確かだが、生き生きとしてダイナミックな舞台なのだ。カレンが言うように、ガスパールの作品は、観客には自分が自由でいられる印象を、批評家には自分らが聡明であるかのような印象を与えてやることができる。観客が先を争って押しよせるのも、人気俳優が彼の嫌味満載の台詞を吐く役を演じたくて競うのも、おそらくそれが理由なのだ。

セーヌ川を渡ったところだった。アラゴ通りの、精彩が失われた哀しいクリスマスの飾り付けが、単なる商業主義の俗悪な反吐《へど》に成り下がったこの時期を、どれだけ自分が嫌っているのかを思いださせる。そして、ふいにバスがダンフェール＝ロシュロー広場のカタコンベ入口の正面で停車した。ベルフォールの獅子像の周りで、デモ隊が〈労働総同盟《CGT》〉と〈労働者の力《FO》〉、〈統一労働組合連合《FSU》〉の組合旗をそれぞれ振っていた。バスの運転手は窓ガラスを下ろし、交通整理をやっている警官に話しかけた。ガスパールが耳をそばだて聞いたところによると、メーヌ通り、それからモンパルナス・タワーに通じる道路はすべて封鎖されているとのことだ。

バスのドアが空気音とともに開かれた。

「終点でーす、降車してくださーい！」乗客を不運な目に遭わせると分かっているはずなのに、運転手はどこか愉快そうな口調で告げた。

外では嵐が勢いを増していた。

4

ゴミ処理場のストライキおよび封鎖に伴い、パリは膨大なゴミに押しつぶされつつあった。汚物がレストランや建物の玄関、家のまえに山と積まれている。嫌悪感と怒りのあいだで当惑しつつも、ゴミの溢れるコンテナをバックにセルフィーを撮っている旅行者の姿も見られた。

降りしきる雨のなか、マデリンはグルネル通りをトランクを引っ張りながら進んでいたが、百メートルごとに重さが一キロ増えているのではないかと思った。だが気をとりなおし、へこたれてはいけないと自分に言い聞かせる。元気づけに、これから数日間の予定を立てる。サン=ルイ島の散歩、シャトレ劇場でのミュージカル、エドゥアール七世劇場での観劇、グラン・パレの『タンタンの冒険』展、映画は『マンチェスター・バイ・ザ・シー』を、そして〝ひとりフレンチ〟に行く予定のレストランがいくつか……。今回の滞在がうまくいってほしい。休養のための、それに自分を取りもどすための旅なのだから。彼女はこの街にそれだけ魔法の力があると期待していた。

数日後に受けなければならない医療処置のことは考えないようにして、歩きつづける。ブルゴーニュ通りをよこぎったところで、雨がピタッとやんだ。シエルシュ=ミディ通りまで来ると、遠慮がちながらも陽光が差し、自然とマデリンの口元もほころぶ。スマートフォンを出し、パリの家を借りた不動産レンタルサイトからのメールを確かめる。

〝パリのアパルトマン〟と検索エンジンに入力して民泊先を探しはじめたのが一か月前のことだった。クリックを数十回、三十分ほど調べた後、変わった物件のレンタルを提供する不動産会社のサイトに行きついた。その家は予算を遥かに上回っていたが、彼女はたちまち魅了されてしまい、もうほかの物件を借りようとは思わなかった。先を越されたら困ると思い、すぐにクレジットカードをとり出して予約を確定させた。

届いた確認メッセージには、住所と家のなかに入るために必要となる一連の暗証番号が記されていた。説明によると、一戸建ての物件はジャンヌ＝エビュテルヌ小路にあって、その小路にはレストラン〈シェ・デュモネ〉の正面にある鉄柵の門から入るのだそうだ。マデリンはペンキの剝《は》がれかかった鉄門をみつけ、スマートフォンを見ながら四桁の数字を押すと錠の外れる音がした。

背後で門が閉まり、マデリンは時の流れから取り残された聖域のような場所にいた。まず緑に目を奪われた。スイカズラにタケ、ジャスミンの植え込み、モクレン、そしてミカンやアセビ、ゴマノハグサなどの低木類、アスファルトジャングルとはかけ離れた牧歌的な宝石箱のような場所。さらに石畳を歩いていくと四軒の戸建ての家が現れた。いずれも二階建てで、小さな野菜園に囲まれ、正面《ファサード》はノブドウやトケイソウに覆われている。

いちばん奥の家が彼女の借りた家だった。それはほか三軒とは似ても似つかぬ建物だった。外観は鉄筋コンクリートの平行六面体、下部を格子状に組まれた黒と赤のレンガが囲っている。マデリンはまた番号を入力し、細い鋳鉄の文字で〝これにてわが旅は終わる《クルスム・ペルフィキオ》〟という銘を掲げた玄関の大きく重厚な鉄のドアを開ける。

足を踏み入れたとたん何かが起こった――一目惚れに近い感嘆のような現象。目がくらむような驚きに直撃された。わが家にいるような感覚はどこから来るのか？　この名状しがたいハーモニーは？　空間の構成？　自然光の黄土色《オークル》の反射？　混沌とした外界との明白なコントラスト？

室内装飾には特別の関心があった。長いあいだ、まさにそれが、場所に語らせることが彼女の中心課題だった。ただし、当時彼女が関わる場所といえば、それは犯罪の行われた現場だったという特異性はあったが……。

トランクを玄関ホールの片隅に置き、内部全体を見ることにした。〝クルスム・ペルフィキオ〟と名付けられたこの家は、一九二〇年代のアトリエ住宅を完璧に修復したもので、緑豊かな中央の吹き抜けパティオを囲む三層の建物だった。

表の一階にはオープンキッチンとダイニング、飾りけのない広い応接間《サロン》。木組みの階段を下りると一層ほど下がった庭続きの階となっており、ツタが這う噴水を挟むように、二つの寝室があった。二階に上がると広いアトリエで、寝室とバスルームもついていた。

魅了されたマデリンは数分間アトリエに立ちつくし、木工細工の施された四メートルはありそうな高い窓に圧倒されながら、空と木々の梢に目をやった。不動産レンタルのサイトには、画家ショーン・ローレンツの旧住居との説明があった。実際、アトリエは画家が残したそのままに、床に鮮やかな絵の具が点々と染みをつくっており、イーゼルのほか、大小さまざまの木枠や真っ白なカンバスが仕切り棚にしまってあった。あちらこちらに絵の具皿とかブラシ、絵筆、スプレー塗料などが置かれたままだった。

マデリンはアトリエにずっといたいと思った。画家の私的な領域に接するのは、陶然とさせられながらもどこか悩ましいことだった。サロンにもどり、テラスに面するガラス戸を開けた。たちまちパティオから立ちのぼる草木の香りに包まれ、マデリンは壁の餌入れの周囲を飛びまわるコマドリ二羽を見つめる。パリではなく、田舎に来ているようだった。ならばこうしよう、ゆっくり風呂に入ってからお茶をいれ、このテラスで本を読むこと！

この家のおかげでマデリンは笑みをとりもどした。自分の直感を信じてここに来たことは正しかった、パリというのはほんとうに何でも起こりうる街だなと思った。

5

上着を頭から被り、肩に食いこむボストンバッグに苦しめられながら、歩道から歩道へ移動するガスパールは雨を呪いつづける。ダンフェール＝ロシュロー広場から一度も休むことなくメトロのエドガール＝キネ駅まで走るように歩いた。ドランブル通りに入ると、もうそこは勝手知ったる界隈だった。二年前はカレンが、このドランブル広場の角の広いアパルトマンを手配してくれた。よく覚えている。小学校、ホテル〈レノックス〉、店先が花だらけの生花店〈驚きの庭〉、そして彼が食事をすることもあった〈スシ・ゴゼン〉や〈ル・ビストロ・デュ・ドーム〉といったレストラン。

モンパルナス通りに出たところでやっと雨は上がった。ガスパールは上着を着て、メガネを拭う。道路に異様などよめきが響いた。爆竹にエアホーン、笛、サイレン、反政権のスローガン……。大通りはデモ隊で溢れていた。レンヌ通りも集結中のデモ隊でいっぱいだった。ガスパールは思いだした、黄色の上着に赤の反射ベストを着ているのは〈労働総同盟《CGT》〉の組合員だ。巨大な風船をとりかこんで出発を待っており、街宣車が彼らを煽るように大音響でがなり立てる。

ガスパールはラスパイユ大通りに行くため、フリーダイビングをするかのように組合旗と横断幕のなかに飛びこんだ。いくらか静かな場所で街灯にもたれて息をつく。汗だくになっていたけれど、そこでポケットからカレンが送ってくれた貸家の住所および入り方の説明文を引っ張りだす。まだためらいがちな日差しが反射する歩道を、また歩きだした。

シェルシュ＝ミディ通りの角で、酒屋の店構えを見て愉快な気分になった。店名は〈赤と黒〉、客がいないのを確かめてからなかに入った。何を買うのか決まっていたから店主との会話は最小限にして、十分後に店を出たときは特級《グラン・クリュ》ワインの詰まった木箱を抱えていた。ジュヴレ＝シャンベルタン、シャンボール＝ミュジニー、サン＝テステフ、サン＝ジュリアン……。

酒……。

ショーウィンドーに映る自分を見て、映画『リービング・ラスベガス』の冒頭でニコラス・ケイジの演じる男が酒屋《リカーストア》に立ち寄り、ショッピングカートにボトル数十本を入れる恐ろしいシーンをふと思い浮かべた。映画ではそこに立ち寄ったことが自殺に等しい地獄への転落のプレリュードとなる。

ガスパールがそこまで行っていないのは確かだが、アルコールは彼の日常の重要な構成要素である。たいていはひとりで飲むのだが、たとえばコロンビア・フォールズとかホワイトフィッシュ、あるいはシフノスの飲み屋で飲んだくれることもあった。がぶ飲みをする相手は、ブリューゲルやらショーペンハウアー、ミラン・クンデラ、あるいはハロルド・ピンターなどとはおよそ縁のない粗野な連中だった。

あちこちに空いたひび割れを塞いで、人生を少しでも惨めなものでなくするための最も有効な活性剤。暮らしにちょっとしたのんきな面を添えるのを手伝ってくれる相棒なのだ。ときには友、ときには敵、アルコールは不安を近づかせぬための楯であり、恐怖から身を守ってくれる鎖帷子《くさりかたびら》、最強の睡眠薬である。彼は「賢明な人間は、愚かな者らと一時を過ごすために酒を飲まざるをえぬことがある」というヘミングウェイの言葉を思いだす。そういうことなのだ。酒はいかなる問題をも根本的に解決はしないが、全人類が感染してしまったとヘミングウェイが言うところの凡庸さ、その偉大なる同盟相手に耐え忍ぶための一時的な手段を提供してくれるのである。

ガスパールは、最後に勝つのが酒だろうと思うくらいの明晰《めいせき》さは持っていた。それがどのような形になるのかも、かなりの見当がついていた。ある日、人生が我慢できぬようになって、酒を切らさずには立ちむかっていけなくなるのだろうと。死骸のようになった自分がアルコールを湛《たた》える深淵に沈んでいくイメージが脳裏をよぎる。急いで悪夢を追いやると、紺《こん》青《じょう》に塗られた鉄門のまえまで来ていることに気づいた。

ワイン入り木箱を片手に抱え、ガスパールはジャンヌ＝エビュテルヌ小路を防御する門の四桁の数字を入力した。その小路に入ったとたん、彼の内面で何かがほどけた。しばらくは、豊かな草木と古びた南仏のたたずまい、木々の植わった小径に驚かされ、自分の目を疑ったくらいだ。ここでは時がほかの場所よりもゆっくり歩みを進めるようだ、パラレルワールドの時間にセットされたように。おとなしそうな二匹の猫が日向ぼっこをしている。サクラの枝のなかを小鳥が飛びまわる。一瞬で外界の喧騒から切り離され、あの醜いモンパルナス・タワーからほんの数百メートルの場所にいるとは信じられなかった。

ガスパールは凹凸《おうとつ》を見せる石畳をゆっくりと進んだ。奥まったところ、低い茂みの後ろにほとんど隠れて、ムリエール造り（砕石を積んで石灰で固めた二十世紀初期のパリ郊外の戸建て住宅）の小さな家が見えた。錆《さび》が目立つ鉄門のなか、家の黄土色の正面《ファサード》はノブドウに覆われている。小径のいちばん奥に幾何学的で奇抜な外観の建物が姿を現した。鉄筋コンクリートの平行六面体、それを締めるベルトのような乳白色の幅広いガラスが、格子状に組まれた黒と赤のレンガの正面をよこぎっている。玄関扉の上には鋳鉄製の文字で〝これにてわが旅は終わる《クルスム・ペルフィキオ》〟、とマリリン・モンローが終《つい》の棲家《すみか》となる家につけた銘が掲げられていた。玄関ドアも暗証番号を入力するシステムだった。

ガスパールがカレンの指示書に従うと、鉄製のドアがカチッという音とともに解錠された。早く屋内を見たくて、ガスパールは玄関ホールを突っ切って応接間《サロン》に向かった。写真ほどすばらしいとは思わなかった。というか、そのほうが好ましい。家はL字型テラスに囲まれた四角いパティオを中心に、非常な工夫をもって構成されていた。

すげえな、これは……。建築の優雅さに圧倒されたガスパールは思わず呻《うめ》いた。数時間前から蓄積されてきた緊張が解けていく。次元の異なる場所、慣れ親しんだような癒やしのある空間のなかにいた。純粋さ、機能的な快さが感じられた。その感覚の源を遡《さかのぼ》ろうとしばし考えたが、その均衡の建築手法も調和も、彼の知る文法の規則とは異なっていた。

通常ならば、彼は内装を気にかけない。彼が敏感なのは眺望だった。湖に映る雪を被った山、青みがかった白い氷河、人を酔わせるほど広大なモミの森である。彼は風水などの戯言《ざれごと》や、家具の配置がエネルギーの循環に与える影響などというのをまるで信じなかった。しかしながら、ここにはひょっとしたら〝良い波長〟らしきものがあって、少なくとも自分にとっては快適で、心地良く仕事を進められる空間だろうと感じたのは事実である。

ガラスドアを開きテラスに出て、思う存分に小鳥のさえずりと田園の雰囲気を味わうため手すりに寄りかかった。風が出ていたがそれも快適で、太陽光がもろに顔に差してきた。ガスパールは笑みを浮かべたが、最後に笑ったのはいつだったろうか。到着祝いにジュヴレ＝シャンベルタンを開け、ゆっくり一杯飲もうかと思ったのだが……。

そんな至福の思いに水を差すような音が聞こえた。だれかが家のなかにいる。家政婦か何かの修理人か？　確かめるため家のなかにもどった。

目のまえにひとりの女が立っていた。大きなバスタオルで胸から太腿までを覆っているほかは裸だった。

「だれだ、あなたは？　うちで何をしている？」彼は詰問した。

女は怒りに満ちた視線を向けた。

「まったく同じ質問をしようとわたしも思ってるけど」女は応じた。

2
二十一グラム理論

芸術家の特質のなかでわれわれの興味を引くものは異質さなのであり、順応主義を拒絶し、社会に向けて中指を立てている点である。

ジェシー・ケラーマン

1

「グリーンさん、正直なところ、あなたがわたしを非難する理由が分かりかねます」

白髪のベルナール・ベネディックはフォブール＝サン＝トノレ通りの画廊の奥に展示された大きなモノクロームの絵を守る楯のように胸を反らしている。最近になって痩せたのだろうか、マオカラーのシャツとアブサングリーンのフォレスティエール・ジャケット（スタンドカラーとゆったりしたシルエットが特徴のカジュアルなジャケット）のなかで身体が泳いでいるように見えた。顔の上半分を覆う大きなル・コルビュジエのような丸メガネが、生き生きとした丸い目を拡大していた。

「サイト掲載の広告は嘘ですね」マデリンは声を上げてくり返す。「複数の利用客で共同使用とはどこにも書いてませんが」

画廊オーナーは首を振った。

「ショーン・ローレンツの家はシェアハウスではありません」ベネディックは断言する。

「では、どういうことなんですか？」マデリンは呆れたように二枚の書類を見せる。彼女自身の賃貸契約書、そしてまったく同じ体裁の書類で、後者は一時間前、バスルームを出た彼女が鉢合わせした例のガスパール・クタンス名義の契約書である。

美術商は手にとった書類に目を走らせ、理解に苦しむというような顔をした。

「確かに間違いがあったようですな」彼はメガネをいじくり回しながら認めた。「コンピュータのバグがあったのでしょうが、はっきり言って、わたしにはよく分からんのです。ナディア、うちで研修をしている子なんですが、そのナディアがあのサイトに広告を出す手続きをした。連絡をとってみますが、彼女は今朝ちょうどクリスマス休暇でシカゴに発ってしまった……」

「すでにサイトの管理人にはメールを送りましたが、問題は解決していません」彼女は相手の話を遮った。「今も居座っている男性はアメリカから着いたところで、出ていく気はないと言ってますよ」

美術商は表情を暗くした。

「あの家を貸しに出すべきではなかったんだ。墓のなかに入ってもまだ、ショーンはわたしを困らせる！」ベネディックは怒りを自身に向けていた。

彼は苛立ち、ため息をつく。

「こうしましょう」彼は決断したようだ。「あなたには返金します」

「返金していただかなくて結構、わたしはあの家をわたしひとりが借りるとの合意事項を履行していただきたい、それだけです」

マデリンはそう言いながら、自分の内に説明のつかない確信、あの場所に住まなくてはならないと主張する声が響くのを聞いていた。

「そういうことなら、そのクタンスさんに返金しますよ。わたしから電話をかけましょうか？」

「信じてはもらえないと思いますが、彼は電話を持ってないのです」

「なるほど、それでしたら、わたしの提案を伝えてください」

「会ったといっても、ほんの五分だけなんです。一筋縄ではいかない感じでしたね」

「あなたも一筋縄ではいかない感じですよ」ベネディックは反撃しながら彼女に名刺を渡す。

「クタンスさんに伝えていただいた時点で電話をください。それと、もしよかったら画廊内の展示をご覧になっていてください、そのあいだにわたしはクタンスさんへの謝罪と返金の件を説明する手紙を書きますので」

マデリンは、あのクマのように攻撃的で頑固なクタンスに美術商の手紙がどれだけの効果をもたらすのだろうかと疑いながら、名刺をジーンズのポケットに入れると礼も言わずに画廊のなかを歩きはじめた。

昼食の時刻になっていた。混んでもいないので、絵を見ることにする。画廊は現代アートとストリートアートを専門にしているようだった。最初の部屋には、極大の絵ばかりで、すべて「無題」というタイトルが付いていた。寂しい色による一色塗り、モノクロームの平面がカッターで切り裂かれ、錆びた釘で穴を空けられている。つぎの部屋、これは反対に鮮やかでエネルギッシュな色に溢れていた。展示作品は、グラフィティと東洋の書との境界にあるようだった。興味をもって見たが、それ以上ではない。

こういう絵には、自然と距離をおいてしまう。ほんとうのことを言うなら、彼女は現代アートに心を動かされたことがなかった。世間の人と同じようにダミアン・ハーストのダイヤをちりばめた頭蓋骨やホルマリン漬けの動物、ヴェルサイユ宮殿に展示されて論争を呼んだジェフ・クーンズの「ロブスター」、バンクシーの物議を醸す挑発、ヴァンドーム広場に展示中に破壊されたポール・マッカーシーの「ツリー」と題した巨大な〝大人のおもちゃ〟などについての記事とかルポルタージュは目にしたが、まだその世界に入っていくための鍵をみつけていなかった。半ば怪しむ気持ちで最後の部屋に入ると、種々雑多な作品群が展示されていた。これは壮大なる目茶苦茶と彼女は評価を下したのだが、彼女はサワーキャンディー色のペニスを模した一連の風船、さらにはピンク色の樹脂で造形したポルノ風マンガの主人公たちのまえで足を止めた。ほかにも、カーマ・スートラの究極の体位のまま硬直した大きな二体の骸骨、〈レゴブロック〉で組み立てられた大きな像、そして白大理石のキマイラ像、そのギリシア神話の怪物は、ライオンの胸から上がファッションモデルのケイト・モスになっている。もっと奥には武器類のコレクション、ただしどれもイワシ缶やら古い電球、金属製もしくは木製の調理器具などの廃品で作られたもので、それらが針金やガムテープ、また細紐で括られていた。

「気に入りましたか？」

ふいに声をかけられたので、マデリンは驚いてふり返った。鑑賞に気をとられていて、ベルナール・ベネディックが近づくのに気づかなかった。

「知識はまったくないけれど、基本的にわたしは中毒にはならないと思います」

「あなたが中毒になるのはどういうものですか？」美術商が面白がって聞き返しながら封筒を渡し、マデリンはそれをジーンズのポケットに入れた。

「マティス、ブランクーシ、ニコラ・ド・スタール、ジャコメッティ……」

「ここにあるものがそのレベルの才能ではないという点には全面的に同意しますがね」ベネディックは勃起したペニスの林を示し、笑いながら言った。「あなたは笑うだろうが、このところいちばん売れているのはこういうものなんです」

マデリンは信じられないという表情をした。

「ここにショーン・ローレンツの作品はあるんですか？」

それまで陽気だったベネディックが表情を硬くした。

「いや、残念ながら。ローレンツは少ししか作品を残さなかった画家でした。彼の作品を今みつけることはほぼ不可能であり、たいへんな値段がついています」

「ローレンツはいつ亡くなったんです？」

「一年前です。四十九歳になったところでした」

「死ぬには若すぎますね」

ベネディックは肯《うなず》いた。

「ショーンはだいたいにおいて病弱だった。長いこと心臓の問題を抱えていて、すでに何度もバイパス手術を受けていたんです」

「彼はあなたの画廊と専属契約を結んでいたのですか?」

美術商は悲しそうな表情をした。

「わたしは彼にとって最初の画廊オーナー兼美術商だった。というか友人だった。よく喧嘩もしましたけどね」

「ローレンツはどういった画風なんでしょう?」

「まさしく、これまでになかったもの!」ベネディックは叫ぶように言った。「ローレンツはローレンツでした!」

「というと?」マデリンはさらに訊ねた。

ベネディックが身を乗り出してきた。

「ショーンは分類のできない画家でした。いかなる派にも属していなかったし、いかなるグループからの束縛も受けなかった。もし映画に類似性を求めるなら、そうですね、スタンリー・キューブリックに近いと言えるかもしれないです、異なるジャンルで傑作を生みだせる芸術家という意味において」

マデリンは肯いた。もう去るべきだと彼女は思った。好ましからざる同居人との問題を解決しなければならない。だが何かが彼女を引き止める。ひとつの出会いのようなあの家の発見という体験をし、さらに多くのことを知りたくなったのかもしれない。

「今、あなたはあのローレンツのアトリエの所有者なんですか？」

「強いて言うなら、債権者たちからあの家を保護しようと頑張っています。わたしは彼の包括受遺者であり遺言執行人ですから」

「債権者？　あなたは彼の作品にたいへんな値段がついていると言いませんでしたっけ？」

「そのとおりなんだが、ショーンは離婚をしたので、それが高くついた。それに、彼は数年前から絵を描かなくなっていたんです」

「なぜです？」

「病気のせい、そして個人的な問題のせいです」

「どんな問題ですか？」

ベネディックは苛立ちを見せた。

「あなたは警察の人ですか？」

「ええ、そうなんです」マデリンはにっこりして言った。

「どういうことですか？」ベネディックは驚いた。

「何年ものあいだ刑事をやっていました」彼女は説明する。「マンチェスターの犯罪取締班で、そのあとニューヨークでも」

「どんな捜査に関わっていたのです？」

マデリンは肩をすぼめた。

「殺人とか拉致事件……」

ベネディックは額にしわを寄せた。何かを思いついたようだった。腕時計を見たあと、ショーウィンドーの外、通りの反対側の黒い店構えに金色の日よけテント《オーニング》がどこか海賊船を思わせるイタリア料理店を指さした。

「サルティンボッカは好きですか？」彼が聞いた。「人との待ち合わせが一時間後にあるが、もしショーンについてもっと知りたいのなら、あなたを昼食にご招待しますが？」

2

パティオの中央に植わった古いボダイジュの枝を、湿り気を帯びた風が震わせ、さざめかせていた。テラスのテーブルをまえにしたガスパール・クタンスは、口に含んだワインを味わう。ジュヴレ＝シャンベルタンはバランスのとれた濃密さ、柔らかな口当たり、サクランボとクロスグリの香りとで、じつに美味だった。

けれどもワインを利き酒する楽しみも、家のレンタルの見通しが立たないため半減してしまう。ふざけるな、あんな女に追いだされてたまるか！　彼は怒っている。彼はここで自分の戯曲を書きたいのだ。それは筋を通すとかの問題ではなく、必要性の問題だった。珍しくも一目惚れしたのだ、しかも正当なる権利があるのだから降参してはならない。だがあのマデリン・グリーンは、かなりしぶとそうではあった。彼女は自分のスマートフォンを出して、ガスパールがエージェントのカレンに電話することを要求した。直接の責任がなかったにもかかわらずカレンはしきりに謝り、十分後に折り返し電話してきて、問題が解決するまでのあいだ、ホテル〈ル・ブリストル〉にスイートルームを確保したと言った。しかしガスパールはきっぱりとこの家以外は断るとの最後通牒を突きつけた。カレンが問題を解決するか、もしくは永遠にさよならということだ。通常ならば、そのような問題があるとカレンはガスパールのための戦士になる。だが今回にかぎり、それで事がすむとはガスパールにも思えなかった。

また一口ワインを味わう。小鳥のさえずり。空気の心地よさ。冬の太陽に心まで温まる。ガスパールは口元がついほころんでしまうのを抑えられない、それほど今の状況は喜劇的だった。ひとりの男とひとりの女がコンピュータのバグのせいで、クリスマス時期に一軒の同じ家を借りる羽目に陥った。まるで芝居の幕開けだった。彼が書くようなインテリ向けのひねくれた芝居ではなく、もっと愉快なだけの舞台。一九六〇年代、七〇年代のバリエとグレディのコンビによって書かれて〈自由劇場〉や〈ブッフ・パリジャン〉などの劇場をいっぱいにし、ガスパールの父親がこよなく愛していたような芝居のひとつである。

父親……。

これを避けることはできない。ガスパールがパリにやって来るたび、もう消えたはずの燃え殻が火を噴く。火傷《やけど》を負わぬよう、痛みが耐えがたくなるまえに、ガスパールは頭を空っぽにする。時とともに、そんな記憶は遠ざけておいたほうがいいと学習した。生死に関わることだったから。

ワインを注ぎなおし、グラスを手にテラスからサロンに入った。まず目を引かれたのが三十三回転のアナログ盤コレクションで、数百枚もあろうか、ジャズのレコードが無垢オーク材の棚にきちんと整理されていた。ガスパールは、ターンテーブルに聞いたこともないポール・ブレイという名のピアニストのレコードを置き、しばらく聴くうちにその澄んだピアノの音色が気に入り、そのまま室内の壁に掛けられた額縁を眺めていった。

デッサンや絵はなく、白黒の家族写真だけ。男、女、幼い男児。男、それはショーン・ローレンツである。それと分かったのは、昨年十二月の『ル・モンド』紙に載った死亡記事の写真――イギリスの女性写真家ジェーン・ボウンが撮ったポートレート――を見た記憶があったからだ。その元となった大きな写真が目のまえにあった。背の高いシルエット、その圧倒するような背丈に剃刀のように痩せた顔、不安と同時に決意をも感じさせる謎めいた視線。ローレンツの妻は二枚の写真にしか写っていない。彼女のポーズは、二十五年前のファッション雑誌の表紙を飾るステファニー・シーモアとかクリスティー・ターリントンそっくりだった。ほっそりとしてセクシー、一九九〇年代の輝くばかりの美女。痩せていても、骸骨のようではない。輝いていても、人を寄せつけぬ美しさではない。いちばん多いのは、ローレンツが息子といっしょに写っている写真だった。画家はおそらく自分に厳しい人物だったのだろうが、息子——金髪と輝く目の、食べてしまいたくなるくらいかわいい顔——といっしょだと、生きる喜びが伝染したかのように彼の体型まで変わってきている。家族写真の最後の二枚は、ローレンツが五、六歳の子供たちといっしょに絵を描いているところで、学校内、もしくは幼児向け絵画教室らしきそこには、彼の息子も写っていた。

〈プレイヤード叢書〉や、〈タッシェン〉、〈アスリーヌ〉といった出版社の限定出版本が並んだ本棚のなかに、ローレンツ作品の総合研究書をみつけた。五百ページ近い大著で豪華装丁、重さも三キロは下らない。ガスパールはグラスをローテーブルに置き、ページをめくろうとソファーに落ち着く。正直なところ、ローレンツの作品をまるで知らない。絵に関して、彼の好みはむしろファン・エイクをはじめ、ボッシュ、ルーベンス、フェルメール、レンブラント……などのフランドルおよびオランダ黄金時代に向かう。著者ベルナール・ベネディック自身による序文に目を走らせると、ローレンツの作品を深く研究した成果はもちろんだが、未発表の資料も公開するとあった。著者ベネディックは伝記を著すにあたっての方針を序文にて自由かつ直截《ちょくせつ》な表現で述べており、ガスパールはそれを評価した。

ショーン・ローレンツは一九六〇年代半ばにニューヨークで生まれた。家政婦エレナ・ローレンツとアッパー・ウエストサイドに住む医師のあいだに生まれたが、父親はけっして認知しようとはしなかった。未来の画家である一人息子は、ハーレム北にある公団住宅群〈ポロ・グラウンズ・タワーズ〉にて母親といっしょに思春期まで過ごした。ひどく金に困りながらも、母親はいかなる犠牲も厭わず、息子を私立のプロテスタント系の学校に通わせた。ところがショーンは、その犠牲に値するような結果を見せずに何度か停学処分を受けたあと、徐々に軽い非行に走るようになる。思春期を終えるころ、万引きをくり返しながらも、彼は〈花火師〉というグラフィティ集団の一員となって、絵画というか、スプレーによるグラフィティをマンハッタンの地下鉄の壁などに描きつけるようになった。

　本に掲載されている写真を見ていく。若者らしい雰囲気を漂わせてはいても、もう苦悩が顔に刻まれている二十歳から二十五歳ぐらいの彼、大きすぎる黒のコートにペンキだらけのTシャツ、ラッパー風のキャップ、足には履き古した〈コンバース〉が見えている。スプレーを手にしたショーンは、二人の相棒――ひとりはヒスパニック系の痩せて整った顔立ちの若者で、もうひとりはネイティブ・アメリカンのヘアバンドをしたひどく体格のいい男っぽい感じの女性――とたいていいっしょに写っていた。地下鉄車両や塀、壊れかけた建物の壁を激情溢れる絵図で覆うグラフィティ集団である。少しぼやけた画素の粗い写真は、倉庫内や空き地、地下鉄坑道内で撮ったものだろう。ガスパールがまだ学生だったころの、無秩序で汚らしく殺伐としている一方で、刺激的だったニューヨークを蘇らせる写真だった。

3

「八〇年代はニューヨークのグラフィティ全盛の時期でした」ベルナール・ベネディックがフォークにスパゲッティを絡ませながら説明する。「街を自分らの手に取りもどそうということだったのか、ショーンのような若者たちが目のまえにあるものすべてを塗りたくっていった。商店の鉄製シャッターから郵便ポスト、清掃車、そしてもちろん地下鉄車両も」

画廊オーナーと向かいあって座るマデリンは、その話を興味深く聞きながらタコのサラダをつまんでいる。

フォークをテーブルに置くと、ベネディックはポケットから大型のスマートフォンを出して写真アルバムのアプリを開き、ショーン・ローレンツ関係の画像を入れたフォルダーを選ぶ。

「ご覧なさい」それをマデリンに見せながら言った。

彼女はｉＰｈｏｎｅの画面をスクロールして、デジタル化された当時の写真を見ていった。

「*Lorz74*、これはどういう意味ですか？」マデリンはグラフィティの多くにスプレーで書かれた略号の意味を尋ねた。

「それがショーンのサインなんです。スプレー・ペインターには、自分の名前と住んでいる番地を組み合わせる例が多かった」

「ローレンツといっしょにいる二人は？」

「同じ界隈に住んでいて、いつもいっしょに行動をしていた仲間、この三人は〈花火師〉と名乗っていた。痩せたヒスパニック系の若者は自分のグラフィティに〈夜勤者《ナイトシフト》〉とサインしていたんだが、早い時期にいなくなった。ブルドーザーのような若い女性のほうは話がべつで、豊かな芸術的才能に恵まれており、〈てんとう虫《レディーバード》〉と名乗っていた。グラフィティの世界では珍しい女性ペインターですね」

　マデリンはスマートフォンに保存された数十枚の画像を見ていく。八〇年代、九〇年代のニューヨークは、彼女が知るあの街とはあまり共通点がないように思われた。地元ギャングの支配下におかれた凶暴な都会のジャングルのなかでの、麻薬に蝕まれた暮らし。それと対照をなして、花火のように破裂するグラフィティの生き生きとした色彩。ローレンツのグラフィティの多くは、巨大な色文字で構成され、ヘリウムガスで膨らませたように丸く、それぞれが重なり繋がっているところは映画『ワイルド・スタイル』の流儀そのままだった。マデリンは自分が思春期を過ごしたマンチェスターの集合住宅地の壁を目に浮かべる。迷路のようなアルファベットと混在して絡みあう矢印と感嘆符は、彼女の内に矛盾した印象を与えたものだった。アナーキーな違反性を伝えてくる一面を嫌ってはいたものの、強烈な活力に満ちたそれらの壁画に、少なくとも悲哀やコンクリートの陰鬱さを打ち破るというプラス面があったことは認めざるをえない。

「かいつまんで言うなら、九〇年代もごく初期のころのショーンは、ヘロインに脳を焼かれながら仲間とぶらぶらしているチンピラだったということです」ベネディックは話を続ける。「どちらかと言うと才能のあるペインターだったし、それなりのテクニックもあったので、かなり面白いことをやれたわけだが……」

「……卓抜したものでもなかった」マデリンが言葉を継いだ。

「しかし、一九九二年の夏にそのすべてが変わってしまった」

「何があったんです？」

「その夏、ショーン・ローレンツはグランド・セントラル駅で十八歳のフランス人の娘と出会い、たちまち恋してしまった。名前はペネロープ・クルコフスキといい、母親はコルシカ島の生まれ、父親はポーランド人だ。ニューヨークではベビーシッターをやって暮らしていたんだが、実際はモデルになるためにオーディションを受けまくっていた」

ベネディックは言葉を切って、グラスの発泡水を飲みほした。

「ペネロープの気を引こうと、ショーンはニューヨークを走る地下鉄車両すべてを塗りたくる。二か月間、意中の娘をテーマにした夥《おびただ》しい数の絵が描かれていった」

彼は自分のスマートフォンを手にとり、話を続けながらほかの写真を探す。

「絵を介してひとりの女性へ愛を告白するペインターはショーンが最初ではないし、コーンブレッドとかジョン・ワンがすでにやっていたが、こういうやり方を選んだのは彼のほかにだれもいない」

探していたものをみつけ、ｉＰｈｏｎｅをテーブルに置くとマデリンのほうに滑らせた。

彼女は画面に顔を近づけた。画像を見たマデリンはあぜんとしてしまう。そこにある絵は、女性美への、耽美への、官能への讃歌だった。最初のうちは、慎みがあってロマンチックとさえ見えたそれらの壁画は、とてつもない淫らさを見せていく。ペネロープがツタの女に姿を変えて、ときには空中に、ときには水中にいるかのように車両から車両へと伸びていた。木の葉とバラ、ユリの花で飾った顔を囲んだ燃える髪が、浮かぶように波打つように絡みあい、アラベスクを描くさまは優雅さと同時に不安をも感じさせる。

4

本を膝の上に広げたまま、ガスパール・クタンスはショーン・ローレンツが一九九二年七月から八月にかけて描いた地下鉄車両の絵の写真から目を離せずにいた。その壁画はまばゆいばかりだった。同じ類いのものは見たことがなかった。というか、見たことはあったが、彼が連想したのはピカソの「花の女」やアルフォンス・ミュシャのポスターの一部、ただし未公開の秘密の官能作品であった。だが、この金色の葉に覆われた燃えんばかりの身体を持つ若い女はいったいだれなのか？　もちろんローレンツの妻という説明文はついていた。例のペネロープ、白黒の家族写真に写っていたのですでに知ってはいた。ときに愛想よく、ときに意地悪い、両面性を持つ女性。すらりとした長い脚に雪の肌、赤錆色の髪を持つ女。

魅了されたガスパールはページをめくり、ほかにも悩ましいほどのエロチックな絵を発見していく。いくつかの写真では、ペネロープの髪は数十匹のヘビのようで、肩から波打って胸の辺りでとぐろを巻き、脇腹を嘗《な》めるようにして秘部を愛撫する。サイケデリックな後光を放つ、あるいは金糸の雨に濡れた彼女の顔は歓喜に歪む。肉体は重複し、よじれて旋回し、燃えだす……。

5

「衝撃の一作で、ショーンはそれまでの約束事を破壊してしまった」ベネディックは説明する。「グラフィティの硬直した決まり事から解き放たれて、べつの次元に向かい、クリムトもしくはモディリアーニのような画家の系譜に自分の作品を加えていったんだ」

　魅入られたマデリンは、もう一度地下鉄車両の絵を最初から見ていった。

「この作品は、すべて今はもう残っていないということですか？」

　美術商は半ば楽しむような、半ば諦めたような笑みを浮かべた。

「そう、一夏しか存在しなかった。儚い存在、それがストリートアートの本質そのものだから。また、そうあることが美でもある」

「これらの写真はだれが撮ったんですか？」

「ぜんぶ例の〈レディーバード〉が撮った。〈花火師〉たちのいわば学芸員、記録係は彼女が担当していた」

「そのような活動に手を染めることは、ローレンツにとって危険だったのでは？」

　ベネディックは肯いた。

「一九九〇年代の前半というと、ニューヨークでは〝ゼロ・トレランス政策〟（軽犯罪を徹底的に取り締まることで凶悪な犯罪を抑止しようとする治安対策）が導入された時期だ。取締当局に強大な法的権限が与えられ、市の交通局

〈ＭＴＡ〉が徹底したグラフィティ・ペインターたちの摘発に総力を挙げ、裁判所も重い刑を言いわたすようになった。しかし、危険を冒せば冒すほど、ショーンのペネロープへの愛が証明されることにもなった」

「具体的には、どうやっていたんですか？」

「ショーンはばかじゃない。彼はＭＴＡ警備員のユニフォームを持っていて、車両を停めておく車庫に侵入できたと、わたしに明かしたことがある」

　マデリンはスマートフォンの画面から目を離せなかった。その女性、ペネロープのことを思った。彼女は、こうして輝くようで淫らな自分の姿がマンハッタンに氾濫するのを見て何を思ったのだろう？　気をよくした、それとも屈辱を感じたのだろうか？

「ローレンツは目的を果たせたんでしょうか？」マデリンは聞いた。

「ペネロープが彼のベッドに入ったか、あなたはそれを知りたいのかな？」

「そういう言い方はしないけれど、まあ、そういうことです」

　ベネディクトは手を挙げ、リストレット（通常の量のコーヒー豆を通常の半分の量の水で抽出したエスプレッソ）を二つ注文してから説明を始める。

「初めはペネロープも無視していたのだが、自分をそんなふうに偶像視してくれる男を長いこと無視するというのは難しい。しばらく後には、彼の魅力に参ってしまった。その夏、二人は猛烈に愛しあった。そして十月になり、彼女はフランスに帰国した」

「バカンス先での恋だったということですね？」

美術商は首を振った。

「違った。ショーンはこの娘を熱愛していた。その年の十二月、ペネロープのいるフランスまでやって来て、彼女とマルティル通りにある二部屋の小さなアパルトマンに住みはじめたくらいだった。そこでショーンは絵を続ける。地下鉄の車両ではなく、パリのスターリングラード駅界隈やセーヌ＝サン＝ドニ県内の塀や空き地の囲いがカンバスになった」

改めて、マデリンはその時期の絵の画像を見る。やはり、まぶしくて爆発するような色の絵。その生命力は南米の壁画アート〝ミューラル〟を連想させた。

「その時期、一九九三年だった、わたしが最初にショーンと会ったのは」とベネディックは明かし、虚ろな目つきをした。「彼は〈蜉蝣病院《オピタル・エフェメール》〉の小さなアトリエで描いていたんだ」

「〈オピタル・エフェメール〉というのは？」

「十八区内の、旧ブルトノー病院跡にあった不法居住区《スコッター》。芸術家村だ。九〇年代初頭、多くの芸術家がそこで活動していた。画家をはじめ、もちろん彫刻家も、ロック・グループ、ミュージシャンもいた」

その記憶が蘇ったのか、ふいにベネディックの表情が明るくなった。

「わたし自身は芸術家じゃないし、特別な才能があるわけでもないが、嗅覚は持っている。才人を見分ける嗅覚をね。だからショーンと出会ったとき、彼がほかのグラフィティのペインターの百倍の値打ちがあると一目で見抜いた。彼にわたしのギャラリーで展示するように提案したんだ。当時の彼が聞きたがっていた言葉を言ってやったんだ」

「というと?」

「グラフィティを、スプレーで絵を描くのをやめて、油絵の具でじかにカンバスへ描くよう勧めたんだ。わたしはこう言った、彼には形体および色彩、構成、動きを表現する才能があると。ポロックあるいはデ・クーニングに連なる仕事を残す能力があるんだとね」

かつてのお気に入りについて話しながら、ベネディックは震え声になり、目まで潤ませた。マデリンは昔の女友だちのひとりに、何年もまえに自分を振った男のことを話すたびに泣いてしまう子がいたのを思いだした。

リストレットを飲み終え、彼女は聞く。

「ローレンツはすぐにフランスを気に入ったのでしょうか?」

「彼は変わった男なんだ。孤独を好み、ほかのペインター連中とはまるで違っていた。ヒップホップ文化を嫌悪しており、読書家で、音楽もジャズとか反復的な現代音楽しか聴かなかった。ニューヨークを恋しがったのは当然だが、ペネロープを熱愛していた。二人の関係は波瀾に満ちたものだったが、彼女からは多くのインスピレーションを得ていた。一九九三年から二〇一〇年にかけて、ショーンは彼女の肖像画を二十一点描いている。その連作がショーン・ローレンツの傑作とされているものだ。〈二十一のペネロープ〉は美術史上でも屈指の愛の宣言に数えられるのではないかな」

「二十一という数字は?」

「ご存じかな、魂の重さが二十一グラムだという理論があるのを……」

「すぐにローレンツは成功を収めたんですか？」

「まるでだめだった！　最初の十年間、一作も売れなかった。朝から晩まで描き続けていたんだがね。しかもだ、そんな作品を自分で捨ててしまうことが始終あった、不満足な出来だという理由で……。美術コレクターに彼の絵を知らしめ、説明するのがわたしの仕事なんだが、簡単にはいかなかった。というのも既存の絵のどれにも似ていなかったからだ。なんとか売れるようになるまでほぼ十年が必要だった。二〇〇三年になってショーンの個展を開くと、オープニング当日に全作品が売れてしまうようになった。そして二〇〇七年……」

6

二〇〇七年、〈アールキュリアル〉のオークションにてショーン・ローレンツの一九九八年制作の「アルファベット・シティー」と題された絵に二万五千ユーロの値がついた。実際それがフランスにおいてストリートアートが放った最初の衝撃であり、社会的に認知されるきっかけとなった。一夜のうちにショーン・ローレンツはどこのオークションでも寵児となり、一九九〇年代の特色である色彩豊かな作品は飛ぶように売れ、記録を更新しつづける。美術的な見方をすると、ローレンツはすでにつぎのステップに進んでいた。取締当局の目を盗んで描くグラフィティとは不可分の緊迫性とアドレナリンの放出といったものが姿を消し、自己への要求が強まるにつれ、数か月、場合によっては数年間もの熟慮の末に構成される絵画に変わっていった。自作に満足できなければ、ローレンツはすぐ燃やしてしまう。一九九九年から二〇一三年にかけて二千点もの絵を描いたというのに、そのほとんどが煙となった。呵責《かしゃく》ない彼自身の審判から生き残ったものは、ほんの四十点にすぎない。そのなかにワールドトレードセンターの悲劇を題材にした記念碑的な「Sep1em1er」があり、ある美術品蒐集家が七百万ドルを超える値段で購入し、それをニューヨークの９１１メモリアル・ミュージアムに寄贈している。

ガスパールは解説文から目を離し、その時期の作品を見るためページをめくった。ローレンツには作風を一新するだけの才能があった。スプレーによる走り書き《タグ》や文字は姿を消し、その代わりに、色彩の塊の周りにペインティングナイフで起伏をつけたモノクロームの空間が配置され、絶えず抽象と具象のあいだを揺れ動いていた。色使いは以前より鮮やかさが減って、パステルあるいは秋めいた砂色、黄土色、茶、白みがかったピンク《ローズ・プードル》など、より微妙さも増している。ガスパールはその時期の絵がとても気に入った。硬質でありながら貝殻の光沢を帯びていて、岩と土、ガラス、聖骸布の茶色の血痕を同時に連想させた。

ローレンツの絵は生きていた。絵そのものが実際に生きているように感じられた。彼の絵は人の心を揺り動かし、鷲づかみにする。わたしたちは混乱し、幻惑させられる。めまいや郷愁《ノスタルジー》、喜び、安堵、怒りといった相反するさまざまな感情が湧いてくる。

本に掲載されていた最新の絵は、二〇一〇年に発表されたモノクロームの作品だった。それが彼の中心主題となっていた。厚く塗られた絵の具、そこに当たる光が計算されていた。どれも傑作だった。

本を閉じながら、ガスパールはこんな芸術家の存在にずっと気づかずにいたことを不思議に思った。

7

「お金に関してローレンツはどういう態度でした？」マデリンは聞いた。

ベネディックはまるでブランデーのように角砂糖をリストレットに浸した。

「お金は自由を測る物差し、そう考えていたんじゃないかな」角砂糖を嘗めながら言った。「だがペネロープは正反対で、いくらあっても足りなく感じていたようだ。二〇〇〇年代の末、ショーンへの評価が最高潮に達した時期だが、ペネロープは作品のいくつかをニューヨークの美術商ファビアン・ザカリアンに預けるよう夫を説得にかかった。さらにショーンの新作二十点ほどを、わたしを通さず直接オークションにかけるよう彼に勧めることもあった。それでショーンは数百万ドル稼いだにはちがいないが、わたしとの関係はまずくなったね」

「ある朝、一枚の絵が数百万ドルになっている。これはいったい、どういうことなんです？」マデリンは言った。

ベネディックがため息をついた。

「良い質問だが答えるのは難しい。なにしろ、美術品の市場には合理性というものがないのでね。作品の値段を決めるには、それぞれ異なる関係者、まず芸術家がいて、もちろん美術商、コレクター、そして美術館の責任者というように、複雑な戦略が絡みあっているんだね……」

「ショーンの裏切りはショックだったでしょうね」

ベネディックは顔をしかめたものの諦めているようだった。

「それが人生でしょう。芸術家というのは子供と同じで、たいていは恩知らずだから」

彼はしばらく黙ったあと、言葉を続ける。

「いいですか、画廊をやっている者たちの世界は弱肉強食なんです。代々美術商をやっている家の出ではないわたしのような者にとって、それはなおさらのことです」

「それでもローレンツとは連絡を取りあっていたんですね？」

「もちろん。ショーンとわたしは長い付き合いだ。二十年ものあいだ、喧嘩をしては仲直りをくり返していた。ザカリアンの件があったあとも話はしていたし、それはあの不幸な出来事のあとも変わりなかった」

「不幸な出来事とは？」

ベネディックは大きくため息をつく。

「ショーンとペネロープは子供が欲しくて、かなり苦労をした。ほぼ十年間、ペネロープは流産をくり返した。結局は諦めたんだなと思っていたら、なんと奇跡が起こって、二〇一一年の十月、ペネロープが、ジュリアンというんだが、男の子を出産したんです。それを境に面倒な問題が起こりはじめた」

「面倒な問題って？」

「子供が生まれて、ショーンは有頂天だった。息子と接していると充実感に満たされるんだと何度聞かされたことか。ジュリアンのおかげで新しい目で世界を見られるようになったとか、新たな価値を再発見したとか、素朴な物事との繫がりを取りもどせたとか。あなたもお分かりでしょうが、要するに、歳がいってから父親になった男が口にする類いの歯が浮くような話です」

マデリンがとくに反応しないので、ベネディックは続ける。

「問題なのは、その間ショーンが芸術的な活動という点でまったくの〝無〟の時期に入ってしまったということです。創作の源泉が涸れてしまった、美術界の偽善に疲れはてたんだ、といったような言い訳をしていましたが。そしてその三年間、息子の世話をすること以外は何もしなかった。哺乳瓶を用意し、幼稚園でお絵かき会の先生を演じるショーンを想像してみてください！　その時期の芸術活動というと、幼いジュリアンを連れてパリを歩きまわり、あたり構わず小さなモザイクタイルを貼りつけたことくらいです。息子が喜ぶのでね。そんなことに何の意味もありはしない！」

「でもインスピレーションが湧かないのなら……」マデリンが反論しようとした。

「インスピレーション、冗談じゃない！」ベネディックがむきになった。「あなたも彼の作品の写真を見たでしょう。ショーンは天才なんです。天才は創作活動にインスピレーションなんて必要としない。ショーン・ローレンツともあろうものが絵を描くのをやめるなんて、とんでもないことだ。単に彼にはそんな権利がないということ、それだけです！」

「でも権利があったと考えるほかないでしょうね」マデリンが指摘する。

ベネディックが恐ろしい目つきをしたが、マデリンは続ける。

「そういうわけで、ローレンツは死ぬまで筆を手にしなかったんですね？」

ベルナール・ベネディックは首を振り、大きなメガネを外してまぶたを揉んだ。息づかいが階段を四、五階分上がってきたかのように荒くなった。

「二年前の二〇一四年十二月に、ジュリアンが悲劇的な状況のなかで死んでしまった。それ以来、ショーンは創作しなくなったのみならず、文字どおり絶望に打ちのめされてしまいました」

「悲劇的な状況とは？」

数秒のあいだベネディックは外の明かりを探すかのように目をそらし、ひどく悲しい表情になった。

「以前からショーンは力強さと不完全さとを凝縮したような男だった」ベネディックは彼女の質問には答えずに言った。「ジュリアンが死んで、彼は昔の悪い習慣、麻薬と酒をまた始めてしまった。わたしは精一杯助けようとしたんだが、本人には助けられようなんて気がなかった」

「でもペネロープがいたのでしょう?」

「あの夫婦はかなり以前からうまくいってなかった。彼女はあの事件をきっかけに離婚を迫り、すぐに新しい生活を始めた。そしてショーンがそのときやったことも二人の関係をますます悪化させた」

　ベネディックは、サスペンスを盛りあげるかのようにそこで言葉を切った。それにマデリンは気づき、手玉にとられているような気分になったが、好奇心のほうが強かった。

「ローレンツは何をしたんです?」

「二〇一五年の二月、わたしは長いあいだ準備していた計画――ショーンの作品群〈二十一のペネロープ〉を中心にした大がかりな展覧会――をようやく実現させることに成功した。世界で初めて、彼が描いたペネロープの絵二十一点が一か所で見られるはずだった。著名なコレクターたちが作品を貸してくれたわけです。以前ならそんなことはありえなかった。ところがオープニングの前夜、ショーンはわたしの画廊に押し入り、自分の作品を一枚ずつ丹念にバーナーで破壊した」

　そのときのことを思いだしたのだろう、ベネディックはげっそりした表情を見せた。

「何でそんなことをしたんでしょう?」

「想像するに、一種の解除反応《カタルシス》でしょうな。象徴的にペネロープを殺そうという意志、なぜなら、ジュリアンの死に責任があると彼女を責めていたのでね。だが理由が何であろうと、わたしは彼の行為を絶対に許せない。ショーンには自分の絵を破壊する権利などなかった。なぜかといえば、まず、彼の作品が美術遺産の一部であるから。さらには、その行為によってわたしを破産させ、画廊を貧窮状態に陥れたからだ。わたしは二年前から複数の保険会社からせっつかれている。刑事事件の捜査さえ始まっているんです。自分の名誉を守る努力はしているけれど、美術商の業界というのは非常に厳しいので、わたしの信用はがた落ちですよ……」

「よく分からないんですが、〈二十一のペネロープ〉の所有者はだれなんですか？」

「大部分はショーンとペネロープ、それからわたしが持っていた。だが、三点は著名なコレクターのもので、ロシア人と中国人、アメリカ人の所有物だった。告訴されるのを恐れたショーンは、その三人に新規の作品、ショーン曰く、最高傑作を提供すると約束した。当然ながら、それがなかなか送られてこないという状況になった」

「そうでしょうね、描かないんだったら」

「そう、わたしも新作は諦めていたね。しかも彼が死ぬまえの数か月、わたしが思うに、ショーンにはもう絵を描くだけの体力も残っていなかった」

一瞬、ベネディックの目が潤んだ。

「最後の一年間は彼にとってほんとうに苦難の道だった。二回も心臓の手術を受けて、そのたびに死ぬような目に遭った。しかし死の前夜、わたしは彼と電話で話をしたんだ。数日の予定で、彼はニューヨークの心臓外科医に会いに行っていた。そのとき、彼がまた描きはじめたこと、そして三枚をすでに仕上げたことを聞かされた。作品はパリにある、わたしも近いうちに見られるだろうと言ったんです」

「ほんとうのことを言わなかったのかもしれませんね」

「ショーンは欠点だらけの男だが、嘘つきではない。彼が亡くなって、わたしはそこいら中探しまわった。彼の家のなかをくまなく、屋根裏から地下室までね。しかし、新作の痕跡さえみつからなかった」

「あなたは彼の包括受遺者、遺言執行人だと言いましたよね？」

「そうだが、遺産と言っても、ペネロープが搾《しぼ》りとったあとなんで、骸骨みたいな状態でね。シェルシュ＝ミディ通りの家、あなたも知っている家だが、もう抵当に入っているあれを除けば、何もない」

「彼があなたに遺贈したものはあるんですか？」

ベネディックは笑い声をあげた。

「そう言っていいものだったら、あるにはある」そう言うと、彼はポケットから何か小さな物を出した。

彼は宣伝用の小さなマッチ箱をマデリンに見せた。

「〈グラン・カフェ〉、どういうことでしょう？」

「モンパルナスにあるブラッスリーで、ショーンがよく行っていた店だ」

マデリンがマッチ箱をひっくり返すと、裏側にボールペン書きの文字があった。〝星たちを輝かせるときがやっと来たぞ〟というアポリネールの有名な詩句だった。

「これは間違いなくショーンが書いたものだ」美術商は断言した。

「それで、彼が何を仄《ほの》めかしているのかは分かっているんですね？」

「まるで分からない。伝言だと思い、いろいろと考えてみたんだが、何も分からなかった」

「このマッチ箱を、彼はあなたに渡そうとしたんですか？」

「ともかく、家の金庫のなかに残されていた物はこれしかなかった」

勘定のためユーロ札二枚を置き、ベネディックは立ちあがるとジャケットを着て首にマフラーを巻いた。

マデリンは座ったままでいる。黙ってマッチ箱を調べながら、美術商から聞いた話を咀《そ》嚼《しゃく》している。

数秒後、彼女も立ちあがり、ベネディックに質問をする。

「どうしてわたしにすべてを話したのですか？」

ベネディックはジャケットのボタンをかけながら、当然のことのように言う。

「行方不明になっている三枚の絵をみつける手助けをしてほしいからに決まっているでしょう」

「何でわたしに？」

「あなたは刑事ですよね？　それにもう言ったことだが、わたしは人を見るときの自分の勘を信じている。何かがわたしに囁《ささや》くのだが、もし例の絵が存在するのなら、というか、わたしはそう確信しているのですが、それをみつけられる能力のある人はあなたしかいないということです」

3　縄の美しさ

もしあなたがそれを言葉で言い表せるのなら、絵に描く必要などまったくない。

エドワード・ホッパー

1

ロン・ポワン・シャンゼリゼの出口で、マデリンはロンシャン遊歩道の信号を無視してしまうところだった。

美術商と昼食をとったあと、彼女はフランクリン・ルーズヴェルト通りでスクーターのベスパをレンタルした。ローレンツのアトリエを巡ってのあの無愛想なアメリカ人との言い争いで午後をむだにするのはごめんだった。ということで、シャンゼリゼ通りの近くにベスパを停めて、クリスマス市をぶらついてみようと思った。しかし十五分も経たないうちに、「世界で最も美しいアベニュー」と賞される大通りの両側に並ぶ山小屋風の売店を見て憂鬱になってしまった。フライドポテトのスタンド、メイド・イン・チャイナの土産物、吐き気を催すようなソーセージやらチュロスのにおい、昔聞かされたおとぎ話のホワイト・クリスマスというより、どこか胡散臭い場末の出店の雰囲気だった。

がっかりして引き返し、デパート〈ＢＨＶ《ベー・アッシュ・ヴェー》〉のクリスマス・デコレーションを見て、それからヴォージュ広場のアーケードにも行ってみた。けれども彼女が期待する何か――わずかでもいいから味わいたい、あの懐かしい〝クリスマス・キャロル〟の魔力――はどこにもみつからず、シャンゼリゼのクリスマス市よりましとは思えなかった。パリで居心地悪く感じたのはこれが初めてのことだ。自分の場所がなかった。

またベスパに乗り、旅行客の騒がしいおしゃべりと、油断していると目を潰されてしまいそうなセルフィー棒から逃げて、当てもなく走りはじめた。頭のなかではローレンツの絵の色彩やアラベスクがまだ躍動し広がりつづけていた。それで気づいたのだが、自分がほんとうに望んでいるのはローレンツとの旅を続けることだった。あの光の波に身を任せ、あの色彩のニュアンスのなかに迷いこみ、そしてきらめきに目をくらまされること。だがベルナール・ベネディックは彼女に警告した、「ショーン・ローレンツの絵を見られるところは、パリにも一か所しかない」と。運試しをするしかないと覚悟し、マデリンはブローニュの森に向かった。

土地勘がなかったので、ベスパは〈アクリマタシオン遊園地〉の鉄柵近くに停め、マハトマ・ガンジー通りに沿って歩くことにする。今や太陽が誇らかに灰色の空を押しやっていた。快適な気温。まだ湿った空気のなか、金粉をまぶしたようにあちこちで輝きが反射する。遊園地の周辺には、労働組合員も怒声をあげるデモ隊もいなかった。ベビーカーとベビーシッター、子供たちの歓声、焼き栗売りの声……うちとけた雰囲気に満ちている。

ふいに巨大なガラス造りの船が葉を落とした枝のあいだに出現した。透明な帆に覆われた〈ルイ・ヴィトン財団美術館〉が青みを帯びた空を背景に浮かびあがる。想像次第で、建物は強大な水晶の貝殻となり、漂流中の氷山となり、あるいは真珠色の旗を掲げるハイテクのヨットとなった。

マデリンはチケットを買って館内に入った。入口ホールは明るく、その空間は緑に向かって開かれていた。すぐに大きなガラスの殻のなかで保護されているような安心感を覚え、アトリウムのなかをしばらく歩きまわり、曲線と宙に浮いているような建物の優雅さのハーモニーに浸った。壁のガラスタイルが床に映す水のように動く妙な影は、まるで心地よさと温もりとをじかに静脈注射されたかのような効果をマデリンに与えた。

階段を上り、明かりをくみ上げる井戸がところどころ配置された乳白色の迷路を進むと、十ほどの展示室に通じていた。展示は企画展と、美術館所蔵の常設のもの両方が交ざっていた。一階と二階では、伝説的な美術品蒐集家シチューキンのコレクションを鑑賞できた。セザンヌやマティス、ゴーギャンの名高い作品など、ロシア人コレクターが当時の批評家たちの意見を無視し、敢然と二十年間にわたり集めたものである。

鉄骨とカラマツ材の厚板が剝《む》きだしの最上階は、二つのテラスに繋がっており、突如、ラ・デファンス地区の超高層ビル群、ブローニュの森、そしてエッフェル塔の眺望が開ける。

この美術館にはローレンツの絵二点が展示されていて、同じ部屋にはジャコメッティのブロンズ像のほか、ゲルハルト・リヒターの抽象画が三点、エルズワース・ケリーのモノクローム画二点も展示されていた。

2

ガスパールはひび割れ加工《クラック》を施した革張りのラウンジチェアに横たわり、クッションに足をのせて目を閉じ、古いカセットテープに録音されたショーン・ローレンツのインタビューを聞いている。レコード・コレクションの棚にあったのをみつけたのだ。

七年前に録音された長時間のインタビューは、南仏サン＝ポール＝ド＝ヴァンスの〈マーグ財団美術館〉におけるショーン・ローレンツ作品展の開催を機に司会者ジャック・シャンセルが行っていた。無口で知られる謎の画家ローレンツが自作を語ることに同意したのは初めてのこととあって、非常な関心を呼んだ。作風が変わるごとになされた解釈のほとんどを斥《しりぞ》けたあと、彼は「ぼくの絵は直観的であって、どんなメッセージも持たない。すぐに消え去ると同時に恒常的である、それを狙っているだけです」と自作の紹介をした。インタビューに応じる言葉から、疲れと迷いのほか、彼が隠さずに明かしたように「おそらく創作サイクルの終点に着いた」という印象が強く感じられた。

ガスパールは画家の言葉に聞き入る。創作の秘密を明らかにはしなかったものの、少なくとも彼の率直な態度は評価できると思った。包みこむように人を魅了するかと思うと、不安にもさせる彼の声自体が、作品の持つ二重性や曖昧さをそのまま表していた。

　突然、午後の終わりの静寂を破ってアグレッシブな低音が響いてきた。びっくりしたガスパールはガバッと立ちあがり、外に出てみた。〝音楽〟は近くの家の一軒から流れてくるらしく、小路というか袋小路全体に響きわたっていた。歌らしき暴力的な叫びを、がさつで汚いとしか言いようのない、歪んだ音が抑えこんでいる。

よくもこんなごった煮のようなものを聴いて喜べるもんだ！　と罵倒したのはいいが、穏やかなひとときさえ楽しむことができないのかと、極度の疲労感に襲われてしまった。あらかじめ負けるのが分かっている闘いだった。世の中はうんざりする連中、あらゆる種類の厄介者たち、うるさい連中だらけなのだ。騒がしい連中、邪魔者、何にでも文句をつける輩《やから》が幅を利かせていた。そんな人間が多すぎるし、しかも、どんどん増えつつあった。最終的には連中が大勝利を収めるのだろう。

　怒りに駆られたガスパールが家から飛びだして石畳の袋小路に立つと、どの家から大音量が響いているのかすぐに分かった。それは隣の田園風というか、全体がツタに覆われたこぢんまりとした家だった。ガスパールは石造りの門柱の錆びたレバーを引っ張って呼び鈴を鳴らす。反応がないので門扉《もんぴ》を乗り越え、庭をよこぎって玄関ポーチを駆けあがると扉を強く叩いた。

　扉が開いて、ガスパールはちょっと驚いた。ニキビ面にジョイント（紙巻きの大麻）を口にくわえた、アイアン・メイデンのTシャツ姿の若者が出てくるだろうと思っていた。が、現れたのは、丸襟のブラウスにツイード地のショートパンツ、そしてワインレッドの革靴《リシュリュー》を履いた若い女だった。

「頭がどうかしてるんじゃないか!?」彼はものすごい剣幕で吠えた。

驚いて後ずさりしつつ、女はガスパールに視線を合わせた。

「おたくの音楽のことだよ！」彼は怒鳴った。「この地上に自分ひとりしかいないとでも思っているのか？」

「そうですけど、違いました？」

この女は自分をばかにしているなとガスパールが思うと同時に、女は手にしていたリモコンのボタンを押した。

やっと静けさがもどった。

「論文の手直しをしていて、ちょっと休憩しようかなと思ったんです。どこの家もクリスマス休暇に出かけてしまったはずだからと、若干ボリュームを上げすぎましたね、確かに」言い訳のつもりなのだろう、女はそう言った。

「ハードロックを聴きながら休憩かね？」

「厳密にはハードロックとは違いますね」女は異議を申し立てた。「ブラックメタルです」

「何が違うのかな？」

「そうですね、じつは簡単な話なんですけど……」

「分かってくれるかな？　ぼくはどっちでもいいんだよ」ガスパールは相手の言葉を遮ってきびすを返す。「自分で自分の鼓膜を痛めつけるのはかまわないが、ほかの人間を虐待しないようヘッドフォンを買うんだね」

若い女は弾けたように笑い出した。

「ひどい言われようですね！　でも面白いかも！」

ガスパールはふり返った。一瞬、その指摘に狼狽したのだった。彼は女の頭から爪先まで見つめる。上品なシニヨン、お嬢さま風《ベーセーベージェー》の女子学生のような装い、しかし鼻ピアス、そして耳の後ろに見事なタトゥーも見えており、それがブラウスの下まで広がっているようだった。

確かに、彼女の言い分にも一理ある……。

「分かった」彼は認める。「言いすぎだったようだ。しかし、はっきり言って、あの音楽は……」

ふたたび女は笑みを浮かべ、握手の手を差しのべる。

「ポリーヌ・ドラトゥールです」彼女は自己紹介した。

「ガスパール・クタンスだ」

「ショーン・ローレンツの家にお住まいですか？」

「一か月だけ借りているんだ」

突風が吹き、窓のよろい戸を鳴らした。ショートパンツのポリーヌが震えながら素足をこすり合わせる。

「ではお隣さん、寒くなってきたのでコーヒーをいれますけど、いっしょにいかがですか?」二の腕をさすりながらポリーヌは言った。

ガスパールは肯き、彼女のあとから家のなかに入った。

3

じっとしたまま、マデリンは魔法にかけられたかのように二つの絵に見入っている。一九九七年作の「シティオンファイア」と名付けられた一作目は、ストリートアート期のローレンツによる大壁画で、烈火がカンバスを飲みこむように黄色から深い緋色《ひいろ》へと色彩が爆発しながら変化していく。二作目の「マザーフッド」は最近になってからの絵だった。内面的で簡素、ほとんど白に近いライトブルーのカンバスを妊婦の腹を表す曲線がよこぎっている。限りなく純化された母性の喚起。説明パネルによると、これがローレンツ最後の作品と考えられており、息子誕生の直前に描かれたものだという。一作目とは対照的に、色彩ではなく光が見る者の心を動かす。

自分にしか聞こえぬ声に応じるように、マデリンは絵に近づいた。

光が彼女に呼びかけていた。絵の素材、構成、密度、そして幾千ものニュアンスが彼女を魅惑する。その絵は生きていた。数秒のあいだに、同じ絵が白から青、さらにバラ色に変化する。感動を覚えるものの、その正体がつかめない。ローレンツの絵はときに心を和らげ、ときに人を不安にさせる。

そのためらいがマデリンを魅了した。どうしたら一枚の絵にそんな効果が出せるのだろう？　後ろにさがって見ようと思ったが、足が脳の指令に従わない。同意のうえで囚人になったように、マデリンは絵が放射する光から逃れたくなかった。安らぎを与えるそのめまいにもう少し震えていたかった。自分のなかに染みわたり、予想すらしていなかったことを顕わにする、羊水のような、その退行的な空間に留まっていたかった。

美しいものと、明らかにそうでないものが混在していた。

4

ポリーヌの家にはキッチンから入った。まず思ったのは居心地のよさで、無垢材の調理台に砂岩タイルの壁、ギンガムチェックのカーテンという〝田舎風〟スタイルだった。棚には小さなホーローの看板やら古いコーヒーミル、大きな碗、銅鍋が飾りに置いてあった。

「おたくは素敵だけど、ちょっと面食らうね。ブラックメタルというより、むしろジャン・フェラ（フランスの社会派シンガーソングライター。牧歌的なメロディーと過激な歌詞で知られる）という印象なんだが」ガスパールはからかった。

ポリーヌは笑いながら、ガスレンジからイタリア製らしいエスプレッソのコーヒーポットをとって二つのカップに注いだ。

「じつはこの家、わたしのものではないんです。持ち主はイタリア人の実業家で、美術品コレクターでもあり、この家は遺産で手に入れたそうです。ショーン・ローレンツが彼をわたしに紹介してくれました。その人がここに来ることは滅多にないですけれど売るつもりもないみたいなので、留守番と手入れをする人間が必要なんです。この状態がずっと続くとは思いませんが、今のところは利用させてもらっています」

ガスパールは差しだされたコーヒーカップを受けとった。

「あなたがここに住んでいられるのもローレンツのおかげだった。そういうことなんだね？」

壁に背をあずけて立つポリーヌがそっとコーヒーに息を吹きかける。

「ええ、彼がわたしを信用してもいいとそのイタリア人に言ってくれました」

「彼とはどうやって知りあったの？」

「ショーンとですか？　彼が亡くなる三年か四年前、わたしにはお金が必要だったので美術学校《ボザール》の学生のためにモデルをやっていました。ある日、ショーンがその学校でマスタークラスの講師をやり、そこで会って以来、わたしたちは友だちになったんです」

好奇心から、ガスパールは錬鉄製のワインラックに並ぶボトルを見ていった。

「こんなもの飲んじゃいけないな！」顔をしかめて彼は言った。「次回お邪魔するときは、本物のワインをお持ちしよう」

「嬉しい。卒論を終えるためのガソリンが必要なんです」調理台に積み上げられた本に囲まれている銀色のノートパソコンを示して言った。

「何についての論文なの?」

「江戸時代の日本における緊縛の実践——その兵法での活用ならびにエロチック遊戯について」とポリーヌは表題を言った。

「キンバク? それは何?」

ポリーヌはコーヒーカップを流しのなかに置き、新参の隣人に謎めいた視線を向けた。

「では、こちらにどうぞ。お見せしましょう」

5

ガラス仕切りの向こうに、燃えるようなアカガシワとカエデが輝き、そこに投影されたマツが影絵を演じる。

ぼんやりとした視線でマデリンは、〈アクリマタシオン遊園地〉の芝生に建つ東屋《あずまや》の向こうに隠れる夕日を見るともなく眺めていた。まもなく午後五時になる。美術館を一巡したあとマデリンは、全体が明かり取りのようなガラス壁の対面に陣どるレストラン〈ル・フランク〉のテーブルに落ち着いた。注文した紅茶を一口飲んだ。数分前からひとつのことしか考えていなかった。たったひとつの疑問、ベルナール・ベネディックが彼女に言ったことは真実か? ショーン・ローレンツが最後に描いた三枚の絵がなくなってしまったというのは事実なのか? だれも見たことがない未発表の絵が三点。全身に震えが走る。画廊オーナーに利用されたくはないが、もしその絵が実在するなら、自分がその発見者になってみたいとも思うのだ。

アドレナリンが放出されるのを感じる。狩りの始まりの合図だった。

懐かしいあの感覚をまた味わいたい。一九九〇年代初めに地下鉄でグラフィティを描くショーン・ローレンツの胸を締めつけていた感覚も、おそらくこれとあまり違わないのだろうと思う。危険を冒したい、恐怖を味わう喜びに浸りたい。どうにかして、あの感覚を取り戻したいと思った。

スマートフォンでウィキペディアを検索する。ローレンツに関しては、ありきたりのことしか書かれていなかった。

ショーン・ポール・ローレンツはグラフィティ・ペインターとして初期は Lorz74 の名で知られ、後に画家となる。一九六六年十一月八日ニューヨーク市にて誕生、二〇一五年十二月二十三日同市にて死去。死ぬまでの二十年間はフランスのパリに住み創作活動を続けた。

（…………）

読んでみて、うまくまとめた興味深い内容とは思ったが、ベネディックから聞いた以上のことはない。そして最後の数行、やっとマデリンの知りたい情報がみつかった。

ジュリアン・ローレンツ事件

事件内容

二〇一四年十二月十二日、ニューヨーク滞在中のショーン・ローレンツがMoMA（ニューヨーク近代美術館）にて開催の自身の生前回顧展に出かけているあいだに、妻ペネロープと一人息子ジュリアンがアッパー・ウエストサイドで拉致された。数時間後、数百万ドルの身代金を要求する手紙が切断されたジュリアンの指といっしょに届けられた。身代金を支払ったにもかかわらず、妻ペネロープのみが解放され、男児は母親の目のまえで殺害された。

犯人

捜査開始から時を経ずして拉致犯の身元が特定され（…………）。

6

オリーブ材の梁《はり》が渡されたポリーヌ・ドラトゥールの住む家の応接間《サロン》はありきたりのそれとは違い、装飾を最小限にしたモダンなロフトを思わせた。広い部屋の壁には、あちこち極端なポーズで緊縛された裸の女の写真が飾ってあった。縛られて轡《くつわ》をはめられ、宙に吊られた裸体。グルグル巻きに締めつけられた肉体が無数の複雑な結び目のなかでがんじがらめになっている。震えが走る表情は、それが歓喜なのか苦痛なのかよく分からない。

「基本には、日本古来の罪人向けの捕縛術があったのです」ポリーヌが学者のような言い方をした。「とりわけ貴人の戦争捕虜を縛るための技、それが磨かれていったのです。世紀を経るにしたがい、それが繊細なエロチシズムの実践に用いられるようになりました」

ガスパールは写真を見つめる、初めはためらいながら。以前から、服従と支配という類いの関係には居心地の悪さを感じさせられていた。

「偉大な写真家アラーキーが言ったことを知ってます？」ポリーヌが聞いた。「縄は女体を愛撫するようでなくてはならない、そう言ったんです」

実際、徐々にガスパールの不安は消えていった。自分の意に反して、写真に圧倒的な美を発見していた。説明するのは難しいが、その姿が下品とか暴力的だとかはまるで思わなかった。

「緊縛は極度の厳密さが要求される芸術なんです」ポリーヌがなおも言う。「嗜虐的性向《BDSM》とはまったく関係のないパフォーマンスと言えるでしょう。わたしはパリの二十区で教室を開いているんです。いらしたらいいのに。実技をご覧にいれますけど。自分について知るには、精神分析などよりもずっと効果的ですよ」

「ショーン・ローレンツはそういったことにも首を突っ込んでいたのかい？」

ポリーヌが寂しそうな笑いを見せた。

「ショーンは、一九八〇年代から九〇年代のジャングルのようなニューヨークで暮らしていましたからね、こういった細々としたことには全然心が動かされなかった」

「彼とはごく親しかった？」

「友人同士です、さっきも言ったけれど。わたしを信用していました。自分の息子をわたしに預けるくらいまで」

ポリーヌは壁ぎわの大きな段梯子の踏み板に座った。

「わたしは子供があまり好きじゃないんです」彼女は言った。「でも、あのジュリアンだけはべつでした、ほんとにすばらしい子。かわいいし活発で、頭がよかった」

ガスパールはポリーヌの元々白い肌が青ざめたように思った。

「ジュリアンのことを過去形で話すんだね」

「あの子は殺されたんですよ。知らないんですか？」

こんどはガスパールがうろたえる番だった。そばにあった木製の腰掛けを引きよせて座り、ポリーヌのほうに顔を近づけた。

「その……その子の写真が家中に飾ってあるんだが、死んだのか？」

しっかりと視線を合わせながら、ポリーヌは、ガーネット色のマニキュアを塗った爪を齧《かじ》りたいという欲求をどうにか抑えこむ。

「ほんとにひどい話です。ジュリアンはニューヨークで拉致されて、お母さんの目のまえで刺し殺されたの」

「だが……いったいだれに？」

「ショーンの昔の友だち、でもその後は刑務所に入っていたという女。チリ系のペインターで〈レディーバード〉と名乗っていました。復讐したかったんですね」

「復讐って、何の？」

「正直なところ、わたしもよくは知りません」彼女は立ちあがりながら言った。「というか、ずっと動機がはっきりしなかったんです」

ポリーヌがガスパールを促しながら、二人はまたキッチンにもどった。

「ジュリアンが亡くなって、ショーンは別人になってしまった。この表現は、言葉としては軽すぎますね」ポリーヌが明かす。「絵を描かなくなっただけじゃなくて、悲しみによって死のうとしていた、そんな感じでした。わたしはできるだけのことをして助けたいと思いました。買い物とか食事を配達させるとか、薬が必要になればディアーヌ・ラファエルに電話をするとかですね」

「どういう人？　医者かな？」

ポリーヌは肯いた。

「ショーンがずっとかかっていた精神科医」

「ショーンの奥さんは？」

ポリーヌはまたため息をついた。

「ペネロープはさっさと家を出てしまったけれど、それにはまたべつのストーリーがあるんです」

あまり詮索好きだと思われぬようにガスパールは口をつぐんだ。ポリーヌの話にところどころ不明な点はあったけれど、彼は根掘り葉掘り知りたがる連中を軽蔑していたのでその同類になりたくなかった。とはいえ、あまり個人的でない質問を自分に許す。

「つまりローレンツは、亡くなるまでのあいだ、一枚の絵も描かなかったということかな?」

「ええ、わたしの知っているかぎりでは。まず深刻な健康上の問題があったし、それと、自分が絵とはもう関係ないと思っているようなふしがありましたね。もう何もかも関係ない、そういうことです。ジュリアンの幼稚園で一度か二度やったお絵かき会でも、絵筆は握らなかったと聞いてます」

ポリーヌはしばらく時間をおいて、記憶を蘇らせるかのようにこう言う。

「けれども亡くなってしまうしばらくまえ、とても奇妙なことがありました」

ポリーヌは顎で窓から見える画家の家を示した。

「何日間か夜中に、ショーンは朝方まで音楽をかけっぱなしにしていました」

「それのどこが奇妙なんだろう?」

「まさにその点なんですけれど、ショーンは絵を描いているときしか音楽を聴かないんです。わたしがもっと驚いたのは、ショーンがまた絵筆を手にとったということより、それを夜中にやっていたことなんです。彼は光に夢中になっていた画家です。わたしは真っ昼間に描いているところしか見たことがありません」

「どういう種類の音楽を聴いていた?」

ポリーヌが笑みを漏らした。

「あなたの気に入るような音楽だと思いますよ。ともかく、ブラックメタルではなかった。ベートーベンの第五番とか、ほかにもわたしの知らない曲をくり返し聴いていましたね」

ポリーヌはポケットからスマートフォンを出し、それをガスパールの目のまえで振ってみせた。

「わたしは好奇心が旺盛なので、シャザム（音楽検索アプリ）してみたんです」

その動詞が何を意味するのか見当もつかなかったけれど、ガスパールはおくびにも出さなかった。

彼女は検索履歴をみつけたようだ。

「オリヴィエ・メシアン作曲の『鳥のカタログ』、それにグスタフ・マーラーの『交響曲第二番』でした」

「どうして彼が絵を描いていたと言えるのかな？　だって音楽を聴いていただけかもしれないだろう」

「わたしもその点が知りたかったんです。だから真夜中に家から出て彼の家まで歩き、裏側に回って非常用梯子を使ってアトリエの窓までよじ登りました。ストーカーみたいですね。自分の好奇心の強さは認めます。でも、もしショーンが新しい絵を描いたのなら、どうしても最初に見たいと思ったんです」

それと分からぬ笑みで表情をほころばせたガスパールは、アクロバットを実践しているポリーヌを想像しているところだった。確かにローレンツの絵には、常軌を逸した魅惑的な力が備わっている。

「梯子の上で窓ガラスにへばりつきました。アトリエの明かりはどれも消えているというのに、ショーンは絵と向きあっていた」

「暗いなかで絵を描いていたということ？」

「こう言ったら変ですが、絵自体が光を放っていたように感じました。鮮やかで差しこんでくるような光が、彼の顔を照らしていた」

「どういうことかな？」

「ほんの一瞬しか見ていないんです。梯子が軋《きし》んだので、ショーンがこっちをふり返った。わたしは怖くなって、あわてて逃げだしました。家に帰ってきてからもびくびくしていたくらいで」

ガスパールは目のまえのおかしな娘を見つめる。挑発的であると同時にかなりのインテリ、賢さとアングラが共生しているような。多くの男たちを惹きつけることだろう。ローレンツを惹きつけたように。その瞬間、ガスパールの頭のなかをひとつの明白な問いがよぎった。

「ショーン・ローレンツがあなたをモデルにしたことはなかったの？」

ポリーヌは目を輝かせながら答える。

「彼はそれ以上のことをしてくれた」

彼女はブラウスのボタンを外した。すると、タトゥーが全体ではないにせよ、その華麗さを現した。ポリーヌの柔肌がまばゆい色彩の人間カンバスになっていた。カラフルな花のアラベスクが数珠《ロザリオ》のように繋がって彼女の首の上部から下腹部へと走っている。

「ローレンツの絵は生きているようだとよく言われるけれど、それは誤った形容ですね。シヨーン・ローレンツの唯一の生きた芸術作品、それはわたしです」

4　他人の二人

わたしにとって真に楽観的なことなど何ひとつない。
フランシス・ベーコン

1

マデリンが家のドアを開けたとき、辺りはもう夜の帳に包まれていた。避けられないことは覚悟しながらも、可能なかぎりガスパール・クタンスとの対決は回避するつもりだった。内心、あの劇作家がアトリエに住みつづけるのを諦めてくれたかもしれないと期待しつつコート掛けに革のブルゾンを掛けているとき、キッチンで忙しくしているあのでかい図体が見えた。

応接間《サロン》を通ってキッチンに向かう途中、壁に掛かっている十枚ほどの米国製の白木フレームに入った写真が視界に入ってマデリンは立ち止まった。幼いジュリアンが亡くなったことを知ったので、到着したとき心を和ませた同じ写真が、今は陰鬱で不吉に感じられた。連鎖反応だろうか、夜を迎えたこの家までが、息苦しいような冷たさ、悲しみのベールに覆われているような印象を与えた。魔法が解けたのだと自分で気づき、マデリンは冷静に決断を下す。

キッチンに入っていくと、クタンスが唸り声のような挨拶をした。くたびれたジーンズにカナディアン・シャツ、十日間は剃っていない髭、履き古した〈ティンバーランド〉、とても劇作家とは思えない印象、まるで山男のようだった。調理カウンターのなかで、古いポータブルラジオで室内楽を聴きながら、ガスパールはタマネギを慣れた手つきで刻むことに集中していた。そばに置かれた紙袋のまわりには、彼が午後に買い物をしたのだろう、オリーブオイルやらホタテ貝、固形のチキンスープ、小さなトリュフなど、食料品や調味料が並んでいた。

「何をつくっているんです？」

「トリュフソースのクリサラキ。ギリシアの小粒のパスタで、リゾットのように料理するんだ。いっしょにどうですか？」

「いいえ、ありがとう」

「あなたはベジタリアンでしょう、絶対にそうだと思うね。あなたたちが食べるのは、キヌアとか海藻、カイワレ、それに、あらゆる種類の……」

「まるで見当はずれ」彼女は冷淡に相手の言葉を遮る。「この家の件ですが、あなたに譲ります。それを言いたかっただけ。わたしはほかの場所を探しますから。家主が返金すると言っているので、そうすることにしました」

　彼は驚いてマデリンを見つめた。

「賢明な選択だ」

「ただし二日間は猶予をください、わたしにも準備があるので。というわけで、その間、わたしは上の階で寝るようにします。キッチンは共用、ほかの場所はどうぞご自由に」

「異議なし」ガスパールは同意した。

　彼は包丁をすべらせて刻んだタマネギをフライパンに入れた。

「どうして気持ちが変わったんですか？」

　マデリンは一瞬ためらったが事実を告げる。

「わたしは亡くなった子供の幽霊が出そうな家で四週間も暮らす気にはなれなかったので」

「ジュリアンのことですね？」

　マデリンは肯いた。そのあと十五分ほど、二人はショーン・ローレンツの生涯と魅力溢れるその作品、また消えてしまった最後の絵に関して、それぞれが集めた情報を基に、熱い議論を交わした。

　ワインを勧められたが断り、マデリンは数時間前に冷蔵庫に入れたポリ袋を取りだす。そして、とても疲れているからと伝え、二階に寝に行った。

2

二階へと通じる階段を上がると、そのままガラス張りのアトリエになっている。家でいちばん快適そうなローレンツの仕事部屋は、バスルームを備えた小さな寝室にも繋がっていた。マデリンは荷物をほどいてから、タンスのなかから清潔なシーツ類を出してベッドを用意する。手を洗い、窓を背にして白くアンティーク塗装した無垢材の机に向かう。まずセーターとブラウスを脱ぐ。ポーチからアンプルと密封包装の新しい注射器を出した。針のカバーをとるとピストンを引いてアンプル剤を吸いあげ、もうすっかり慣れた手つきで空気を抜いた。アルコールを染みこませたコットンで、腹の注射をすべき場所を拭く。ちゃんと暖房が利いているのに全身が震えた。骨が痛み、鳥肌が立った。深く息を吸うと、皮膚をつまんでそこに針を刺す。筋肉に近すぎても骨に近すぎてもいけない。ピストンを押して液を注入するあいだ、なんとか震えないよう努力する。液が燃えるように熱く感じられた。**拷問、ほんとに！**　刑事だった当時、彼女は極度に危険な状況に身を置いたものだ。こめかみに突きつけられた銃口、首をかすめる弾丸、マンチェスターの極悪ごろつきとの対決など。いずれの場合でも恐怖心を抑制できた彼女が、小さな注射針にびくついていた！

マデリンは目を閉じる。また深呼吸。針を抜く。止血のためのコットン。

震えながらベッドに横たわった。この朝に北駅でも感じたように、自分が死にかけているのではないかと思った。吐き気のせいで胃が引き攣《つ》りそうなのに加え、息苦しいし、頭にドリルを当てられているような頭痛もあった。悪寒が走るので毛布を被った。閉じたまぶたの裏に、またしても幼いジュリアンの姿、血の色、火に包まれた街が見えた。そしてこんどは時を遡り、もっと穏やかな幼稚園での光景が。ゆっくりと悪寒が引いていくように感じた。膨張していた身体がしぼんでいく。眠気が訪れてくれないので、マデリンは起きあがって顔を冷たい水で濡らした。空腹さえ感じた。トリュフのリゾットの香ばしい湯気がアトリエまで上がってくるように思った。

だから彼女は面子を捨て、サロンに陣取っているガスパールのそばへ行くために階段を下りはじめる。

「ああ、クタンス、さっきの招待はまだ有効？　わたしがキヌアしか食べない女かどうか、ご覧にいれますけど……」

3

予想とは大違いで、食事は愉快に快適に進んだ。二年前マデリンは、ガスパールの戯曲のひとつでジェフ・ダニエルズとレイチェル・ワイズ主演の『ゴースト・タウン』を、ブロードウェイの〈バリモア劇場〉での二か月のロングラン公演で観ていた。彼女の記憶では、評価はまあまあだった。台詞のやりとりは見事だったけれど、そのシニカルな世界観に彼女は違和感のようなものを抱いたからだ。

　幸いなことに、クタンスは作品から予想されるような嫌味な皮肉屋ではなかった。実際のところクタンスは未確認飛行物体《UFO》のようなまれな男だった。厭世的で人間嫌いの紳士といった人物だが、それでいて、食事をともにするには適当な楽しい相手だったのだ。ほぼ自然な流れで、二人の会話の大部分はショーン・ローレンツに向けられた。彼らはショーンの作品を知って抱いた感動を分かち合い、互いにその日の午後に知りえた情報および逸話について長いこと話しあった。二人は旺盛な食欲でリゾットをきれいに平らげ、サン＝ジュリアンを一本空けた。

　食事のあとはサロンに移り、そこでも話が弾んだ。ガスパールがレコード・コレクションのなかからオスカー・ピーターソンの古いLP盤を選び、暖炉で火を焚き、それからまた二十年物のパピー・ヴァン・ウィンクルをみつけだした。マデリンはショートブーツを脱いでソファーに足を伸ばして肩にブランケットをかけると、ポケットから純粋なタバコだけではない手巻きタバコをとりだす。ハーブとウイスキーのミックスでけだるさが全身を巡り、よりくつろいだ雰囲気になった。話題はもっと親密な領域に移行していく。

「クタンス、あなたには子供がいるの？」

　答えは唐突だった。

「ありがたいことに、いないね！　持つことも絶対にない」

「どうして？」

「われわれが生きざるをえないこの世界の喧騒を、それがだれであっても押しつけることをぼくは拒否するからさ」

マデリンは煙を吐いた。

「ちょっと考えすぎじゃないかな?」

「そうは思わない」

「よくないこともあるにはある。それは理解できるけれど、でも……」

「よくないこともあるにはあるだって? ちゃんと目を開いたらどうかな! この地球は漂流中で、恐ろしい未来が待っている。今よりも凶暴で、息苦しくて、不安感はもっと募っているだろう。そんな目に遭わせるというのは、とんでもなく利己的な人間でないとできない話だろうが」

マデリンは反論しようとしたが、ガスパールはもう止まらなかった。興奮した目つきで十五分間も、酒臭い息を吐きながら、テクノロジーやら過剰消費、下劣な考え方に隷属する悲惨極まりない社会になるだろうと、人類の未来について救いのない悲観的な展望をまくし立てるのだった。自然の徹底的な破壊に乗りだしてすべてを食いつくす社会は、虚無への片道切符を手に入れている、と。

マデリンは、彼が未来の社会に対する痛烈な批判をすべて吐きだすまで待ってから確かめる。

「結局あなたが嫌悪しているのは、ばかな人たちだけでなく、人類全体ってことじゃない？」

　ガスパールは否定しようとしない。

「シェークスピアの言葉に『どんなに獰猛な野獣でも憐れみを知っている』というのがある。ところが、人間は憐れみを知らない。人間は最も悪質な捕食者なんだ。人間は相手を支配し辱めることでしか快感を得ることができない。文明という衣をまとった害虫なのさ。誇大妄想で自己破滅型の種、自己嫌悪が著しいから、同類を憎悪するんだ」

「ところでクタンス、当然あなた自身は違うのだということなんでしょうね？」

「いや、その逆だね。もしよければ、ぼくをその連中の仲間に入れてもらっても一向に差し支えない」彼はウイスキーの最後の一口を飲みほしながら言い放った。

　マデリンは、灰皿代わりのソーサーでタバコをもみ消した。

「そういう風に考えるなんて、あなたはよほど不幸なんでしょうね」

　ガスパールはその言葉を拒むように手を振り、マデリンは冷蔵庫に水をとりに行った。

「ぼくは単に明晰なだけだ。それに一連の科学研究書など、ぼくなんかよりもっと悲観的だぞ。地球の生態系は不可避的に消滅する。われわれはもはや後戻りのできない地点を超えてしまい、したがって……」

　彼女は挑発してみる。

「それなら、どうして頭に弾丸をぶち込まないわけ、今この場で？」

「それとは問題が違う」彼は抵抗する。「ぼくに聞いたよね、どうして子供を持ちたくないのかと。ぼくはこう答えた、子供が狂乱のなかで育っていくのを見たくないからだと」

彼はマデリンを責めるかのように震える指――怒りではなく、アルコールのせいだろう――を向けた。

「子供に、ぼくはこんな残酷な世界を絶対に押しつけたりはしない。もしあなたがそれとは異なる選択をするとしたら、それはあなたの問題だ。だが、ぼくにその保証人になれというのは勘弁してもらいたいね」

「べつにあなたの保証なんてどうでもいいけど……」マデリンは座りながら言う。「一応わたしはこう思うわけ、なぜあなたはそのぜんぶを変えるために闘わないのかなと。何か思うことがあればその大義のために闘いなさいよ。そのための団体に加盟するとか、どこかの組織で運動するとか……」

彼は嫌悪感を露わにした。

「共闘？　願い下げだね。ぼくは政党とか組合、圧力団体を軽蔑している。ジョルジュ・ブラッサンスの歌詞にある『四人を超えたら、たちまちまぬけどもの集団になる』と同じ考え方だ。それに、闘いにはもう敗北している。まあ人々は意気地がなさすぎて認めようとはしないけれど」

「あなたに欠けているのが何か分かる？　本物の闘いを推し進めること。そして子供を持つこと、そうなれば闘わざるをえなくなるから。未来のための闘争をね。これまでも存在しつづけてきた闘い、これからもずっとありつづける闘いを」

彼は変な目でマデリンを見つめた。

「だがマデリン、あなたには子供がいないだろう?」

「いつかはひとりぐらい持つかも」

「あなた個人のささやかな喜びのためだけに、そうだろう?」ガスパールはにやにやした。「自分自身を申し分なく、完成した、満ち足りた存在だと感じるために。自分の女友だちと同じことをするため? それとも、あなたに罪の意識を植えつけるようなパパとママの質問から逃げるためかな?」

カッとして頭に血がのぼり、マデリンは立ちあがると同時に相手を黙らせるため、グラスの冷たい水をガスパールの顔めがけてぶちまけた。そして一瞬ためらった後、ペットボトルごとガスパールの顔に投げつけた。

「あなたにそんなことを言われる筋合いはないでしょ!」彼女は叫ぶと階段に向かった。二段飛ばしで駆けあがり、寝室のドアをバタンと閉めた。

ひとり残され、ガスパールは深いため息をつく。酒のせいでばかなことを言ってしまうのは初めてではないが、これほどすぐに後悔したのは初めてだった。

悪戯《いたずら》をみつかった子供のようにシュンとして、ウイスキーをがぶ飲みしてから明かりを消し、打ちのめされて唸りつつラウンジチェアに身を横たえた。

アルコールのせいでかすむ頭で、言い争いの場面を思いかえす。自分の言い分と、そしてマデリンの言い分と……。終わりの部分はまずい言い方だったかもしれないが、彼は真剣だった。自分の乱暴な言葉を反省はするものの、根底は間違っていない。ただ、今思いかえすと、あの時点では気づかなかったが明白な点がある。子供を欲しがっている人間ならば、自分が子供を守れると思って当然だということだ。

ところがガスパール自身は、そんなふうに思うことなどけっしてないだろう。

それを思うとぞっとした。

常軌を逸した画家

十二月二十一日、水曜日

5　運命に追いつめられて

人生は容赦しない。
ジャック・ブレル

1

頭のなかでブーンという音がやまない。心臓がドキドキして引き攣る。不安に慄いていた眠りが一気に引き裂かれた。

玄関の扉の音にガスパールは身震いをし、眠りから覚めた。意識がはっきりするまで数秒を要した。まず自分がどこにいるのか分からず、それから惨めな現実を理解する。ショーン・ローレンツ邸の古い〈イームズ〉のラウンジチェアに身体を丸めて眠っていた。汗まみれのTシャツが革に貼りつき、顔は肘掛けに押しつけられていた。苦労して立ちあがり、まぶたを揉んだあと首と脇腹をさする。最も質《たち》の悪い二日酔いの症状。頭痛、口中にセメントの味、吐き気、節々の痛み。いつもながらの儀式であり、そのたびに二度と酒など口にするものかと誓うのである。しかしそんな決意がひどく脆いことも知っており、昼になればまた一杯飲みたくなる。

腕時計を見ると朝の八時、窓の外、空は白みがかっているが雨は降っていない。マデリンは出かけたところなのだろうと思い、彼女に醜態を見られたのが恥ずかしかった。よたよたとバスルームまで歩き、十五分ほどシャワーを浴びながら、シャワーヘッドからじかに生温かい水を半リットルほど飲んだ。タオルを取って身体に巻きつけると、こめかみを揉みながらシャワールームから出た。

頭痛はますますひどくなり、しつこく頭のなかを引っかきまわす。急いでイブプロフェンを二錠飲む必要があった。ボストンバッグのなかを探ったが、どこにも薬らしき物はみつからない。少しためらったあと、マデリンが陣取った二階に上がり、化粧品ポーチのなかに欲しかった物をみつけた。幸いなことに、一部の人間がほかの者たちのために物事をきちんと準備してくれている。

〈アドヴィル〉を二錠飲んだあと自分の部屋にもどり、昨晩脱ぎ捨てた服を着るとブラックコーヒーを求めてキッチンに入った。コーヒーポットはあったものの、肝心のコーヒーがみつからない。棚をぜんぶ開けてみたが、それらしき物はなく、仕方なくチキンスープをつくってテラスの椅子に落ち着いた。ひんやりとした外気を最初は快適に感じたが、まもなく暖かい応接間《サロン》に引きあげることになった。そこでレコード・コレクションのなかから、昨日ポリーヌが話題にしていたレコードをみつけようと思った。死ぬ少しまえにショーン・ローレンツがくり返し聴いていたというLP盤だ。

一枚目はどんなクラシックのコレクションにも必携品《マスト・アイテム》とされる、カルロス・クライバー指揮によるベートーベンの「交響曲第五番」。レコードジャケットの裏面で、音楽評論家はベートーベンが人生を通じて「運命の喉元を締めあげる」意志に突き動かされていたとの逸話に触れていた。実際、第五番はひとりの人間と運命との対決を全篇にわたって表現している。ベートーベンは「このように運命は扉を叩く」と、交響曲冒頭の四つの音でそれを象徴的に表現したのだった。

二枚目は、一九八〇年代の香りそのままの、レナード・バーンスタイン指揮によるドイツ・グラモフォン盤、グスタフ・マーラーの「交響曲第二番」の二枚組だった。声楽陣にはバーバラ・ヘンドリックスとクリスタ・ルートヴィヒが名を連ねている。オーストリア人作曲家によるこの〈復活〉と呼ばれる第二交響曲に、ガスパールはあまり馴染みがなかった。解説を読むと、これはマーラーがキリスト教に改宗した時期の作品で、宗教音楽だという。永遠の生命と肉体の復活を主題に歌いあげる。解説文は、「マーラーの音楽は生と死に関するわたしたちの迷いを余すところなく伝えている。それは真理そのものであり、聞くも恐ろしいことを語っているのだ」というレナード・バーンスタインの言葉で終わっていた。

聞くも恐ろしいこと……。

ガスパールは頭を掻く。なぜジャズやミニマル・ミュージックの熱心なファンであるローレンツが、晩年には記念碑的なクラシックの作品に夢中になったのか？

残ったチキンスープを流しに捨ててから、スパイラルノートと万年筆を手にサロンのテーブルに陣取って戯曲の構想を練りはじめた。なかなか集中できない。思えば奇妙な夜で、彼は一晩中、夢を見ていた。隣家の美しい女の緊縛された身体に彫られたサイケデリックな景色の夢のなかを滑空していた。暴力的ではないが、心を掻き乱される光景だった。

二十分はこれから仕事にかかろうとしていると自分をごまかすことができたが、そんな子供だましも長続きしなかった。ローレンツの大きなポートレートに絶えず見つめられ、話しかけられ、要するに審査されているような気分だった。

しばらくして我慢できなくなり、ガスパールは立ちあがると壁の写真のまえに立った。それで分かったのは、混乱の原因が画家の写真ではなく、じつは子供の写真だということだった。

死んだ男児……だがどの印画紙にも喜びいっぱい、溢れんばかりの生命力が見てとれる。

クソッ！　あのマデリン・グリーンが家に不吉な雰囲気があると話して、彼にそれを伝染させたのだ！

ため息をついてソファーに座りこむ。ローテーブルに置いたままのウイスキーボトルの琥珀色の反射が流し目を送ってきたが、その誘惑に抵抗する。そして数分間、ガスパールは昔風の回転木馬の支え棒を誇らしげに握る幼いジュリアンが写った〈ポラロイド〉写真を見つめた。回転木馬のまえには、息子に優しい視線を向けるショーン・ローレンツの姿も見えている。ガスパールはジーンズのポケットから財布を取りだす。なかには色あせた写真が一枚。

もう何年も見ていなかったが、三歳の彼がリュクサンブール公園のガルニエ回転木馬の一頭に父親といっしょに乗っていた。一九七七年の写真。ほぼ四十年を隔てた二枚の写真。時代は違っても同じ回転木馬、同じ目の輝き、それを見つめる父親の同じ誇らしさ。

2

マデリンはベスパをモンパルナス大通りとセーヴル通りの角に停めた。まだ九時前だというのに、すでに空気中にべとつくような湿気が充満していた。手袋とマフラーをとると、身体が汗ばんでいることに気づいた。

ほんとに冬……？

けれども今朝は、地球の温暖化とは違う何かもっと不安を感じさせるものがあるようで、界隈のようすがすっかり変わってしまっていた。昨日のデモでバス停やら商店のショーウィンドー、交通標識が壊され、荒廃した風景を見せている。歩道と車道にガラスの破片や敷石、剝がされたアスファルトが散らばっている。パリでそんなものを見るとは絶対に思えないシュールな戦場の風景だった。いたるところ、〈警察、世間の嫌われ者！〉、〈われ思う、故にわれ破壊す〉、〈一度灰になれば、すべてが可能〉、〈くたばれ、資本〉、〈混沌の勝利〉、〈おまえらの法律に糞を垂れてやる〉といった数百もの怒りの落書きで見る影もない。

通行人たちの反応にマデリンは面食らう。ある者は彼女と同じように茫然とし、ある者はまったくの無関心、またある者は笑みさえ浮かべ、ふざけながらセルフィーを撮る。国立盲学校の玄関までが壊され、憎しみに満ちた落書きで汚されていた。荒廃の光景を目にしてマデリンは泣きたくなった。彼女の理解を超える何かがこの国に起こっていた。予約をしてある医療センターに来てみると、そこの玄関のガラスドアも粉々になっていた。作業員が破壊行為の凶器として使われた荷役台《パレット》を片づけているところだった。引き返そうかと迷っていると、マデリンの困惑したようすに気づいたのだろう、作業員が彼女に応急で用意された案内板を見せる。修理工事中だが診療は受けつけているとあった。

玄関ホールに入って受付カウンターで氏名を告げた。採血のため予定よりも早めに来たので、待合室に入ることもなかった。採血針、血でいっぱいになっていく採血管、肘窩《ちゅうか》に挟むガーゼ、そうした手順のぜんぶが三分もかからずに終わった。そのあと、エレベーターで三階の放射線と医用画像処理の専門フロアに行くよう言われた。

超音波検査を受けているあいだ、クタンスと激しくやり合った昨晩の会話について考える。現状認識は正しいが、諦めてニヒリストになってしまった点であの劇作家は間違っている。なぜなら、社会的な暴力に抵抗し、闘い、予想される破局に屈しない人間も必ず存在するのだから。そして、彼女の子供もそういった人間のひとりになるだろうから。

それはまあ、先を急ぎすぎた言葉であって、彼女はまだ妊娠すらしていない。

あれは四か月前のことだった。バカンスでスペインにいたあいだに意を決し、マドリードの生殖補助医療を専門とするクリニックのドアを叩いた。まもなく四十歳になるし、まじめな交際相手が現れるという展望もなかった。身体には負担がかかるけれど、自分が肉体的に老いつつあることは否定できない。そして何よりも、恋愛をする気力がもう失せていた。

いつか子供を持ちたいのなら、持ち札は一枚しか残っていなかった。そういうわけで医師と会い、書類を準備したうえで体外受精を行うための検査を受けたのだった。具体的には、彼女の卵子を採りだして匿名提供者の精子を用いて受精させるというプロセスである。もちろん、それは彼女が夢見ていたものではなかったけれど、この計画に全力を投入し、精一杯の気力でもって取り組もうと思った。ひとりの子を得るために毎日の試練に耐えてきたのだ。最初は辛いホルモン薬による治療、卵胞刺激ホルモンの腹部注射を毎晩自分でしなければならなかった。つぎは二日ごとに採血のほか、卵胞の数と大きさの推移を確認するため超音波検査も受けなければならない。その結果をマドリードのクリニックに彼女自身が電話で知らせるのだ。

その治療はとても疲れるものだった。腹が膨れて乳房も張り、足が何トンにも感じるくらい重くなり、そのうえ頻繁な頭痛と焦燥感に悩まされた。

診療室は薄暗かった。医師が超音波検査機の探触子を下腹に当てはじめ、マデリンは目を閉じる。正しい決断だったと自分に言い聞かせる。人生に根を下ろすために子供を持つことになるだろう。仕事上、彼女はあまりにも長いあいだ死者たちの捜査を行ってきたが、死者はマデリンを闇の世界に引きずりこむ。そのあと、ひとりの男への愛のためにすべてを擲《なげう》った。だが男たちの愛には浮き沈みがあって、不安定なうえに気まぐれだ。自分を元気づけようと、彼女は自分にとって大切な人物であるダニー・ドイルの別れの言葉を思いだしてみる。彼は高校のときの初恋の相手で、マンチェスターを縄張りとする犯罪組織の首領のひとりとなり、彼女自身とは逆の道を進んだ。警察官となった彼女と対決する羽目になったダニー・ドイルは、それでも遠くからマデリンを見守ることを忘れないでいてくれた。

おれはきみが恐怖にとりつかれていることを知っている。亡霊どもや死骸や、悪魔が現れては、きみの夜を不安なものにしていることもだ。きみは決然としているいっぽうで、内面に暗い自己破壊的な面を秘めていることも知っている。それはおれたちが出会った高校時代にはすでにきみの内にあったものだから、その後の成り行きによって増大するほかなかったわけだ。マディー、きみは本来の自分の生き方とはべつの道を歩んでいるんだ。底から這い上がることのできない深淵に転落してしまうまえに、今の渦のなかから脱出しなければいけない。そんな生き方をしてもらいたくないんだ。おれが迷いこんでしまったこの道を選んでほしくない。闇のなかへ、暴力と死の苦しみへと続いていく道……。

人生は二度のチャンスを与えてはくれない。チャンスを一度失ったらそれまでだぞ。甘くはないということさ。人生は、時という軍隊を使って恐怖政治を敷く専制君主と変わらない。そして、時は最後に必ず勝つ。史上最大の殺戮者《さつりくしゃ》は時だ。どんな刑事もこいつを捕まえることはできないんだ。

3

ガスパールはソファーから立ちあがる。キッチンの調理台でスマートフォン——マデリンが置き忘れたのだろう——の振動する音が聞こえた。スマートフォンを持つことを今までずっと拒否してきた習慣からしばらく警戒して見ていたが、とにかく応えてやろうと決意する。マデリンの声だった。応えようと口を開いた瞬間、どこか変な箇所に触れてしまい、会話が途切れた。

悪態をつき、スマートフォンをポケットに突っ込んだ。

ため息をつく。頭痛は治まったが、まだ頭に霞がかかっていた。ぐずぐずせずにコーヒーを飲めばいいのだ！　ところがコーヒー一杯すらいれられないときている。

昨日仕入れてあった特級《グラン・クリュ》ワインのなかから一本をつかみ家から出ると、仲良くなったポリーヌの家に向かう。

最初の呼び鈴でポリーヌ・ドラトゥールは出てきた。まるで春のような軽い装い。布地のほつれたデニムのショートパンツ、タンクトップの上にカーキ色のミリタリーシャツの襟を大きく広げて着ていた。

「ピノ・ノワールとエスプレッソ・ダブルを物々交換したいんだが？」ボトルを見せながら彼が言った。

ポリーヌは笑い、手の動きで彼を招じ入れた。

4

クリニックでの検査を終え、マデリンはフォブール＝サン＝トノレ通りの、ベルナール・ベネディックに教えてもらった快適なイタリアン・レストラン〈カラヴェッラ〉で一休みすることに決めた。血液検査は空腹時に行われるため、今朝は何も食べておらず、めまいを感じはじめていた。カフェオレとビスコッティ（イタリアのビスケット。コーヒーやワインに浸して食べる）を注文したあと、マドリードのクリニックに電話をかけようと思い、そこでスマートフォンをシェルシュ＝ミディ通りの家に忘れてきたことに気づいた。

もう最悪！　マデリンは嘆いて手のひらでテーブルを叩く。

「何かお困りのようですね？」朝食を運んできたウェイターが聞いた。

昨日ベネディックが紹介してくれた若い店主グレゴリーだった。

「携帯電話を忘れてしまって、でも大事な電話をかけなければならないんです」

「わたしのを使ってください、どうぞ」グレゴリーがＡＣミランのケースに入れたスマートフォンを差しだした。

「ありがとう、ほんとに助かる！」

彼女はマドリードのクリニックの番号を調べてから電話をかけ、ルイサを呼びだしてもらった。クリニックのコーディネート部門に所属し、その兄が刑事なので親しくなった看護師である。マデリンはルイサの勤務時間を知らされているから直に電話ができたし、大勢のスペイン人に自分の卵子の大きさを知らせる必要もないということで、彼女の個人用携帯電話にかけることも可能だった。ルイサは知らされた分析結果を記録のうえ医師に伝えると、医師は卵巣の反応を評価し、必要ならば以後のホルモン注入量の調整指示をする。確かに従来の医療システムとは雲泥の差がある。これはグローバル化した、ウーバー化した〝ワンコイン医療〟であって、幾分ローコストではあるが、少しばかり味気ないのだ。けれども、子供を持つために通らなければならない道だとすれば、マデリンはその気だった。

ついでに、グレゴリーのスマートフォンで自分の番号にかけてみる。幸いにもクタンスが電話に出た。

「ガスパール、今どこにいるの？ 申し訳ないけど、スマホを持ってきてもらえません？」

劇作家は意味不明なことをつぶやき、そして電話は切れた。説明してもむだと分かったから、マデリンはショートメッセージ《SMS》を送ることにする。**「スマホを届けてくれませんか。オッケーなら、正午にドランブル通りのレストラン〈グラン・カフェ〉で待っています。よろしく。マディー」**

カフェオレが冷めてしまったので新たに注文し、あっという間に飲んでしまう。昨夜はよく眠れなかった。心を惑わすローレンツの絵が入れ替わり立ち替わり夢に現れた。一晩中、マデリンは夢のなかで、濃密な色彩の地平線を、生きたツタがはびこる官能的な森を、めまいのする絶壁を、炎の風が吹く町々を旅していた。目が覚めたとき、その長い彷徨《ほうこう》が美しい夢だったのか、あるいは悪夢だったのか、自分でも判断がつかなかった。しかしマデリンが理解しはじめたのは、ショーン・ローレンツの作品の鍵がまさにその両面性にあるのではないかという点だった。

通りの反対側で、ベルナール・ベネディックが画廊のシャッターを上げているところが見えた。彼女は店のガラスを叩いて彼に自分がいることを知らせると、期待どおり美術商はやって来た。

「あなたにはまたお会いできると確信していたよ！」彼女の向かいに座りながらベネディックは言った。「ショーン・ローレンツの絵には抗えない、そうでしょう？」

マデリンは苦笑でそれに応じる。

「あなたはローレンツの息子が殺されたことは言いませんでしたね」

「そうですね」彼はかすれ声で認めた。「わたしはその件を話すのが嫌でしようがないんだ。わたしはジュリアンの名付け親だし、あの事件はわれわれ全員を打ちのめしてしまった」

「正確には何があったんですか？」

「新聞にぜんぶ書いてありますよ」ベネディックは吐きだすように言った。

「そうでしょうけど、新聞に書かれていることが真実とは限りませんよね」

ベネディックが同意するように肯いた。

「すべてを理解するには、かなりの時を遡らなければならないんです」彼は呻くように言った。「かなりの年月を……」

　彼は片手を挙げて、自分を元気づけるかのようにコーヒーを頼む。

「あなたにはもう言ったことだが、ショーンと出会ったあと、わたしは自分のコネを駆使して彼の名を知らしめ、彼が脚光を浴びるよう努めた。ショーンは野心家で、人との出会いに飢えていた。ロンドンからベルリン、香港などのそれぞれ異なる人物との接触を手配してやった……。ところがだ、彼がどうしても足を踏み入れたがらない場所があった。ニューヨークだ」

「失礼、ちょっと話が見えないのですが？」

「マンハッタンに住むコレクターに彼を会わせようとするたびにはぐらかされてしまった」

ベネディックが説明する。「とても信じられんでしょうが、一九九二年からあの忌まわしい二〇一四年までのあいだ、ショーン・ローレンツはけっして自分の生まれた街に帰らなかったんです」

「まだ家族はいるんですか？」

「母親しかいなかったけれど、九〇年代の末に彼がパリに呼びよせた。すでに病気で相当弱っていて、まもなく亡くなってしまいましたが」

　ベネディックはコーヒーにバゲットを浸す。

「意地を張りつづけてはいたが、ショーンもある時点で、わたしに少しずつ真実を打ち明けるほかなくなった」

「それが彼のニューヨーク行きと時期が一致するわけですね？」マデリンが確かめた。

美術商は肯く。

「一九九二年の秋、ペネロープとの〝バカンスの恋〟のあと、ショーンはニューヨークでひとり取り残されたように感じた。落ちこんでしまい、彼女のいるパリに行くことしか考えられなくなった。問題は、びた一文持っていないことだった。航空券を買うだけの金を得るために、彼は〈レディーバード〉に共犯になってもらい、こそ泥に手を染めるようになった」

「〈花火師〉の女性メンバーですね」マデリンは覚えていた。

「本名はベアトリス・ムニョース。ノース・ブロンクスの工場でこき使われていたチリ移民の娘だ。ひどく変わった娘で内向的、おまけに人付き合いが苦手、さらには感情をうまくコントロールできない。それから、まるでレスラーのような体格だった。ショーンのことが好きだったのは明らかで、彼に言われればビルの屋上から飛びおりることだって厭わなかっただろうね」

「あなたはローレンツがそれを利用したと思いますか？」

「正直なところ、わたしには分からない。ショーンは天才だったから当然ながら厄介な人間ではあったし、生きるのが難しかったのかもしれないが、けっして悪い男ではなかった。衝動的で怒りっぽいし、偏執症的なところもあったけれど、いわゆる弱い者いじめをするような態度を見せたことはない。わたしが思うに、彼女を悲しませたくないから、ショーンはベアトリスを追い払わなかったのだろう」

「でも、ペネロープが現れたことですべてひっくり返ってしまった」

「それは確実だろうね。ベアトリス・ムニョースは、彼がフランスに行ってしまうと知り絶望したにちがいないが、それでも、彼が金を貯めるのを助けるために食料品店を狙って強盗をはたらくようになった」

元刑事の職業意識がマデリンに蘇る。

「それをあなたは〝こそ泥〟と呼ぶわけですか？　わたしに言わせれば、要するに、それは武装強盗ですね」

「ちょっと待ってくれ！　武器と言っても、二人はおもちゃの水鉄砲と〈マリオ&ルイージ〉のゴムマスクを使っただけなんだ！」

それでも、マデリンは意見を変えない。

「武器がおもちゃであろうとなかろうと強盗は強盗です。わたしの経験から言わせてもらうと、無事に終わることは非常にまれです」

「実際、無事にはすまなかった。確かに、そんな言い方では手ぬるかったろうね」ベネディックは認めた。「ある晩、チャイナタウンの食料品店の中国人店主は襲われたことに我慢できなかった。レジ台の下から武器をとって発砲した。そして、ショーンは売上金を奪って逃げおおせたのだが、ベアトリスは背中に弾丸が命中して店内で倒れてしまった」

マデリンは椅子の上で身体を硬くする。ベネディックは疲れた声で続ける。

「ベアトリスを逮捕したところ、彼女の関わったと見られる事件が続々と表に出てきた」

「それ以前の犯行シーンを映した防犯ビデオが無数にあったわけね」元捜査官は推察する。

「そう。その月すでに四回も商店を襲っていた。どの防犯カメラにもマリオとルイージのマスクがはっきりと映っていた。つまり正体を隠すためのマスクのせいで複数の犯行がばれてしまったわけだ。ベアトリス・ムニョースにとってまずかったのは、彼女が過去にも不法グラフィティの件で何度か捕まっていたことだ。警察と検事にとっては大当たりだったわけで、大喜びだったそうだ。それが弱きを挫き強きを助けるアメリカ司法制度、そういうことだろう」

「彼女は取り調べ中もショーンを告発しようとはしなかったわけですか？」

「まったくしなかった。哀れにも、ベアトリスは禁錮八年を言いわたされ、さらに脱走未遂と同房受刑者へのたび重なる暴力行為で四年も延長された」

「ショーンは自首する気などまったくなかったわけですね？」

ベネディックは神経質な笑い声で応じた。

「ベアトリスが捕まった翌日、彼はペネロープのいるパリ行きのフライトに乗っている。事件に関するショーンの立場は単純明快、ベアトリスには何の負い目も感じていないというものので、それは何ひとつ彼のほうから彼女に頼んだことがなかったからだ」

「そのようにして彼は、幼友だちらとの繋がりを絶った？」

「そのとおり」

「そういう理由で彼はけっしてニューヨークにもどりたがらなかった、あなたはそう思っているんですね？」

「そう考えるのが当然ではないかな？　彼はなんとなくあの街が自分にとって危険だと感じていて、それは正しかった。二〇〇四年にやっと出所できたベアトリス・ムニョースは、肉体的にも精神的にも打ちのめされた人間になっていた。あちこちでパートの仕事をやりながらふたたび絵を描こうとしたが、コネがないから受けいれてくれる画廊もなく、絵は売れなかった。あなたには打ち明けるが、わたしはショーンには内緒で、彼女の絵を何点かハーレム地区のソーシャルセンターを介して買いとってあげた。お望みならご覧にいれましょう。出所後の彼女の絵はまるで生命力が感じられない、ゾンビの世界というか、恐ろしいほどです」

「彼女はショーンの消息を知っていたのですか？」

ベネディックは肩をすくめた。

「逆の可能性などありえないのでは？　今は検索エンジンに名前を入力すれば、その人物に関する大方のことは分かってしまうでしょう。そうしてベアトリスは、億万長者となった有名画家ショーンの豪華版の絵を見たし、同時に彼がファッションモデルと結婚してかわいい男の子をもうけたことも知った。それでベアトリスは逆上した」

「正確には何が起きたんです？」

「二〇一三年に、ＭｏＭＡがショーンに接触してきた。翌年アメリカで最初の彼の全作品展を開催したいと希望していたんだ。ショーンはニューヨークにもどるのを嫌がったけれど、

ＭｏＭＡを拒絶するなんてことはできない。そういうわけで二〇一四年十二月、彼は展覧会のオープニングへの立ち会いと、インタビューをいくつか受けるために、妻と息子を連れてニューヨークに向かった。ほんの一週間ほどしか滞在しない予定だったが、悲劇はそのあいだに起きてしまう」

5

ポリーヌ・ドラトゥールは、いわば彼女自身がショーそのものだった。たとえば、ほつれ毛を耳の後ろに撫でつけたり、足を組んでみたり、口元に漏れたコーヒーを嘗めたりするしぐさや動作のひとつひとつにエロチシズムが感じられるのだった。しかしそのいずれも、挑発や男の気を引くようなようすはまったく感じられなかった。趣味の良さをモットーとしているのだろう、欲望を掻きたてるそのやり方には、人生讃歌のようなもの、若さを誇る陽気さがあった。ガスパールはそんなゲームを自然に受けとめていたが、二杯目のコーヒーを飲んでから、唯一の関心事であるショーン・ローレンツに話題を向ける。そして、二〇一四年の冬にローレンツ一家のニューヨーク滞在中、ポリーヌもベビーシッターとして同行していたと打ち明けられた瞬間、好奇心を制御しきれなくなった。

「あの事件を内輪の人間として体験して二年が経ったというのに、わたしはまだ悪夢にうなされているんです」ポリーヌははっきりと言った。「ニューヨーク滞在中、昼間はわたしがほとんどジュリアンの世話をしていたんですね。ショーンはMoMAの作品展に朝から晩までかかりっきり。ペネロープ、彼女はのんびりとショッピングとかネイルケア、サウナとか……」

「どこのホテルだった？」

「トライベッカ地区にあるシックなホテル〈ブリッジ・クラブ〉のスイートルームでした」

ポリーヌはキッチンの窓を開け、窓枠に座るとタバコに火を点けた。

「事件のあった当日、ペネロープは〈ディーン・アンド・デルーカ〉で買い物をして、そのあとユニオン・スクエアの〈ABCキッチン〉で昼食をとる予定でした。ジュリアンの服を買いに親子でいっしょに出かける予定だったのが、直前になってわたしにベビーシッターができないか聞いてきたんです」

ポリーヌは煙を吐きだす。ほんの数秒で、さっきまでの人生讃歌が自分でも制御できない苛立ちの陰に隠れてしまったようだ。

「あの日わたしは休みをもらっていました。予定を立てていたし、わたしは断った。ペネロープはジュリアンを連れて出かけるから心配しないでいいとわたしに言ったんです。でもほんとうは彼女、グリニッジ・ビレッジにもユニオン・スクエアにも行っていなかった。愛人との密会の場所、アッパー・ウエストサイドの北、アムステルダム・アベニューにあるホテルに出かけていたんですね」

「その愛人というのは何者？」

「フィリップ・カレヤ、不動産プロモーターで、コート・ダジュールとマイアミでビジネスをやっているというプレイボーイ気取りの男です。ペネロープの高校《リセ》時代の初恋の相手です」

「その男がなぜニューヨークにいたのかな？」

「ペネロープが来るように説得したようね。彼女はそのころショーンからほったらかしにされていると感じていたのでしょう」

「ローレンツは彼女が浮気していると知っていたのだろうか？」

　ポリーヌがため息をつく。

「正直なところ、わたしは知りません。あの二人は、ちょっとジャック・ブレルの歌の『懐かしき恋人たちの歌《ラ・シャンソン・デ・ヴィユー・ザマン》』みたいな夫婦だった、分かります？　衝突しては火傷して、そのくり返しで開花するような関係。あの夫婦を結びつけているものが何であったのか、いまだにわたしには分からない。どちらに主導権があり、どちらが支配し、どちらがどちらに囚われていたのかも……」

「それは子供が生まれても変わらなかったんだね？」

「子供のおかげで夫婦仲が良くなるという例はあまり聞かないでしょ」

「ショーンのほうは浮気をしなかった？」

「知りません」

　ガスパールはより具体的に聞く。

「ショーンはあなたと浮気をしていたのかという意味だが？」

ポリーヌは逆襲する。

「ベビーシッターと寝る男？　安っぽいポルノの筋書きみたい。そうは思いませんか？」

沈黙。だが驚いたことにポリーヌはストレートに話そうと決めたようだ。

「正直に言えば、なきにしもあらずといったところですが、深入りはしませんでした」

ガスパールは立ちあがり、ポリーヌの許しを得てもう一杯コーヒーを注いだ。

「なるほど。で、その日ニューヨークでいったい何があったんだ？」

「夜になってもペネロープが帰ってこないし、連絡もないので、ショーンは心配しはじめたけれど、すぐに警察に知らせることはなかった。彼女から連絡がないのは、ホテルにスマートフォンを忘れていたから当然だろう、と。数時間が経ち、本気で心配しはじめました。十一時になって、ショーンがホテルのセキュリティーサービスに連絡をとると、彼らがその場でニューヨーク市警《NYPD》に通報しました。警察は子供が行方不明で、ショーンが著名人であることから、すぐにそれを深刻に受けとめたんです。警察は一晩中、行方不明の母子の特徴をパトカーに流したあと、ペネロープが行ったと思われる場所の近辺の防犯カメラの映像を検証したようです。もちろん何も発見できなかった」

ポリーヌはタバコをコーヒーカップのソーサーでもみ消す。顔が青ざめていた。

「朝の七時、配達人がホテルに小さなボール箱を届け、なかには子供の小指と血の染みた身代金要求の手紙が入っていた。ほんとうにむごたらしい話。それで、ＦＢＩによる捜査が始まりました。捜査範囲を拡大して、児童誘拐警報を発したうえ、ありとあらゆる科学的な捜査も動員したんです……。最終的に、アムステルダム・アベニューの防犯カメラがペネロープとジュリアンの拉致される現場を録画していることが分かったんです」

ポリーヌはため息をつきながら目を拭った。

「当時、映像を見る機会があったけれど、あれは緊縛ポルノなどとはまったく異質なもの、正真正銘のホラー映画だった。信じられない腕力の闘牛のような怪物がペネロープとジュリアンをおんぼろのバンの荷室に放りこんでいるところです」

「怪物って、どんな？」

「ネイティブ・アメリカンのヘアバンドをしていて、たくましい肩に太い腕、猫背の女です」

ガスパールは、よく分からないという不満げな表情を浮かべたが、ポリーヌは続ける。

「ボール箱から採取した指紋はデータに記録されており、それは前科のあるベアトリス・ムニョースという名の、別名〈レディーバード〉ともいうんですが、ショーンの若いときの仲間の女性だった」

〈てんとう虫《レディーバード》〉という名を聞いて、ガスパールは昨晩読んだローレンツに関する本で見た写真を頭に浮かべる。九〇年代初期、地下鉄車両にグラフィティを描いている〈花火師〉たち、ダブダブのコートを着たショーン、大きな耳の生意気そうなヒスパニック系の若者〈ナイトシフト〉、そして〈レディーバード〉はその通称とは逆にいかにも身体が重そうで、漆黒の髪にネイティブ・アメリカン風のヘアバンドをしていた。

「ＦＢＩが乗りだしたことで捜査は一気に進み、翌日の午前中には、ベアトリス・ムニョースが被害者二人を連れこんだ建物を特定しました。クイーンズ地区の元工場地帯にある倉庫のひとつ。でも警察が乗りこんだときには遅すぎた。ジュリアンは、すでに殺されていたんです」

6

「身代金って、それは、どういう？」マデリンは聞いた。

ベネディックは目を細めた。

「金額のことを言っているのかな、四百二十九万ドルだが？」

「そう」

「苦しみの代価、つまりベアトリス・ムニョースが刑務所で過ごした日数に千ドルを掛けた額だね。十一年と九か月間、すなわち四千二百九十日分というわけだ。そう言われてみれば、大した額ではない」

「当然、ローレンツは金策を考えたんでしょうね」

「もちろん。だが、ムニョースは金なんか欲しくなかった」

「何を望んでいたんです、復讐ですか？」

「そう、フランシス・ベーコンが言うところの『野蛮な正義』というわけだ。彼女はショーンの人生を破壊したいと、自分が耐えなければならなかったすさまじい苦しみを彼にも味わわせたいと望んだ」

「それなのに、ショーンの奥さんの命は奪わなかったのは？」

「間一髪で避けられただけだろう。FBIが椅子に有刺鉄線で縛りつけられたペネロープを発見した。彼女にはその傷痕がいまだに残っているはずだ。しかももっと恐ろしいことに、ベアトリス・ムニョースは母親ペネロープの目のまえでジュリアンを刺殺したんだ」

マデリンは血が凍るように感じた。親友ダニーが口にした「闇のなかへ、暴力と死の苦しみへと続いていく道」という言葉を思いだした。マデリンがどこに行こうと何をしようと、どの道も死骸たちがパレードをするあの道に繋がっているのだ。

「ベアトリス・ムニョースは今も刑務所ですか？」

「いや、彼女はFBIが突入する直前に逃亡した。地下鉄のハーレム一二五丁目駅で飛び込み自殺をしたよ、しょっちゅう彼女がショーンと車両にグラフィティを塗りまくっていたまさにその駅で」

ベネディックは無力感も露わに、悲痛なため息をついた。

マデリンもブルゾンのポケットのなかを探って胸やけ止めの薬を出す。

「昨日から考えている質問があります」薬を飲んでから続ける。「ショーン・ローレンツは一年前の死亡時、ニューヨークにいたんですよね？」

「そのとおり。通りを歩いていて、心臓麻痺で亡くなった」

「何をしに行ったんですか？　嫌な思い出しかない街に、どうしてわざわざ出かけて行ったんでしょうか？」

「心臓専門医に診てもらいに行った。少なくとも、電話でわたしに言った理由はそうだったし、それが事実だろうと思う理由はいくつかあった」

「たとえば？」

ベネディックはそばの椅子に置いたベネチアレザーのブリーフケースを開けた。

「あなたがまた会いに来ると思っていたので、これを持ってきた」そう言いながら、マデリンに薄茶色のノートを差しだした。

彼女はそれを手にとってゆっくり見る。革表紙に〈スマイソン〉のロゴマークが入った小型手帳だった。

「わたしは彼の死を知らされたときパリにいたんだが、遺体をこちらに運ばなければいけないので、ニューヨーク行きの飛行機に飛びのった。彼の泊まっていたホテルから所持品を回収したのもわたしだ。着る物を入れた小さなトランクと、この手帳しかなかったがね」

マデリンはページをめくった。ひとつ確かなのは、死んだ年のショーン・ローレンツの予定といえば医療関連のアポイントしかないという点だった。死亡した二〇一五年十二月二十三日、彼は〝**午前十時、ドクター・ストックハウゼン**〟と記していた。

「正確には何の病気だったんですか？」

「心筋梗塞を何度もやっていたんだ。死んだ年にも血管形成術と冠動脈バイパス手術を重ねて受けた。レオ・フェレの歌詞『心臓は、鼓動を打たなくなったらもうじたばたすることはない』というのをご存じかな？」

「この手帳を預かってもいいですか？」

　ベネディックはためらったあと、肯き承諾した。

「例の三枚の絵ですけれど、ほんとうに存在すると、あなたは思っているんですね？」

「わたしは確信している」美術商はマデリンの目を見て答える。「それをあなたがみつけてくれると確信しているのと同じくらいに」

　マデリンは慎重になろうと努める。

「そのためには、どこから始めればいいのか言ってもらわないと。わたしが会いに行けるのがどういう人たちなのかも」

　ベネディックは考えるための時間をとった。

「ディアーヌ・ラファエルに会いに行くといい。優秀な精神科医で、とても感じのいい女性だ。ショーンが尊敬していた数少ない人間のひとりです。彼女がショーンに初めて会ったのは、芸術家村〈オピタル・エフェメール〉にいた時期で、当時ディアーヌは薬物依存者を巡回治療する小さな組織のリーダー役だった。新しい形態の美術にも興味を持っていて、ショーンの初期の絵を買ったひとりでもあり、二点を手に入れている。ショーンにしてみれば、ある意味で自分の守護天使になるわけですな」

マデリンはそれらの情報を頭のなかに記憶しながら、この精神科医の名前をガスパールが昨晩すでに口にしていたことを思いだした。

「ほかにはだれと会ったらいいでしょうか？」

「ジャン＝ミシェル・ファヨルかな。彼は絵の具や顔料の店をセーヌ川沿いでやっている。小さな店だが。ショーンは作品の制作中、ファヨルによく相談をしていた」

「ペネロープは今もパリに住んでいるんでしょうか？」

ベネディックは肯いたものの、明言は避けた。

「住所を教えてもらえますか？」

美術商はボールペンを出し、手帳の空きページを破った。

「彼女の連絡先を書いてはおきますが、得るものは何もないと思いますね。ペネロープと出会ったことはショーンの最大のチャンスであり最大の不幸だった。彼の天才を開花させた火花ではあったが、しばらくの後、彼の人生を焼き尽くしてしまった、ということかな」ベネディックは折りたたんだ紙をマデリンに渡し、虚ろな目つきで声を出して自分に問いかける。

「結局のところ、理解しあえると思った相手が最も忌まわしい人物になるのを見るほど悲しいことはない。そうは思いませんか？」

6　破壊の合計

一枚の絵は足し算の合計である。わたしの場合、一枚の絵は破壊の合計なのだ。

パブロ・ピカソ

1

青白い太陽の下、サン＝ジェルマン大通りがずっと先まで延びていた。葉を落としたプラタナス、切り石積みの建物群、博物館入りしそうなカフェ、落ち着いた雰囲気の高級ブティック。マデリンは小型の電気自動車《EV》を追い越し、方向指示器を点けてサン＝ギヨーム通りに入った。二十メートルほど先で、おんぼろのスマートとピカピカのSUVのあいだに、ベスパを歩道と直角に停めた。ベルナール・ベネディックから渡された住所は、この通りの瀟《しょう》洒《しゃ》な建物のひとつで外装をやりなおしたばかり、石肌の凹凸を美しく見せていた。木造ニス塗りの重厚な門のインターホンを押した。

「どなた？」甲高い声が聞こえた。

「ローレンツさんですか？」

　返事はない。マデリンは曖昧な表現を選ぶ。

「こんにちは。警察の者ですが、亡くなったローレンツさんの遺作三点の行方を捜査しています。ほんの少し時間を頂きたいので……」

「あなた、どうせろくでもない記者でしょう。とっとと消えてよ！」

　マデリンは思わず一歩退く。罵倒の剣幕にびっくりしてしまった。粘ってもむだだと思った。ペネロープがこのような態度をとり続けるのなら、何の成果も得られないだろうから。

　べつの計画を考えながらまたベスパに乗った。ユニベルシテ通り、バック通り、ラスパイユ通りをモンパルナスまで。オデッサ通りでクレープ料理店とセックスショップに挟まれた、目的のインターネットカフェをみつけた。入口のドアを押しながら、マデリンは目的を達成するまで引きあげるものかと自分に言い聞かせる。

2

　指定の時刻より遅れてガスパールはレストランに着いた。隣は鮮魚店で、〈グラン・カフェ〉は腰板の張られた壁、曲げ木の〈ボーマン〉の椅子にビストロテーブル、壁の大鏡、格子縞のタイルといったありきたりの古くさい内装、でも温かい雰囲気のブラッスリーだった。天井には模造の葡萄を這わせて地中海沿岸地方の雰囲気を添えている。

正午を三十分ほど過ぎて、テーブルの四分の三はまだ空いていたが、ちょうどいっぱいになり始めるところだった。ガスパールは二人用のテーブルを頼んで案内されたがすぐには座らず、ポケットから取りだしたスマートフォンをそこに置き、椅子の背に上着をかけた。それからカウンターまで行ってカンシーのグラスワインを注文、さらに電話を借りられるかと尋ねた。

ギャルソンは驚いたような、というか、半ば疑うような目つきでテーブルに置かれたスマートフォンを見た。

「故障ですか？」

ガスパールはテーブルのほうをふり向きもしなかった。

「いや、使い方が分からないんだ。そういうわけなので、店のを使わせてはもらえないだろうか？」

ギャルソンは肯き、レトロ調の受話器を差しだす。ガスパールはメガネをかけて、ポリーヌが書いてくれた電話番号を告げる。

幸先よく、ディアーヌ・ラファエルは三度目の呼び出し音で電話に出て、通話状態が悪いのを謝った。精神科医はパリではなくマルセイユに向かうTGVの車内にいた。〈サント＝マルグリット病院〉の患者に会うため移動中だったのだ。ガスパールは自己紹介をし、ポリーヌ・ドラトゥールから電話番号を教えてもらったことを説明した。ディアーヌ・ラファエルはニューヨークで過ごすことが多いので、彼の作品のなかで最も暗い『アシリウム』の舞台を観たと言う。精神分析の逸脱を批判した劇である。したがって、精神科の専門家にも敵をつくってしまったのだが、彼女は根に持っているようすも見せず、「大いに笑いました」と言った。

嘘をつけない性格なので、ガスパールは最初から隠し立てせずに用件を話そうと思った。自分がショーン・ローレンツの旧宅を借りてパリに滞在中であること、画家の遺作三点を発見しようとしている友人の女性刑事に協力したいと思っていることを告げた。

「それが存在するのなら、わたしも見てみたいですね」

「ポリーヌに聞いたのですが、ショーンが亡くなった年、あなたは頻繁に彼を診ていたそうですね？」

「亡くなるまえの二十数年間ずっとという意味ならそうです。二十年以上も彼の友人であり精神科医でもあったんですから！」

「わたしはその二つが相容れないと思っていたんですが？」

「教条主義は嫌いなんです。彼をなんとか助けたいとできるだけのことはやったけれど、天才が故の不幸はあったと、そういうことです」

「それはどういうことですか？」

「古くからある創造的破壊の原理です。彼のような創造をするためには、ショーンが自分自身を、同時にまた他者をも破壊することは避けられなかったのかもしれないということです」

通信状態が芳しくないにもかかわらず、ガスパールはディアーヌ・ラファエルの深みがあって歌うような、温かみのある声に魅了された。

「これもポリーヌから聞いたんですが、ローレンツは息子の死のあと自暴自棄になってしまったと……」

「それは秘密でも何でもない……」精神科医はガスパールの言葉を遮って続ける。「ショーンはジュリアンとともにほぼ死んでしまったようなものです。すがるものを失ってしまい、自分が生きているふりさえもしなくなった。おまけに身体的な面でも、壊れてしまっていたんですね。死ぬまえの数か月間に大きな手術を二回もやっていた。死の淵から何度も蘇生したほどでした。でもその苦痛に、苦行であるかのように耐えていたんですね」

「絵を描くことが救いとはならなかったわけだ？」

「ひとりの子の死をまえにして絵は何の役にも立ちません」

ガスパールはしばらく目を閉じてからグラスの白ワインを飲みほすと、カウンターのバーテンダーに二杯目を注ぐよう合図した。

「子供を亡くした親のすべてが自殺したりはしないが」彼は言った。

「それはそうですね……」彼女は認める。「各人がそれぞれの仕方で反応をするという意味では、おっしゃる通りです。ショーンの治療の詳細をお話しするつもりはありませんが、彼に関してはすべてのものが増幅されていたんです。彼の創造性に絶えず影響を与えていた躁《そう》鬱《うつ》症状もありました」

「双極性障害だったということですか?」

「多くの芸術家と同じで、物事への反応や気分が極端になってしまうのですね。躁状態の時期には信じられないくらい生命への渇望が感じられるのに、一旦ふさぎ込むと底の底まで落ちてしまうとか」

ガスパールはシャツのボタンのひとつを外す。十二月も後半だというのに、この暑さはどうなっているのか?

「ローレンツは麻薬に手を出していましたか?」

ディアーヌが初めて苛立ちの声を出す。

「クタンスさん、あなたはずいぶん立ち入った質問をするんですね」

「確かに。申し訳ない」彼は謝った。

電話の向こうで、まもなく列車が終点マルセイユのサン=シャルル駅に到着することを伝える国鉄《SNCF》の車内アナウンスが聞こえた。

「何よりもショーンが望んでいたのは、自分を麻痺させ、すべてを忘れて何も考えないことでした」ディアーヌは続ける。「わが子への愛情の深さがそのまま大きな悲しみとなり、だれかに救われたいとか、忠告を受けようとか、そんなことは望まなかった。手段は何でもいい、睡眠薬から精神安定剤、抗不安剤、その他もろもろ。処方をしたのはわたしです。というのは、わたしが拒んでも、どうせ手に入れたでしょうから。それと少なくとも、彼が何を服用しているのかをわたしは見ていることができた」

電波の状態がますます怪しくなってきた。そこでガスパールは、思いついたまま最後の質問をする。

「隠された絵が存在するという仮説のことですが、あなたはそれを信じますか?」

残念ながら、精神科医の答えは雑音に消されて聞こえなかった。

彼も電話を切り、二杯目のワインを飲みほす。音のしたほうをふり向くと、マデリンが店に入ってきたところだった。

3

「アペリティフはどうなさいますか?」今日のおすすめが書かれた大きな黒板を見せながら、ギャルソンが聞いた。

マデリンは炭酸入りのミネラルウォーター、ガスパールは三杯目の白ワインを頼んだ。

そして、ガスパールは笑みを浮かべてマデリンが置いていったスマートフォンを彼女のほうに押しやった。

「助かった。ありがとう」それを手にとり、マデリンは言った。

ガスパールは自らの非を認めるのは今しかないと思う。

「昨夜のことを謝りたい。つい興奮してしまった」

「分かった。忘れましょう」

「あなたが子供を持とうとしていることを知らなかったんだ」

マデリンは頭に血がのぼるのを感じた。

「どういうこと？　何が言いたいの？」

「つまり……そうじゃないかと推測したということだ」自分がまずいことを言ってしまったことに気づき、ガスパールは口ごもる。「今朝、携帯電話にマドリードのクリニックから連絡があって、あなたへのメッセージ、つまり検査結果を受けとったという内容で……」

「あなたの知ったことではないでしょう、冗談じゃない！　食事しながらあなたとその話をわたしがするとでも思ったわけ？」

「すまない。でも、メッセージを読むつもりはなかったんだ」

「読むつもりはなかったって!?」マデリンが逆上する。

そういうわけで二人は、注文した飲み物が運ばれて店主が注文をとりに来るまで一言もなく、視線すら交わそうとしなかった。

マデリンは店主が近づいたのをチャンスとばかりに、ベネディックから預かったマッチ箱をとりだす。

「ショーン・ローレンツはこのお店の常連だったのでしょう？」

「お客さんというより、この店全体の友人と言うべきでしょうね！」店主は誇らしげに言った。

話好きの小柄な男で、その身体には大きすぎるスーツ、白地に黒の水玉模様のネクタイ、頭は剃りあげていた。表情豊かな顔がどことなくルイ・ド・フュネスに似ている。

「ローレンツさんは何年ものあいだ、ほとんど毎日うちで昼食をとられてました」

生き生きとしていた店主の目がふいに翳《かげ》ってしまう。

「当然と言えば当然ですが、息子さんが亡くなってからはあまりいらっしゃらなくなりました。ある晩なんかは、店を閉めたあと帰り道で、ローレンツさんがベンチで酔いつぶれているのを見て、わたしがシェルシュ＝ミディ通りのご自宅まで送ったんです。ほんとにお気の毒だった」

その憂鬱な思い出を追い払うかのように店主は舌を鳴らし、すぐにつけ加える。

「亡くなる二か月か三か月前、ローレンツさんはいくらか元気になっていました。何回か店にも来られたし」

「あなたは彼がまた絵を描きはじめたんだと思いましたか？」

「それは間違いないです！　食事をしながら、以前のように何ページもスケッチブックを塗りつぶしていましたからね。それ以上の証拠はないじゃないですか！」

「彼がどういう絵を描こうとしていたのか分かります？」

ド・フュネスが訳知り顔をした。

「好奇心が強いので、わたしは料理をお持ちするたびに、ローレンツさんの肩越しに覗いたものです。迷宮を描いていらした」

「迷宮を？」

「はい。入口も出口もないというカフカの迷宮です。めまいがするくらい無限の数の枝道がある迷宮ですよ」

マデリンとガスパールは疑わしげな視線を交わしたが、ド・フュネスは切り札をもう一枚持っていた。

「亡くなるほんの数日前でしたか、ローレンツさんはこの店に信じられないようなプレゼントをしてくださった。ここにモザイクを残してくれたんですよ」

「このレストランに？」ガスパールは驚いた。

「ええ、この店内にです」店主は誇らかに言明した。「奥の個室にあります。ショーン・ローレンツの数少ないモザイク作品のひとつ、ともかくいちばん大きなモザイク画だそうです。ここには美術マニアが巡礼地のようにやって来ますし、写真を撮りにも来ます。とくにアジアからの方が多いですね」

二人が頼みもしないのに、店主は彼らを、壁に色鮮やかなモザイクが施された奥の部屋まで案内した。

「ローレンツさんはロアルド・ダールの『どでかいワニの話』を絵にしたかったんです。息子さんのいちばん好きな話だった。なんでも毎晩ベッドに入ると、その話をせがんだそうです。すばらしい贈り物だとは思いませんか？」

モザイクの施された壁には、一九八〇年代の画素の粗いテレビゲームのように数百もの小さなタイルがキラキラと輝いていた。マデリンが目を細めると、子供時代に読んだその本に登場する動物の数々、ワニにサル、ゾウ、サバンナのなかでぶるっと身体を震わせているシマウマが目のまえに現れた。

児童文学のなかでもこの本は、逸話の域を出ないにもかかわらず傑作であり、おかしな作品だった。マデリンは店主の許可を得て写真を撮ると、ガスパールとテーブルにもどった。

4

「ポリーヌのことがずいぶん気に入ったようね」

昨晩と同じように、二人はそれぞれが集めた情報を交換する。

「彼女とは話がしやすいし、根が素直だからね」

「それって、わたしに対する当てこすり？」

ガスパールはマデリンの視線を避けるためにそっぽを向いた。

「もしよければ、ほかの話をしないか」

マデリンは役目を分担しようと提案する。

「今日の午後わたしは、ショーンが絵の具を仕入れていたジャン＝ミシェル・ファヨルに会ってきます。そのあいだにあなたが、ペネロープ・ローレンツに会いに行ってくれればいいと思うんだけど」

ガスパールは不満そうに髭をこすった。

「何でぼくが前線に送られるのかな？　面会をきっぱり断られたとあなたがさっき言ったばかりじゃないか」

「あなたが相手なら違う結果になると思う」

「何を根拠にそう思うんだ？」

「まずあなたが男性であること。それと、わたしにはすばらしい計画があるの」

満足げな笑みを浮かべたマデリンが、ショーンの妻に接近するための作戦をガスパールに説明しはじめる。

マデリンは午前中に立ち寄ったインターネットカフェで、ガスパール名義のメール・アカウントをつくったあとペネロープにメールを送り、彼女がまだ所有しているショーンの作品「裸婦」を貸してくれるよう頼んであった。

「まったく理解できないんだが」ガスパールが不平を漏らす。「何の理由でぼくが絵を借りなくちゃならないんだ？　訳が分からない」

マデリンは自分の皿を押しやり、『デイリー・テレグラフ』紙のコピーを広げる。来年の春ロンドンで舞台劇『ヒポクラテスの誓い』の三十回公演が予定されているという記事で、その作者は……ガスパール・クタンスだった。

「あなたは公演初日にその絵を背景として使いたいので借りるということにする」

「ばかげている」

そんな抵抗をものともせず、マデリンは続ける。

「送ったメールのなかで、わたしは二万ユーロの取引をペネロープに提案しました。ベネディックは、彼女がお金を必要としていて、いずれはその絵をオークションにかけたがっているとはっきり言ってるんです。もしメディアが絵を話題にするような機会があれば、彼女がそれを見逃すはずはない」

ガスパールが怒って眉をひそめた。

「あなたはぼくの身分を詐称したわけか！」

「落ち着いてくれませんか。善行のためなんだから」

「あなたの大原則、それは何でも人にやらせる、そうだろう？　ぼくはあなたみたいな人間が大嫌いだね」

「わたしみたいな人間って、どういう人間？」

「ぼくは分かりきっていることを言っている」

「分かりきっているのはあなたひとりだけでしょ」

怒りが治まらないガスパールは肩をすくめた。

「いずれにせよ、そんなばかげた話をペネロープが信じるわけがないんだ」

「それはどうかしら」マデリンが勝ち誇ったように言う。「じつは、そのペネロープからも、う返事があって、今から三十分後にあなたと話をしたいと言ってきているんだけれど」

ガスパールは反論しようと口を開いたものの諦め、ため息をついた。マデリンは構わずにたたみかける。

「わたしはファヨルから話を聞いたあと、親しい友だちがトランジットでパリに寄るので会いに行くつもり。だから、あなたにはペネロープと会ったあと〈セマフォール〉まで来てもらいたい。打ち合わせをしたいので」

「セマフォール？　何だい、それは？」

「ジャコブ通りとセーヌ通りの角にある小さなカフェ」

　異常な暑さなので、レストランはガラス張りのテラスを開け放った。マデリンがタバコを吸いたがったので、二人はテラスに席を移してコーヒーを飲む。彼女は物思いに耽《ふけ》るように無言でタバコを巻きはじめ、ガスパールも一心に何かを考えながら店主がサービスしてくれたアルマニャックの快い刺激を喉に転がす。

　二人とも口には出さぬものの、今や自分たちがまるで想定外の捜査コンビを組んでいる事実を自覚せざるをえなかった。

　人をおびき寄せるような、抗しがたいショーン・ローレンツの魅力に搦《から》めとられてしまい、二人はほとんどその支配下にあった。何らかのかたちで画家を取り巻いているすべての物事――作品が表現しているものや、画家の人生の陰の部分――が、彼らには神秘のオーラと理屈では説明できない約束事に包まれているように思われたが、ひとたびそれが明るみに出るなり、こんどはローレンツの秘密だったものが彼ら自身の秘密となるだろう。互いに打ち明けることはなかったけれど、マデリンとガスパールは二人とも、それらの秘密がある真実を明かしてくれるのではないかという異様な信仰にしがみついており、それというのも、画家の遺作を探し求めることが、とりもなおさず彼ら自身の一部を追い求めることにほかならないからだった。

7 彼が燃やすもの……

芸術は火事のようなもので、燃えるものから生まれる。
ジャン＝リュック・ゴダール

1

ペネロープ・ローレンツが住んでいる古い館は、サン＝トマ＝ダカン教会を囲んで時の流れを忘れさせるような優雅な一画にあった。明るい色合いの切り石造りの正面《ファサード》はあっさりとしており、磨いた大理石の階段、驚くばかりに高い天井、寄木張りの床が歩くたびに軋む。アパルトマンの内部は、禁欲的ですらある印象の建物の外装とは正反対だった。けばけばしさが幅を利かせていると言っても過言ではない。フィリップ・スタルクの亜流のインテリアデザイナーが内装を監督し、悪趣味の必須リストをチェックしながら仕事を進めたかのようだった。鋲打ちしたショッキングピンクの革ソファーには模造毛皮のクッションが置かれ、そばにはプレキシガラスの大テーブル、バロック風の異様なシャンデリア、雑多な置物やら奇抜なランプ等々。

　警戒しつつドアを開けた男がしぶしぶフィリップ・カレヤと名乗ったので、ガスパールはポリーヌが教えてくれたペネロープの初恋の相手の名前だということを思いだした。つまり、彼らの関係は続いていたわけである。不動産プロモーターは腹の出た小柄な男で、ガスパールが思い描いていたペネロープの愛人のイメージとはかけ離れていた。円く禿《は》げた頭頂部、顎髭、目の下のたるみ、大きく開いたシャツの襟から見える白い毛の交じる胸毛と金のネックレスに付いたサメの歯……。当時、美しさの頂点にいたペネロープが彼のどこに惹かれたのか理解に苦しむほかない。男は今と違っていたのだろうか？　あるいは、ほかに切り札があったのか。おそらくは、互いに相手を魅了する、何か論理を超えたものに惹かれたにちがいない。

　ニースの不動産プロモーターは、ガスパールを中庭に面したこぢんまりとした応接間《サロン》のひとつに案内したあと、自分はまたゴールドのＭａｃＢｏｏｋで不動産広告の検索にもどった。こうしてガスパールは、女主人が出てくるまで十分ほど待たされた。元モデルがサロンに入ってきた瞬間、ガスパールは驚きの表情を見せないようにした。

　ペネロープ・ローレンツの容貌は見る影もなかったのだ。整形手術で顔は変わってしまい、かつての彼女自身の戯画《カリカチュア》となっていた。硬直したままの顔は蠟燭《ろうそく》のような滑らかさだが、今にも溶解してしまいそうだった。変形した唇などまさに破裂寸前の風船のようで、腫れたまぶたと異様に突きでた頬骨とで両目も細くなっている。やつれてむくんだ顔と、それとは逆に骸骨のように痩せた身体は胸だけがヘリウムでも入れたかのように膨らんでいた。

「こんにちは、クタンスさん。お越しいただいて、ありがとう」鼻にかかった声でそう迎えると、ペネロープは息切れしたようにガスパールの正面に座った。

その追われる獣のような目つきは、自分の容貌が人に与える印象を充分に意識しているにちがいない。

どうしてこんなにひどい状態になってしまったのだろう？ 変貌の原因は？ ガスパールは彼女が雑誌の表紙を飾っていたころの写真を頭に思い浮かべた。気高く優雅、筋肉質の全身が輝くようだった。なぜこんな状態になるまで美容整形やらボトックス注入を過度にくり返したのか？ いったいどんな医者が、素人の画家もどきに彼女の美しかった顔立ちを台無しにしてしまったのか？ ガスパールは彼女の顔のどこかに失われた美貌の片鱗を求め、目にそれをみつけた。その瞳に注意を向けると、緑がかった水の奥に金褐色の沖積層のような光が見えた。一九九二年の夏、白熱の光がショーンの心に焚きつけた炎の、その熾火《おきび》である。

ガスパールも挨拶をしてから、マデリンと打ち合わせていた作戦で事を進めようと口を開きかけて、気が変わった。ほかにどうしようもなかった。作り話では自由にふるまえない、そう思ったのだ。倫理的な理由もあるにはあったが、ガスパールは自分が大根役者なのを知りすぎていたし、真実を隠しても長続きしないと思った。だから、単刀直入に攻めようと決めた。

「正直に言いましょう。ローレンツさん、わたしはあなたが思っている用件でここに来たのではありません。わたしは確かにガスパール・クタンスといい、来春にロンドンで上演される舞台劇の作者ですが、あなたがお持ちの絵を借りる契約というのは、あなたに会うためにわたしに協力している女性が考えた方便でしかありません」

「あなたの協力者って、だれですか？」

「今朝、あなたが追い返した女性です」

緊張感が漂った。ペネロープがカレヤに助けを求めるだろうとガスパールは覚悟した。彼はペネロープが大声をあげないように手の動きで安心させる。

「事情を説明しますので、どうか三分間ください。そのあとで、もしあなたがわたしの質問に答えたくないと思うなら、わたしは静かに退散しますし、二度とお邪魔をすることもないでしょう」

彼はペネロープがじっとしているのでいくらか勇気づけられ、話を続ける。

「わたしたちはショーン・ローレンツが亡くなる数週間まえに描いたという三つの作品の行方を追っています。それは……」

ペネロープが彼の話を遮る。

「ショーンが亡くなる、もうその何年もまえから彼が絵筆を握ることなどなかったんですよ」

「ところがです、その三点が存在すると考えるだけのちゃんとした理由があるのです」

ペネロープは肩をすくめた。

「もしそうなら、その絵はわたしたちが離婚したあとに描かれたわけで、わたしにはいっさい権利がないことを意味しますよね。わたしにどういう関わりがあるの？」

女が頑《かたく》なな態度を崩さないと見たガスパールは即興でアプローチを試みる。

「あなたにひとつの取引を提案したいのです」

「どういった取引ですか？」

「あなたがわたしの質問に答え、そのおかげで絵がみつかったならば、一点はあなたのものになる」

「とっとと消えてよ！　ショーンの絵のせいでわたしは目茶苦茶にされたけど、それでもまだ足りないとあなたは思っているようね……」

ペネロープの不安や恐れがとたんに怒りに変わる。ソファーから立ちあがり、ホテルのミニバーのように本棚に組みこまれた冷蔵庫に向かった。グレイグースのミニチュアボトルを二本手に取り、一本をボトルに口をつけて空けてしまった。ガスパールは、「好きなものをみつけろ、そして死ぬほどのめり込め」というチャールズ・ブコウスキーの言葉を思いだした。ペネロープの好きなものは、この高級なウォッカということか。彼女は二本目をクリスタルのタンブラーに注ぐと、それをソファーのそばの、錬鉄製の脚と小さなガラス天板の円テーブルに置いた。

「わたしなしにショーン・ローレンツは存在しなかったことを、あなたは知っているでしょう？　このわたしが彼の創造性を解き放ち、才能の扉を開いてあげた。わたしに会うまでのショーンは、一日中ぶらぶらしてはジョイントを吸って、ハーレムでグラフィティを描くだけのペインターだった。そして十年以上、彼がたった一枚の絵も売れなかった時期、このわたしが生計を立てていたのよ。わたしの美貌と写真と広告と雑誌の表紙のおかげで、彼は有名な画家になれたというわけ」

その独白を聞きながら、ガスパールは映画『サンセット大通り』のなかでグロリア・スワンソンが演じた、落ちぶれた往年の名女優ノーマの人物像を思い浮かべた。かつての自分への憧憬も同じなら、悲愴な自己正当化も同じだった。

「何年ものあいだ、わたしが彼の創作活動に燃料を補給する炎だった。夫にとって、わたしは創造の情熱を掻きたてる妖精《ニンフ》エゲリアだった。夫はわたしをそう呼んでいました。つまり、わたしがそばにいなければ、すばらしいものは描けなかったということ」

「それは間違いない」ガスパールは認めた。「彼が描いたあなたの絵は見事なものです」

「〈二十一のペネロープ〉のことをおっしゃっているんですね？　ほんとうのことを言いましょうか。初めのころは確かに、わたしもあの絵で悪い気はしなかった。だけど、あとで重荷になってしまった」

「どういう理由で？」

「他人の視線ね。わたしたちの不幸の大部分はそれが原因だった。皆がじろじろとわたしを見つめるのは分かっていたけど、わたしには彼らが思っていることが聞こえるように感じたの。わたしをきれいだとは思っても、絵のなかのわたしほど魅力的でない、とね。クタンスさん、ショーン・ローレンツの絵の秘密をご存じですか？」

「教えてください」

2

「ショーン・ローレンツと仕事をするのはかなり刺激的だった。なにしろ彼は色彩の巨匠だからね」

なぜかは分からないが、画廊オーナーからジャン＝ミシェル・ファヨルのことを聞かされたとき、マデリンは白髪で長いグレーの作業衣を着ていて、定年をとっくに過ぎたような人物を想像していた。でも実際にヴォルテール河岸の店でマデリンを迎えたのは、彼女よりも年下で、ラグビー選手のようにたくましく、ドレッドヘアーで、すべての指に地獄の博物館のごとくヘビ、クモ、メキシコの頭蓋骨《カラベラ》、黒ヤギの頭といった指輪をはめたアフリカ系の男だった。履き古したスニーカーにスリムジーンズ、開いたダウンベストの下はTシャツという格好だった。気さくで愛想がよく、色とりどりの染みがついたオーク材の分厚いカウンターにマデリンのためにとコーヒーとビスケットを用意してくれた。石組みの壁と低いアーチ天井のせいで中世の店のなかにいるような感じだった。その印象は、艶出しの無垢材で床から天井まで組まれた棚に所狭しと並べられた顔料入りの小瓶でさらに強められた。

話題が話題なだけに夢中になったファヨルは、マデリンが何者かも知らぬうちから彼女の質問に答えてくれそうなようすだった。

「芸術家との付き合いは多いんだが……」彼は続けた。「そのほとんどは、カンバスに絵の具を塗りたくって、それを展示してくれる金儲け主義の画廊主がついてくれていて、そんな排泄物でもありがたがるおめでたい客もいるというわけで、自分がピカソとかバスキアの生まれ変わりだと思いこんでいるようなエゴイストと誇大妄想気味の連中なんだ」

ファヨルはブリキ缶のなかから〈プティ・テコリエ〉のビスケットを一枚つまむ。

「ショーンは成功したけれども連中とは違っていた。むしろ謙虚で、もちろん絵にはこだわってはいたけど、人間にも興味があったんじゃないかな」

ビスケットをかじり、記憶を呼びもどそうとするためか、長いこと噛んでいた。

「たとえば、うちのお袋が入る老人ホームの前金を払うのにわたしが苦労していたのを知ると、小切手を切ってくれて、返済してくれなどとは言ってこなかった」

「つまり、ふつうのお客というより、友人だったということなんでしょうね」マデリンが指摘する。

ファヨルはまるで彼女が地球は平らだと言ったかのような怪訝な顔をした。

「真の芸術家に友人はいない」彼はきっぱりと言った。「それが理由で、彼らは芸術家になったとも言えるかもしれない。わたしは彼が探している色をみつけるために、できる限りのことをして彼を助けた。それ以外にもいろいろと頼みを聞くことがあった。とくに額縁については、わたしが担当することになっていた。ショーンはひどく額にこだわっていたからね。

ボックスフレームに使う材料はイラン産の明るいクルミ材で、かなり希少なものだけど、彼はそれしか受け入れなかった」

「なぜあなたは彼のことを色彩の巨匠と形容するのですか？」

「実際そうだったからさ！　それも桁違いに。青春時代にスプレーで塀やメトロ車両にグラフィティを描きまくったあと、ショーンは二〇〇〇年代初期に変革を遂げた。何でも習得したがって、ほんとうに天然顔料の歴史の専門家になったくらいだ。それも極めて純正主義のね。かつてのグラフィティ・ペインターが合成顔料の使用を拒むというのだから滑稽だ！」

　マデリンはひとつ質問をしてみる。

「合成顔料と天然顔料の根本的な違いは何ですか？」

　ラスタマンはまた横目の思案顔になった。

「セックスをするのと愛しあうこととの違い、ＭＰ３とアナログ盤の違い、カリフォルニアワインとブルゴーニュワインの違い、それと同じだね……分かるだろう《ユー・ガティット》？」

「あなたが言いたいのは、天然顔料のほうがより本物だということかしら？」

「より深みのある、より濃密な、とりわけ固有な色を与えてくれる。なぜなら、それぞれの顔料が千年もの歴史を経ているからだ」

　ファヨルはすっと立ちあがると、店の奥に向かった。

「ここに並ぶ顔料は、世界でも最も希少かつ貴重な色だ」彼は顔料の入ったガラスの小瓶が並ぶ棚の一段を見せながら言った。

大きさも形も不揃いの透明な小瓶は、明るいパステルからずっと暗い色合いまで圧倒するほどの色彩を見せていた。

一通り見てもマデリンには、ほかの棚に並べられた色との違いは分からなかったが、その戸惑いをけっして悟られまいとした。ジャン＝ミシェル・ファヨルはひとつの小瓶を手に取り、自分の鼻先で振ってみせた。

「たとえば、これはラピスラズリ、またの名をウルトラマリンというんだが、フラ・アンジェリコやレオナルド・ダ・ヴィンチ、ミケランジェロが用いたという伝説の青だ。アフガニスタンから輸入した岩から採取し、あまりにも希少なので、ルネッサンス期には黄金の値段を超えていたという」

マデリンは、フェルメールが名高い少女の絵のターバンを描くためにその顔料を用いたことを、小説『真珠の耳飾りの少女』で読んだ覚えがあった。

ファヨルはその小瓶を棚にもどすと、ついでにもうひとつの顔料を手に取る。赤紫色の粉で強烈な鮮やかさで輝いている。

「ティリアン紫、ローマ皇帝の紫の外衣《トーガ》を染めた色だ。たった一グラムの顔料を得るためにシリアツブリという巻貝一万個の鰓下腺《さいかせん》の液を集めなければならない。どれほどの大量殺戮なのかは、ご想像に任せよう……」

夢中になったファヨルはなおも続ける。

「インディアンイエロー、これはマンゴーの葉しか食べさせない雌牛の尿から精製した顔料で、現在は当然ながら動物虐待に当たることから、その取引は禁止されている」

ラスタマンはドレッドヘアーを揺らし、こんどは深紅の小瓶を手にする。

「これは古代から〈竜血《りゅうけつ》〉の名で知られる顔料。言い伝えによると、ドラゴンとゾウが勇壮なる死闘の末に命を落とし、流れでた双方の血が混ざってできた色だという」

ファヨルの話は尽きない。色彩に憑かれたかのように、新入生をまえにした大教室での講義のようなものを続ける。

「おそらくこれがわたしの最も好きな色だ！」また違う小瓶を手に、ファヨルは宣言する。中身はコニャックのそれに近い黄土色の粉末だった。「いずれにせよ、波瀾万丈という意味においては一番だろう」

マデリンは顔を近づけてラベルを見る。

「マミーブラウン？」

「そう、エジプトの茶色とも言う。ミイラを粉砕して、遺体の防腐処置に使った包帯状の布に含まれる樹脂から採った顔料だ。このとんでもない顔料を製造するために、どれほど多くの考古遺跡が破壊されたかはあまり考えないほうがいい！　そもそも……」

マデリンはラスタマンの演説を遮り、自分がわざわざ出向いた目的に話題をもどす。

「最後にショーン・ローレンツと会ったとき、彼はどういう種類の色を探していたのですか？」

3

「ショーンがあなたの絵を描くとする。そうすると、そのたびごとに彼はあなたから何かを奪っていき、けっしてそれを返してはくれない」またウォッカを一口飲んで、ペネロープが言った。

彼女と向きあって座るガスパールは用心深く耳を傾ける。

「あなたの美しさを引き剝がしては、それを絵にするわけね」なおも彼女は続けた。「『ドリアン・グレイの肖像』のストーリーを覚えています？」

「肖像画がその描かれた人物の代わりに老いていくという話でした」

「そう。でもショーンの場合、話が逆になる。彼の絵は人を食べてしまうの。あなたの人生を、あなたの輝きを養分にするんです。彼の絵は、自らが存在するためにあなたを殺してしまうの」

しばらくのあいだペネロープは、いくらか攻撃的な口調で持論をくり返したが、ガスパールはもう聞いていなかった。彼はセルジュ・ゲンスブールの有名な言葉「醜さは、時とともに失われることがないという点で、美しさに勝る」を頭に浮かべた。またしてもひとつの問い。いったいどういう負の連鎖でこの女性は今の状態になってしまったのか？　ショーンがマンハッタンでペネロープに出会ったのは一九九二年のことで、彼女はまだ十八歳だったとマデリンは言っていた。素早く計算してみると、向かいの女性は現在四十二歳のはずだ。彼と同い年。シェルシュ＝ミディ通りの家にはペネロープの写真は数えるほどしかなかったが、ガスパールが正確に記憶しているのはジュリアン誕生時の写真である。あれを見たとき、ペネロープは光り輝いていた。つまり、美容整形手術によるダメージは最近のことなのだ。

「何年か経つと、ショーンもやはり自分の才能がちっぽけなわたしに依存しているのではないと分かってきたの。当然、わたしは彼を失ってしまうのではないかと恐れたわけね。わたし自身の仕事のほうにも翳りが見えはじめていた。憂鬱な気分から逃れるために、わたしはどれだけお酒や麻薬に溺れたことか。ジョイントとかコカイン、ヘロイン、ほかの薬……。ショーンがわたしのことをかまってくれるよう仕向けるひとつの方法でもあった。彼がわたしに依存症治療を受けさせたのはぜんぶで十回。ところで、ショーンには大きな欠点があった。それは弱気なところ。ということは、すごくいい人だったってこと」

「なぜそれが欠点なのか分からないが」

「でも実際そうだった、それはまたべつの話。ともかく、彼にはわたしを捨てる勇気がなかった。なぜかというと、わたしには永遠の恩義があると思っていたんでしょうね。ショーンはちょっとばかだった。というか、独自の論理を持っていたの」

ガスパールの視線は、ペネロープの顔から首の右側にある星の形をした引っ掻き傷に移った。そして、似たような傷痕が左耳にもあることに気づいた。そして三つ目は胸元に。一瞬でガスパールは理解する。それらの傷は美容整形手術によるものではなく、彼女が拉致されたとき負った有刺鉄線の傷痕だった。そう分かった時点で、ガスパールはある確信を抱いた。わが子の死のあと、ペネロープは整形手術をくり返す悪循環にはまってしまったのだと。まずは危害を受けた際の傷痕を治療するため、おそらく、そのあとは一種の贖罪《しょくざい》行為として。ショーンだけが苦難の道を辿ったわけではない。彼の妻も自己破壊行為によって夫に寄りそっていたことになる。美貌が故に犯した自分の過ちを、やはり美を通じて贖《あがな》い苦しもうと望んだ。

「お子さんの誕生であなた方ご夫婦がまた和解することはなかったんですか？」

「あの子はわたしたちにとっての奇跡だった。わたしたちにとって再出発を約束するものだった。最初わたしはそれを信じたいと思ったの。でも幻想だった」

「なぜです？」

「なぜって、ほかのどんなこともショーンの目には見えなくなってしまったから。絵も、わたしも。もうジュリアンのことしか考えられなくなって……」

わが子のことが話題になると、ペネロープは催眠状態に陥ってしまったかのように見えた。ガスパールは彼女を現実に引きもどそうとした。

「よければ最後の質問をしたいんですが……」

「もう帰ってください」

「これが最後ですから……」

「帰って！」彼女は突然目が覚めたかのように叫んだ。

「ショーンと最後に話をしたのはいつでした？」

彼女は息を吐きだした。また虚ろな目つきになって、記憶を呼びもどそうとする。

「最後に話したのは……ショーンが亡くなった日。ほんとうに死ぬ数分前だった。彼はニューヨークにいました。アッパー・イーストサイドの電話ボックスから電話をかけてきた。何か訳の分からないことをしゃべっていて、時差もあった、わたしは真夜中に起こされたわけよね」

「何で電話をしてきたんですか？」

「もう覚えてない」

ペネロープは顔を歪めて泣きだした。

ガスパールは諦めない。

「思いだしてくれませんかね、お願いです！　彼は何と言ったんです？」

「ほっといて！」

叫び声は虚しく響いた。白いソファーに力なく座ったペネロープは微動だにせず、どこかほかの場所に行ってしまったようだった。打ちひしがれたようすだが、眼差しだけは険しい。

ペネロープをどういう状態に追いやってしまったのか理解し、ガスパールは激しい羞恥心に襲われた。自分の人生でもないことに首を突っ込んでひとりの女性を苛《さいな》む自分は何をやっているのかと。自分が進めている調査にいったいどれだけの意味があるのか？

彼はそっと退散する。

エレベーターのなかで、「芸術は火事のようなもので、燃えるものから生まれる」と言ったゴダールは正しいと思った。ローレンツの不吉な一生は死体や幽霊、生ける屍に満ちている。情熱と創造の火によって根こそぎにされ、焼かれ、黒焦げになった運命。

芸術は火事のようなもので、燃えるものから生まれるのだ。

4

ジャン＝ミシェル・ファヨルはすぐに思いだした。

「ずっと顔を見せなかったけれど、死ぬ二か月ほどまえからまた頻繁にこの店に現れるようになった。今から一年と少しまえになるか、二〇一五年の十一月と十二月で、何かを追っているような印象だった」

「何を追っていたんでしょう？」マデリンはよく理解できないまま聞いてみた。

「もちろん色を追っていたんだ」

「つまり、あなたは彼がまた絵を描きだしたと思ったのですね？」

ファヨルがからかうような笑みを浮かべた。

「それは間違いない！　わたしはショーンが何を考えているのか、どうしても知りたいと思ったんだ」

「どういう理由で？」

「まずは彼が白に執着していたから」

「白い色に？」

ラスタマンは肯き、また歌うように説明を始めた。

「そう。亡霊とか幻の色。原初の光、目をくらませる色だ。汚れなき雪、無垢、純潔の色。総合的な色であり、それのみで生と死の両方を象徴している」

「どういった種類の白を求めていたんです？」

「まさにその点なんだが、初めは艶消しであったかと思うと、光沢のあるものがいいと言う。滑らかさ、つぎには粗い感触、チョークに近いもの、さらには金属的な反射が欲しいと言うので、わたしは分からなくなってしまった」

「薬でおかしくなっていたのでしょうか、それともはっきりとした考えがあったとか？」

ファヨルは眉をひそめた。

「むしろ昂揚していたんだと思う。何かに大きな衝撃を受けたみたいに」

二人はまたカウンターにもどった。ショーウィンドーを雨の雫が叩きはじめた。

「ショーンはひっきりなしに白の鉱物顔料のことを話題にしていたんだが、その顔料の欠点は色褪せすることで、結合剤に混ぜると透明になってしまうんだ。彼の力になれないのが残念だった。結局、彼には胡粉《ごふん》の〈白雪《しらゆき》〉を使うように勧めたのだが」

「日本製の白の顔料ね？」マデリンは見当をつけた。

「そう。真珠色の光沢のある白い顔料で、牡蠣《かき》の貝殻からつくる。それでショーンは試してみたが、しばらくして店に来ると、この色は彼が欲しがっているものとは違うと言った。自分の頭にあるものを表現できる色ではなかったと言うんだ。だいたい、その言い方にわたしは驚いた」

「なぜです？」

「ショーンのような画家は表現するのではなしに、体現するものだから。描写するのではなく、描くんだ。ピエール・スーラージュの言葉を借りるならね。だがそこで、ショーンは頭のなかで何かはっきりしたものを見ていたが、それは現実には存在していない、わたしはそんな印象を持った」

「それが何であるか、あなたに言わなかったということ？」

ファヨルは分からないというふうに顔をしかめた。

「そしてついにあなたは、彼の望む色をみつけたんですね？」マデリンは続ける。

「もちろんだ」ファヨルはにっこり笑いながら答えた。「ある特殊な石膏《せっこう》から抽出した顔料で、一か所でしかみつからない」

「どこです？」

「ホワイト・サンズ、聞いたことあるかな？」

しばらくマデリンが考えていると、見わたすかぎり広がる白い砂丘が光を反射し、銀色に輝いている光景が目に浮かんできた。アメリカの最も美しい国立公園のひとつだった。

「ニューメキシコの砂漠ではないかしら？」

ラスタマンは肯いた。

「軍事基地がそこに建設され、武器と秘密技術のテストが行われていて、非常に希少な石膏《ジプサム》の採石場もある。その風化した鉱物から、耐久性の高い顔料が採れる。灰色を帯びた白で、赤みがかった反射が見られる」

「でも、その石膏が軍事基地のなかにあるのだったら、どうやって採石できるんでしょうね?」

「それはわたしの秘密だ」

「ここに見本はありますか?」

ファヨルは棚のほうをふり返り、吹きガラスのフラスコを取った。マデリンは期待をこめて中身を見たが、少しがっかりした。顔料はただのチョークを削ったものにしか見えなかったのだ。

「具体的に、これで絵を描くには油と混ぜるわけですね?」

「油もしくはほかの結合剤と混ぜる、そういうこと」

いくらか当惑させられ、マデリンはカウンターに置いたヘルメットを手に取り、ファヨルの協力に礼を言った。

ラスタマンはマデリンのためにドアを開けようと先を歩きはじめたが、何かを思いだしたのかふいに立ち止まった。

「ショーンは非常に良質な夜光性の顔料をみつけるようわたしに頼んだ。そんな注文にはちょっと驚いた。顔料としては新奇すぎるのでね」

「どういうものですか？　光を蓄える顔料ということでしょうか？」

「そうだね、そして蓄えた光を暗闇で発する。以前はラジウムを用いた塗料が製造されていて、とくに航空機の計器盤などに使われていた」

「放射線まみれになるわけですね！」

ファヨルは相槌を打った。

「その後は硫化亜鉛が使われるようになったが、あまり実用的でないうえに、すぐに劣化する」

「今は何を使うんですか？」

「現在はアルミン酸ストロンチウムの結晶を使うが、これは放射性ではないし毒性もない」

「ローレンツはそれを探していたのですか？」

「そうだったんだが、それもまたショーンはわたしにぜんぶ返却してきた。彼が何を望んでいるのか分からないので、わたしは彼にスイスの高級時計や水中時計に使う夜光性塗料を製造する会社を紹介してやった。相手方は乗り気になったんだが、ショーンが実際にそれを使ったのかどうかは知らない」

念のためマデリンは会社名をメモして、ふたたび色彩師に礼を述べた。

ヴォルテール河岸に出てみると、ほとんど夜になっていた。雨はまたいつ降りだすかが問題のようで、黒煙のような雨雲が増水したセーヌ川とルーヴル宮殿の上に低く垂れこめていた。車の列が騎馬隊のような荒々しさで埃《ほこり》を舞い上げる。

ベスパに乗ると、女友だちと会う約束をしているサン＝ジェルマンに行くため、ロワイヤル橋方面に向かう。雷の轟音にびっくりさせられた。稲妻が走る空に、細長いショーン・ローレンツの顔が見えるように思った。キリストに似た悩ましげなその表情が白い光に濡れているようだった。

ガスパール

サン＝ジェルマン＝デ＝プレ。

空は錫色《すずいろ》。木炭画のような建物。プラタナスのどこか鉱物的なシルエット。宙を歩いているような印象。周囲の動きやら排気ガス、大通りの得体の知れぬどよめきに飲みこまれ押しつぶされているように感じる。

頭からペネロープ・ローレンツの姿が消えてくれない。彼女の蹂躙《じゅうりん》された美貌、かすれた声、失われてしまったみずみずしさの記憶が、こんどは自分の無気力と倦怠感、自分自身の堕落へと目を向けさせる。

ぼくには、澄んだ空気と晴れた空が、一陣の贖罪の風が、ギリシアの島の太陽、あるいはモンタナの雪を被った梢の凍りついた清澄さが必要だ。しかしここには山の気持ちのいい空気がないので、行き当たりばったりで、サン＝ジェルマン大通りとサン＝ペール通りの角にある、最初にみつけたビストロに飛びこんだ。

その店は、外国人旅行者好みの時代がかった、だがじつはなくなって久しい雰囲気を残そうとしているようで、合成皮革を張った長椅子にネオンの飾り、デコラ張りのテーブル、キッチュなプラスチックの灰皿、ジュークボックスといったものが並んでいた。ガラス張りの天井の下、旅行者をはじめ、付近の学校の生徒たちがハムとバターを挟んだバゲットやクロックムッシュを食べている。ぼくはカウンターに直進する。平静さを装うなどという努力もせずにオールド・ファッションドを二杯続けて頼み、飲み干すとすぐにビストロを出た。

昼食時に飲んだアルコールがすでに頭の働きを鈍らせていて、さらにウイスキーを飲めば、この状態がもっと長引くであろうことは自分でも分かっていた。でも、もっと飲みたかった。つぎに入ったひどくシックなブラッスリーで、またウイスキーを二杯空けた。それから、サン＝ジェルマン大通りにもどる。

雨が降っていた。周りのものがぼんやりしてきた。風景から色が失われ、雨で濡れたメガネの向こうは、形のぼやけた灰色のシルエットだけ。ボナパルト通りまでうろつく。ぼくはまるで綱渡りをさせられるサーカスのゾウのように、一歩一歩ふらつきながら歩くほかなかった。我慢ならない騒音、何者かが勝手に両耳のボリュームを上げたにちがいない。

動悸と全身の震え。小便がしたい。息苦しい。ふらつく、震える、息ができない。首を伝う雨が汗と混じる。上半身がかゆい、両腕もむずがゆい、皮膚を剝がしてしまいたい。なぜ自分がこれほど打ちのめされたのか、ぼくは知りたくもなかった。原因が自身の内にあることぐらい分かっている。身体のなかに悪魔の住《す》み処《か》があって、そいつの冬眠時間がけっして長くはないことも知っている。かつてなかったくらいアルコールへの渇きに荒々しく引きこまれるであろうことも。

ラベイ通りでレストランをみつけた。飲み屋の代用にはなるだろう。タイル張りの店構え、窓には赤い格子柄のカーテン。野良犬のようにずぶ濡れのぼくは、おぼつかない足どりで店内に入った。ランチのサービスは終わっていて、ギャルソンたちが片付けと夜の準備をしているところだった。服から雫を垂らしつつ、ぼくは「一杯飲みたい」と頼んだが、彼らは頭の天辺から爪先までぼくを見てから酒を出すのを断った。ぼくは罵り、金が欲しいなら払ってやるとばかりに紙幣をちらつかせた。彼らはそこまで下劣になったぼくを当然のように追い払った。

さらに雨は勢いを増し、いつの間にかぼくはフュルスタンベール通りの広場に足を踏み入れていた。ここも永遠に変わることのないパリのたたずまいを見せている。大きなアオギリの木と、五個のランプがついた立派な街灯が一基あるだけの小さな広場だ。

もちろんこの場所は知っているが、ずっと足を踏み入れることはなかった。アルコールのせいで風景がよじれながら膨れあがり、同時にぼくの身体も膨れて倍もの大きさになった。鼓膜を破るかのような鋭い音が響いた。ぼくは両手で耳を塞ぐ。静寂。それから、ふいに人の声。

「パパ？」

ぼくはふり返った。

だれがぼくを呼んだのだろうか？

「ぼく怖いよ、パパ」

だれかがぼくを呼んでいるのではなかった。しゃべっていたのは自分だった。突然、ぼくは六歳になっている。ぼくはこの広場に父と座っていた。この広場を、もちろんぼくは知っている。ここは〝自分のうち〟のようなものだ。父はぼくの財布にずっと入ったままの写真と同じ格好をしていた。明るい色のズボンに白いシャツ、上着は綿の仕事着、エナメル革の靴を履いている。ぼくのブルゾンのポケットにはおもちゃの自動車〈マジョレット〉と四色ボールペンが入っている。背中には〈タンス〉の通学カバン、名札入れがちゃんとついているやつだ。

当時のぼくはサン＝ブノワ通りにある小学校の一年生だった。学校のある日は三日に一度、父がぼくを迎えに来てくれた。その日は水曜日で、もう午後だった。クリスティーヌ通りの映画館で『王と鳥』を観てきたところだった。ぼくは悲しかったけれど、それは映画のせいではない。しばらくすると悲しみを抑えきれなくなって、ぼくは泣きだしてしまう。父はいつもポケットに入っているティッシュペーパーを出してくれた。ぼくの目を拭い、洟《はな》をかませてから、もうだいじょうぶか、とようすを窺う。父が問題を解決してくれる。いつだって約束は守る父だけれど、ぼくはよく理解できないながらも、今回は問題が複雑なのだと感じてはいた。

雨が強くなって、ぼくは現実に引きもどされる。メガネはびしょ濡れ。もう何も見えないし、鼓膜も破裂するのではないだろうか。とにかく考えないようにしよう。どうしてここに来るという過ちを犯してしまったのだろう？　なんでそんな油断をしてしまったのか？　うっかりしていたのだろうか？　極度の疲労？　対峙する必要性を無意識のうちに感じていたからなのか？　でも何との対峙？

おまえ自身とだろうが。ばか。

「ぼく怖いよ、パパ！」ぼくはくり返す。

「いい子だから、心配するな。会えなくなるのもずっとじゃない、パパが約束する」

当時すでに、ぼくはそんな約束をまるで信じなくなっていた。そして、未来の結果がぼくが正しかったことを証明している。

今現在ぼくは泣いている。ずぶ濡れでいつもの威勢など見る影もなく、子供のように泣きじゃくっている。

足がもつれる。座りたいと思うのに、昔はそこにあったベンチがもうなくなっていた。こういう時代なのだ、ちょっと疲れたり傷ついたりした人を許さない。ぼくは目をつぶる、もう二度と目を開けられなくなるだろうと感じながら。一瞬、気を失いそうになったがまだ不動のまま立っていた、びしょ濡れになって。時間が消える。

目を開くまでにどれだけの時間が流れたのだろう？　五分、十分、それとも三十分？　水面に顔を出したとき、雨は止んでいた。ぼくは凍えていた。メガネを拭ったあと、しばらくは、この発作が治まってくれて、自分が天からの水に清められたと思った。自分の身に起こったことを忘れることにし、ふたたび歩きはじめてジャコブ通り、そしてセーヌ通りへと向かう。

だが突然、ぼくはその場に凍りついてしまった。彫刻のギャラリーのウィンドーに自分の姿が映っているのを見たのだ。ぼくは立ちすくんだ。すべてがはっきりと分かった。こんなふうに生きつづけることはできないと。どこにも行きたくないという気持ちですらない。というか、ぼくの行きたい場所はただひとつ、この世の他ならどこでもよかった。

ウィンドーに映る鈍重そうな疲れた自分の姿。耐えられない。一線を越えてしまう自分を感じる、ぜんぶをストップさせたい欲望にとらわれた。今だ。

ぼくは両手を握りしめ、爆発する。恐ろしい怒りでショーウィンドーに向かっていく。ストレート、フック、アッパーカット。ぼくは激情に身を委ねる。通行人が怯えて、ぼくを避けて通る。ストレート、フック、アッパーカット。粉々になったガラス。両手は血だらけ。心臓が弱まり、身体がのけぞる。ぼくは休むことなく殴りつづけ、ついにバランスを失った。歩道にくずおれる。

そして、ブロンドの髪に縁どられた顔がぼくの顔に近づく。

マデリン。

8　嘘と真実

芸術とは、わたしたちに真実を理解させてくれる嘘である。

パブロ・ピカソ

1

「説明をする義務があると思う！」

「あなたへの義務などいっさいないね」

もう日が暮れていた。〈ポンピドゥー病院〉前の広場で、マデリンとガスパールは電話で呼んだタクシーが来るのを待っていた。セーヌ川に停泊中の客船と見まがうばかりのガラス張りの建物を背景に、興奮した二人の影が浮かびあがる。やたら頭が重く感じているガスパールは深刻な表情、片手には包帯が巻かれ、もう一方には添え木が当てられていた。

「わたしのおかげでギャラリーのオーナーはあなたを訴えなかった。その点は、はっきりさせておかないと！」マデリンはうんざりしたように続けた。

「ぼくが目茶苦茶な額の小切手を切ってやったからだと思うが」ガスパールは反論した。

「ほんとうに、どんな理由があって何の罪もないショーウィンドーに突っかかっていったの？」

マデリンのそんな皮肉もガスパールには通じなかったようだ。

白いベンツのタクシーがウィンカーを出して二人のそばに停まった。客のひとりが怪我をしていると見て、運転手はドアを開けるために降りてきた。

タクシーは発進し、グルネル河岸に出たあと十五区を突っ切るのにコンヴァンシオン通りを選んだ。赤信号で停車しているあいだにガスパールは多弁になった。窓ガラスに鼻をくっつけたまま、奇妙な告白をしはじめたのだ。

「ぼくはここから二、三本先の通りにある〈サント＝フェリシテ産院〉で一九七四年に生まれた」

マデリンは驚きを正直に明かす。

「あなたはアメリカ人だとばかり思っていた」

「ぼくの母親はアメリカ人だよ」ベンツが動きだすと、ガスパールは詳しく話しはじめた。

「当時、イェール大学を出たばかりの母は、ニューヨークの大きな法律事務所〈コールマン&ウェクスラー〉がパリに開設したばかりの事務所に仕事をみつけたんだ」

「お父さんは？」

「ジャック・クタンスといって、カルヴァドス県の出身だ。左官職の職業適性証書《CAP》を持っていたから、パリに出てきて、ある土木事業会社の現場監督になった」

「あまり見ない組み合わせではあるわね……」

「それは婉曲な言い方だな。ぼくの父と母には何ひとつ共通点がなかった。もっとはっきり言うなら、どうやってぼくが生まれることになったのか想像すらできない。おそらく母は、ろくでもない庶民階級の男との付き合いにある種の興奮を覚えていたのではないかと思う。そういうわけで、二人の関係は流れ星みたいな瞬間的なもの、一九七三年の夏のあいだの数日間だけのものだった」

「あなたを育てたのはお母さん？」

「ぼくが生まれるとすぐに、母は父を遠ざけようとして、ぼくを認知しないよう父に金を払う提案までしたんだが、そんなことを父が飲むはずはなかった。その後、母はあらゆる策を講じて、さらには考えられるかぎりの嘘をついて、適切であるべき父の面会交流権を減らした。大ざっぱに言うと、ぼくは週に二時間、土曜の午後に父と会えることになった」

「恥ずべき行為ね、それは」

「そう、確かに。ただ幸運なことに、ほとんどの時間、ぼくはほんとうにすばらしい子守りの女性に預けられていた。アルジェリア人の女性で名前はジャミラ、彼女は父の苦しみを見て心を動かされたんだ」

タクシーの運転手は急ハンドルを切って、車道の真ん中を走っている道に迷ったらしき二台の貸し自転車《ヴェリブ》を避け、彼らに罵声を浴びせた。

「母が家にいることはほとんどなかったので……」ガスパールは続ける。「ジャミラは内緒で、水曜の午後、学校のあとに父がぼくと会えるように取りはからってくれた。それがぼくと父だけの時間だった。公園でサッカーをやったり、映画館にも行った。カフェだとか、フユルスタンベール広場のベンチで、ぼくの宿題を手伝ってくれることもあった」

「でも、お母さんはどうしてそれに気づかなかったのかしら？」

「それは、父とジャミラが細心の注意を払っていたからさ。ぼくはまだ幼かったんだが、その秘密を守ることはできた、それもある日までのことだったが……」

クタンスの声が自信を失ったようにかすれる。タクシーは十五区警察署のまえで回転灯を点けた何台かのパトカーが縦列で待機しているところに出くわし、交通整理の巡査の指示にしたがい徐行した。

「あれは、ぼくの六歳の誕生日のあとの日曜日だった」ガスパールは言葉を継ぐ。「三週間ほどまえにぼくが頼んでも許してくれなかったのに、母はなぜか突然、スター・ウォーズの『帝国の逆襲』を映画館の〈グラン・レックス〉に観に行こうと言いだした。『ぼく、もうパパと観たもん！』と、ぼくは思わず口に出してしまった。すぐヘマに気がついたけれど、時すでに遅し。ほんの三秒で、ぼくは父に死を宣告してしまった」

「死を宣告？　どうして？」

「母は調べはじめ、ジャミラを追及して事実の一部を白状させた。ほんとうのことを知って激怒し、ジャミラを解雇したうえに、父を児童誘拐の罪で告訴したんだ。女性判事が父に対して、ぼくとのいっさいの接触を禁ずるとの判決を下した。その不公平な判決を許すことができずに、父はあまりに世間知らずな考えから、当の女性判事の家まで行って自分の立場を説明しようとしたんだ」

「それは最悪の方法ね」マデリンが吐きだすように言った。

「正義を信じた父は間違っていた。判事は容赦しなかった。父の言い分を聞く代わりに、彼女は警察署に通報して、脅迫された、身の危険を感じたとの証言を行った。父は逮捕され、拘禁された。その晩、父は留置所内で首を吊った」

マデリンは愕然として彼を見つめた。ガスパールは同情されたくないので、沈黙が訪れるのを拒む。

「もちろんみんながぼくには隠そうとした。だからそれを知ったのは数年後だった。あれはぼくが十三歳のとき、ぼくはボストンで寄宿舎に入っていた。その日以降、ぼくは母に話しかけたことがない」

今彼は、驚くほど心が落ち着いていた。ほっとしたくらいだ。自分のことを断片的にでも打ち明けられたことで気持ちが和らいでいた。ほとんど知らない相手に心の内を明かすことには利点があるのだ。

「今日の午後、あなたが殴りたかったのはショーウィンドーではなかった。そういうことね？」

彼は寂しそうに笑いながら肯く。

「もちろんそうじゃない、ぼく自身だ」

モンパルナス大通りとシェルシュ＝ミディ通りの角まで来たところで、彼はミント色に点滅する〈ヒュギエイアの杯〉の看板（蛇が巻き付いた杯で表される薬学の象徴。欧州では薬局の看板に用いられる）をみつけた。病院で処方された薬を買うため、彼はタクシーの運転手にそこで降りると告げた。

マデリンもいっしょに降りることにした。薬局内で順番を待ちながら、彼女は沈痛な雰囲気を変えるにはどうしたらいいかと思い、冗談から始めることにする。

「怪我をしてしまったのはとても残念ね。それって、料理ができないってことでしょう」

彼はどう答えたらいいか分からずにマデリンを見た。彼女は続ける。

「ものすごくお腹がすいているから、ほんとうに残念。また違うあなたのリゾットを食べたかったな」

「もしよかったら、レストランに招待しよう。そのくらいのお礼はすべきだと思っている」

「了解」

「どこにするかな？」

「また〈グラン・カフェ〉にしましょうか？」

2

ふたたび二人は、予定外のたいへん愉快な食事のひとときを過ごすことになる。店主もまた二人が来てくれたことを大いに喜び、好きなテーブルを選べと言うので、彼らは奥の間のショーン・ローレンツのモザイク画のそばに席をとった。

　ガスパールも元気をとりもどし、ペネロープ・ローレンツ宅を訪問した際の自身の心理的負担によるショックと、辞去したあと見舞われた精神錯乱の発作について、マデリンに細かく説明した。マデリンも多くの逸話を挟みつつ、ローレンツが自分のビジョンに適合する色彩をほとんど偏執的に探求していたと教えてくれたジャン＝ミシェル・ファヨルとの驚くべき出会いを語った。ショーンが〝現実には存在しない何か〟を描きたがっていたという顔料商ファヨルの言葉が印象に残っていて、彼女は好奇心を大いに刺激されたのだった。ローレンツは最後の作品を構想しながら、具体的に何を描こうと思っていたのだろうか？　自分が目にした何か？　夢？　想像力の産物？

　ルイ・ド・フュネスが奥の間に入ってきた。場所といい店主といい、映画『パリ大混戦』（原題の直訳は『大レストラン』）そのままだった。

「野バトのミルフイユです」ド・フュネス演じるところの店主セッティムが猛烈に熱そうな皿を二人の目のまえに置いた。

　ガスパールは手に包帯を巻いているので、マデリンが彼の横に座って肉を切ってやる。劇作家は満足げに彼女のやるように任せ、マデリンはというと、彼がいたずらに男の面子を気にしないところに好感すら抱いた。想定どおり、食事のあいだ二人は多くの時をローレンツのモザイク画を細かく検証することに費やした。マデリンは、アポリネールの詩が書きこまれた、ローレンツからベルナール・ベネディックへの遺品となったこのレストランの宣伝マッチ箱を、水の入ったグラスの横に置く。からかうような〝星たちを輝かせるときがやっと来たぞ〟という言葉。画家は友人に何を伝えようとしたのか？　その意味がモザイク画に隠されているのだろうか？　二人はそう信じたいと思ったが、壁の絵を見れば見るほど絵が沈黙してしまうように感じた。マデリンは、税関吏アンリ・ルソーのジャングルの風景のいくつかに似ているように思った。ガスパールのほうは、クエンティン・ブレイクの挿絵によるロアルド・ダールの本をよく覚えていた。子供のころジャミラが読んでくれたからだ。マデリンも『どでかいワニの話』をかなり詳しく覚えていて、懐かしさに浸りながら二人は登場人物というか、動物たちの名前を思いだしていった。サルはボスノロ、トリはプディング鳥、カバはデッチリ＝ムッチリ、これらの名はすぐ頭に浮かんできた。

「ゾウは何だったかな……」

「簡単だ、ハナナガーだろう」ガスパールが思いだした。「では、シマウマは？」

「シマウマ？　ちょっと思い出せない」

「シマウマだったか？」

「だめね、記憶にない。本のなかでどんな役だったのかも、わたしには思いだせない」

そんな会話の数分後、マデリンはスマートフォンを取りだし、二人が思いだせないシマウマのことをインターネットで調べはじめる。彼女がキーワードを入力していると、突然ガスパールが立ちあがって自信ありげに言った。

「調べるまでもないよ。『どでかいワニの話』にシマウマは出てこないんだ」

マデリンも緊張して立ちあがった。それならどうして、毎晩のように息子のジュリアンに読んで聞かせていてストーリーをよく知っているはずのローレンツが壁の絵につけ加えたのか？ まだ「われ発見せり《エウレカ》！」とアルキメデスのように叫ぶには早すぎるにせよ、ともかくひとつの刺激的な手がかりをつかんでいた。二人はシマウマをより仔細に観察しようと、テーブルと二脚の椅子をモザイク画のほうに近づけた。

いずれにせよ、それは動物たちのなかで最もうまく描けていないものではあった。シマウマは斜め前を向いた姿勢でどこかぎこちなかった。二センチ四方の黒と白のタイルの集合。ガスパールはタイルがいくつあるのかを数え、いろいろな暗号化の可能性、モールス信号とか音符、ボーイスカウトが使うアルファベットの格子暗号など考えてみた。

「忘れましょうよ」マデリンが言い放つ。「べつに『ダ・ヴィンチ・コード』をやっているわけではないし」

がっかりして、彼女はタバコを吸いに歩道まで出た。ガスパールも店の軒下にいる彼女のそばにやって来た。雨がまた降りだしていた。容赦ない降り方だった。風まで加わっていた。

彼女がタバコの火を点けるとき、ガスパールが風よけになってやった。

「友だちとはちゃんと会えたの？ ぼくのせいで問題がなかったならいいんだが」

「彼女に会えた直後だったの、あなたがショーウィンドーに素手で殴りかかっていったのを目にしたのは。想像してもらいたいわね。ほんと」

きまりが悪くなったガスパールが俯《うつむ》いた。

「友だちと食事でもすればよかったじゃないか」

「ジュルはトランジットでパリに寄ったんだけど、恋人とクリスマスをマラケシュで過ごす予定だから、すぐつぎのフライトに乗らなければならなかったの。世の中には幸せな人もいる、そういうことよ」

「ほんとうにすまなかった」

彼女は責めようとしたのではなかった。

「気にしないで、彼女とはいつでも会えるから。ジュルは昔からわたしの唯一の友だち。彼女にはもう二度も命を救われた」

ガスパールと目を合わせないようにしながら、マデリンはタバコを吸った。一瞬だけ躊躇したあと続けた。

「最後は八か月前だった。ある意味で今日のあなたと同じことが起きたのね」

目を大きく見ひらいたガスパールが、何を言いだすのかと彼女を見つめる。

「あれは土曜日の午前中だった」彼女は続ける。「ロンドンのあるショッピングアーケードのなかを歩いていたとき、わたしににっこり笑いかける男の子に出会った。かじりつきたくなるほどかわいい金髪の子で、カラーフレームのメガネをかけていた。わたしに笑いかけるその顔にどこか見覚えがあった。知った顔だという印象、分かるでしょう？」

「ああ」

「その子がお父さんの胸に飛びこんでいったとき、わたしはその印象がどこから来たのかを理解した。男の子は、数年前にわたしが愛した男の息子だったの。わたしと別れて奥さんのところにもどり、もうひとり子供を産ませた男」

「質《たち》の悪い男だったというわけかな？」

「ところがそうじゃない、だから絶望的なの。まじめな付き合いだったから、わたしはその気でいた。彼の名前はジョナサン・ランペラー、あなたも聞いたことがあるでしょう、世界的に有名なフランス人シェフのひとりよ」

ガスパールは低く唸ったが、それはどちらの意味にもとれた。

「わたしはどうして彼が去ってしまったのかが分からない。わたしが何をしたからいけなかったのか、それとも、何もしなかったからなのか……。それはともかく、あの土曜日の朝、わたしは訳が分からなくなって絶望してしまった。家になんとかたどり着いた時点で、悲しみのどん底に落ちこんでいた。ショーウィンドーに殴りかかる代わりに、わたしはバスタブのなかで静脈を切ったの。どう？ わたしに比べれば、あなたなんかただのやんちゃ坊主でしょ！」

「そんな状態のあなたを発見したのがその親友なわけだ？」

彼女は肯き、煙を吸い込む。

「その日は彼女と会うことになっていたの。わたしが待ち合わせにも来ない、電話にも出ないので嫌な予感がして、わたしの家まで来てくれた。管理人に鍵を預けておかなかったら、わたしは死んでいたでしょうね。ほんとに危なかったらしい。一週間入院したあとは、いわゆる精神科という素敵な場所で二か月ほど治療を受けることになった。考え方を整理して人生を取りもどすこと、そして何が大事なのかの判断力を養うこと、それが目的だということらしかったけれど……」

ガスパールは聞きたいことがひとつあったが、マデリンはそんな隙を与えなかった。

「さて、デザートをごちそうになろうかな。薄く焼いたリンゴのタルトにもう目をつけてあるけれど、きっと最高だと思う。〝最高〟とは言わずに、最近のフランスでは〝殺戮《テュリー》〟って言うんでしょうけど」

3

ガスパールは賑やかで温かい雰囲気のレストランのなかにもどる。マデリンはタバコの吸い殻を踏みつぶしてからあとに続いた。ブルゾンのポケットに入れたスマートフォンが震えるのを感じた。二時間ほどまえからずっと応答していなかったので見てみると、マドリードのクリニックからＳＭＳが届いていた。

マデリン、こんばんは。

卵胞成長検査の結果は完璧でした！　来院していただく絶好のタイミングです！　明日、

マドリードにお越しください。

では、素敵な夜をお過ごしくださいね。

ルイサ

看護師はスキャンした処方箋を添付して、抗生剤と排卵誘発剤を購入しておくようにとも書いていた。

マデリンがそのメッセージの内容を正確に理解するまで、ある程度の時間が必要だった。ガスパールのそばにもどって一瞬ためらった後、ニュースを伝えた。

「それは良かった」

「ごめんなさいね。フライトを予約しないと」彼女はクレジットカードを出し、スマートフォンで〈エールフランス〉のホームページを開いた。

「そりゃあそうだ」

彼は顔をしかめながら右手を動かす。痛みがぶり返し、今や我慢できないほどになっていた。ポケットから鎮痛剤を出すと、三錠をそのまま飲みこんだ。念のために、箱の注意書きに目を通す。

「これが何だか分かるかい!?」突然、彼が興奮のあまり叫んだ。

マデリンはスマートフォンから目を上げ、ガスパールが示しているものに視線を向ける。

薬の箱に印刷された二次元コードだった。

こんどは彼女が理解する番だった。

「シマウマね、これってQRコードだったんだ!」

すぐにマデリンはサイトの検索を中断し、アプリストアに入って無料のQRコード読み取りアプリのダウンロードを開始した。

「QRコードというのは何なんだ、正確には?」新しいテクノロジーにはとんと興味のなかったガスパールが聞いた。

「あなたが察しているように、白と黒の四角いドットのモザイクで構成されていて、それを走査《スキャン》して読みとるとインターネットとか位置情報のメッセージに変わるの」

ガスパールは肯く。なるほどこうしてローレンツは、モザイクでQRコードをつくることを考えつき、それをシマウマの絵のなかに隠したわけである。巧妙なやり方だった。

「あなたは人間社会の外で生活しているから知らないのでしょうけど、今の世の中、これはごく当たり前のものだから」マデリンがからかうように言った。「どこにもこれがついている、包装用のボール箱、美術館の中の説明、カード、交通機関の切符とか……」

ダウンロードが終わり、アプリを開いたマデリンは立ちあがって壁に近づいた。写真でシマウマをスキャンする。ただちにひとつのメッセージが画面に表示された。

わたしたちは皆どぶに浸かっているが、なかには星を見ている者もいる。

オスカー・ワイルドの有名な言葉ではあったが幾分がっかりさせられた。二人はもっと分かりやすい何か、たとえばGPS情報とかビデオ映像を期待していたのだが……。

「これでは進展があったとは言えないな」ガスパールが不服そうにつぶやいた。

マデリンは黙っている。このメッセージを固有の状況下において考えなければならない。メッセージが例のアポリネールの〝星たちを輝かせるときがやっと来たぞ〟という詩句を補うものとして、ベルナール・ベネディックに向けられていることは明らかだった。二つの文章に共通しているもの、それはあまりにも明白、〝星〟への言及である。

「星か。漠然たるものの最たるシンボルではあるな」ガスパールが切って捨てる。「ほとんどの宗教や神秘主義に見られるものだ。どんな意味にも、たとえば宇宙の秩序、天上の光、迷わぬための目印などと解釈できるだろう」

マデリンも同意する。疑問点を突きつめようとベネディックに電話をかける。遅い時刻にもかかわらず、美術商は二度目の呼び出し音で電話に出た。二人が発見したことを細かく説明することなく、彼女は〝星〟がショーンにとって特別な意味を持っていたかと質問した。

「わたしの知るかぎり、それはないと思う。でも、どうして星なんだ？　何か分かったということですか？」

「ローレンツは星を絵にしたことがありますか？」

「ないと思う。ともかく、最後の十年間にはないね。星は彼にとってあまりにも意味が深すぎたのではないだろうか」

「ありがとうございました」

マデリンは逆に質問されるのを避けるために急いで電話を切った。今は先ほどまでの昂揚感がしぼんでしまっていた。数分間、二人はそれぞれ物思いに耽る。マデリンの携帯電話が震えだすまで。もちろんベネディックからだ。しばらく躊躇してから、彼女は応えることにし、スピーカーに切りかえた。

「ついでだが、あることを思いだしたんだ」ベネディックは言った。「まったく関係ないかもしれないが、ショーンの息子のジュリアンはモンパルナスにある〈星《エトワール》学園〉の付属幼稚園に通っていたんだ」

ガスパールはとっさに反応した。座ったまま包帯の巻かれた両手を交差させて、マデリンに通話を打ちきれとの合図を送った。電話を切った彼女に、ガスパールは、家に飾ってあったローレンツが子供たちと絵を描いている二枚の写真のことを話した。さらにポリーヌから聞いたこと、つまりジュリアンが死んだあとも、ショーンは息子が通った幼稚園のお絵かき教室の指導を続けていたことを語った。

マデリンは手に握ったままのスマートフォンでグーグルを開いた。私立〈エトワール学園〉付属幼稚園は、二歳半からの児童を預かって先進的な教育をすることで知られていた。二〇一六年のフランスにおいても、ますます数を増やしつつあるモンテッソーリおよびフレネ流の代替《オルタナティヴ》教育を実践する施設だった。

地図で調べてみると、レストランからそれほど遠くない場所にあった。当然だろう。ローレンツは息子を家の近くの幼稚園に通わせていたのだ。

「行ってみましょう！」マデリンはブルゾンをつかみ、テーブルに紙幣を三枚置いた。

彼女を追ってレストランから引きあげようとして、ガスパールは二人にリンゴのタルトを持ってきたセッティムを転倒させてしまうところだった。

9　死を克服するための手段

芸術がおそらく死を克服するための手段のようにわたしには思える。

アンス・アルトゥング

1

雨が降っていた。

にわか雨のはずがずっとやまずに降りしきり、鬱陶しい天気だった。ガスパールの先に立って、マデリンは夜の街を突き進む。なんとか目標に近づきつつあると感じ、意気揚々としていた。〈エトワール学園〉はほんとうに近所にあった。ユイガン通りからモンパルナス墓地の正面の大通りに出た。雨を避けて野宿用テントのなかにいる数人のホームレスを除き、辺りにはほとんど人通りがなかった。テロ警戒対策《ヴィジピラート》として、学校の鉄門前には車が駐車できぬよう鉄製フェンスが組まれていたが、ほかに特別の防犯対策はしていないようだった。学園内へは高さ三メートルのコンクリート壁に設けられた扉から入るようになっている。

「クタンス、あなた梯子になってくれる？」

「どうやって？　手が使えないんだぞ！」包帯巻きの両手を見せてガスパールは嘆いた。

「そうね。それじゃあ屈《かが》んで！」彼女は要求した。

彼は素直に歩道にしゃがみ込んだ。

ガスパールの腿に片足を、もう一方の足を肩に載せて踏み台にすると、マデリンは流れるような迅速な動きでコンクリート塀のどこかに手がかりをみつけ、一気に身体を持ちあげて塀の反対側に身を滑らせた。

「だいじょうぶ？　怪我しなかったか？」

彼女の返事はなかった。心配で落ち着かないまま、ガスパールが少なくとも五分ほど待っていると、カチッという金属音とともに扉が開いた。

「急いで」マデリンが囁く。

「まったく、どこに行ってたんだ？」

「文句を言わないで！　内側からでも鍵がないと開けられないの。わたしがすぐにみつけたんだから感謝してもらいたいところ」

「いったいどこでみつけたの？」

「配電盤収納棚よ、ゴミ置き場のなかの」

ガスパールは扉をなるべく音がしないように閉めようとしたが、鉄板のたてる音が静けさのなかに響きわたった。学園構内は闇に沈んでいた。暗いなか、石畳の中庭を囲むようにさまざまな建物の輪郭がおぼろげに見えた。マデリンがスマートフォンのライトを点ける。あとに続くガスパールは、それぞれの建物を見ていった。案内パネルによれば、歴史的建造物の部分には、事務所のほかコンピュータ教室が入っており、その周囲をとりかこむようにユニット式のモダンな教室の数々が付随していた。要するにプレハブ建築の改良型で、原色の金属製の骨組みが倒れぬように教室を支えていた。屋根のある中庭をよこぎって食堂を過ぎると、外付け階段を二階の教室へと上がった。

2

マデリンは現場での行動には慣れていた。研ぎすまされた感覚、迅速な動き、一瞬で最良の決断を下す能力も備えている。二十年近くも現場で培ってきた反射神経はすぐにもどってきた。

屋根なしの歩廊を行くと樹脂製の扉があって、その先に教室が続いているようだった。マデリンはためらうことなくデニムのベストを腕に巻きつけ、錠にいちばん近いガラスに肘の一撃を加える。安物のアラームが設置してあるにせよ、どうせそれは窃盗犯が狙いそうなコンピュータのある一階だけだろうと当たりをつけた。

すでに狼狽しているガスパールが飛びあがった。

「おい、まさか本気じゃないだろうな……」

「黙って、クタンス」マデリンはガラスの割れた部分からなかに手を突っ込んで扉を開けた。ライトで照らしながらなかに入る。進歩的な学園というイメージとは裏腹に、小学校高学年の教室には木製の教壇をはじめ、ラミネート加工されたフランス地図や、〈われらが祖先、ガリアの人々〉といった英雄譚《えいゆうたん》的な国史年表が壁に貼られ、頭から爪先まで黒ずくめの、前世紀初頭の師範学校の見習い教師が今にも登場して来そうな雰囲気を漂わせていた。

教室の反対側にまた廊下へ出るドアがあり、低学年の教室へと続いていた。いちばん奥の大きな部屋は幼稚園となっていた。小さなジュリアンが通っていた教室にちがいない。

ライトの明かりが闇のなかを探り、ついに電灯のスイッチをみつけた。警戒心などどこ吹く風、マデリンはスイッチを押して明かりを点けた。

「どうかしてるんじゃないか！」彼女のあとから教室に飛びこんできたガスパールが心配した。

彼女は人差し指を壁の三枚の絵に向ける。一見して子供の描いたふつうの絵、線で表された人間と遠近感のないお城、王子と王女は思いっきり大きく描かれて原色の絵の具が滴ったままに乾いていた。だがマデリンは、ファヨルが話してくれたクルミ材でできた高級なボックスフレームに気がついていた。

二人は視線を交わし、彼らが探しに来たものを発見できたことを確信した。とっさにマデリンは、赤外線でしか見破れない〝描き直し《ペンティメント》〟のテクニックを頭に浮かべた。ファン・ゴッホの作品の多くがその厚い絵の具の下に、以前の作品を隠していると何かで読んだことを思いだした。ガスパールはといえば、クールベの名高い絵「世界の起源」を考えた。一般市民を刺激せぬよう数十年ものあいだ何の変哲もない雪景色の絵が描かれた木製のパネルでそれは隠されていた。

　彼は教師の金属製机の引き出しからカッターを出し、はやる心を抑えながらボックスフレームの外側に切れ目を入れると、もう一枚の絵を覆っている厚いビニールシートが現れた。本物の絵……。

　マデリンもハサミの先端で同じことをする。

　隠されていた絵を取りだすのに少なくとも十分はかかった。その作業を終えた二人は数歩下がり、並べて教壇に立てかけた絵を、彼らが探していたものを見つめた。

3

ショーン・ローレンツの遺作三点は感嘆すべき作品で、マデリンとガスパールの想像を遥かに超えるほど魅惑的で、意表を突いていた。

たったひとつしかない青白い電球の下にもかかわらず、三枚の絵それ自体が光を放っているかのようだった。

　一枚目には暗灰色《あんかいしょく》の背景に黒い迷路が描かれていた。ピエール・スーラージュの作品のいくつかを思い起こさせる。深い黒色であるのに、光が湧き出ているため絵が消えてしまいそうに見えた。神秘の錬金術により、教室の青白い明かりを反射した黒の表面が銀色の光となって見る者を呼びこむように魅了するのだった。

二枚目では、黒色がより心を落ち着かせる色合い、ピンクがかった灰色の反射を見せる鉛《えん》白《ぱく》で、反射は中心に近づくほど濃密になって明るさも増す。光の動きがひとつの通路を、艶を放ちながら輝くトンネルが白い影の森をよこぎっているさまを描いているように見えた。

三枚目、それが三作のなかでも最も美しくあまりにも意表を突いていた。ほとんど何も描かれていないような絵、液状なのか、あるいは水銀に浮かんでいるかのように。見る者を戸惑わせる絵、ほとんど白のモノクロームで、あらゆる解釈が可能だろう。ガスパールには、大きな白い冬の太陽が見わたすかぎり広がる雪景色に反射しているように見えた。澄明な永久、人間の諸悪とは無縁の自然のなか、そこには天と地との境がない。

マデリンは、それが白い巨大な渦巻きであり、彼女の目をくらませて、巻きこみ吸収し、同時に存在の奥の奥底まで侵入してくると感じた。

二人は数分間もその場に凍りついたように身動きできなかった。ヘッドライトに照らされて立ちすくんだ二羽のウサギ。動きつづける光が抗しがたい陶酔をもたらし、それはいずれすべてを飲みこんでしまいそうな印象を与えた。

近づいてくるパトカーのサイレンのけたたましさが二人をトランス状態から引きもどす。焦ったガスパールが駆けよって電灯のスイッチを消した。身動きせずに、そっと目だけ窓の外に向ける。下の道路をパトカーが猛スピードで通りすぎ、ラスパイユ通りの角に消えた。

「われわれが狙いじゃなかったようだな」ガスパールは言ってマデリンを見た。

彼女はそのまま動かずにいた。闇のなかで光りはじめた三枚目の絵と向かい合っている。今や二人は、ファヨルが話した夜光塗料をローレンツがどう使ったのかを理解した。闇のなかの絵はまったく異質な次元の様相を見せている。白主体のモノクロームは、じつは細かい手書き文字。何百もの発光文字が闇のなかに浮かびあがる。マデリンが絵に近づいた。そばに来たガスパールは理解する、無限にくり返される文字が構成するメッセージを。

ジュリアンは生きている　ジュリアンは生きている　ジュリアンは生きている　ジュリアンは生きている　ジュリアンは生きている　ジュリアンは生きている……

光の呼びかけ

十二月二十二日、木曜日

10　光の後ろに

黒は色ではない。
ジョルジュ・クレマンソー

1

そちらに向かっています。十分以内に着きます。
ディアーヌ・ラファエル

ローレンツの主治医だった精神科医からのSMSに、マデリンはサント＝クロチルド聖堂の二つの尖塔を目にしてからようやく気がついた。午前八時半、前日よりも空気は冷たく乾いていた。ガスパールのショーウィンドー事件でベスパをセーヌ通りに置きっぱなしにしたままとりに行っていないので、シェルシュ＝ミディ通りから軽く走ってきた。目を覚ますのにジョギングほどいいものはない。

午前三時に寝て、六時に起床。この数時間はかなりきつかった。まずは身体的な疲れ、というのも例の絵を〈エトワール学園〉から家まで運ばなければならなかったからだ。つぎに思考と感情面、つまり今のところまったく糸口さえみつからない問題が残っていた。なぜ自分の死の数日前に、ショーン・ローレンツは息子がまだ生きているとの確信に至ったのだろう？

両手を膝について息を整えながら、マデリンはガスパールのことを考える。発光文字で書かれたローレンツのメッセージを発見してから、劇作家はもう、一つ所に落ち着いていられない状態だった。インターネットをまったく知らない彼が、アメリカの代表メディアのサイトを一晩かけて調べまくった。そして分かった事実――事件直後の数日間に報道された記事のいくつかが、ペネロープの監禁されていた倉庫内に幼いジュリアンの遺体はなかったと伝えていた――に心底狼狽したのだった。

ベアトリス・ムニョースによる殺人事件を現場検証した結果、捜査員らは犯人が子供の死体をクイーンズ南のニュータウン・クリークとイーストリバーが合流する辺りに投げ捨てたとの結論を出した。当該水路の堤防にて男児の血にまみれたぬいぐるみが発見されたのだった。数人の潜水士による捜索も実施されたが、現場がニューヨークで最も河川汚染の著しい場所であり、流れも急であることから、小さな遺体を発見するのはほぼ絶望的だった。

そういう状況ではあったが、わが子が目のまえで刺殺されたと述べたペネロープ・ローレンツの証言に疑いはないものと判断された。そしてマデリンにも、それを疑うべき具体的な理由はなかった。彼女が閲覧できた複数の新聞記事は、ムニョースの単独犯行であり共犯者がいなかったとの論調で一致していた。男児が殺害されたことについて疑問の余地はない。本人の血痕がいたるところ、たとえば拉致に使用されたバンの内部、クイーンズの倉庫内、ニュータウン・クリークの堤防などに残されていた。

マデリンは、聖堂まえの公園に面したカフェのストーブ付きテラスに座って精神科医の到着を待った。一時間ほどまえ、ディアーヌ・ラファエルのクリニックにショーン・ローレンツの遺作の写真を添えて面会申し込みのSMSを送ってあった。ストーブのそばに座ってエスプレッソのダブルを注文する。スマートフォンの画面に、マドリード行きのフライトのチェックインをするよう〈エールフランス〉からのSMSが表示されていた。シャルル＝ド＝ゴール空港から午前十一時三十分の出発で、二時間後にスペインの首都に到着の予定だった。サイトに入って手続きを行い、コーヒーを飲んだが足りなく感じてすぐ二杯目を頼み、それを飲みながら前夜の大遠征を思いかえす。

ガスパールとは違い、彼女がいちばん心を動かされたのはとても奇妙に思われた発光文字のメッセージではなく、それ以外のぜんぶ……。ことに、三部作を介してショーン・ローレンツが描いたほとんど霊的とも言えそうな旅だった。彼女も充分に知っている旅、数か月前に自分も体験したあの旅。

バスタブのなかで手首を切ったとき、マデリンは意識を失うまえ漂流していた。ゆっくりと血を失いながら、熱い湯気のなかでボーッとしていた。靄《もや》のかかった景色のなかに沈んで、目が見えないまま歩きまわった。そしてマデリンは確信する、自分のあの彷徨と同じものを、ショーン・ローレンツは遺作のなかで表現したかったのだろうと。

まずは黒。一瞬だけあなたは苦しみに襲われて世界から引き離される。あなた自身の悲嘆の迷宮から、独房と化したあなたの存在から引き離される。

それから、長い暗いトンネルを通りぬけると、優しさと温かさを拡散する光に通じていた。乳白色のモスリンのなかに浮かんでいるという驚くべき印象。綿のような無人地帯《ノー・マンズ・ランド》を通過する。真珠の光を放つ幾千もの常夜灯《じょうやとう》に導かれて、夏の宵のそよ風にわが身を委ねて運ばれる。

つぎにマデリンは自分の肉体から離れ、救急隊員たちが蘇生させようと彼女の上に屈みこみ、それから救急車に乗せる光景を、面食らいながら眺めていた。しばらくのあいだ彼女は病院に向かう救急隊員たちといっしょにいた。ジュルもいた。

マデリンはまた明かりを見た。彼女を飲みこんだあの燃えるような渦巻きによってオパール色の激流のなかに投げこまれ、自分の人生のめくるめくパノラマと向きあわされた。父親の、姉サラの、叔父アンドリューのシルエットと顔を見たように思う。皆と話したくて立ち止まりたくても、流れに抗うことはできなかった。

包みこむような優しく温かい流れ。ほかの何よりも力強い。耳に天上の歌声のような優しい囁きが聞こえ、後ろへと引き返す気持ちを萎えさせる。

けれども、マデリンはトンネルの端の端まで行ってしまったのではない。その境界にほとんど指で触れただけだった。一方通行の境界。でも、何かが彼女を呼びもどした。彼女の人生がもっと違うエピローグに値するという直感だった。

目を開くと、彼女は病院の一室にいた。気管挿管され、点滴を繋がれて、包帯だらけの状態で。

自分の体験それ自体が、とりわけ特別なものではないことを彼女は充分に理解していた。似たような話はそれこそ数万件もあるのだろう。〝臨死体験〟は大衆文化における小説や映画で数限りなく話題にされてきた。もちろんのこと、マデリンはあの旅を経てから変わった。死後の人生を信じるというのではなく、自分に残されている時間を精一杯生きたいという気持ちになったのである。重要ではないものすべてを放りだす。自分の人生にべつの意味を見いだす。だから、子供をひとり持ちたい。

臨死体験の記憶はまだ彼女の心のなかに無垢の形で刻まれていた。まるでそれが昨日の出来事であったかのように。何ひとつぼやけていなかった。逆に、感覚はより繊細になって、イメージはより精緻《せいち》を極めた。あの旅の平穏さ、頭がくらくらするくらいに熱心だったあの光の誘い。しかもローレンツはあの光を描くことに成功した。すべてのニュアンス、すべての濃密さの細部に至るまでを。説明などまるでつかないのに、喜びに溢れる愛の光を放つ見せかけの太陽、あの忌々《いまいま》しい光。

「マデリン・グリーンさん？」

名前を呼ばれて物思いから覚めた。屋外ストーブの傘の下に笑みを浮かべた女性が立っていた。四十代、ベージュ色の革のブルゾンに、はちみつ色のサングラスをかけている。「ディアーヌ・ラファエルです」と言いながら握手を求めてきた。

2

今回ガスパールは、ペネロープと会うためにくどくど説明する必要はなかった。夜が明けるのを待ち、重い絵を小脇に抱えてサン＝ギヨーム通りの邸《やしき》に赴いた。インターホンで名乗ると、ローレンツの元妻は質問もせずに門の錠を解いた。

エレベーターを出たガスパールは息を切らしていた。出迎え役のフィリップ・カレヤは現れなかったので、おそらくまだ眠っているのだろう。ドアは解錠してあり、ガスパールは毛布に包んだクルミ材の額縁を床に引きずりながら玄関ホールに入った。

すでにペネロープが冷たい朝の光のなか、応接間《サロン》のソファーに座って待っていた。白大理石のように青白い自然光には二つの長所があった。つまり、けばけばしい内装を暗がりに沈めておき、そしてローレンツの元妻に濃淡のみの輪郭を与え、どぎつい照明よりも彼女の美点を引き立てていた。

「約束は果たさなければね」彼は言いながら、型押し革を張ったソファーに毛布にくるんだままの絵を置いた。

「コーヒーはいかが？」彼をソファーに座るよう誘いながらペネロープは聞いた。脱色したグレーのジーンズに〈ポワーヴル・ブラン〉のTシャツという格好のペネロープは、今もまだ一九九〇年代にこだわっていた。会うのも二度目となると、当初の異様さがいくらか減じたかのように見える。美容整形による顔の硬直が最初に受けた印象よりも薄れていた。アヒルのような唇がしゃべるたびに裂けてしまいそうだった前回の印象は消えていた。

何事にも人は慣れるものだ。ガスパールはローテーブルに置かれたコーヒーポットを取りながら思った。

「それで、あなたは探していたものをみつけたんですね？」毛布に包まれた額縁を見ながらペネロープは言った。

声のほうは変わっていなかった。押し殺したようなしゃがれ声、子猫を数匹喉の奥に隠しているような。

「数点の絵を手に入れたんですが、そのひとつをあなたに見てもらわなければならない」

ペネロープはため息をつく。

「まさかジュリアンの絵じゃないでしょうね？」

「正確に言うと違います」

「もしそうだったら、わたしには耐えられない」

ガスパールは立ちあがり、とくに大げさな身振りなどなしに毛布を開いてペネロープに元夫の遺作を見せた。

二つの大窓の近くに置かれた絵はその見事さを余すところなく露わにした。ガスパールはまた新たな発見をしたように思う。思わず引き込まれる魔法の光が抜け出て、絵のまえで踊っているような。

「芸術家の特権ね、自分の作品を介して生きつづけられるなんて」ペネロープが認めた。

ガスパールはゆっくりと四枚のカーテンを閉めて、サロンを闇のなかに沈める。

「何をするの？」ペネロープが不安そうに言った。

そして発光文字を目にして、その不思議なメッセージを読んだ。

ジュリアンは生きている。

「もうたくさん！　カーテンを開けてちょうだい！」彼女が命じた。

激しい怒りにとらわれたペネロープは顔を真っ赤にして、細すぎる眉と高すぎる鼻、ハムスターのような頬がことさら際立って形相が変わっていた。

「なぜショーンは息子さんが生きていると思いこんだのですか？」容赦なくガスパールは質問した。

「わたしはまったく何も知らないの！」ペネロープはそう叫ぶと、ソファーから立ち上がって絵とは反対の方向を向いた。

気を鎮めるのに一分ほどかかり、それからペネロープは彼のほうに向き直った。

「昨日あなたに聞かれたとき、亡くなってしまうほんの数分前、ニューヨークから電話してきたショーンが言ったことを覚えていないと、わたしは嘘をついたわ」

「なぜですか？」

「なぜって、その言葉を口にしたくなかったからだけど……」

「ええ、それで？」

「彼はこう言っていた、『ペネロープ、おれたちの息子は生きているんだ！』って」

「それで、あなたはどんなふうに反応したんですか？」

「彼を怒鳴りつけて電話を切った。だって、子供の死の話を弄《もてあそ》ぶなんて許せないでしょう！」

「あなたは知ろうとはしなかったんですか、彼が言おうとしたことを……」

「知るって、いったい何を？　わたしはこの目で息子がナイフで刺されるところを見たのよ。あの子が悪魔のような人間に殺されてしまうところを見たの、分かる？　わたしは見た。わたしは見たの！　**見・た・の！**」

ガスパールは彼女の目を見て、それが嘘ではないと分かった。

ペネロープは声を殺して泣きはじめたが、それを見せないようにした。すぐに涙を飲みこむと、ある点を明らかにしておきたいのだろう、言葉を続けた。

「わたしとショーンの関係はもうどこにも出口がなかった。彼はずっと、ジュリアンの死はわたしに責任があると言いつづけていたし」

「あなた方が拉致された日、あなたは行き先に関して嘘をついていたからですね？」

彼女は肯く。

「おそらくの話ではあるけれど、もし警察が最初から現場近辺の捜索を開始していれば、あの子を救い出すのに間に合ったのではないかと。ともかくショーンはそう考えていたから、わたしはその罪悪感をずっと背負ってきた。だけど、その論理を突き詰めれば、もっと時間を遡って落ち度があるのはショーンのほうになるわけでしょう」

ガスパールは、ペネロープがそんな自身との丁々発止の議論を二年前から何千回となくくり返してきたのだろうと理解する。

「ショーンが強盗の手伝いをムニョースに頼まなければ、彼女は彼に対して罪を犯すほどの恨みを抱くこともなかったの！」

「ショーンはそうは思わなかったんですね？」

「そう！　強盗をはたらいたのはわたしのためだった、彼はそう言い張った。お金を貯めて、わたしがいるパリに来るために。言ったでしょう、わたしたち夫婦の関係は出口なしだって。すべてがわたしの過ちなんですもの」

ガスパール自身も妙な悲しみにとらわれた。彼は立ちあがり、ペネロープに別れを告げる。

「わたしは最初から、あなたが正直な人だと思っていました、クタンスさん」

「何でそんなことを言うんですか？」

「なぜなら、あなたは仮面を被っていないから」

いくらか的外れな言葉だと思ったのか、ペネロープはつけ加える。

「人生においては、いい人とそうじゃない人がいるんです。その境界線ははっきりしている。あなたはいい人です、ショーンのように」

ガスパールはドアのノブに手をかけていたが、彼女の気持ちが落ち着いた隙を突こうとふり返る。

「あなたにとっては非常に辛いことだと分かっていますが、わたしはジュリアンが拉致された当日、実際に何が起きたのかを知りたい」

ペネロープはうんざりしたようすで応じた。

「新聞などで何十という記事が書かれたでしょう」

「分かっていますが、わたしはあなたの口から聞きたいんだ」

3

ディアーヌ・ラファエルのクリニックは両側に窓が連なる広い空間で、パリを見下ろすたぐいまれなる眺望が開けていた。一方にサント＝クロチルド聖堂とモンマルトルの丘、反対側はサン＝シュルピス教会とパンテオンが望める。

「ここは海賊船の見張り台のようで、ずっと遠くの嵐や暴風雨の予兆、低気圧《デプレッション》まで予測できます。精神科医には都合がいいんです」

言ったあとで自分の無意識的な隠喩（デプレッションにはうつ病の意味もある）に気づいたのか、ラファエルは笑みをこぼした。ファヨルを訪ねたときと同じように、マデリンは自分の予想が的外れだったことに気づく。メガネをかけてきつくまとめたシニヨンの、かなり年齢のいった教師の姿をイメージしていた。だが現実のディアーヌ・ラファエルは小柄で、無造作にカールさせたショートカットの髪にいたずらっぽい目つきの女性だった。鹿毛色《かげいろ》のブルゾンにスリムなジーンズ、下ろし立てのアディダスの〈ガゼル〉という装いは、まだ夢多き気ままな学生気分が抜けていないという印象を与える。

玄関ドアのそばにはキャスター付きのジュラルミンのトランク。

「休暇に出かけるんですか？」マデリンが聞いた。

「ニューヨークに行きます」精神科医は答えた。「半分は向こうにいるので」

壁にかけた数枚の写真を見せる。海と森に挟まれて建つガラス張りの建物の航空写真だった。

「〈ローレンツ・チルドレン・センター〉、子供のための医療施設で、わたしがショーンの援助を受けて創設しました。ニューヨークの北、ウエストチェスター郡ラーチモントにあるんです」

「その医療施設にローレンツが直接に出資したということですか？」

「直接にも間接的にもですね」ディアーヌが説明する。「そのための資金は、一方でわたしが一九九三年にただ同然で彼から買っていた大きな絵の二点を評価額が高騰した時点で売って得たものです。それに加えて、計画を知ったショーンがほかの三点をわたしにくれたのでオークションにかけることができました。自分の絵が恵まれない子供たちの医療という具体的な何かに貢献することをとても誇りに思っていましたね」

ディアーヌがデスクに落ち着くあいだ、マデリンはその情報を頭に記録した。精神科医は話題を変える。

「ところで、あなた方はショーンの遺作三点をみつけたのですね。それはお祝いをしないと。写真を送っていただいて、ありがとう。とてもいい絵のようですね。まさにローレンツの神髄！」そう言いながら、向かいの〈ワシリーチェア〉に座るようマデリンに勧めた。

診療室全体の内装がバウハウスのスタイルで統一されていた。曲げた金属パイプの椅子に箱形ソファー、〈バルセロナチェア〉、〈バルセロナデイベッド〉、クロームメッキの脚と樹脂加工の木製天板を使ったローテーブル。

「あの写真の絵が何を表現しているのか分かりますか?」マデリンは上半身を椅子の背もたれに預けながら聞いた。

「ショーンの絵は何かを表しているのではなく……」

「示している。ええ、それはもう聞かされたことなんで分かっているんですが、ほかには?」

精神科医は自尊心を傷つけられた。むっとしたが、すぐ笑いながら自分の非を認める。

「絵を通して、ショーンは自分の二度のニ《N》アー・デ《D》ス・エ《E》クスペリエンス、つまり臨死体験を伝えようとしました」

「ということは、あなたはご存じだった?」

「絵のことは知らなかったけれど、驚きませんね。ショーンは二十年もまえからわたしの患者なんですから！　クタンスさんにはもう言いましたが、ショーンは二〇一五年にも深刻な心臓の病気を数か月で二度もやっているんです。心筋梗塞で二度とも昏睡状態に陥り、蘇生したわけです。二度目のときは敗血症も併発しており……」

「敗血症ですか？」

「ええ。細菌による重度の感染、死ぬところでした。実際、臨床死を宣告されたにもかかわらず奇跡的に生き返った」

「その二度の心筋梗塞のあと、彼はその体験を描きはじめたのでしょうか？」

「わたしはそうだと思います。それを体験したことでショーンはずいぶん興奮していましたから。その闇から光への移行に強烈な印象を受けたようです。めまいがするほどの感嘆、復活だったと彼なりの解釈をしていました。その感覚を再現したいというのがそれらの絵ではないでしょうか」

「驚きましたか？」

医師は肩をすぼめた。

「わたしは十五年間も病院に勤務していました。昏睡状態から蘇生した患者が光のトンネルをくぐってきたと言うのは珍しい話ではない、分かりますか？　ＮＤＥは古代からずっとあり続けている現象なんですよ」

「ショーンは手術を受けて、後遺症は残ったのですか？」

「当然それはあったでしょう。記憶の問題とか極度の疲労感、ぎこちない動作……」

ディアーヌがそこでひたと黙る。了解したように目がいたずらっぽく光った。

「あなた、すべてを話してませんね？」

マデリンは反応せず、医師が続けるのを待った。

「わたしにどうしても会う必要があったということ、それは何かほかにも発見があった……べつの絵かしら？」

マデリンはスマートフォンを出して、ジュリアンは生きていると伝える発光文字が書かれた暗がりのなかの絵をディアーヌに見せた。

「そういうわけだったのね……」

「驚いていないようですが」

ディアーヌはデスクに両肘をついて祈るように手を組んだ。

「ショーンが死との境界線のぎりぎりまで行ったことに、なぜあれほど動揺したか、その理由が分かりますか？　まず彼は、光のトンネルのなかで、自分にとって大切だった亡くなった人たちを見かけたんです。母親、九〇年代のハーレムでオーヴァードースか不良グループ同士の抗争かで死んだ仲間とかです。ベアトリス・ムニョースさえも見かけた」

「NDEではとくに珍しいケースではない」マデリンがつけ加える。「自分の過去を見ることができて、大事だった人々も見えるんですよね」

「よくご存じの言い方に聞こえますが」

「ローレンツのケースに限定しませんか。わたしはあなたの患者ではないので」

精神科医は深入りしなかった。

「トンネルのなかでショーンが目にしなかった人物がいた……」彼女は言明する。

マデリンはやっと理解した瞬間、血が凍るかと思った。

「自分の息子ですね」

ディアーヌが肯いた。

「すべてはそこから出発しているんです。ショーンは常軌を逸した理論、ジュリアンを見なかったのはわが子が死んでいないからだという考えを突き詰めました」

「あなたはその話を信じなかったのですか？」

「わたしはある出来事の合理的な解釈を信じます。脳の視覚野に変調を来すわずかな酸素添加反応、つまり意識を混濁させる薬物による影響ですね。ショーンの場合、それは明らかでした。敗血症を食い止めるために、大量の〈ドパミン〉を投与しましたが、これは幻覚作用を促進させる物質です」

「言って聞かせようとはしなかったんですか？」

精神科医は何もできないというジェスチャーをした。

「聞く耳を持たない人には何を言ってもむだでしょう。ショーンにはわが子がまだ生きていると信じる必要があった。ほかのことを言っても通じません」

「結局、ローレンツはどういう結論を出したんですか？」

「ショーンはジュリアンの拉致事件の捜査を再開させたがっていたのでしょうが、そのまえに亡くなってしまった」

「あなたはあの子が生きている可能性はまったくないと思いますか？」

「ないでしょうね、悲しいことだけれど、ジュリアンは死んでしまった。ペネロープに親愛の情は感じませんが、彼女が真実を語らなかったと思う理由はまったくありません。その他のことに関しては、わたしの友人であり、息子を失った苦しみに打ちのめされ、また薬剤のせいで思考能力が鈍ったひとりの男の妄想でしょう」

4

「マドリード行き〈エールフランス〉一一八便にご搭乗のお客さまへご案内いたします。当フライトをご利用のお客さまは十四番ゲートにお越しください。お子さま連れのお客さま、ならびに座席番号二十番から三十四番までのお客さまから先にご搭乗いただきます」

マデリンは〈エールフランス〉の自動チェックイン機で発行された搭乗券の番号を確かめる。クリスマスイブを二日後に控えてフライトの遅れが続出し、シャルル＝ド＝ゴール空港のEターミナルは大混雑だった。

「送ってくれてありがとう、ガスパール。あなた、空港が大嫌いだったでしょう……」

彼はその言葉を無視する。

「ということは、このままあなたはいなくなるんだ？」

彼女はガスパールが何を言おうとしているか分からず相手の顔を見る。

「ほかに何をしろと言いたいわけ？」

「絵をみつけたから、あなたはもう自分の仕事は済んだと思っているんだろう？」

「ええ」

「調査の続きはどうするんだ？」

「調査って、何の？」

「ジュリアンの死についての調査だ」

マデリンは首を横に振る。

「わたしたちは刑事じゃない、あなたも、わたしも。それに、本来の捜査ならとっくの昔に終了しています」

彼女が搭乗ゲートに入ろうとすると、ガスパールが立ち塞がった。

「何を言ってるの！」

「ぼくをばか扱いして話を進めるのはやめてくれないか」

「闇の部分のすべてが明らかになったわけじゃないだろう」

「いったい、何を考えているの？」

「じつにちっぽけなことだ」彼は皮肉っぽく答える。「ジュリアンの死体をだれひとり発見していないじゃないか」

「イーストリバーまで流されてしまったのなら当然でしょう。正直なところ、あなたはあの子が死んだという点に疑問を持っているということかしら？」

彼が返事をしないのでマデリンは続ける。

「ペネロープ・ローレンツがあなたに嘘をついたと思っているわけ？」

「そうは思わない」彼は認めた。

「それなら、もう自分の脳みそをいじくり回すのはやめたら。あの子は二年前に死んだの。確かに悲劇だけど、わたしたちには関係のないこと。あなたはご自分の戯曲の執筆にもどる、それがあなたにとっての最良の道だと思う」

彼はそれには答えず保安検査場までマデリンについて行った。彼女はベルトを外し、ブルゾンとスマートフォンもトレーに入れた。

「では、ガスパール、さようなら。どうぞあの家をひとりで占領して。もうわたしに邪魔されずにすみます。執筆に専念できるでしょう！」

彼はギリシア語の「機会《カイロス》」という概念のことを思う。それは決定的瞬間を逃さぬための術《すべ》。人生をある方向に、あるいは反対の方向に向けてしまうその機会が訪れるのを見過ごさない能力のことである。彼自身、今までけっしてうまくやれたことのない方向転換。そして今も彼は、マデリンが行ってしまうのをなんとか思いとどまらせるための言葉を探し、でも諦める。何の権利があるのか？　何のために？　彼女には彼女の人生があり、どうしてもやり遂げたい計画もあって、そのために奮闘してきた。自分の勝手な考えを後悔し、彼はマデリンを勇気づけようとする。

「マデリン、がんばって。連絡をもらえるね？」

「でもガスパール、どうやって？　あなたは携帯電話を持っていないでしょう」

何世紀ものあいだ人類は携帯電話なしに連絡を取りあっていたじゃないかと思ったが、ガスパールはそれを口にはしなかった。

「あなたの電話番号をくれないか、ぼくのほうから電話するから」

その表情から、あまり乗り気でなさそうだとは思ったが、包帯巻きの手を伸ばすと、マデリンはそこに自分の電話番号を書きつける、ほとんど無理強い、ガスパールは自分が十四歳にもどったように感じた。

それから、彼女は金属探知機を通ってガスパールに手を振り、もう後ろをふり返らずに遠ざかった。見えなくなるまで彼は見ていた。こうして彼女と別れてしまうのが不思議だった。すべてが終わってしまい、二度と彼女に会うことはないだろうと自分に言い聞かせるのを奇妙に思った。たった二日間しかいっしょに行動しなかったのに、ずっと以前から彼女を知っていたかのように感じた。

姿が見えなくなってからも、数分間その場にボーッと立ちつくしていた。今から何をしよう？　せっかく空港にいるのだから、〈エールフランス〉のカウンターに行ってアテネ行きのチケットを買うのも魅力的な考えだった。数秒間のことだが、彼が忌み嫌う文明社会パリ、この街も彼を必要としてはいないのだが、その地獄から脱出するという考えを楽しんだ。今から飛べば、夜にはギリシアの自分の島にいられるだろう。彼を傷つけるすべてのこと――

女たち、男たち、テクノロジー、公害、感情、希望——から遠く離れた孤独な生活。ためらった後、そんな計画を結局は諦める。正確な理由は不明ながら、何かが彼をパリにとどまらせた。

ターミナルを出てタクシー乗り場の列に加わった。心配したほど待たされなかった。運転手に六区に向かうよう頼んだ。それから、自分ではまったく口にするとは思っていなかった言葉を発していた。

「すまないが〈オランジュ〉の携帯ショップ（〈オランジュ〉はフランスの大手通信企業）のまえで降ろしてもらいたい。スマートフォンを買いたいんでね」

タクシーに乗っているあいだずっと物思いに耽り、沈んだ気持ちでペネロープ・ローレンツが語った恐ろしい光景を頭に浮かべた。

いたるところに死体と涙、血が散らばっている物語だった。

ペネロープ

1

「ジュリアン！　お願いだから急いでくれない？」

マンハッタン。アッパー・ウエストサイド。二〇一四年十二月十二日、午前十時。

わたしの名はペネロープ・クルコフスキ、ローレンツの妻。あなたが女性だったら、きっとわたしを見たことがあるでしょう、数年前の『ヴォーグ』とか『エル』、あるいは『ハーパーズ・バザー』の表紙で。そしてわたしを嫌ったはず。それは、わたしがあなたよりも背が高く、痩せていて、若かったから。あなたよりも気品があって、お金もあり、容姿も美しかったから。もしあなたが男性でわたしと道ですれ違ったことがあるなら、ふり返って見たことでしょう。そして、あなたがどんな教育を受けていようと、どれほど女性への尊敬を標榜していようと、頭のなかの嫌らしい秘密の部分で「あの女は最高だ」、あるいは「くそ、一発やりたいな」みたいなことを考えたでしょう。

「ジュリアン、急いで！」

わたしたちはセントラルパーク・ウエストと七一丁目の角でタクシーを降りた。フィリップがわたしを待ってくれているホテルは二百メートルも離れていなかったけれど、お荷物の息子がなかなか歩こうとしてくれなかったのだ。

ふり返ると、ピーコートを着ているジュリアンがきれいな赤褐色の砂岩《ブラウンストーン》の歩道に座ってしまっていた。いつもの夢見るような感じで、自分の吐く息が凍りつくような空気に触れて白くなるのに見とれていた。ぽかんと開けた口に幸運の歯（フランスではすきっ歯のことを幸運の歯という）を見せて、いつものようににおうほど古くなって今にも壊れてしまいそうなボロボロの犬のぬいぐるみを抱えていた。

「いい加減にしなさい、もう！」

わたしは引き返し、あの子の手をとって立たせた。わたしが触るとすぐに泣きだす。いつも通りの筋書き、いつも通りめそめそして。

「泣くのはやめてっ！」

この子には、ほんとイライラさせられる！　この子にはだれもがうっとりさせられるみたいだけれど、毎日いっしょにいるわたしのことはだれも考えてくれない。ぼんやりと夢ばっかり見ているかと思うと、すぐに癇癪《かんしゃく》を起こして泣きだす。信じられないくらいわがままなんだから。人にやってもらったことに感謝の気持ちがないの。

わたしが犬のぬいぐるみを取り上げようとしたとき、白いバンが歩道に乗り上げてわたしたちのすぐ後ろで停まった。運転していた人間が飛びだしてきて、あとはすさまじい素早さだったので、わたしには抵抗するという反応さえ思いつかなかった。ひとつの影がわたしに襲いかかって顔を殴りつけ、二発目を下腹、三発目を脇腹に入れ、それからわたしをバンの荷台に放りこんだ。わたしは息ができなかった。身体を二つに折り、苦痛で悲鳴を上げることすらできなかった。なんとか頭を上げた瞬間、バンに投げこまれた息子の身体がわたしの顔を直撃した。ジュリアンの後頭部がちょうどわたしの鼻に当たって、鼻血が噴きだした。目にひどい痛みを感じ、そのままわたしはまぶたを閉じた。

2

意識がもどったとき、わたしは錆びた鉄格子のある暗い牢屋のなかにいた。というか、狭くて汚らしい動物の檻のようだった。ジュリアンはわたしの上に寄りかかっていた。血と涙にまみれていた。わたしは息子を抱きしめ、それから、血がわたしのものだと気づいた。息子の身体をさすって温め、心配しなくていいの、パパが助けに来てくれるからと言って慰める。息子にキスをしながら、何度も何度も。そのとたん、今まであの子を叱りつけてきたことを後悔した。そして、二人がこんな目に遭うのも自分の無軌道な行動のせいなんだと思いはじめていた。

わたしは暗がりのなかで目をこらした。明かりはちっぽけなランタンが二つ鉄骨にぶら下げてあり、頼りない光を放っていたが、どうやら動物園かサーカス、遊園地の倉庫のようだった。ほかの檻やロール状に巻かれた金網、重ねた鉄製の折りたたみ椅子、模造の岩、腐りかけた木製の荷役台《パレット》、プラスチックの植木などが置いてあった。

「おしっこしちゃった」ジュリアンが泣きだした。

「いいのよ、ジュリアン」

わたしはあの子のそばの硬く冷たいコンクリートの床に膝をついた。かび臭い空気、刺激臭のような、腐ったような恐怖のにおい。

「ほら、ワンちゃんよ、かわいがってあげて」

それから数分のあいだ、わたしはジュリアンを優しさで包んで、この異常な状況から守ってやろうとした。腕時計を見ると午前十一時三十分。バンに乗せられていた時間が短かったということは、マンハッタンからそう遠くはない。ニュージャージー、ブロンクス、クイーンズのどこかかもしれない……。たまたま襲われたのではないと、わたしは確信した。市の中心街でわたしたちを襲うというたいへんなリスクを冒したのだ。つまり、わたしたちは狙われた。犯人が狙ったのはわたしたち、ローレンツの家族だ。でもどういう理由で？　身代金？

わたしはその考えにすがりつく、自分が安心できるから。わたしたちを救うためなら、ショーンは幾らだって払うだろう。というか、わたしはともかくとして、息子のためなら絶対に。どんな金額を言われても、ショーンはなんとかする。ショーンには自前の紙幣印刷機があるのだ。カンバスに筆を二、三回走らせれば、数百万ドル出す人間がわんさと集まる。投機屋に投資家、億万長者、ヘッジファンド、ロシアの新興財閥、中国の成金、皆が自分のコレクションにローレンツを加えたい。ローレンツを一丁！　ローレンツを一枚！　ローレンツ一点は黄金よりもいい。ライン状に並べた一千本ものコカインの粉末よりもずっといい。プライベートジェットやバハマの別荘よりもいいものだから。

「おい、おまえ！」

驚いてわたしが悲鳴をあげたものだから、ジュリアンが泣きだした。

気づかないうちにひとりの女が檻のそばに来ていた。

肥満体、背中が曲がり足を引きずっていた。実際の年齢よりも老けて見えるのだろう。白髪交じりの長い髪、かなり目立つかぎ鼻、目は怒りで充血している。しわだらけの恐ろしい顔がネイティブ・アメリカンの化粧のような杉綾模様や十字架、三角、円、稲妻のタトゥーに覆われていた。

「あなたは……だれ？」

「黙ってな！　おまえにしゃべる権利はないんだよ！」

「なぜこんなことをするの？」

「**黙ってろって言ったろ！**」女はわたしの喉をつかんで怒鳴った。

闘牛を思わせるすさまじい力で、わたしを引き寄せ、何度か檻の鉄格子に叩きつけた。ジュリアンが泣き叫ぶ。わたしはまた鼻血を流す。抵抗もできないまま暴行されていたわたしは、相手の圧倒的な力には対抗しようがないと理解した。

女はようやくわたしを放した。わたしは顔を血だらけにしてくずおれた。ジュリアンがわたしの首に抱きつく。女は古い錆びた工具箱のなかを探りはじめた。

「こっちに来な！」女が怒鳴る。

わたしは目に入った血を拭い、ジュリアンにわたしから離れて檻の奥に行くよう言った。

この女を怒らせてはいけない。

女は工具箱を探っていて、ボルトカッター、鉋《かんな》、締め具《クランプ》、ニッパーをつぎつぎに出しては見ている。

「これを持ってな」女はわたしにニッパーを差し出しながら命じた。

わたしが反応しないでいると、女は苛立ってベルトの鞘からギザギザのついた三十センチもの狩猟用ナイフを抜いた。

わたしの腕をつかみ、目にもとまらぬ速さでわたしの腕時計のベルトを切った。そして時計の文字盤をわたしの鼻先に近づけ、秒針を示した。

「いいか、よく聞きな。おまえに一分きっかりやるから、そのあいだに息子の指一本を寄こすんだ。もし嫌だと言うなら、あたしが檻のなかに入って息子の首を掻き切ってやって、そのあとおまえも殺す」

わたしは恐れおののいた。脳が女の求めていることを理解するのを拒んだ。

「ということは、わたしが……」

「やるんだよ！」怒鳴りながら、ニッパーをわたしの顔に投げつけた。

わたしは気を失ってしまうだろう。

「あと四十秒！　あたしの言ったことを信じてないな？　じゃあ、よく見てろ！」

女は檻に入ってきて、恐怖でしゃっくりをしているジュリアンをむんずと捕まえた。自分のまえにジュリアンを立たせ、その喉元にギザギザの刃を突きつけた。

「あと二十秒！」

お腹が引き攣り、わたしは呻いた。

「そんなことできない」

「やるんだよ！」

彼女が警告を実行に移すことは分かっていたし、わたしにほかの選択肢はなかった。

わたしはニッパーを拾い、悲鳴をあげだしたジュリアンに近づく。

「いやだ、ママン！　いやだ、ママン！　やめて！　やめて！」

武器を手に息子へと近づくわたしは、二つのことを理解した。

そこが地獄であること。

そして、地獄が延々と続くことを。

3

それに地獄というのは、あなたの最悪の悪夢よりひどいのだ。

言葉では言い表せない行為をわたしにさせたあと、化け物はわたしの息子を連れ去った。

逆上したわたしを阻むため、化け物はわたしが倒れてしまうまで殴った。お腹、喉、胸と。意識を取りもどしたとき、わたしは金属製の椅子に座らせられていて、女はわたしの上半身を有刺鉄線でぐるぐる巻きにしたうえ、とてもきつく締めつけた。

どれだけの時間が流れたのか分からないが、とにかく何時間も経っていた。耳を澄ましたけれど、ジュリアンの声は聞こえなかった。わたしはといえば、息をすることすら苦痛だった。

有刺鉄線の鋭い切っ先が皮膚を裂く。

気を失ったり意識を取りもどしたり、時間の感覚がなくなっていた。流れでる血にまみれていた。自分の大便と小便と涙、恐怖のなかに浸かっていた。

「おい、よく見ていな！」

ギクリとして、わたしは無意識状態から覚めた。

あの女が逆光のなかに浮かびあがる。片腕にジュリアンを抱えていた。もう一方の手には狩猟用ナイフが握られていた。わたしは悲鳴をあげることすらできなかった。ナイフが振り上げられ、それが熱くきらめいて息子めがけて振り下ろされた。一回、二回……十回と。血がほとばしる。わたしは嗚咽《おえつ》する。わたしは悲鳴をあげる。鉄の牙が肉に食いこむ、全身に。わたしはむせる。窒息する。死にたい。

「ふざけやがって、このクソ女！」

11 これにてわが旅は終わる《クルスム・ペルフィキオ》

自我は自身の家の主人ではない。

ジークムント・フロイト

1

シェルシュ＝ミディ通りの家にもどったガスパールは、ショーン・ローレンツと鼻を突きあわせることとなった。

画家の大きなポートレート——イギリスの写真家ジェーン・ボウンが撮ったモノクロ写真——が、その厳めしい圧倒的な存在感によって、応接間《サロン》を無機質な静寂のなかに押し固め、一瞬たりともあなたから目を離さぬという印象を与えるのである。

ガスパールはまず無視することに決め、携帯ショップを出てから買ったコーヒーメーカーをセットしにキッチンに行った。少しは元気を出さねばと思い、イタリア風リストレットをいれてすぐに飲みほし、つぎにもっと落ち着いて味わおうとルンゴ（通常の量のコーヒー豆を通常の約二倍の量の水で抽出したエスプレッソ）を用意した。

　コーヒーカップを手にサロンにもどると、またもや画家と視線が合ってしまった。その写真を最初に見たときは、ショーンが彼にとっとと失せろと言っているような印象を受けた。今はというと、まえよりも画家の目が輝きを増して突き刺すようで、もっと違う話し方で助けてくれと頼んでいるように思えた。

　ガスパールはその呼びかけにしばらく抵抗したものの、結局は折れる。

「どうやってあんたを助ければいいんだ？　あんたの息子は死んでしまった。自分でもよく分かってるだろうが」

　写真と話すのがばかげたこととは自覚していたが、正当化しなければならないと感じていた。自分の考えをまとめ、整理しなければとも思った。

「オッケー、ジュリアンの遺体は発見されなかったな」ガスパールは続ける。「そうだとしても、あの子が生きているということにはならんだろう。あんたの臨死体験の話だが、あやふやで論理的じゃないことを認めたらどうかな」

　厳しい表情がまだガスパールを黙って見つめていた。ふたたびガスパールが画家に成り代わって言う。**もしきみの息子が死んだとしたら、それでもきみは、そんなふうに……。**

「ぼくには息子はいない」ガスパールは反論した。

助けてくれ。

「あんたにはうんざりさせられる」

こだまのように、ローレンツが司会者ジャック・シャンセルとの話のなかで語った言葉が記憶に蘇った。司会者は対話の終わりに、すべての芸術家にとって究極の目標とは何かと尋ねたのだった。「不死になること」と、ショーンは何のためらいもなく答えた。誇大妄想のなせる壮語ととられそうな言葉だが、「不死であれば、自分にとって大切な者たちを可能なかぎり見守る機会を得られます」というローレンツの説明によって、まったくべつの意味合いを持つことになった。

あまりにも長く肖像写真と向きあっていたため、ガスパールはある種のめまいを感じ、幻覚を見た。画家の顔がほんの一瞬、自分の父親の輪郭に重なり、また先の懇願「**助けてくれ**」をくり返した。気まずさを追い払おうと瞬きをした。幻覚は消えた。

二人の男の支配下から解放されて、彼は服を脱ぎ、包帯も解いてシャワーを浴びる。昼間にシャワーを浴びることはほとんどないが、昨夜の興奮とそのあとの慌ただしさで睡眠を割愛しなければならなかった。家にもどったとたん突然の疲労感に襲われたが、冷たいシャワーのおかげで疲れも少しとれたように感じた。添え木を丁寧に乾かしている途中、鏡に大きな黒い染みのような影が映って気に入らないと思った。伸びすぎた髭、長すぎる髪、濃すぎる体毛、余分な脂肪。

バスルームの引き出しから、ブラシと昔ながらの剃刀、シェービングジェルを出す。手に不自由さを感じながらも、髭の濃い部分をハサミで切ってから剃刀を当て、つぎに長い髪の毛も切り落とす。そのおかげか、呼吸が楽になったようだ。さらには、もはやカナディアン・シャツと森林警備員のコーデュロイのズボンを着る気も失せた。トランクスとTシャツという姿で寝室横のドレッシングルームに行った。スティーブ・ジョブズあるいはマーク・ザッカーバーグと同様に、ショーン・ローレンツもいつも同じスタイルの格好、〝カプセルワードローブ〟を実践していたようだ。要するに、〈スマルト〉の黒から明るいグレーのジャケットが十二着ほど、タブカラーに貝ボタン、綿ポプリンの白いシャツである。太りぎみではあっても、ガスパールの体型はローレンツとそれほど違わなかった。シャツとスーツを着てみると驚くほど快適で、数キロほど減量したのではないかと思った。

きれいに丸めたベルトを入れてある引き出しに、オー・ド・トワレがいくつかあった。古くていくらか黄ばんだ〈キャロン〉の〈プール・アン・オム〉がまだセロファンに包まれたままの箱で五つ。ローレンツの偏執性を説明するために、隣人ポリーヌが語ってくれたエピソードを思いだした。このオー・ド・トワレは、ペネロープが将来の夫と交際しはじめて最初に贈ったプレゼントだった。ショーンはそれを使いつづけていたが、あるときから〈キャロン〉がその成分を変えたと思いこみ、eBayで一九九二年製の製品を探しまくり、出品されるものをぜんぶ買いとったという。

ガスパールはひとつを開けて身体につけた。ラベンダーとバニラの香りはすっきりしていて、どこか非物質的で彼は気に入った。ドレッシングルームを出ようとして鏡に映った自分を見ると、まるで違う男のように思った。より太って、熱狂的な雰囲気を控えめにしたローレンツといったところ。その効果を増幅させるため、オー・ド・トワレをみつけた引き出しに自分のメガネをしまった。ごく自然に好きな映画のひとつ、ジェームズ・スチュアート演じるところのスコッティが波瀾万丈の捜査を進めるヒッチコックの『めまい』を連想した。ひとりの男が新しい婚約者を以前の恋人とそっくりにしようと試みる。死者に成り代わろうとするのは危険だぞと、ヒッチコックはわたしたちに警告していたのだ。でもガスパールは、その時点ではまるで気にしなかった。肩をすくめたあと、ジャケットのしわを伸ばすようなしぐさをしてドレッシングルームを出た。

2

実際一日目から、ガスパールはあることに驚かされた。なぜショーンの遺言執行人であるベルナール・ベネディックは、画家の私的な物品を残したままで家を貸すことを選択したのか？　今日またその疑問が、かつてのローレンツとペネロープの寝室を見に行って頭に浮かんできた。そこから受けた印象は両義的《アンビバレント》なものである。彼ら家族の親密さのなかに浸れる気分になるいっぽうで、意思とは関係なく自分が覗き屋になっているというもので、後者の印象のほうにより心を乱された。しかし良心のとがめを背負い込むつもりはなく、親密性の冒瀆者という立場――大義のためと自己正当化はしているが――を全うしようと決めた。彼は部屋の徹底的な検査を進め、棚をはじめ、引き出しやら壁のようす、手の傷のせいで順調にはいかなかったものの床板までも調べた。収穫は乏しかったが、それでも紫檀《したん》の書き物机の下に書類やら封筒の詰まったキャスター付きのファイルキャビネットを発見した。注意深くそれを調べてみると、ジュリアン殺害事件に直接あるいは間接的に関連する、主要メディアのホームページから集めた記事がみつかった。『ニューヨーク・タイムズ』や『デイリー・ニューズ』、『ニューヨーク・ポスト』、『ヴィレッジ・ヴォイス』の記事で、昨晩マデリンのノートパソコンで見せてもらったものと同じだった。したがって、ローレンツが死ぬまえに息子殺害事件の調査に取り組んでいた事実を除けば、それ自体新発見ではない。驚いたのは、ファイルキャビネットにショーン・ローレンツの死後に届いた郵便物まで入っていた点である。〈フランス電力〉や〈オランジュ〉からのごくふつうの請求書、山のような宣伝広告、諦めずあの世までも《アド・ヴィタム・エテルナム》追いかけてくる税務署からの封書など……。

夫婦の寝室の先にあるドアはジュリアンの部屋だ。重い気分になるのが分かっているので、ガスパールはドアのまえで一瞬ためらう。

助けてくれ。

とりあえず自分の気持ちはしまっておくとして、子供部屋に入った。裏庭に面した明るくきれいな部屋で、よく磨かれた木張りの床にパステルカラーの家具が揃っていた。教会堂のような静けさのなか、日差しが窓から差しこんでベージュ色のベッドカバーで覆われた子供用ベッドを照らし、絵本とおもちゃのクラシックカーを収める蜜蠟塗りの本棚にかかった薄い埃をきらめかせていた。まさにノーマン・ロックウェルの絵の光景そのままだった。

この部屋で何かを発見できるとは期待せずに、そこが巡礼すべき場所であるかのようにガスパールはしばらく不動で立っていた。どこにも死を連想させる陰気さはなかった。逆に、部屋は男の子の帰宅を待っているかのようだった。今にも幼稚園から帰ってきて棚を開けて〈レゴブロック〉と〈お絵かきボード《エッチ・ア・スケッチ》〉、恐竜のフィギュアなどを出す……。その印象は、ベッドの枕に置かれた血にまみれた犬のぬいぐるみを発見するまで続いた。

その場で釘付けになった。拉致されたときジュリアンが抱えていたというぬいぐるみだろうか？　もしそうなら、捜査の証拠品であるそのぬいぐるみがどうしてここにあるのか？

痛む手にとってみた。笑いを誘うのんきな顔つきの犬は、その鼻先にこびりついた乾いた血とちぐはぐな印象を与えた。ガスパールは犬を自分の顔に近づけたとき、その汚れが血ではないこと、おそらくチョコレートであると知る。そして分かったのは、親ならたいてい用意してある複数のぬいぐるみのひとつということだった。犬の表情には恐怖のきな臭さなどがまったく感じられない。柔らかな子供のぬくもりだけが残っており、おそらくローレンツはそれが故に思い出の品としてとっておいたのだ。ビスケットを焼くオーブンからのにおいが連想させる絵本の挿絵、たとえばムギの穂とか茶色のイガグリ、夏の風にそよぐプラタナスの葉……。それらインスタント写真のようなイメージがガスパールに確固たる決意をもたらす。目のまえに道が開かれ、彼はその道のりの果てまで行くだろう、それがいかなる結果を導こうとも。

3

〝冬が九か月、地獄が三か月〟、古いカスティーリャの格言は往々にして誇張が多い。実際、マドリードに雨が降るのは年に十回程度だ。運が悪いというか、マデリンがスペインの首都に降りたった二〇一六年十二月二十二日はその数少ない一日で、パリよりも快適だとは言えそうにない天気だった。

ひどく疲れるフライト――シャルル＝ド＝ゴール空港で、搭乗機が離陸したところで急病の乗客が出て降機させるほかなく、出発が遅れた――のあと、マデリンはマドリードのバラハス空港に二時間遅れで着き、あとはそんな出だしの旅につきものの歓迎行事の連鎖に迎えられることになった。ガスパールのような人間を逆上させる類いの厄介なことばかり、空港の大混雑、休暇中の客の苛立ち、果てしない待ち時間、家畜にまで格下げされたような気分……と続いた。搭乗機から出て小さすぎるバスに乗せられたあと、タバコと汗のにおいでむっとするタクシーに乗った。汚染空気の充満したおんぼろタクシーに閉じこめられたまま一時間近く、数日後に控えたクリスマスの買い物に殺到する車による交通渋滞に巻きこまれ、懐かしのスペイン・ポップを流す地元FM局のヒットチャート、メカノやロス・エレガンテス、アラスカ・イ・ディナラマ……をずっと聴かされる羽目になった。

クタンス病に伝染してしまった！　と、マドリードのゲイコミュニティーが集まるチュエカ中心街のフエンカラル通りに着いたときマデリンは嘆いた。危険な兆候だ。世の中を悲観的に見ないことが肝心。ガスパール・クタンスよろしく黒いプリズムを透して人生に不安を抱きはじめたら、自分の頭に銃弾をぶち込むほかないのだから。

よってポジティブ思考で進もうと自分に言い聞かせる。タクシーの運転手はひどい男だったが、それでも彼女はチップを渡した。ホテルでも荷物を運んでくれる者はいなかったが、自分で運べばいいのだと思いなおす。急ぎで予約したものだから息の詰まりそうな狭い部屋で、窓は工事現場に面しており、クレーンがその場で錆びつつあるようだったが、それでもある種の魅力を見いだそうと努める。それに、手術のあとは休むだけだから、もっと素敵な場所を探す時間はいくらでもあるだろうと。

ちゃんと向きあうこと。挫けてはいけない。今は、これまでの自分の人生の混沌《カオス》を忘れる、ショーン・ローレンツの作品を忘れる、彼の息子の悲劇を、クタンスの無鉄砲な行動を忘れること。自分で定めた未来の構築に専念すること。

4

午後四時、ガスパールはキッチンでオイルサーディンの缶詰とトーストを立ったまま食べている。急ぎの間食、飲み物は〈ペリエレモン〉。

そのあとは、習慣のようにしてショーン・ローレンツのアナログ盤ジャズ・コレクションをターンテーブルに載せる。そして、サロンに画家のファイルキャビネットを運びこみ、その奇妙なるアーカイブを解読するつもりだった。木張りの床にあぐらをかいたガスパールが透明のビニールに包まれたままの雑誌『アート・イン・アメリカ』をみつけたのは、調べはじめてからもう一時間以上も経ってからだった。包みを破る。雑誌の日付は二〇一五年一月。表紙に名刺がホッチキスでとめられていることから分かるように、編集長自身がショーン宛の礼と同時に、お悔やみの言葉を添えていた。

　雑誌をめくると、ショーン・ローレンツ生前回顧展のオープニングパーティーに十ページほどが割かれていた。MoMAにて二〇一四年十二月三日――ジュリアンの拉致事件の一週間ほどまえ――に開催された〈絵を描く一生《ア・ライフ・イン・ペインティング》〉と銘打った夜会についての記事である。ページをめくりながら、ガスパールはそれが芸術の祭典というよりも社交的な面が強い催しであったことを知る。ある高級ブランドの後援によるパーティーには多くの名士が集まった。写真を見るガスパールにも、元ニューヨーク市長のマイケル・ブルームバーグやニューヨーク州知事のアンドリュー・クオモの顔が見分けられた。ほかの写真には、蒐集家のチャールズ・サーチやラリー・ガゴシアンも写っていた。襟ぐりが深い大胆なイブニングドレス姿のペネロープ・ローレンツはまだ美しさの絶頂期にあり、サラ・ジェシカ・パーカーやジュリアン・シュナーベルとのおしゃべりに夢中だ。記事には、モデルや社交界の花形《ソーシャライト》の名が連ねられていたがガスパールには聞き覚えがなかった。

　写真のショーン・ローレンツは、心ここにあらずといったようすで、どこか居心地悪そうな印象を与えた。豪華さと虚栄に困惑させられているのだろうとガスパールは想像する。病没前の彼の作品に漂う禁欲主義と純粋さは、人に見られるために集まるそんなパーティーとは対極をなしていた。表情は不安を隠そうとこわばっており、今の栄光が転落と隣り合わせであることを意識しているようにも見える。カピトリヌスの丘の後ろに〈タルペイアの岩〉（ローマ七丘のひとつカピトリヌスの丘を守る指揮官の娘タルペイアは、ローマを裏切り敵軍のサビニ人たちを招き入れたが、敵は彼女を殺して崖から突き落とした。その崖を〈タルペイアの岩〉と呼ぶ）が隠れていることをもう分かっているかのように。息子ジュリアンの死が、その甘く退廃的な夜会のプログラムのなかにすでに書きこまれているかのように。

さて、正直に言うならば、それら写真のうちの一枚でショーンは笑みを浮かべていた。ニューヨーク市警《NYPD》の正規の紺の制服に八角帽という格好の警官といっしょの写真だった。囲み記事を読むと、警官はアドリアノ・ソトマヨールという名でショーン・ローレンツの幼なじみ、二人は二十二年ぶりの再会だったという。注意深く写真を見ると、ローレンツ研究書のなかで見た若いヒスパニック系の、肩で風を切っていた青年であることが分かる。確かめようと、ガスパールは書棚のローレンツ研究書を見た。間違いない、〈花火師〉メンバーの三人目ソトマヨールだった。グループのグラフィティに〈ナイトシフト〉とサインしていた若者だ。歳月とともに顔の厚みが増し、かつての傲岸《ごうがん》さも人の良さそうな表情に変わってはいたが、俳優ベニチオ・デル・トロを思わせる荒削りな顔立ちはそのままだった。

ガスパールはその情報を記憶してから雑誌を閉じた。またコーヒーをいれようと立ちあがったとき、二十四時間も眠っていた飲酒欲求が恐るべき勢いで頭をもたげてきた。そのデーモンの攻撃を食いとめるには素早い対応が必要なことを、経験から知っていた。彼がやったことはまさにそれであり、家にあった三本の特級《グラン・クリュ》ワインとウイスキーの残りをキッチンの流しに空けた。ためらっていたあいだに、何度か痙攣《けいれん》に襲われた。得体の知れない不安感がもどってきて額に汗が浮かび、それが拡散しそうなのを抑えこむことに成功する。そこで自分への褒美として、マデリンがせっかく巻いたのにキッチンのカウンターに忘れていった手巻きタバコを入れた箱から一本とる。毒をもって毒を制す、これはサルトルの名高い「物事の逆境の係数」と同じで、制すべき毒があまりに多くの成分を含んでいるとき、人は「微細極まりない結果を得るためだけに、何年もの忍耐を必要とする」ということだ。人はやれることしかやれないのである。

　くわえタバコで、古いジョー・ムーニーの秘蔵版LPのB面をターンテーブルに載せてから、中断していた作業を続ける。買ったばかりのスマートフォンで記事を閲覧、それからまた郵便物の開封に取りかかった。

　請求書のなかから、とくに電話の通話明細を調べる。ローレンツはほとんど電話をかけないのだが、死を目前にした数日間の記録を追うと彼の行動が手に取るように分かった。番号のいくつかはフランス国内、いくつかはアメリカのものだった。ガスパールはごく基本的な方法を選び、時系列にしたがい各番号にかけていった。順繰りに〈国立ビシャ病院〉の心臓外科の受付、パリ七区に医院を構える心臓病専門医フィトゥシ、そしてラスパイユ通りの薬局と……。大西洋の向こう側の番号でことに注意を引いたのは、二度ローレンツがかけても応答がなかった番号である。画家は翌日にもその番号にかけて通話に成功していた。ガスパールが電話をすると、素っ気ない留守番電話に繋がり、その声はヘビースモーカーか大量にウイスキーを飲んでいそうな――あるいはその両方、双方は互いの道連れになりたがるので――しゃがれ声、だが陽気なクリフ・イーストマンと名乗る男の声だった。

念のために折り返し電話をもらえるようメッセージを残し、ガスパールは書棚の本を片っ端からめくったり、ローレンツに関する例の研究書の記述および写真の一部を切りとって戯曲執筆のために用意してあったスパイラル綴じの大判ノートに貼っていったりした。サルガドの美しい写真集とスピーゲルマンの『マウス』のあいだに、古いニューヨークの地図が挟まれているのがみつかったので、ジュリアンが拉致された場所や、母親といっしょに監禁されていた場所、ベアトリス・ムニョースによってそこから運河に投げこまれたとされる橋、ムニョースが自殺した地下鉄の駅など、調査のポイントとなった地点に色違いの×印を書きこみ、その場所とそれらの距離の感覚をつかんだ。

作業に夢中で時の経つのも忘れ、顔を上げたときはもう夜になっていた。とっくの昔にジョー・ムーニーも歌うのをやめていた。時計を見て、待ち合わせがあったことを思いだす。

12 ブラックホール

人はひとりでいるときだけ自由になれる。
アルトゥール・ショーペンハウアー

1

ガスパールのエージェントであるカレン・リーベルマンの事務所は、パリ一区の市役所およびポンピドゥー・センターがあるパリ中心部のクーテルリー通りにある。

ガスパールはカレンと仕事をするようになった当初、一度だけここに来たことがあった、十二年前のことだ。それ以後は、用があれば会いに来るのは彼女のほうだった。今回もそうしてくれるよう頼まなかったことを後悔した。というのもシェルシュ＝ミディからの道はグレー一色のパリで、その攻撃的で陰気な雰囲気に浸るほかなかったからだ。どこか敵対的な空気を感じて神経が張りつめたうえに、禁断症状の感覚もあった。

記憶そのままの景色、若干くたびれたポーチには個人事務所のテナントの看板が無数に掲げてあり、なんの変哲もない中庭の反対側に、表のそれよりいくらか質素な建物があった。棺桶を思わせるほど狭く、呆れるほどゆっくり上下移動するエレベーター。それはいいが、いつ停まってしまうかと不安に思った。ためらった後、ガスパールは六階まで階段で上がろうと決める。

息を切らせてドアのブザーを鳴らし、錠が開けられるのを待って窓側がマンサード屋根になっている事務所内に入った。椅子を数脚並べた待合室にだれもいないのを見て安心する。カレンは二十人ほどの作家や劇作家、脚本家のエージェントをやっている。いわゆる同業者と鉢合わせしてしまい、五分間ほどの世間話と社交辞令に付き合わなければならないのを恐れていた。「孤独には二つの利点がある。まず自分自身でいられること、つぎに他人といっしょでないこと」というようなことをショーペンハウアーが言っていたなと思いながら、ガスパールはカレンのアシスタントのオフィスに向かった。

それはヒップスター風の髭にこれ見よがしの挑戦的なタトゥー、ツーブロックに刈った髪、チャッカブーツにタイトなデニムシャツといった、パリのサン＝マルタン運河界隈にニューヨークのウィリアムズバーグやベルリンのクロイツベルクを再現させようとしているどれも似たり寄ったりの連中のクローン、だが自分では個性的なつもりでいる若い男だった。それ以上にガスパールの癇に障ったのは、ジロッと彼を見定めるように見たあと、その若者が警戒心も露わに名前を聞いたことだった。この事務所全体の総売上高の四分の三を、ガスパールがひとりで稼いでやっているというのにあまりの仕打ちだった！

「きみの給料を払っている人間を知らないのか？　ふざけるな！」ガスパールは怒って、呆気にとられている若者を無視してカレンのオフィスに向かった。

「ガスパール！」カレンは迎えた。

　怒鳴り声を聞き、椅子から立って廊下に出るところだった。ツタのようにほっそりして、金髪のショートカット、カレン・リーベルマンは四十五回目の誕生日を迎えようとしていたが、リーバイスの〈５０１〉に白のブラウス、Ｖネックのセーター、ワインレッドのローファーと、ジャンソン＝ド＝サイイ（高級住宅街にある名門高校）に通っていた当時と同じ装いだ。ガスパールのエージェントであり、また弁護士および会計士、アシスタント、広報担当、税務コンサルタント、不動産屋まで兼ねていた。ガスパールの収入の二十パーセントをとり、彼に代わって外界との接触をすべて取りしきる。彼女が楯となってくれるから、彼のほうは自由奔放に生きて周りの者たちにクソ食らえと言い放つことができるのだ。しかも彼はそれを実践する。

「うちの作家さんたちのなかでいちばん野蛮な先生はお元気ですか？」

　彼は厳しく訂正する。

「言っておくが、ぼくはおたくの作家ではない。きみがぼくに雇われているのであって、きみの表現は正確ではないね」

「ガスパール・クタンスの面目躍如といったところね！」カレンも応じる。「無作法で不平たらたら、すぐに怒るし……」

　彼女はガスパールに椅子を勧めた。

「レストランで会うはずだったのでは？」

「そのまえに、ちょっと重要な文書を印刷しておきたくて」ポケットからスマートフォンを出して説明する。

「インターネットでみつけた記事なんだ」

「じゃあフローランにファイルを送ってくれれば、彼が……」

「重要なんだと言ったろう！　きみにやってもらいたい、あのあんちゃん《ジゴロ》ではなしに」

「お好きなように。あっ、そうだ、ベルナール・ベネディックから電話をもらったんです。家のことに関してだけど、問題はすべて解決したとわたしに保証してくれました。例の女性は出ていったようね。だから充分に満喫できるでしょう。ひとりでね」

彼は首を振る。

「まるでぼくが知らないみたいな言い方だな！　いずれにせよ、あそこには長居はしないよ」

「そうでしょうとも、これで一件落着なら話が簡単すぎる」カレンがため息をつく。「ウイスキーはいかが？」

「いや、ありがとう。アルコールには少しブレーキをかけることに決めた」

彼女の目が点になった。

「どうかしたの、ガスパール？」

彼ははっきりと宣言する。

「今年、ぼくは戯曲を書かない」

彼はカレンの頭のなかの動きをほとんど読みとれるように思った。彼の決断がどのような結果を招くのか、たとえば契約の解除のほか、劇場の予約取り消し、巡業のキャンセル等々……。それでもたった二秒後に、カレンは何もなかったような口調で質問をする。

「ほんとうに？　理由は？」

彼は肩をすくめ、頭を振りながら言う。

「クタンスの戯曲がひとつ増えるか減るかしたからといって、演劇史に大した影響があるとは思わないが……」

カレンが黙っているので、彼はとどめを刺す。

「正直に言って、ぼくはあらゆる問題をすでに採りあげたよ。ここ数年、多少くり返しになっていたとは思わないか？」

カレンはそれに反応した。

「『世の中は醜い、人間はみなばかだ』というテーマは確かにそうかもしれない。でも、あなたにはほかのことが書けるでしょう」

ガスパールが顔をしかめた。

「何について書けばいいのか、よく分からないんだ」

デスクに置かれたタバコの箱から一本とると、ガスパールはそれを吸うためオフィスからバルコニーに出た。

「だれかを好きになった、きっとそうね？」カレンもバルコニーに出てきて叫ぶように聞いた。

「いや、違う。何を言っているんだ？」

「いつかそんな日がやって来ると覚悟はしていた」カレンが嘆いた。

ガスパールは抗弁する。

「ぼくがもう書きたくないと言うと、きみはぼくが恋しているからだと結論するのか？　ちょっと歪んでいないか、論理として」

「あなたが携帯電話を買った。ガスパール、あなたがよ！　お酒は飲まないし、髭を剃って、メガネもかけていなければ、スーツまで着て、ラベンダーの香りを漂わせているじゃない！　だから、そう、あなたは恋をしている」

茫然としたようすで、ガスパールはタバコを吸いこむ。心地よく湿った闇のなかに街の騒音がブーンと唸るように聞こえていた。

バルコニーの手すりに寄りかかり、ガスパールはサン＝ジャックの塔を見つめる。孤独で不完全な鐘楼がセーヌ川のすぐそばで照明を浴びていた。

「きみはどうしてぼくをこの穴のなかに生かしておいたんだ？」彼が突然聞いた。

「何の穴のこと？」

「ぼくが長い年月を生き延びてきた穴のことを言っているんだ」

カレンもタバコに火を点けた。

「ガスパール、そこに閉じこもったのはあなた自身だった、とわたしは思う。そこから出ないですむように、あなたは自分の人生の進め方をきめ細かく整えることまでしたの」

「それは分かっているが、ぼくらは友人同士だろう、だから……」

「あなたは劇作家でしょう、ガスパール？　戯曲の登場人物だけがあなたの友人」

ガスパールは先を続ける。

「ぼくを説得すればよかったじゃないか。何の説得なのかはっきりとは分からないが……」

彼女はしばらく考えこんでから言う。

「真実を知りたいのね？　わたしがあなたを穴のなかに放っておいたとすれば、それはあなたにすばらしい戯曲を書いてもらうためだった。だから、孤独のなかに、不満のなかに、悲しみのなかにいてほしかった」

「関連性がよく分からないが？」

「そんなことはないでしょう、あなたはその関連性をよく分かっています。それと、わたしの経験を信じてほしい。幸福は、生きるのには快適だけど、創作のためにはあまりよくない。あなたは幸せいっぱいの芸術家を知っている？」

口を開いてしまったカレンは窓枠に背を当て、持論を熱っぽく展開する。

「わたしがお手伝いする作家のだれかが自分は幸せだと言うのを聞くと、わたしは不安になる。トリュフォーがいつも言っている『芸術は人生よりも重要である』という言葉を思いだして。これほどぴったりの例はないくらい。だって現在までのところ、人生においてあなたが好きなものなんて、あまりなかったでしょう、ガスパール。あなたは人間嫌いで、あなたは子供が嫌いで、あなたは……」

彼が手を挙げて遮ったとき、携帯電話が鳴った。画面を見ると、アメリカからの電話だった。

「ちょっとごめん」

2

マドリード。午後五時、もうほとんど夜になっていた。

マデリンはホテルを出るとき傘を貸してほしいと頼んだが、レセプションの男にごく丁重に拒絶された。〝気にしないこと《ネヴァー・マインド》〟マデリンは、ほかすべての不都合なことを無視したように、悪天候も気にしないことにした。ほんの数軒先で薬局《ファルマシア》をみつけ、そこで処方箋を見せる。手術中の感染があった場合の予防、そして卵母細胞の分化を促進するためのホルモン注射薬をまた買った。従来のホルモン投与から採卵までの時間を二十四時間も短縮するという革新的な治療法なのだそうだ。あいにくと、必要な薬を入手するのにマデリンはほかに三軒の薬局を回らなければならなかった。午後六時、少しは観光気分に浸ろうとチュエカとマラサーニャの辺りをぶらついた。本来ならば活気に溢れ、クリエイティブな界隈のはずだった。夏の終わり、マデリンは細い通りに軒を連ねる色とりどりの古着屋やらお祭り気分のカフェのあいだを歩きまわるのが好きだった。ところが今日はまるで違った。滝のような雨のなか、マドリードは今にも世の終わりを待つような雰囲気だった、昼過ぎから土砂降りの雨と突風が手を組んで街の隅々にまで余すところなく襲いかかり水浸しにして、混乱と車の大渋滞を引き起こしていた。

空腹を覚えたので、前にランチをしたことのある小さなレストランに行こうと思いついたはいいが、道に迷ってしまった。空は丸屋根の多いマドリードに崩れ落ちそうなくらい低く垂れていた。夕闇迫る雨のなか、大通りや横道のどれもが同じように見え、ホテルのレセプションにあった街の地図も濡れてほとんど溶けてしまうようなありさまだった。オルタレサ通り、メヒア・レケリカ通り、アルヘンソラ通り、道路名と読み方がこんがらがり、視界までおぼろげになった。完全に迷ってしまい、仕方なく古ぼけた店に入ってしまった。タルタルソース和えのタイはマヨネーズのなかに溺れているようだし、アップルパイときたら半分がまだ凍ったまま。

長い雷鳴が轟くなか、強烈な稲妻が漆黒の空を裂き、一瞬、雨に叩かれる窓ガラスに陰画のような自分の姿が映しだされた。それを見た瞬間、マデリンはふいの憂鬱に襲われた。自身の孤独と狼狽が露骨に示されていたからだ。クタンスのことを思った。あのエネルギーとユーモアを、活き活きとした知性を。あの人間嫌いの男は、二つの顔を持つ神ヤヌスのように奇妙な人物だった。分類しようもない、矛盾を抱えた魅力ある人物だった。〈マインドマップ〉にとらわれペシミズムに侵されてはいても、あの男からは他者を安心させる静かな力が放たれていた。今のマデリンには、そんな彼の気力と温かみ、あの自己欺瞞《ぎまん》さえ必要なように思えた。二人なら、少なくとも、いっしょに自分たちの不幸に文句を言いつのることだってできただろうに。

マデリンは抗生物質をまずいデカフェで飲みこむとホテルに向かった。ホルモン注射、熱い風呂、ミニバーでみつけたリオハワインのハーフボトル。すぐに頭が痛くなった。

まだ十時だというのに、もうシーツに潜りこんだ。

明日は彼女にとって大事な日となるだろう。新しい人生の始まりかもしれない。ポジティブ思考のまま眠りたいので、マデリンは自分が望んでいるのはどんな子供なのかと考えることにした。ところがなんのイメージも頭に浮かんでこない、計画自体に確たる現実性がなく夢物語のままでしかないかのように。だから落胆した気持ちを追いやり眠ってしまおうと思った瞬間、頭のなかをひとつのはっきりとした強烈なイメージがよぎった。ジュリアン・ローレンツのきれいな顔、愉快そうな目に少し上を向いた鼻、金色の巻き毛、たまらなくかわいい笑い顔の男の子。

外では土砂降りが続いていた。

3

ガスパールはすぐに電話の向こう側のしゃがれ声で、それがクリフ・イーストマン、ショーンが死ぬ数日前に三度も電話をした男だと分かった。

「こんにちは、イーストマンさん。お電話をいただいて、ありがとうございます」

しばらく言葉を交わした後、ガスパールは相手が元は図書館司書で、今はマイアミの近くで静かな定年退職者の生活を送っているのだと知った。だがクリスマスを三日後に控えて、ワシントン州にある義理の娘の家に閉じこめられてしまったのだそうだ。

「八十センチの積雪なんでね！」老人は叫ぶように言った。「交通は麻痺して、道路も封鎖、Wi-Fiまでイカれてしまった。結果として、もう死ぬほど退屈しているよ」

「よい本でも読めばいいでしょう」ガスパールは適当に会話を繋いだ。

「一冊も手元にないし、義理の娘ときたら下らんものしか読まないのだね。セックスにセックス、あくまでもセックス、これしかない！　ところで、あんたがだれなのかよく分からなかったんだ。キー・ビスケインの年金事務所の方かな？」

「違いますね」ガスパールは答えた。「あなたはショーン・ローレンツという人物をご存じですか？」

「聞いたこともないが、だれかね？」

老人は言葉を区切るごとに舌を鳴らす癖があった。

「有名な画家です。その人物があなたに電話で連絡をとろうとしていたんです、今から一年前になりますが」

「そんなことがあったのかもしれんが、歳のせいで物覚えが悪くなっていてね。そのピカソだが、このわたしにいったい何の用があったんだろうね？」

「まさにそのことを知りたいと思ったんです」

また舌を鳴らす音が聞こえた。

「たぶん、その人が連絡したかったのはわたしじゃないな」

「どういうことですか？」

「この電話番号を割り当てられたあとで、数か月間は元の番号の持ち主と話がしたいという人間から電話がかかってきたね」

ガスパールの全身に震えが走った。ある手がかりをおそらくつかんだと思った。

「ほんとうですか。で、元の名義人というのは？」

電話の向こうでイーストマンが頭をかいているのが聞こえるような気がした。

「ずいぶんまえのことなんであまり覚えてないが、なんだか有名なスポーツ選手と同じ名前だったな」

「スポーツ選手、範囲が広すぎますね」

老人の記憶の糸は繋がっているようなので、それを切ってしまってももつれさせてもいけなかった。

「思いだしてもらえませんか？　お願いします」

「口先まで出かかっているんだよ。スポーツ選手、間違いない。そう、オリンピックのジャンプの選手だった」

こんどはガスパールも自分の記憶を引っ張りだそうと努力する。スポーツはあまり得意な分野ではないが。オリンピックの実況を最後に見たのは、まだレーガンとミッテランが現職だった時期だ。ユヴェントスのプラティニが芸術的なフリーキックをゴールに叩きこみ、フランキー・ゴーズ・トゥ・ハリウッドがヒットチャートを独占していた時代。呼び水のつもりで、名前をいくつか言ってみる。

「セルゲイ・ブブカ、ティエリー・ヴィニュロン……」

「棒高跳びじゃない、走り高跳びだった」

「ディック・フォスベリー？」

相手は乗ってきた。

「違うな、ヒスパニックかキューバ人だ」

ガスパールの頭に閃光が走った。

「ハビエル・ソトマヨール！」

「そうだ、そうだとも、ソトマヨールだ」

アドリアノ・ソトマヨール。

死ぬ数日前、わが子が生きていると確信したショーンは、警察官になった〈花火師〉時代の旧友に助けを求めたのだった。

つまりニューヨークにおいて、ショーンを助けられる人物が存在していたことになる。ジュリアンの死についての調査をおそらく再開した人物。未公表の情報を握っていた人物。

まだガスパールが電話で話しているところを、自分のオフィスの窓ガラスを挟んでカレン・リーベルマンはじっと観察していた。おかしな犬のぬいぐるみが彼のポケットからはみ出ているのを見たカレンは、自分が知っていたガスパール・クタンスはもう存在しないことを理解した。

十二月二十三日、金曜日

13　マドリード

昼となく夜となく悪魔がわたしにつきまとう、ひとりになるのが恐ろしくて。

フランシス・ピカビア

1

マドリード、午前八時。

マデリンはスマートフォンにセットしてあったアラームで目を覚ました。自分を励まして起き上がる。ひどい夜。昨夜もまた。朝の五時まで眠ることができず、そのあと眠りの波にさらわれるように深淵まで沈んでいって、そこから浮き上がるのが一苦労だった。

カーテンを開き、嵐が過ぎ去ったのを知り安心した。外気を吸うためバルコニーに出た。空はまだ灰色だったけれど陽の光が差していて、チュエカもいくらか陽気さを取りもどしていた。目をこすりながら、大きなあくびをする。エスプレッソをダブルで飲みたいところだが、採卵のときは空腹でいなければならない。シャワーを浴び、念入りに消毒石鹼で洗いながら、とにかく手術や麻酔のことだけは考えぬようにした。簡単な装いにする、タイツにゆったりしたデニム、ウールのニットチュニック、エナメルのブーツ。クリニックの指示は明確で、香水と化粧はだめで、指定した時刻に遅れぬこととあった。

ホテルのロビーに向かう階段を下りながら、ヘッドフォンをつけて気分に合いそうなプレイリストを選ぶ。シューベルトの「ハンガリー風のメロディー」にモーツァルトの「フルートとハープのための協奏曲」、ベートーベンの「ピアノソナタ第二十八番」。人を引きこむその優しい調べは徒歩で移動するとき、身軽になったような印象を与えてくれる。クリニックはそれほど遠くなく、行き方も分かりやすい。アロンソ＝マルティネス広場まで出て、フェルナンド・エル・サント通りを一キロメートルちょっと歩き、カスティリャーナの小庭園をいくつかよこぎる。クリニックは外装がすりガラスのこぢんまりとしたモダンな建物で、大通りと交差する細い通りにあった。

マデリンはクリニックに向かう途中で、もうすぐ到着するとルイサにSMSを送っておいた。若い看護師は玄関ロビーまで迎えに出てくれた。再会を喜びお互いの近況を報告したあと、ルイサがマデリンを安心させ、麻酔医、つぎに手術医を紹介した。手術医はそこでもう一度、デリケートな採卵手術の流れをマデリンに説明する。非常に長い注射器のような器具を卵巣まで挿入して卵母細胞を採取するという。

「でも、まったく痛みは感じません……」医師は請け合う。「その間、あなたは麻酔で眠っていますので」

いくらか安心したマデリンは、キャスター付きベッドのある部屋に案内された。それに乗せられて手術室に向かうのだろう。看護師が出ていくのを待って、ハンドバッグとスマートフォンを患者用のコード式金庫に入れた。そして服を脱ぎ、規定の手術着と頭に被るキャップ、ソックスという格好になった。紙製の手術着の下は全裸なので、ふいに自分がひどく無防備に感じ、不安が一段と募った。

とにかくやってしまわないと……。

ようやくドアが開けられ、けれども見えた顔はルイサではなく、医者のひとりでもなかった。あの度しがたいガスパール・クタンスの顔！

「で、あなたはいったいここで何してるの!? どうやってここに入れたの？」

彼はスペイン語で答える。

「ぼくはいい人そうな顔をしているからね。《ポルケ・テンゴ・ブエナ・カラ》それとあなたの夫だということにしたんだ《イ・エ・ディチョ・ケ・ヨ・エラ・ス・マリド》」

「てっきりあなたは嘘がつけない人だと思っていたけど？」

「あなたと知りあってから、いろいろ覚えたんだ」

「すぐに出ていって！」マデリンはベッドに腰かけながら言った。「あなたが出ていかないのなら、わたしがそうさせることになるけど」

「興奮することはないだろう。ニュースがあって、それを伝えたいから、いちばん早いフライトに飛び乗ったんだ」

「ニュースって、何の？」

「よく分かっているくせに」

「とっとと消えてよ！」

何ひとつ耳に入らなかったかのように、ガスパールは彼女のそばにあった椅子を引き寄せ、キャスター付きテーブルに置かれたミネラルウォーターのボトルをよけて自分の荷物を置いた。

「ストックハウゼンのことを覚えているか？」彼は言った。

「いいえ。ここから消えて。わたしはあなたと話したくない。おまけにラベンダーのにおいをぷんぷんさせているしね。それにメガネをどうしたの？」

「そんなことどうでもいい。ストックハウゼンはショーンがかかっていたアメリカの心臓専門医だ。ベネディックがあなたに渡した手帳に名前が書かれていた人物のことだよ」

話の流れをつかむのに数秒かかった。

「ショーンが死んだ当日に予約を入れていた医者のことね？」

「そのとおり」ガスパールが言った。「ところがだね、そんな医者は存在しない。というか、ニューヨークにそのストックハウゼンという名の心臓専門医はいないんだ」

それを証明するつもりなのか、ガスパールはバックパックから紙の束を取りだす。インターネットの電話番号案内を印刷したものだった。

「ぼくは検索の範囲を州内全域に広げたが、該当者なし。だいたい医療体制の観点からも話がおかしい。なぜならローレンツはヨーロッパでも有数の心臓専門医が集まる〈国立ビシャ病院〉で治療を受けていたんだから。わざわざニューヨークの医者に診てもらうメリットがあっただろうか?」

「そう言うあなたは、いったい何のメリットがあってここまでわたしに嫌がらせをしに来たわけ?」

彼は両手を開いてなだめようとする。

「きみ、聞いてくれてもいいじゃないか」

「こんどはきみ呼ばわりするんだ」

「ぼくはシェルシュ＝ミディの家を徹底的に調べたんだよ。ショーンのデスクのなかから彼が印刷した記事を十本ほどみつけた。ほとんどが息子殺害事件についての記事だったけれど、そのなかにこういうものがあった」

彼はホッチキスでとめた数枚の文書を見せた。それは『ニューヨーク・タイムズ・マガジン』が有名な未解決事件を取り扱った長文の特集記事だった。ナタリー・ウッドの死、セントラルパーク・ジョガー事件、チャンドラ・レヴィ失踪事件、クリーヴランド監禁事件など。マデリンが付箋のあるページを開くと……彼女自身の写真。まぶたをこする。アリス・ディクソン事件についての記事はもうほとんど忘れかけていた。少女アリスが失踪から三年も経た後、まったく思いがけない状況下で発見されたのである。マデリンにとって最も困難かつ苦しかった経験で、彼女自身も命を失いかけた捜査だったが、同時にまた最も幸運な解決を見た事件だった。彼女の人生で数少ない幸せな瞬間のひとつ。今から思うと、遥か昔のことのように感じられた。

「ローレンツがこの記事を自宅に持っていたの？」

「ご覧の通りだ。何か所か下線まで引いているんだ」

マデリンは蛍光ペンの引かれた箇所だけを黙って読んでいった。

……当初は、けっして諦めないとの評判のあるマンチェスター警察の犯罪取締班刑事マデリン・グリーンの協力なしに……グリーン刑事の不屈な努力の積み重ねの結果……現在、この若いイギリス人女性捜査官はアッパー・イーストサイドとハーレムに挟まれた地区、〈マウントサイナイ病院〉の近くにオフィスを構えるニューヨーク市警《NYPD》未解決事件捜査班《コールド・ケース》に勤務している……。

その記事がローレンツの家にあったこと自体に驚かされたが、マデリンは何も言わずそれをガスパールに返した。

「きみの反応はそれだけか？」

「いったい何を期待していたの？」

「それは明らかだろう！　ローレンツは医者と会うためにニューヨークにいたのではなかった。彼がマンハッタンに行ったのはきみに会うため、相手はきみだったんだ！」

マデリンは苛立った。

「彼の家にわたしについての古い記事があったから？　根拠はそれだけ？　クタンス、あなたはちゃんと手順を踏んでいない。いいからよく聞いて。もううんざり、わたしは自分の個人的な問題に神経を集中させたいの」

それでも、ガスパールは簡単に引き下がろうとはしなかった。小テーブルの上に昨夜自分でメモを書きこんだマンハッタンの地図を広げ、ボールペンで×印のついた箇所を指す。

「ショーン・ローレンツが道路の真ん中で息を引き取ったのはここ、マディソン・アベニュー一〇三丁目通りの角になる」

「それで？」

「当時のきみが勤務していたオフィスというのはどこだ？」

彼女は答えずに地図を見た。

「ここだろ！」彼がボールペンで示した。「一ブロックしか離れていない場所じゃないか！それが偶然のはずはないだろうが」

目を細め、じっと地図を見つめて、マデリンは黙ったままでいる。ガスパール・クタンスが切り札を出そうとしたところに、男の看護師が病室に入ってきた。

「グリーンさんですね？」

「これはショーン生前最後の電話の請求書だ」ガスパールは看護師が目に入らないかのようにホッチキスでとめた二枚の紙を振ってみせた。「ローレンツによる通話の明細が付いている。彼がフランスを発つまえに、最後に電話した番号を、きみは知りたくないのか？」

「グリーンさん、準備が整ったので行きましょう」看護師がベッドのシーツの片側をめくって促す。

マデリンは肯き、ガスパールを無視する態度をとった。

「番号は二一二-四五二-〇六六〇だった。マデリン、この番号に覚えがないかい？　きみの記憶を取りもどしてあげよう」看護師がベッドを病室から出すあいだ、ガスパールは叫ぶように言った。「これはNYPD未解決事件捜査班の番号だろう。当時のきみはそこに勤務していた」

マデリンがもう部屋から出てしまったのに、ガスパールは続けた。

「きみが望もうと望むまいと、死の一時間前にショーンはニューヨークにいて、何かをきみに伝えようとしていた。きみに、きみにだぞ！」

2

注射針がマデリンの血管に入って麻酔薬を流しこむ。手術台に寝かされ、一瞬のあいだ全身に凍るように冷たい波が押し寄せてくるように感じた。つぎに、不快感が消えた。まぶたが重くなり、医師の声がおぼろげに聞こえた。彼女は深く息を吸いこむと、流れに身を任せようと決めた。沈んでしまう直前、ある男の顔を見たように思った。やつれて疲れた目、深刻な面持ち。ショーン・ローレンツの顔だった。熱っぽいその目が訴えているようだ。**助けてくれ。**

3

午前十一時。そのタパス・バルは開店したところだった。ガスパールはカウンターに向かうと、そばのスツールにバックパックを置いてカプチーノを注文した。第一にすべきことは、鎮痛剤〈プロンタルジン〉二錠を飲んで指と手の痛みを和らげること。第二に実行すべきこと、それはマデリンにSMSを送り、用件が済み次第、自分に会いに来るよう頼むこと。

「どうぞ、カプチーノです！」

「ありがとう」

バルの主人は貧相さとはまさに正反対のイメージ、剃った頭に髭をたっぷり蓄えた熊系《ベア》のゲイだった。ビール腹を包むTシャツには、アントニオ・バンデラスとビクトリア・アブリル共演のアルモドバル監督の古い作品『アタメ』の色彩豊かなポスターが印刷されている。徹底していた。

「ちょっと教えてもらいたいんだけど？」

「何です？」ベアが聞く。

ガスパールはおずおずとスマートフォンを出し、あまりハイテクには慣れていないことを説明した。

「スペインに着いてから、インターネットに繋がらなくて困っているんだ」

ベアはTシャツの上から胸毛を掻いたあと、〝料金プラン、キャリア、電話加入、外国でのデータ通信〟などの言葉を含む説明をした。ガスパールは何も分からずに肯いたのだけれど、ベアはとても親切だった。店主は客がまだ困っているのを察し、そのスマートフォンを店のWi-Fiに繋ぐ操作をすることまで提案してくれた。ほっとしたガスパールは、携帯電話を預け、三十秒後に取りもどした。

さてガスパールは、カウンターにノートと資料を広げ、朝の機内で書きとめたメモを読みかえす。『アート・イン・アメリカ』誌の囲み記事によると、アドリアノ・ソトマヨールはハーレム北の二十五分署に配属されていた。

ガスパールはグーグルで電話番号を調べた。時計を見ると、ニューヨークは朝の五時。電話をするには早すぎる。とはいうものの、警察署というのは二十四時間体制のはずである。運試しのつもりでやってみると、電話応対システムの常で音声案内を延々と聞かされたあと、電話口に出た係員から正式な受付時間にかけ直すよう言われた。ガスパールがしつこく頼んだので、内線に回された。

「ソトマヨール警察官はまだそちらの勤務でしょうか？」

またしても小学校教師が生徒に諭すような口調で、拒絶の理由を告げられた。

「そのような情報は、電話で伝えられるようなものではありませんね」

ガスパールは、自分がヨーロッパに住んでいて旅行でほんの数日間ニューヨークに滞在しているが、学校の同級生だった警察官ソトマヨールに挨拶しに寄れれば……という話をでっち上げた。

「ここは警察署であって、ブラッドリー高校の卒業生懇親会事務局じゃないのでね」

「もちろん分かってますが、でも……」

鼻であしらわれ、電話を切られたので悪態をつき、すぐにかけなおした。同じ電話応対システムの声。同じ係員が出て、こんどはガスパールは責任者と話したいと迫った。相手が罵倒寸前の言葉を吐いたが、ガスパールは挑発に乗らない。すると相手は、電話回線を独占しつづけるならガスパールの氏名と住所を控えてあるので必要な措置をとると脅しはじめたが最後は根負けし、早く話を切り上げるため、確かにソトマヨール警察官は二十五分署勤務であり今週も出ていると告げた。

ガスパールは口元に笑みを浮かべながら電話を切った。ささやかな勝利を祝うため、もう一杯カプチーノを頼んだ。

4

マデリンが目を開けると三十分が経過していた。けれども一世紀も経ったような気がした。

「もう終わりました」と言う声が聞こえた。

ゆっくりと水面まで上がっていく。周囲の物が色をとりもどし、輪郭も明瞭さを増し、人々の顔があやふやでなくなりつつあった。

「万事順調ですよ」ルイサが元気づける。

医師はもう姿を消しており、その代わりに優しい看護師の顔が見えた。

「卵母細胞を十八個も採取できたんですよ」看護師が彼女の額の汗を拭いながら安心させた。

「このあと何をやるの？」マデリンは上体を起こしながら聞いた。

「寝たままでいてくださいね」ルイサが指示した。

男の同僚に手伝わせ、ルイサはベッドを手術室から出して、患者の休息のために病室まで押していく。

「このあとは、ご存じでしょうけど、卵母細胞の選り分けをして最も成熟したものに授精を行います。そして三日おいて、胚を二つ移植します。それを待ちながら、とりあえずお昼まではここでお行儀よく休んでいただきます」

「そのあとは？」

「移植を待つあいだは、よい本か『ゲーム・オブ・スローンズ』の最新シーズンといっしょにホテルに滞在していただきます。でも、ミニバーのポテトチップスは我慢する。よろしいですね？」

「どういうこと？」

「食事には注意しないといけません。塩分はだめ、油もほどほどに。要するに、おいしそうなものはぜんぶ忘れてください。そして何よりも、身体を休めないといけません！」

マデリンは思春期の娘のようなため息をついた。彼女の服や身の回り品が置いてある先程の部屋にもどった。

「お腹が痛むの」マデリンは苦痛を訴えた。

　ルイサは同情して顔をしかめる。

「マデリン、分かっています。でもふつうのことなの。そのうちに鎮痛剤の〈トラマドール〉が効いてきます」

「服は着てもいいのかしら？」

「もちろん。金庫の番号は覚えていますよね？」

　看護師はマデリンの服とバッグ、スマートフォンをベッド脇の椅子に置いてくれた。マデリンがヘッドカバーと紙ソックスを脱いでいるあいだ、ゆっくり休むよう、ルイサがまたくり返す。

「すぐに軽食をお持ちしますから、そのあとは眠ってくださいね」

　三十分後、ルイサが食事を運んできたとき、患者は姿を消していた。

5

「クタンス、ほんとにあなたは休むってことを知らない！　まるで〈デュラセル〉のウサギ（アメリカの電池メーカー〈デュラセル〉社のＣＭ用マスコットキャラクター）みたいに太鼓を叩きつづけて、他人の生活を妨害していることに気づかないんですもんねえ！」

青ざめたマデリンはアヤラ通りのタパス・バルに姿を現したところだった。

「あなたの手術は順調にいったのかな?」ガスパールはふたたびあなたと呼ぶくらい慎重だった。

「こんな状況で、いったいどうすれば順調にいったと思えるんでしょうね! あなたは、ごく個人的な理由があってマドリードにいるわたしを追いかけてきて、わたしを悩ませる、わたしを……」

彼にぶつけるつもりだった辛辣な非難のほんの出だしを口にしたところで、額から汗を噴きだしたマデリンは、もう自分の体重を支えられないと感じた。何かを口に入れなければ気を失ってしまうだろう。

スツールに座るだけの力もなかった。紅茶を頼むと、店の奥の、通りに面した窓際の肘掛け椅子に待避した。

漆塗り重箱風のトレーを手にしたガスパールもやって来た。スペイン・トルティーヤに酢漬けタコ、パタ・ネグラ(生ハムの一種)、クロケタス(クリームコロッケ)、カラマレス(イカのリングフライ)、酢漬けアンチョビ……の詰まったイベリア風弁当。

「言っちゃ悪いが、あまり元気そうじゃないね。少し食べたほうがいい」

「あなたからもらう食べ物は要りません!」

こっぴどい拒絶に遭っても、彼はマデリンの向かいに腰かけた。

「どちらにしても、あなたがローレンツについての意見を変えてくれたのを嬉しく思っているんだ」

「わたしは何ひとつ自分の意見を変えてはいませんよ」彼女は冷たく言いはなった。「あなたが言ったことでほんとうの新事実は何もないでしょう」

「冗談言っちゃ困る」

マデリンはひとつひとつ指摘する。

「ローレンツがわたしのことを調べたらしいけれど、だから何？　息子を探しだすための協力をわたしに求めたかったのかもしれないけれど、だからどうだと言うわけ？　おそらく彼がニューヨークまで来たのはわたしに会うためだった、だから何なの？」

「だから何なの……!?」ガスパールは呆気にとられてくり返した。

「わたしが言いたいのは、根本的に何が変わるのかということ。ローレンツは病気だった、悲しみに打ちひしがれていました、だから例の臨死体験とかいう支離滅裂な話に興奮してしまい気持ちだったのでしょうね。だから例の〈ドパミン〉漬けになっていました。わらにもすがりたかった。だってクタンス、あなたもそれぐらいは分かっているんでしょ！」

「いや、そんな言い方はやめるべきだろう！　ぼくはローレンツをまるで違った人物に仕立ててあげるやり方にはうんざりしている。彼は麻薬漬けではなかったし、単なる夢想家でもない、息子をとても愛していた頭のいい男で……」

マデリンがばかにしたような視線を向けた。

「情けないおじさんね、あなたはローレンツに感情移入をしているの？　彼と同じ格好をして、同じ香水をつけて、きっと話し方までそうなってしまった」

「〝情けないおじさん〟か、そういうふうに言われたことはなかった」

「何にでも必ず初めてはあるもの、そう思っておくべき。どちらにしても、あなたが彼の精神錯乱に感染していることは認めなければいけない」

　クタンスは否定する。

「ぼくは彼がやりかけた調査を続けて、彼の息子を探しだしたいだけだ」

　マデリンは今にも飛びかかりそうな剣幕で言う。

「その子は死んでいるの、ほんとに！　母親の目のまえで殺されたんでしょう！　ペネロープがあなたに明言したんでしょう！」

「そうだね」彼は認める。「ペネロープは彼女の真実をぼくに語った」

「彼女の真実と真の真実、その違いのニュアンスはいったい何？」

　ガスパールはまたバックパックから自分がメモを書きとめたノートと資料を出す。

「二〇一五年四月号の『ヴァニティ・フェア』誌は、ジュリアン拉致事件の捜査に関する、かなり詳細な記事を載せている」

　言いながら記事のコピーをマデリンに渡した。記事はショーンの息子の拉致事件とチャールズ・リンドバーグの息子のそれとの類似点を主要テーマにしていた。

「あなたの報道解説にはうんざりしている、クタンス」

「しかしだね、その記事を読んでくれれば分かるだろうけど、記事のまとめとして記者は、捜査チームがベアトリス・ムニョースの隠れ家で発見した物品リストを挙げているんだ」

マデリンは気が進まないまま蛍光ペンの引かれた箇所に目を通す。

工具箱がひとつ、ハンティングナイフ二本、ガムテープ一巻き、有刺鉄線一巻き、〈ハーゼル〉社の赤ちゃん人形の頭がひとつ……。

「何があなたにはしっくり来ないの？　ジュリアンのおもちゃ？」

「その点だが、この赤ちゃんの人形はジュリアンのおもちゃではないんだ。ペネロープがぼくに話したのは犬のぬいぐるみに関してだけ、こいつに似たものだ」

手品師のように、バックパックからチョコレートの染みがついた犬のぬいぐるみを引っ張りだした。

マデリンは肘掛け椅子の上で身を縮める。

「ジュリアンは二つおもちゃを持っていたのかもね」

「ふつう親は子供を外に連れて行くとき、おもちゃをいくつも持たせないと思うが」

「それはそうね。でも、それで何が変わるの？」

「ぼくは調べてみた」そう言いながら、彼は資料のなかからカラーで印刷したおもちゃのカタログを出す。

「インターネットの存在すら無視していた人間にしては、かなりの進歩ね……」

「〈ハーゼル〉社の人形はけっこう特殊なので知られている。どういうことかと言うと、いくつかはかなりの大きさがあり、本物の子供にそっくりなんだ」

マデリンはカタログの写真を見て、ある種の異様さを感じた。樹脂製の人形は、その大きさと精巧に再現された顔立ちで見る者に動揺を与える。彼女が幼いころに持っていたセルロイド製人形とはかけ離れたものだった。

「どうしてこんなものをわたしに見せるの？　あなたのその大層な論文の続きは、いったいどういうものになるのかしら？」

「ベアトリス・ムニョースが刺し殺したのはジュリアンではなかった。あの子の服を着せたただの人形だったということ」

6

マデリンはガスパールをじっと見つめる。目には悲しみが浮かんでいた。

「あなたは錯乱している、クタンス」

落ち着きはらい、自信に満ちた態度でガスパールが反論する。

「ムニョースはジュリアンを殺そうなどと思っていなかった。標的はローレンツ夫婦だったからだ。裏切られた女の憎しみはショーンとペネロープに向けられたのであって、無垢な子に対するものではなかった。ペネロープの顔を醜くしようとしたのも、傲岸な美貌のつけを払わせるためだった。ショーンを慄かせるためにジュリアンを拉致し、ペネロープの心を引き裂くためジュリアンを傷つけたのだが、殺してはいない。ぼくは、ほとんどそう確信している」

「つまり、ムニョースが母親の目のまえで人形をナイフで刺すという恐ろしい大芝居を打つだけで満足した、あなたはそう思っているわけね？」

「そういうこと。彼女の武器は心理的な残忍さであったと」

「ばかげている。ペネロープは自分の息子と人形の違いくらい識別できたでしょうに」

「そうとも限らない。ペネロープが受けた暴力を思い出してほしい。恐るべき凶暴さで何度も殴られた。顔をめちゃめちゃにされ、肋骨を折られ、尾骨を壊され、胸に有刺鉄線を巻かれていたんだぞ……。血と涙で目は曇っていた。そんな状態で、あなたは冷静でいられるかな？　何時間もまえから拘束されて肌に鉄の針が刺さっている状態で、あなたは頭脳の明晰さを保てただろうか？　自分の糞尿のなかに浸かって血を流しているあいだ、あなたは明晰なる判断力を持ちつづけることができたかな？　そして最悪なことに、自分でわが子の指を切り落とさなければならなかったとしたら？」

マデリンが一応は譲ってみせる。

「ペネロープがあまりの恐ろしさに度を失っていたので、おぞましい芝居を信じてしまったということ、その点は認めましょう。でも、どうして警察が隠れ家に乗りこんだとき、子供はそこにいなかったの？　それからとくに、捜査班がジュリアンの血にまみれたぬいぐるみをニュータウン・クリークの堤防で発見したのはなぜかしら？」

「血液についてだが、それは単純だ。あの子は指を切られてしまったのだから。そうなると、あとは……」

ガスパールは警察の捜査報告書についての記事に話をもどす。

「ここに書かれていることを信じるかぎり、十五時二十六分、地下鉄のハーレム一二五丁目駅の防犯カメラにムニョースの姿が映っている。その直後、彼女は駅に入ってきた列車に飛びこんでしまうんだが。ペネロープが息子を最後に見た十二時三十分と十五時二十六分のあいだに、ムニョースは子供をどうにでもできたはずだ。たとえばほかの場所に監禁するとか、またはだれかに預けるとか。調べなければいけないのはその線だ」

マデリンはクタンスを黙ってにらんだ。彼のとんでもない論理にうんざりだった。まぶたを揉んでから、フォークでランチのトレーからクロケタスをとる。ガスパールは持論をしゃべりつづける。

「ローレンツが会おうとしていた警察官はあなたひとりだけではなかった。死の少しまえ、彼は旧友アドリアノ・ソトマヨールの居場所をみつけていた」

ガスパールはノートをめくって、『アート・イン・アメリカ』から切り抜いたＮＹＰＤの制服を着たヒスパニックの男の写真が貼ってあるページを開く。向かいのページに若い〈花火師〉時代の写真も貼ってあった。

機嫌を直さないマデリンは嫌みを言う。

「何を考えているの？　警察の捜査がこの程度とたかをくくって……新聞をじっくり読んでは切り抜いてノートに貼る？　中学生の社会科ノートじゃあるまいし！」

べつに腹を立てることもなくガスパールは投げられたボールをキャッチする。

「ぼくが刑事でないこと、捜査手法を知らないというのは事実だ。それがあなたに協力してもらいたい理由になる」

「でもあなたが言うことはぜんぶ、おとぎ話でしょう！」

「いや、マデリン、それは違うし、あなたもよく分かっているはずだ。何もかも否定的に見るのはよしてもらいたい。ローレンツは打ちのめされていたのだろうが、頭はしっかりしていた。もしニューヨークまであなたに会いに来ると決めたのなら、新しい手がかりを、少なくとも何か具体的なものをみつけていたにちがいない」

沈黙。そしてマデリンのため息。

「どうしてわたしはあなたに出会ってしまったんでしょうね、クタンス？　何でここまで嫌がらせをしに来るわけ？　ほんと、こんなことしている場合ではないのに……」

「いっしょにニューヨークへ行こうじゃないか。すべての答えはあそこにある！　ソトマヨールに協力を頼んで、現地で捜査を再開する。ローレンツが発見したものが何であるかを、ぼくは知りたい。なぜあなたに会いたがったのかを、ぼくは知りたいんだ」

マデリンは誘いには直接答えない。

「どうぞひとりで行って、わたしがいなくてもだいじょうぶ」

「ほんの二分前には反対のことを言っていたじゃないか！　あなたは歴戦の刑事だし、あの都会をよく知っていて、当然ながらＮＹＰＤやＦＢＩとのコネも持っているはずだ」

紅茶を飲みながら、マデリンは手首にまだクリニックの識別用リストバンドをしたままであることに気づいた。それを外してガスパールの目のまえで振り、彼に冷静さを取りもどさせようと試みる。

「ガスパール、あなたもわたしの人生がまったく違う方向に歩みだしたことを分かってるでしょう？　ある医療処置を受けたばかりで、すぐにまたもうひとつ処置を受けなければいけない。自分の家族を持つために……」

ガスパールはスマートフォンをテーブルに置いた。画面にはカレン・リーベルマンからのメールが表示され、その日のイベリア航空便に二席を予約してあるとの確認だった。マドリード発十二時四十五分、ＪＦＫ到着が十五時十五分。

「今出れば乗れるだろう。あなたは十二月二十六日に予定されている手術に間に合うようにもどってくればいい」

マデリンは首を横に振る。ガスパールはなおも食い下がる。

「ぼくといっしょに来ることに支障なんか何もない。いくらマドリードでもクリスマスにそんな手術をやるわけがないんだ。その二日間、どうせあなたは時間をつぶさなければならないんだろう？」

「わたしには休息が必要なの」

「まったく、自分のことしか考えられないんだな！」

それで堪忍袋の緒が切れた。マデリンはトレーを相手の顔めがけて投げつける。彼はそれをかろうじてかわすと、トレーは後ろのタイル壁を直撃した。

「あなたにとっては、このぜんぶがゲームなんでしょう！」マデリンは怒りをぶつける。「捜査することで興奮を味わえる。ささやかな人生に彩りを添えて、自分も映画のヒーローを演じられるってわけね。わたしはこういう類いの事件に十年間も接していた。わたしの全人生と言ってもいいほどだった。でもあなたに言っておくけれど、それは破滅への扉なの。ひとつの捜査に関わるごとに、あなたは健康を、人生の喜びを、のんきな気分を失っていく。そして気がつくと、もう何も残っていない。ガスパール、分かる？　何ひとつ残っていない！　ある朝目を覚ますと、あなたは壊れている。わたしはそれを知っている。あれを二度とくり返したくはないの」

ガスパールは彼女が話し終えるのを待ち、荷物をまとめはじめた。

「了解、あなたの立場はよく分かった。もう邪魔はしないことにしよう」

ベアが冬眠から覚めて現れ、唸り声を放つ。ガスパールが紙幣を二枚差しだして、相手が牙を剝きださぬよう静めた。それから、出口に向かった。マデリンはじっと見ていた。あと十秒でようやく苦難の道が終わってくれると思った。それなのに、彼女はこう叫ばずにいられなかった。

「ほんとうに、何であなたはこんなことをするの？　すべてをほったらかしにするあなたが、人間嫌いのあなたが、自分の人生を嫌悪しているあなたが、いったいこの話に何の関係があると言いたいわけ？」

ガスパールは引き返してくると、テーブルに一枚の写真を置いた。それは、冬のパリの外国宣教会《ミッション・エトランジェール》公園、滑り台に登っているジュリアンの写真だった。輝く目は夢を見ているように笑みを浮かべ、マフラーを巻いたふつうの男の子だった。太陽のように美しく、風のように自由な。

マデリンは、写真を長くは見ないようにする。

「ずいぶんと幼稚な罠で、わたしに罪の意識を植えつけるわけね」

でも、涙が一滴頰を伝っていた。睡眠不足に疲労困憊、神経がぶち切れる寸前。

ガスパールは優しく彼女の腕に触れた。彼の言葉は、嘆願というよりもむしろ勧告に近かった。

「あなたが何を思っているか、ぼくには分かる。あなたがジュリアンの死を確信しているのも分かっているが、ぼくがそう信じられるようになるのを手伝ってもらいたい。調査のために、二日間を費やしてほしい。それ以上は頼まない。それと、つぎの手術までにあなたにはマドリードにもどってもらう、これは約束する」

マデリンは両手で顔をさすり、窓の外を見た。またもや空が曇って、雨が降りだしていた。ふたたび悲しみがすべてを、空を、心を、頭を侵していた。心の奥底ではマデリンも、楽しく、恋をして、家族といっしょにいるべきこの忌まわしい《ファッキン》クリスマスのあいだを、ひとりで過ごす気持ちなどさらさらなかった。その意味で、ガスパール・クタンスは災いであると同時に、それへの対抗措置にはなるだろう。

「クタンス、ニューヨークまでいっしょに行ってあげます」ついに彼女は譲った。「でもね、この話の結果がどうなっても二日間が過ぎたあと、わたしはあなたとは絶対にもう会いたくない」

「約束する」彼は笑みを浮かべながら言った。

14　ヌエバ・ヨルク

わたしがタクシーを降りると、そこは絵はがきよりも好ましいおそらく唯一の街だ。

ミロス・フォアマン

1

ガスパール・クタンスはふたたび呼吸をしていた。

極地並みの寒さ、ニューヨークはまばゆい空の下できらめいている。悲しいパリと陰鬱なマドリードが遥か昔のことのようだ。タクシーがクイーンズとブロンクス、そしてマンハッタンを繋ぐ巨大な鋼鉄の建造物、トライボロー橋にさしかかるなり、ガスパールは馴染みの土地にやって来たような印象を持った。森と山の住人であり、徹底した市街地の糾弾者である彼なのに、毎回そういう気分になる。都会のジャングル、摩天楼の森、ガラスと金属の谷間などの隠喩がいくらか真をついているということか。ニューヨークはひとつの生態系である。ここには丘があって湖があり、草原、数十万本の木々もあった。ここでは注意して観察すればハクトウワシをはじめ、ハヤブサやハクガン、アカシカまで見られる。梢、野犬の群れ、荒れ地、ミツバチの巣箱、アライグマも。ここでは冬の川が氷結し、秋の夕日に木の葉が燃える。ここで人は、文明の覆いの下、野生の世界がすぐそばにあることを感じる。ニューヨーク……。

満足しているガスパールは、マデリンの不機嫌さとは対照をなしていた。マデリンは全フライトを通じて寝苦しさと苦痛に悩まされつづけ、着陸後もガスパールの質問に言葉にならない声のみで答えるありさまだった。硬い表情に引きしめた口元。視線を合わせようともせず、どうしてこんな旅に付き合わされてしまったのかと思い巡らしていた。

時差のマジックのおかげで、まだこちらは午後四時半だった。タクシーはトライボロ・プラザのジャンクションから出るとレキシントン・アベニューを曲がった。五百メートルほど走ったところでイースト・ハーレム警察署前まで来た。汚れた黄色のレンガ造りの古めかしいトーチカといったところで、一一九丁目通りの地上を走る地下鉄と野外駐車場の脇にあった。二人とも空港からの直行なので、旅行バッグを手に持ってイエローキャブを降りる。

二十五分署は、なかに入っても外観と同じく冷たい感じで、陰鬱な雰囲気は変わらなかった。窓がないため、さらに建物の陰気な印象が強く感じられた。前日の電話での派手なやりとりがあったので、ガスパールは相当の覚悟をしていた。果てしない順番待ちの列、お役所特有の無数ある関門、そのあとアドリアノ・ソトマヨールとようやく話をできるチャンスがあるかもしれないと。ところが二日後に迫ったクリスマスまえの警察署はほとんど無人、前夜からの寒波のせいで悪事を企む連中も家から出なかったようで静かだった。黒塗りのカウンターの後ろで女性の警察官が受付業務を行っていた。まさに脂肪の塊が制服を着込んだような女性警察官は、異様に細い腕にカエルの頭、大きな正三角形の顔、釣り合わないくらい大きな口、厚ぼったい皮膚に痘瘡《とうそう》の痕。ひょっとして、子供たちを怖がらせて悪い道に走らぬようにと考えての配属かもしれない。

ガスパールが切りだす。

「こんにちは。ソトマヨール警察官と話をしたいのですが」

緩慢な動作で、受付の警察官は申込用紙を渡しながら、二人の身分証明書を見せるよう要求した、というか、そういったことをつぶやいた。

マデリンは警察署の仕事の進め方を熟知している。ばかげたことに時間を費やしたくなかったので、ガスパールを押しのけて自分で事を進める。

「わたしは警部《キャプテン》のグリーンです」彼女は言いながらパスポートを見せた。「NYPDの一〇三丁目通りの未解決事件捜査班に勤務していました。元の同僚に会いに来ただけなので、書類手続きなんか必要ないでしょう！」

警察官は反応できずにマデリンを見つめる。しばらく口を開かないので、湿って震える皮膚で呼吸しているのではないかと思ったほどだ。

「ちょっと待ってください」ようやく息を吐きだすように言うと内線電話をかけた。

係官は、入口近くに並ぶ数列の木製ベンチのほうに頭を傾け、二人に座って待つよう指示した。二人は腰かけたが、漂白剤のにおいと冷たい隙間風がひどいので、マデリンは飲み物の自動販売機の脇に避難した。コーヒーを飲みたい気分になったのはいいが、空港でユーロから米ドルに両替する時間をとらなかったことに気づいた。

くそっ！

悔しいのと神経が昂っていたこともあり、彼女は自販機に殴りかかるような剣幕を見せた。ガスパールがすんでのところでそれを制止する。

「どうかしている！　冷静になってくれ……」

「こんにちは。わたしにご用だそうですが？」

2

二人はそろって声のほうにふり返った。警察署内のぼんやりとした照明のなか、輝く表情に漆黒のシニヨンを結った制服姿のヒスパニックの女性が立っていた。若さ、整った顔立ちに控えめな化粧、感じのいい笑みを浮かべた彼女はその優雅さで、受付の係官とは真逆のイメージを提供していた。それは不公平な神の意向により、少数の恵まれた者がその他の者らを踏み台にする見本のようだった。

マデリンが自分のかつての役職を明らかにして自己紹介をする。そして用件を告げた。

「わたしたちは警察官のソトマヨールと話がしたいんです」

相手は肯く。

「わたしです。ルシア・ソトマヨールといいます」

ガスパールが眉をひそめる。そんな反応を見て、ルシアは二人の思い違いに気がついたようだ。

「ああ、分かりました！　あなた方がお話ししたいのはアドリアノですね？」

「そうです」

「同姓なんです。人違いは初めてのことではありません。アドリアノがここに勤務していたあいだも、みんな彼がわたしの兄か従兄かと思っていましたからね」

マデリンはクタンスに怒りの視線を向ける。そんなことも確認できてないの！　彼は情けなさそうに両手を広げてみせた。電話ではもちろん英語で話したが、「警察官ソトマヨール」と名字のみを伝えたため、だれもこの人違いに気づかなかった。

「アドリアノは現在どこの勤務ですか？」ガスパールは失点を取りもどそうと急いで質問をした。

女性警察官は十字を切る。

「どこにも。残念ですが。亡くなりました」

マデリンとガスパールはふたたび視線を交わす。ため息をつき、思いもかけない言葉に動転した。

「亡くなったのはいつのことですか？」

「まもなく二年になります。バレンタインデーだったので覚えているんです」

ルシアは腕時計を見てから、ホットの紅茶を買うために二十五セント硬貨二枚を自販機に入れた。

「何か飲みますか？」

若い警官はその容姿に違わず、優雅で気が利いていた。マデリンはコーヒーを頼む。

「アドリアノの死はほんとにショックでした」ルシアは紙コップを元同僚に渡しながら続ける。「ここの署内では、だれもが彼には好感をもっていましたからね。お手本のような経歴だったし、本部としても前面に出したかったのでしょう」

「どういうことですか？」ガスパールが重ねて聞く。

警官は紅茶を冷まそうと息を吹きかけた。

「努力で切り開いたキャリアと言うのでしょうか。アドリアノは幼かったころ、何度も里親を替えられているんです。非行に走った時期もあって、そのあと生活態度を改めて警察に入りました」

「勤務中の死亡ですか？」マデリンが聞いた。

「厳密には違います。自宅近くの酒類販売店のまえで争っていた若者二人の仲裁に入って、刺された」

「どこに住んでいたんですか？」

ルシアは出口のほうに手を向けた。

「ここからそんなに遠くないビルベリー・ストリートです」

「犯人は逮捕されたんですか？」

「いえ、だから署内でも、みな心苦しく思っているんです。ひとりの警官の喉を掻き切った殺人犯が野放しになっているのですから、許せないとね」

「犯人の特定は？」

「それもないですね、わたしの知っているかぎり！　だから問題なんです、しかも署の近く、いわば地元ですよ！　ＮＹＰＤ長官のブラットンもひどく腹を立てている。ハーレムでも今は最も安全なこの近所で起きた事件なので、以前にもどってしまったのかというわけです」

ルシアはまるでウォッカでも飲み干すかのように紅茶を飲み終えた。

「もう仕事にもどらないと。悲しい知らせをお伝えすることになって申し訳ないです」

ゴミ箱に紙コップを捨ててから言いそえる。

「なぜアドリアノに会いたいのか伺ってなかったですね」

「昔の事件捜査に関することなんです」マデリンが答える。「ショーン・ローレンツの息子の拉致および殺害事件なんですけれど、ご存じ？」

「おぼろげにですね、うちの管区ではなかったと思います」

ガスパールが代わって続ける。

「アドリアノ・ソトマヨールはローレンツの友人だった。彼があなたにそれを話したことはなかったですか？」

「ないですけど、同じチームで働いていたわけではないので、まあ当然でしょう」

ルシアはマデリンに顔を向け、つけ加える。

「それと子供の拉致誘拐事件は、ご存じのように、たいていはＦＢＩが担当しますよね」

3

身を切るような冷たい風のせいで、瞬間的に、手足と顔、防備のない肌の隅々に痛みが走った。警察署前の歩道で、マデリンはマドリードの空港の免税店で出発間際に買っておいたパーカーのファスナーを引き上げた。手にクリーム、唇にはリップクリームを塗り、マフラーも二重に巻いた。ひどく不機嫌なマデリンはすかさずガスパールに急襲をかける。

「クタンス、あなたってほんとにどうしようもない人ね！」

ポケットに両手を突っ込んだガスパールがため息をつく。

「あなたは相変わらず愛想がいい」

彼女は縁に毛皮のついたフードを頭に被った。

「のこのこ六千キロも旅してきて、まだ何をしたらいいのか分からないなんて！」

彼は明白な事実を否定しようと試みる。

「何を言う、そんなことはないさ」

「じゃあ、わたしたち違う映画を観てたのかな」

彼はひとつの仮説を立ててみる。

「もしソトマヨールがジュリアン拉致事件に興味を持ちすぎたために殺されたのだとしたらどうだろう？」

マデリンが彼を見つめる、愕然として。

「ばからしい。わたしはホテルに行きます」

「もう？」

「あなたには疲れた」マデリンはため息をつく。「どれも役に立たないあなたの論理はもうたくさん！　わたしは休みに行くから、三十ドルちょうだい！」

彼女が車道に近づきタクシーを停めるあいだ、ガスパールは財布から紙幣を出しながらも持論にこだわる。

「そっちの方面を当たってくれないだろうか？」

「何をするのかわたしには分からない」

「頼む！　あなたにはコネがあるんだから」

彼をにらむ光った目には、怒りのほかに限度を超えた疲労感が漂っていた。

「もう説明したでしょう、クタンス。確かにイギリスでは、わたしは捜査を主導してきた。でも、ニューヨークでは現場での仕事はほとんどなかったの。事務所勤務の刑事だったということ」

彼女は歯をガチガチ鳴らしていた。全身の骨が震え、身体を温めようと足踏みを始める。

寒さはガスパールを再生させたが、彼女には拷問だった。

角張ったフォード・エスケープが二人のまえで急停車した。マデリンは相棒に目もくれずにタクシーに乗りこみ、すぐにホテルの住所を運転手に告げた。腕を組んだまま屈みこんだが、数メートル走ったところでインド人ドライバーに向かって大声をあげる。この寒さのなか窓を開けたまま走ろうとするからだった。ドライバーは譲るつもりがなかったようで五分間も言葉の応酬をくり返した後、ようやく窓を閉めることに同意した。マデリンは目を閉じた。もう限界。疲労困憊、精力を使い果たしていた。悪いことに、腹の痛みがぶり返していた。全身が膨張するような感覚、胃が引き攣って吐き気もあり、寒いと感じるにもかかわらず、不快な熱っぽさがあった。

目を開くと、タクシーはハドソン川に沿ってマンハッタンの南まで続くウエストサイド・ハイウェイを走っているところだった。パーカーのポケットを探り、スマートフォンを出す。連絡先のなかから、もう久しくかけたことのない番号を捜しだした。

まだニューヨークで働いていたころ、ドミニック・ウーは彼女にとってFBIにおけるパイプ役だった。彼はマデリンが勤務していたNYPD未解決事件捜査班と連邦捜査局間の連絡を担当していた。具体的には、どんな要求にも否定で答える〝ミスター・ノー〟だった。そのほとんどは緊縮予算が理由であり、また市警に自分たちFBIの内情を探られるのを避けるためでもあった。

不愉快な相手というのではない。つかみどころのないドミニック・ウーは基本的に出世志向だが、優秀であり、ときには思いがけない決断も下す。私生活もそれなりに型破りで、ニューヨーク市庁舎で働く弁護士の妻とのあいだに二児をもうけたあと、自分が同性愛者であることを公にした。最後にマデリンが会ったとき、彼は『ヴィレッジ・ヴォイス』のジャーナリストと同棲していた。

「ドミニック、こんにちは、マデリン・グリーンです」

「やあ、マデリン！　びっくりだな！　わが家に帰ってきたということ？」

「ほんの数日間だけ。あなたは元気？」

「ぼくは休暇中なんだけど、娘たちと年末年始をいっしょに過ごすのでニューヨークから動かずにいる」

マデリンはまぶたを揉む。話すことさえ苦痛だった。

「ドミニック、あなたはわたしのこと知っているでしょう。おしゃべりは得意じゃないので……」

電話の向こうから笑い声が聞こえた。

「じゃあ挨拶抜きでいこう。どういう用件？」

「あなたに頼みたいことがひとつある」

警戒するような沈黙。

「ぼくは事務所にいないんだ、さっきも言ったけど」

それでもマデリンは続ける。

「二十五分署の警察官アドリアノ・ソトマヨール殺害の状況を教えてくれない？　ハーレムの自宅近辺で殺されたのだけど、事件からまもなく二年になる」

「正確には、何をいったい知りたいんだ？」

「あなたが調べられるものすべて」

ウーが黙りこむ。

「マデリン、きみはもうわれわれといっしょに働いていないんだぞ」

「べつに秘密の情報を教えてと言ってるのではないの」

「調べはじめれば痕跡が残ってしまって、そうなると……」

ウーの態度が癇に障りはじめた。

「本気じゃないでしょうね？　あなた、そんなに怖いわけ？」

「今の情報システムだとね、すぐ……」

「分かった。じゃあ忘れてもらっていいけど、自分へのクリスマス・プレゼントにキンタマを二つ注文するといい。今なら〈ブルーミングデールズ〉でバーゲン価格になっていると思う」

マデリンは言い放つと電話を切り、ふたたび嗜眠状態に沈んだ。十分後にトライベッカ地区典型の茶色いレンガのホテルに着いた。ガスパールがあのしつこさを徹底し、ローレンツが最後のニューヨーク滞在の折にも使ったというホテル、〈ブリッジ・クラブ〉を予約していた。レセプションで最初は満室だと告げられたが、クタンスの名で確かに二部屋の予約が入っており、一室は角部屋のスイート、もうひとつは最上階の小さな部屋ということだった。マデリンは一瞬も迷うことなくスイートルームを横取りすると、パスポートを出し数分間で宿泊カードの記入を終えた。

部屋に入るなり、彼女は窓からの眺望を確かめもせずにカーテンをすべて閉め切り、〈起こさないでください《ドント・ディスターブ》〉の札をドアの外に掛けると、抗不安剤と抗生剤、解熱鎮痛の薬のカクテルを飲んだ。

マデリンは明かりをすべて消して、苦痛を抑えるために身体を二つに折るようにしてベッドに入った。睡眠時間を勘定するなら、ここ数日間の合計はひどいものだった。疲れで消耗しきった身体のせいで、ちょっとした合理的な反応すら期待はできない段階にあった。熟考するとか、単に考えること、ほんのわずかな思いつきを巡らせることすら不可能だった。

そして、身体がついに休息を要求した。

15　ふたたびビルベリー・ストリート

わたしと同じ欠点を持つ人間はいても、同じ美点を持てる者はいない。

パブロ・ピカソ

1

ガスパールは生き返っていた。

乾いてしおれた植木に水をやったときのように。

マンハッタンの脈動、そのリズム、突き刺すような乾燥した冷気、空の金属的な青、冬の太陽が日没の光を放つ。そのぜんぶが彼の内部でポジティブに反応する。自分の精神活動がどれほど環境に影響を受けているか感じるのは、これが初めてのことではなかった。気候が彼に影響を与え、彼を造形し、感覚を増幅させる。雨や湿気、生暖かさは彼を危険に陥れる。そして熱波に当てられると消耗してしまう。そんな不安定さは生活を困難なものにしていたが、時とともに気分の高低を手なずけられるようになった。今日は完璧だった。二倍も三倍も成果を出せる一日になるだろう。調査を進展させるのに役立てねばならない。
ローレンツの家でみつけた古い地図を頼りに移動する。右に曲がってマディソン・アベニューの広い緑地帯マーカス・ガーヴェイ公園を迂回し、このハーレム界隈ではマルコム・X・ブールヴァードと呼ばれるレノックス・アベニューにぶつかる。街角のスタンドでホットドッグとコーヒーを買って食べ、それからまた北に向かう。

アドリアノ・ソトマヨールが殺されたビルベリー・ストリートは、一三一丁目と一三二丁目に挟まれた赤と栗色のレンガ造りの家並みが続く細い通りだった。辺りの家にはかなり高い玄関前の階段があり、鮮やかな色彩の木造の手すりとベランダがあって、古い南部の風景を思わせた。

人気のない通りを十分間ほどぶらつきながら、ガスパールは殺された警官の家をどうしたらみつけられるかと自問する。郵便受けの名前を見ていく。ファラデイ、トンプキンズ、ラングロワ、ファビアンスキ、ムーア……どれもピンとこない。

「テオ、気をつけて！」

「分かった、パパ」

ガスパールがふり返ると、家族連れらしい一団が反対側の歩道に現れていた。フランク・キャプラの映画の一コマのように、父親と幼い息子が大きなクリスマス・ツリーを引きずっていた。二人のあとから、いくらか気取った美しい混血《メティス》の女性と、透けるトレンチコートに鹿毛色のサイハイブーツ、豹柄のトーク帽という出で立ちのずっと年上の黒人女性もいっしょだった。

「こんにちは！」ガスパールは通りをよこぎりながら声をかける。「ソトマヨールさんが住んでいた家を探しているんですが、知りませんか？」

父親は丁寧で愛想もよさそうだったが、まだ土地勘がないらしく、妻と思われる混血《メティス》の女性をふり返る。

「ソトマヨールさんの家を探しているんだって。ダーリン、きみ知ってるかい？」

女性は目を細めて記憶をたどるようすだった。

「あそこだと思うけど」急勾配の屋根の家を指さしながら女性は言った。そして、年配の女性に聞く。

「アンジェラおばさんは知ってる？」

黒人の女性が警戒心も露わにガスパールを見た。

「どうしてだれだか分からないお兄さんにそんなこと教えなくてはいけないのかしらね？」

混血《メティス》の女性が年配の女性の両肩を優しくつかんで言った。

「何言ってるの、おばさん、意地悪でもないのにどうしてそんなふりをするの？」

「オッケー、オッケー」彼女はすぐに降参して、オーバーサイズのサングラスを直す。「一二番地のラングロワさんのところよ」

「ラングロワ？　フランス姓のようだけど？」ガスパールが言った。

水を向けられたものだから、アンジェラおばさんはまくし立てる。

「あの警察官だけど、滅多にいないほどいい人だった。それはわたしが保証する。それで、あの人が亡くなったあと、従妹のイサベラが家を相続したのね。イサベラはアンドレ・ラングロワっていう、パリから来たエンジニアと結婚したんだけど、彼はチェルシーにある〈グーグル〉ビルに勤めてるの。なかなか礼儀正しい人。かなりちゃんとした教育を受けているみたいで、何度かうちの生け垣を刈るのを手伝ってくれたし、ウサギのマスタード煮なんかを作ると、わざわざ持ってきてくれることもあるのよ」

ガスパールはその家族に礼を言って通りを五十メートルほど進み、教えられた家のブザーを鳴らした。赤褐色の砂岩《ブラウンストーン》造りの小さな家で、玄関ドアにはヒイラギの冠が、そばにクリスマス・ツリーも飾ってあった。

ドアを開いたのは、重そうな黒髪に熱い眼差し《カリエンテ》のヒスパニック系女性で、ギンガムチェックのエプロン姿で、子供を抱えていた。『デスパレートな妻たち』版のエヴァ・メンデスといったところ。

「こんにちは。お邪魔して申し訳ないです。わたしはアドリアノ・ソトマヨールの住んでいた家を探しています。お宅ではないかと言われて伺ってみたのですが」

「そうかもしれないけど……」女は答えたが警戒していた。「何を知りたいんですか?」

クタンスの流儀、それは真実を修飾して嘘には接近するものの、まるっきりそこに浸かってしまってはならない。

「わたしはガスパール・クタンスといいます。現在、画家ショーン・ローレンツの伝記を執筆中です。あなたは彼のことを知らないでしょうが……」

「わたしがショーンを知らないですって?」その家の所有者は彼の言葉を遮る。「何度お尻を触られそうになったか、もちろんあなたには分からないでしょうけど!」

2

さて、エヴァ・メンデスの実名はイサベラ・ロドリゲスといった。愛想がよく、しばらくするとガスパールにキッチンに入って温まったらと提案してくれた。アルコール抜きのエッグノッグを飲むよう勧めてくれたが、半ば強制的だった。彼女の三人の子供も遅いおやつにありつけて大喜びだった。

「アドリアノは母方の従兄なんです」イサベラはキッチンに古い布表紙のアルバムを持ってきながら言った。

アルバムのページをめくって子供のころの写真を見せながら、家族関係を説明してくれる。

「わたしの母マリセラはエルネスト・ソトマヨール、アドリアノの父親の妹です。子供のころのわたしたちは、二人ともマサチューセッツのグロスターに近い村、ティッバートンで大きくなりました」

写真を見ると、フランスのブルターニュ地方にあるような風景で、海沿いの荒れ地やら小さな漁港、素朴な小舟からトロール船、レジャー用の船が入り交じり、漁師小屋と板葺き屋根の船主の家などもブルターニュのそれと同じだった。

「アドリアノはいわゆる〝いいやつ〟でした」従妹がなおも言う。「最高の人。でもほんと、彼は人生に恵まれていたとは言えないわね」

イサベラはほかの写真も見せる。子供時代の写真で、二人がしかめっ面をしているところ、ビニールプールのそばで水のかけっこ、並んでブランコに乗っているところ、ジャック・オー・ランタンのカボチャになった二人。

「アルバムの写真では楽しそうだけれど、アドリアノは調和のとれた子供時代を送れなかった。父親、つまりわたしの伯父のエルネストだけど、乱暴な人で怒りっぽかったから、妻と息子に暴力を振るうのが日常茶飯事だった。簡単に言うと、エルネストは思いっきり殴るし、それがしょっちゅうだったの」

イサベラの声が途切れる。辛い記憶を追いやるために、イサベラは愛情のこもった目を子供たちに向けた。キッチンテーブルにいる二人の子はイヤホンを片方ずつ耳につけてタブレットを覗きながらクックと笑っている。いちばん小さい子は、大きなジグソーパズル、ベラスケスの傑作『女官たち《ラス・メニーナス》』の組み立てに夢中になっていた。

頭のなかで、ガスパールは自分の父親のことを思う。あれだけ優しく気を遣い、愛してくれた。なぜ一部の男たちは自分が産ませた存在を破壊するのか？　なぜそれ以外の男たちはその存在を死ぬほど愛するのか？

その問いは保留しておき、彼は三十分前に二十五分署の女性警官が言明したことを思いだす。

「人から聞いたのですが、アドリアノは里親に預けられたと……」

「ええ、あれはわたしたちの教師、ミス・ボニンセーニャのおかげでした。その先生が郡の福祉事務所にエルネストの暴力行為を報告してくれたんです」

「アドリアノの母親は見て見ぬ振りをしていたんですか？」

「ビアンカおばさんのことね？　その数年前に家を出てしまっていたんです」

「いくつのときアドリアノはニューヨークに出てきたんですか？」

「八歳のときだったかしらね。最初のころは二つか三つの受け入れ家庭を転々としたあと、ここハーレムのウォリス夫妻の家に落ち着いたんですが、ほんとにすばらしい家庭だった。従兄をわが子のように扱ってくれました」

イサベラはアルバムを閉じると、何か思いついたように話を続けた。

「だいぶ経ってから、それでもアドリアノと父親のエルネストは会うようになって……」

「信じられないような話だな」

「晩年、エルネスト伯父さんは喉頭ガンにかかっていました。息子のアドリアノが自分の家に引き取って、ずっと面倒を見ていたんです。従兄はそういう優しい人だった」

そこでガスパールは、本来の話題にもどすことにした。

「で、ショーン・ローレンツですが、どう関係してくるんですか？」

3

イサベラは目を輝かせた。

「ショーンに初めて会ったとき、わたしは十八歳だった！　成人してから、毎年わたしは夏になるとニューヨークに来るようになっていました。女友だちのところに居候したりしてね、でもたいていはウォリスさんの家に泊めてもらってました」

イサベラは古き良き時代を懐かしむように宙の一点を見つめた。

「ショーンはここよりもっと北の〈ポロ・グラウンズ・タワーズ〉という高層アパートに住んでいた」彼女は記憶をたどる。「でも従兄とショーンは、四歳も年が離れているのにいつもいっしょに行動していた。当然わたしも二人のあとにくっついて行こうとした。ショーンは少しわたしのことを好きだったし、わたしも嫌いじゃなかった。まあ、くっついたり離れたりの関係だったと言えるでしょうね」

そこでエッグノッグを一口飲み、また記憶をたどる。

「今とは違う時代だったのねえ。もうひとつの違ったニューヨーク。もっと自由だったけれど、危険でもあった。あの時期、この辺りはほんとうに怖かった。暴力沙汰は日常茶飯事だし、麻薬《クラック》が氾濫していたわね」

イサベラは子供たちがすぐそばにいたことに気づき、声を落とした。

「ばかなこともした、当たり前だけど。ジョイントをかなり吸ったし、おまけに車泥棒、壁にグラフィティも描きまくっていた。でも、美術館にもよく出かけたな！　新しい展示があるたび、ショーンがわたしたちをMoMAに連れだした。わたしにマティスとかポロック、セザンヌ、トゥールーズ＝ロートレック、キーファーなんかを教えてくれたのはショーンでした。あのころからショーンはもうある種の熱狂に憑かれていたようで、何にでもデッサンや絵を描いて、それがひっきりなしでした」

数秒ほど間をおき、だが誘惑には勝てないのか、「あるものを見せますね」と謎めいた言い方をした。

一分ほど姿を消し、大きな封筒を持って現れるとテーブルに置いた。細心の注意をもって封筒を開き、コーンフレークの箱の裏に描いた木炭画を取りだした。彼女の肖像画で、〈ショーン、一九八八年〉とサインがしてあった。極度に図案化された、いたずらっぽい目に野性的な髪、肩をはだけた若い女の姿だった。ガスパールはピカソによるフランソワーズ・ジローのデッサンのいくつかを思いだした。同じ才能、同じ天分。いくつかの描線で、ショーンは、若さの熱気、イサベラの美、いずれは彼女がなるであろう成熟した女性の重みまでもとらえていた。

「自分の瞳よりも大事にしているんです」封筒のなかに木炭画をしまいながら、イサベラは打ち明ける。「当たり前だけど、二年前にMoMAでショーンの生前回顧展が催されたとき、信じられないことだと思ったし、いろんなことを思いだして……」

ガスパールはまさにその点を話題にしようとしていた。

「あなたはベアトリス・ムニョースを知ってますよね？」

不安の影がイサベラの顔から輝きを消してしまった。彼女は答えようと言葉を探す。

「ええ、知ってます。彼女がやってしまったかもしれないこと、それはすごく恐ろしいことだけれど、それでも……ベアトリスは悪人ではないんです。少なくともわたしたちが付き合っていたころは。アドリアノのように、この界隈の若者たちと同じで、ベアトリスも犠牲者のひとりなんです。自分の人生に焼き尽くされてしまった女の子です。とても寂しい人、とても悩んでいて自分のことをあまり愛せなかったのね」

イサベラは美術で用いるような例を挙げる。

「絵はそれを見る人の目のなかにしか存在しないと言いますよね。そういうことがベアトリスにもあるんです。彼女はショーンに見られていないと生気が湧かない。今更それを言うのは簡単すぎるけど、わたしは彼女が刑務所から出たとき助けてあげなかったことを後悔している。もしかしたら、あのあと彼女が起こした事件を避けることができたかも。もちろん、そうはショーンには言わなかったけれど……」

ガスパールは自分の耳を疑った。

「あなたは息子を亡くしたあとのショーンに会ったんですか？」

イサベラが爆弾を放つ。

「去年の十二月、彼はここを訪ねてきた。ちょうど一年になりますね。わたしは日付までちゃんと覚えている。というのも、あとで知ったけれど、彼が亡くなる前日だったのね」

「それで、彼はどんなようすでしたか？」クタンスが聞くと、イサベラはため息をついた。

「そのときばかりは彼もわたしのお尻を触るようなことはしなかった、それは言える」

4

「ショーンはすごくやつれた顔をしていて、髪も汚れて、髭も剃ってなかった。少なくとも十歳は老けて見えた。彼とは二十年以上も話してなかったけど、彼の写真はときどきインターネットで見ていたの。だから、まったく別人のようだった。とくに目つきが怖くなるくらい。まるで十日間も眠らなかったような、もしくはヘロインを打ったばかりのように見えた」

二人は真鍮製のランタンに照らされたベランダに移動していた。二分前、イサベラは飾りの銅鍋とほうろう漉し器の後ろに隠してあった古いタバコの箱を取りだしていた。外に出ると、酷寒にもめげずにタバコに火を点けたのは、煙の渦が記憶を包んで少しは苦しみを和らげてくれると思ったからかもしれない。

「もちろん麻薬なんかのせいではなく、悲しみのせいだった。いちばん苦しい悲しみのせい。わたしたちを蝕む悲しみ、骨肉を分かちあった肉親を奪われたときの悲しみですよね」

イサベラは深くタバコを吸う。

「ショーンに再会したとき、この家の改修工事はまだ始まっていなかった。この家を手に入れたばかりで、夫のアンドレと年末の休日を利用して残された古い物を運びだす予定だった」

「あなたがアドリアノのただひとりの相続人だったんですか？」

イサベラが肯いた。

「彼の両親はどちらも亡くなっていたし、兄弟もいませんでしたからね。相続手続きに時間がかかって、それが済んでも、家のなかにはまだ家財道具が残っていたんです。ショーンはそれに興味を持ったんです」

ガスパールは興奮に身が震えるのを感じていた。非常に重要な何かを囲いこんだと確信した。

「ショーンはべつにくどくどと説明なんかしなかった」イサベラが明かす。「わたしに小さなジュリアンの写真を何枚も見せながら、息子の死に関する警察の発表を信じていないと言ったんです」

「ほかに何か言っていましたか？」

「アドリアノが独自に捜査を続行している、それも内密にと、わたしにはそれだけしか言いませんでした」

外は一気に暗くなっていた。家々の庭のクリスマス・ツリー、あるいは生け垣に飾った電飾に明かりが点った。

「具体的に、ショーンはお宅へ何を探しに来たんですか？」

「アドリアノの持ち物を見たいと言ってました。従兄が捜査に関する何かを残していなかったのか知りたいのだと」

「あなたはそれを信じました？」

イサベラは悲しい声で言う。

「いえ、あまり。さっきも言ったけれど、ショーンはひどい幻覚にとらわれているようだったし、かなりおかしくなっていたみたいで、譫言《うわごと》か独り言をしゃべっているのかと思ったんです。ほんとのことを言うと、わたしはちょっと怖かった」

「でも、あなたは彼を家のなかに入れたんですよね？」ガスパールは確かめる。

「そうなんです。でも、彼が家のなかを探しまわっているあいだ、わたしは子供たちを連れてショッピングセンターの〈イーストリバー・プラザ〉で時間をつぶしたくらいです。夫のアンドレがショーンのことを見ていました」

「ショーンが何をみつけたか、あなたは知っていますか？」

彼女はがっかりしたような笑みを浮かべる。

「いずれにしても、ショーンは大いに散らかしてくれました！　引き出しから何から、ぜんぶの棚を開けて、そこいら中を漁りました。アンドレによると、ショーンは探し物をみつけたと言って帰っていったそうです」

ガスパールは興奮を感じる。

「何でした？」

「書類だったと思います」

「何の書類ですか？」

「まったく分かりませんね。アンドレがわたしに言ったのは、厚紙のファイルホルダーで、ショーンは革製のズダ袋に入れて持ち帰ったそうです」

　ガスパールはさらに質問を続ける。

「ファイルホルダーの中身は知ってますか？」

「いえ、まったく興味ありませんから。何かをしたところで、死者を生き返らせることはできないでしょう、違います？」

　ガスパールは質問をぼかしてなおも続ける。

「アドリアノの持ち物はとっておきましたか？」

　イサベラは首を横に振った。

「ぜんぶ捨ててしまってからだいぶ経ちますね。正直言って、車と立派な冷蔵庫を除けば、アドリアノは大した物は持っていませんでした」

がっかりして、ガスパールは興奮するのが早すぎたと、ソトマヨールの従妹からさらに得られる情報はないと理解した。

「アンドレさんにわたしからの質問を伝えてもらえないでしょうか？　たとえばほかに思いだしたことがあったらと」

両腕で自分を抱きかかえながら、イサベラは肯いた。ガスパールは自分の携帯の番号をタバコの箱に書きつけた。

「とても重要なことなので、よろしく頼みます」彼は念を押した。

「そのことを蒸し返して何の役に立つんです？　だって、チビちゃんは死んでしまったんでしょう？」

「おそらく《サン・ドゥート》」彼はフランス語で答え、協力に対しての礼を述べた。

イサベラは奇妙な訪問者が遠ざかるのを眺めながら、素焼きの植木鉢のなかでタバコをもみ消した。彼は「サン・ドゥート」と言った。イサベラはフランス語をかなり理解するが、直訳すれば〝疑うことなく〟というその言い回しの理屈がもうひとつ分からない。それを聞くたび、どうしてそれが〝おそらく〟を意味し、〝まったく疑う余地なく〟ではないのかと疑問が湧くのだった。

それも夫に聞いてみようと思った。

ペネロープ

「ピカソのあとには神しかいない」

わたしはドラ・マールが言ったというその言葉をいつもばかにしていたけど、今日になってみると、アンダルシア生まれの天才ピカソにかつて霊感を与えたという女神の言葉がとても悲劇性を帯びていたように感じられる。というのは、わたしも同じことを深く感じるからだ。ショーン・ローレンツのあとには神しかいない。ところがわたしは神の存在を信じないので、〝ショーン・ローレンツのあとには何もない〟と言うしかない。

あなたの幽霊から逃れたいがために、わたしはあなたの絵に心を動かされていたことさえほとんど忘れてしまった。でもあのガスパール・クタンスにあなたの最後の作品を見せてもらって以来、あの絵がわたしにつきまとって離れない。死とはほんとうにこういうものなのだろうか？　白くて優しくて、心も落ち着き、とても明るいというのは？　怖さというものがもはや存在しないようなそんな領域に、今のあなたはいるの？　ショーン？　わたしたちのジュリアンもいっしょに？

昨日から、ずっとそのことばかり考えている。

昨夜はぐっすり眠れた、というのも自分が決断を下せたことで安心したから。今日も午前中は笑みまで浮かべ、花柄のワンピースのほつれを繕った。あなたとニューヨークで初めて会った一九九二年の六月三日に着ていたあの服。どうだったと思う？　まるであのときと同じように着られたの！　あの日の〈パーフェクト〉のライダースジャケットもあったけど、〈ドクターマーチン〉のブーツだけはみつからなかった。その代わり、あなたも好きだったヌバックのハーフブーツを履いて表に出た。メトロでモントルイユ門まで行って、十二月の寒さのなか、ルイ・ド・フュネスの映画ではないけど『薄着で丈は短く《レジェール・エ・クール・ヴェッチュ》』といった装いで長いこと歩いた。

アドルフ＝サックス通りの裏で、昔のパリ環状鉄道の廃駅をみつけた。そこで真夜中のピクニックをするんだと、あなたがわたしを連れてきてくれたときとちっとも変わっていなかった。雑草に囲まれ、建物は完全な廃墟になっていた。窓がぜんぶ塞がれていたけれど、ホームには機械室から階段で抜けられるようになっていたのを思いだした。スマートフォンのLEDライトを点けて、線路に下りた。最初は間違えて逆方向に進んでしまって、気がついて引き返すと車庫に続くトンネルがみつかった。

あなたは信じないでしょうけど、あの古い車両がそのまま残っていた。パリ交通公団《RATP》は廃墟となった駅のひとつに数百万ユーロもの宝を隠していて、だれひとりそのことに気づいていないの！

錆も埃もあなたの燃えるような色彩を少しも消せなかった。そしてわたしの絵が、ザラザラして汚いメトロ車両の車体の上で今もまだ燃えあがっていた。わたしの若さが夜の時間よりもずっと強かったということね。わたしの長い炎の髪がプリンセスの身体を撫でながら十八歳の脚、乳房、下腹に絡みつく。わたしが持って行きたいのはそのイメージ。

車両のなかに入っていった。どこも汚れて黒く、厚く埃が積もっているけど、わたしは怖くない。跳ね上げ式の椅子を倒して座った。ジュリアンが生まれるまえの春、あなたが贈ってくれた青と白の革で編んだ素敵な〈ブルガリ〉のバッグ。なかからもう弾をこめてあるマニューリン73を出した。これは父が職務で使っていたのをわたしにプレゼントしてくれたもの。わたしがいつでも自己防衛できるようにと。でも今日に限って言えば、自分を守ること、それは自殺すること。

銃口を口にくわえる。

ショーン、あなたに会いたい。

あなたに会いに行けると思うだけでどれだけ安心できるか、あなたに分かってほしい。あなたと、わたしたち二人の子に会える。

引き金に力をこめる一秒前、その瞬間になって、あなたたち二人といっしょになれるのに、どうしてわたしは今まで時間を潰していたのだろうかと思った。

榛の木の王《エルルケーニヒ》

十二月二十四日、土曜日

16　アメリカの夜

ニューヨークの空気には、睡眠を不要にしてしまう何かが漂っている。

シモーヌ・ド・ボーヴォワール

1

朝の四時、マデリンは元気潑剌《はつらつ》だった。

十時間ぶっ通しで体力回復のための睡眠をとった。死んだようにぐっすりと、悪夢やら亡霊やらのすべてを追い払って眠った。下腹の痛みは残っているものの、だいぶ治まっていた。つまり、我慢できるということだ。起きあがり、カーテンを開けてグリニッジ・ストリートを見ると、もう賑わっていて、その先のビルディングのあいだに黒っぽく凍りついたようなハドソン川が見えた。

スマートフォンを見ると、ベルナール・ベネディックが三回も連絡をとろうとしていた。あの画廊オーナー、何の用件だろう？　ともかく待ってもらうしかない。マデリンはお腹がすいていた。
ジーンズにTシャツ、パーカー、そしてブルゾン。部屋を出たところで、ドア口に封筒をみつけた。エレベーターのなかで開封すると、三枚もあった。クタンスは、アドリアノ・ソトマヨールの従妹イサベラを訪問してきた報告を手書きで届けてくれていた。そして、彼女とどこかで会いたいので、可及的速やかに連絡をもらいたいとあった。朝食を口にするまでは何もしないと決めていたので、読むのはあとにして、報告書を折りたたみポケットに突っ込んだ。

ホテルはまだ半分しか眠りから覚めていなかった。十二月二十四日の朝、ニューヨークがトランジットだった客はもうチェックアウトしている。ロビーでは二人のポーターが荷物を停車中の車のトランクに積んでいるところで、その一部は空港へ、一部はアパラチア山脈のスキー場に向かうようだ。

マデリンはロビーから一階の暖炉があるラウンジに向かう。柔らかな照明の〈ブリッジ・クラブ〉のラウンジは英国調で、ボタン留めのチェスターフィールドソファーを囲むように、マホガニーの書棚やアフリカの仮面、動物の頭の剥製などが飾ってあった。マデリンが選んで座ったのは〈ボールチェア〉で、六〇年代のデザインが周囲の雰囲気から突出していた。中央に立つ立派なクリスマス・ツリーの陰から白い制服を着たウェイターが現れる。彼女はメニューを見て、紅茶とヤギの乳のリコッタチーズ、それとクロスティーニ（スライスして焼いた小さなパンにチーズ、肉、野菜などを載せたイタリアの前菜）を注文した。パリやマドリードではもう十時過ぎなのだ。炎が揺れる暖炉からほんの一メートルしか離れていないというのに、マデリンは肌寒く感じた。バージンウールの膝掛けが置いてあったので肩掛けにした。
暖炉のそばから離れないおばあちゃん、わたしもそんなふうになってしまった、と息を吐きながら思った。意気込みとか何かへの情熱のようなものがまるで湧き上がってこないのは確かだった。マドリードでガスパール・クタンスに読まされた『ニューヨーク・タイムズ・マガジン』の記事を思いだす。強固な意志を持って闘志満々、骨身を惜しまずに狙った獲物は逃がさない、あの若き女はどこへ行ってしまったのか？　記事に添えてあった写真を目に浮かべる。研ぎすまされた輪郭に決然とした顔つき、常に目を光らせているようだった。あのマデリンは消えてしまった。

　印象に残った捜査のいくつかの記憶が蘇る。とてつもない陶酔感に似たあの感覚、だれかの命を救ったとき、それがあなたの心に響く。束の間の幸福感があなたを鷲づかみにして、ほんの一瞬だけ人類の欠点をあなたひとりで償えたような気分にしてくれる。人生において、あれほど強烈なものを感じることはない。マデリンは、幼かったアリス・ディクソンのことを思ったが、あれ以来もう消息がない。アリスのまえにも、子供がもうひとりいた。マシュー・ピアース、マデリンが捕食者《プレデター》の毒牙から救いだした。この子とも連絡が途絶えた。捜査が首尾よく終了した場合であっても、幸福感はすぐに幻滅に場所を譲ってしまう。愕然と思い知らされるのは、その子供たちが彼女に命を救われたにせよ彼女自身の子ではないということだった。それで落ちこまないために、つぎの捜査が必要となる。新たなアドレナリンの分泌が抗鬱剤の代わり。まるで自分の尻尾に食いつく蛇。エンドレスだった。

2

白い制服のウェイターが朝食を載せた大盆を持って現れ、ローテーブルに置いた。クロスティーニを食べ、紅茶を飲んでいるマデリンを、向かいの棚に置かれた先コロンブス期の像が眺めていた。『タンタンの冒険──かけた耳』に出てくるような物神崇拝《フェティシズム》の対象となる像のレプリカ。

マデリンはガスパールが話したことを今も信じられずにいる。というより、彼による推理を認めたくないと思う。ところが事実には反論のしようがない。息子が生きていると確信したショーン・ローレンツは、彼女が担当した捜査についての記事をたまたま目にしたにちがいない。それで、マデリンならば自分を助けられるだろうと思いこんだ。NYPD未解決事件捜査班に電話をしたが連絡がつかず、それで最後にニューヨークへやって来たときマデリン本人と会おうと決める。そして心臓発作を起こし、一〇三丁目通りの角で倒れてしまった。

マデリンはといえば、そんなことを何も知らずにいた。当時ということは一年前、すでに彼女はNYPDで働いていなかった。ニューヨークにもいなかった。鬱の症状が秋の半ばに始まっていたのだ。十一月末には退職届を提出、イギリスに帰国した。同じシナリオをくり返す意味があるのか？　もしローレンツに会っていたとしても、何ひとつ変わることはなかったろう。今以上に、彼の主張を信じるはずもなかった。今以上に、彼を助けることなどできなかったろう。だいたい自分が担当した事件ではないので、捜査できるはずもなかった。

リコッタチーズを食べ終えたところで腹に手を当てた。参ったな！　痛みがぶり返してきた。ほんの二分間で五キロも体重が増えたかのように下腹が膨れていた。目立たぬようベルトを緩め、ブルゾンから鎮痛剤を出した。

またガスパールのことを考える。本人のまえでは反対の態度をとっているが、あの男には驚かされた。彼の述べた結論にはまったくついていけないと思ったものの、あの粘り強さと掛け値なしの知性は認めるほかなかった。手段が限られているのに、的確に問題点を挙げたうえ、経験を積んだ捜査官らが見落とした手がかりらしきものをみつけたのだから。

ポケットに突っ込んであった彼女宛のまとめ書きを出してみる。余すところのない詳細な報告書だった。裏表にびっしりの三枚、小学生のような丁寧できれいな文字は女性の筆跡かと思うほどで、文字の丸みにはあの人物像に似つかわしくないおおらかさがあった。読んですぐにマデリンは、ショーンがイサベラの家からソトマヨールの持ち物である文書を持って出たと明言している点に関して、どれだけ信用していいのか疑問を抱いた。もしそうだったとして、それは発見されなかったのだろうか？　彼の倒れた場所、もしくはホテルの部屋で。しばらく考えたあと、彼女はベルナール・ベネディックに電話をかけた。

画廊オーナーはほとんど即座に電話に出た。彼は怒っていた。

「マドモワゼル・グリーン？　あなたは約束を守らなかったね！」

「何の件です？」

「よくご存じのはずだ！　三枚目の絵、あなたがずっと持ったままでいる絵の件ですよ！　あなたにはまんまとやられてしまった……」

「おっしゃっていることがまるで分かりませんね」マデリンは相手の言葉を遮った。「わたしはクタンス氏に作品三点をあなたに渡すようちゃんと頼みましたよ」

「わたしは二点しか受けとってない！」

マデリンはため息をつく。ガスパールはそんなこと何も言っていなかった。

「何があったのか本人に確かめてみましょう」彼女は約束した。「そのまえに、ちょっと教えてもらいたいことがあります。ローレンツが亡くなったあと、あなたがホテルから彼の持ち物を回収したと言いましたよね？」

「そのとおり。服と手帳だった」

「トライベッカ地区にある〈ブリッジ・クラブ〉でしたね？」

「そう。部屋に忘れ物がないか、わたしは自分で確かめさせてもらった」

「部屋番号を覚えていませんか？」

「冗談じゃない、一年もまえのことだからね！」

もうひとつの考えが浮かんだ。

「一〇三丁目通りでローレンツの蘇生を試みた救急隊員が何らかの所持品を発見したかどうか知っていますか？」

「ショーンは財布以外は何も持っていなかったようだ」ベネディックが答えた。

「革製のカバンあるいは革製のズダ袋のようなものについて聞いたことはないですか？」

長い沈黙。

「確かに、ショーンはいつでも革のトートバッグを肩にかけていた。〈ベルルッティ〉の古いレザーバッグで、ペネロープから贈られたものだ。それがどこに消えたのか、わたしは知らない。それが何か？　あなたはまだ調査を続けているのだね？　『ル・パリジャン』紙の記事のせいかな？」

「何の記事？」

「ご自分で読めば分かる。さしあたっては、例の三部作の最後の絵をもどしてくれるよう要求します」

「あなたは何ひとつ要求できる立場にない、わたしはそう思っています」腹が立ったのでマデリンはぴしゃりと電話を切った。

まぶたを揉みながら、論理の道筋を思いだす。もしイサベラがガスパール・クタンスに話したことが事実なら、ショーンがソトマヨールの家で書類を発見してから死ぬまでのあいだに二十四時間も経過していなかったことになる。しかし、ショーンがその書類をだれかに渡すだけの充分な時間などあっただろうか？　あるいは、彼は書類をどこかに隠しただけなのかもしれない。それは死を直後に控えて精神に変調を来し、幻想にとらわれ、偏執的になっていたとマデリンが想像する、本人の行動にも合致するものだった。だが、どこに隠すというのか？　ショーンにはもはやニューヨークでの足がかりなどなかったし、友人も家もなかった。残るはただひとつ、最も簡単な方法、ショーンはその書類をホテルの自室に隠したのだ。

すぐに確かめるほかない。そう、たった今。

マデリンは立ちあがるとロビーに向かった。重々しい木組みのカウンターの向こうに並外れて背が高く、並外れて美しい若い女性ローレン・アシュフォード――胸の名札でそれと知れた――が立っており、彼女ひとりで〈ブリッジ・クラブ〉の品格と優雅さを体現していた。

「おはようございます、マダム」

「おはよう、三十一号室のグリーンです」マデリンは名乗った。

「はい、ご用件をお伺いいたします」

言葉は丁寧だが、温かみが感じられなかった。濃紺の過激なワンピースを着ていて、ホテルのレセプションというよりも、ファッションウィークのキャットウォークのほうが似合っている。マデリンは、〈コヴェント・ガーデン〉で観た『魔笛』の〈夜の女王〉を思いだした。

「ちょうど一年前の十二月二十二日、画家のショーン・ローレンツがこのホテルに滞在していたのですが……」

「そうだったかもしれません、はい」ローレンは端末のモニターから目も上げずに応じた。

「それがどの部屋だったのか知りたいの」

「マダム、そのような情報はお伝えできないことになっております」

ローレンは一語一語を区切るように発音した。ヘアスタイルはそばで見ると非常に手がこんでおり、縦ロールと冠状にした三つ編みをブリリアントカットのダイヤをはめ込んだバレッタとクリップでとめている。

「分かります」マデリンは譲る。

実際はまったく分かっていなかった。一瞬だけ凶暴な衝動に襲われ、〈夜の女王〉の髪をひっつかんで頭をコンピュータの画面にたたきつけてやろうかと思った。

マデリンは退却を決め、ロビーから出て歩道でタバコを吸おうと思った。ドアボーイが大きなドアを開けてくれた瞬間、寒さに身が縮まった。タバコの代償がこれか、と彼女は思い、ライターを出そうとぜんぶのポケットを探った。酷寒のなか、スマートフォンが震え、着信音が二度、つまり立て続けにSMSを二通受けとった。

一通目は生殖医療クリニックのスペイン人看護師ルイサからの長いメッセージで、採取した卵母細胞のうち十六個が使えるとのことだった。ルイサによれば、クリニックの胚培養専門家はその半分に匿名の第三者の精子によって授精を行い、残り半分を冷凍保存しておくよう提案しているという。

マデリンは提案を承諾すると返答し、同時に悩まされている痛みについて相談した。看護師からはすぐに返事が来た。

「おそらく炎症か過剰刺激症候群が痛みを引き起こしているのでしょう。クリニックにお越しください」

「それはできません、マドリードにいないので」マデリンは答える。

「どこにいるんです？」ルイサが聞いてきた。

マデリンは答えないことにする。二通目のＳＭＳのほうは良い知らせで、ドミニック・ウーからのメッセージだった。

「おはよう、マデリン！　近くにいるんだったら、午前八時前後に〈ホーボーケン・パーク〉で会おう」

すぐマデリンも返事する。「おはよう、ドミニック！　もう起きているんだ？」

「今スポーツジムに向かっているところ」ＦＢＩ捜査官は答える。

呆れてマデリンは天を仰ぐ。どこかで読んだが、ニューヨークでは朝の五時から電力使用量が急激に上昇し、それはフィットネスクラブに通う人がますます増えているからだそうだ。

「何か情報をつかんだの？」

「電話ではだめだ、マデリン」

それ以上聞いてもむだと分かったので、彼女は「オッケー、じゃあ後ほど」と答えた。

口にタバコをくわえたまま、ライターをなくしたことを認めるほかなかった。きびすを返そうと思ったとたん、早朝の凍りつく空気を裂いて一瞬目のまえに炎が光った。

「ラウンジでみつけました。ソファーにお座りになっていて落とされたんでしょう」彼女のタバコにライターを近づけながら若いポーターが言った。

マデリンはタバコに火を点けてもらい、礼を言う代わりに肯いた。

若者は二十歳前だろう。少しまえに見た覚えがあった。明るい色の目にくせ毛、抜け目のない笑い顔は茶目っ気があって女の子たちを夢中にさせるだろう。

「ショーン・ローレンツさんは四十一号室にご滞在でした」彼女に〈ジッポー〉を返しながらポーターは言った。

3

最初マデリンは聞き違いかと思い、若者に聞きなおした。

「画家の先生は四十一号室にお泊まりでした」ポーターはくり返した。「お客さまがお泊まりになっているのと同じ角部屋ですが、一階だけ上になります」

「何でそんなこと知っているの？」

「気をつけて聞いていただけです。昨夜ですが、クタンスさまもレセプションでお客さまと同じ質問をなさっていまして、ローレンがそう答えたのです」

マデリンは信じられなかった。ガスパールがあのレセプションの高慢ちきな女にしゃべらせることに成功していたとは！　こんちくしょう！　その場面が想像できる。〈スマルト〉のジャケットにコッカー・スパニエルのような目つき、ラベンダーの芳香を放ちながら、あの若い女に魅力を振りまき、親切な年長者、もしくはカムバックを果たした芸人のような悲愴な大芝居を打ったにちがいない。しかも、それが成功してしまった。

「彼はほかにも何か頼んだ？」

「部屋を見たいとおっしゃったのですが、それはローレンが断りました」

マデリンは意地悪くほくそ笑むのを我慢できなかった。クタンスの魅力も際限なしではないということ。

「あなた、名前は何ていうの？」

「カイルです」ポーターは名を明かした。

「ここではもう長いの？」

「一年半前からですけど、週末と休みのあいだだけです」

「それ以外はどこかの大学？」

「ええ、ニューヨーク大学です」

　若者の緑色の水を思わせる目は相手を見透かすようで、笑みを浮かべていても優しさは感じられず、堕天使《ルシファー》のそれを思わせた。

「去年の夏でしたが、五階フロアの一部で水漏れがあったんです」若者はまるでマデリンの質問に答えるように告げた。「かなりひどい状態でした、はい」

　若いのに、カイルはどこか人を落ち着かない気分にさせた。オリーブグリーンの目が賢そうに光っていて、だがそこにある種の脅威が見えてしまう。

「結局それはクーラーが原因であると分かりました」彼は続ける。「排水用の管が詰まっていたんです。いくつかの部屋、四十一号室もそうでしたが、天井を張り替えなければなりませんでした」

「どういうわけでわたしにその話をするの？」

「工事は三週間も続きました。運がよかったのでしょうが、工事人が天井裏で何かをみつけたとき、ぼくはその場に居合わせました。革製のトートバッグというのでしょうか。だから、それをぼくがレセプションに届けようと申し出ました」

「でも、だれにも渡さず自分のものにしたのね」マデリンが言い当てる。

「はい」

相手の意図をしっかり見極めること。ゲームは新しい段階を迎えていた。若者らしいあどけなさの魅力の陰に、彼女はほかの側面、計算と邪悪さ、冷淡さのようなものを見ていた。

「見事な革製トートバッグでしたが、ひどく使いこんですり切れて絵の具がついた部分もありました。でも最近は、そういうのをわざわざ欲しがる人も多いんです、ご存じでしたか？だれも新品を好まないのです。まるで未来が過去であるかのように」

カイルは自分の言い回しの効果をはかっている。

「ｅＢａｙで九百ドルでした。バッグはすぐに売れたんです。それがだれの持ち物だったのか分かりました。プレゼントされたのでしょう、内側に名前が刺繍されていましたから」

「もちろん中身を調べたわけね？」

「ショーン・ローレンツの名前を聞いたことはあっても、正直なところ作品については何も知りませんでした。そういうわけで、〈ホイットニー美術館〉にある作品のいくつかを見に行って、ほんとうに驚きました。見る者に動揺を与える、なぜなら……」

「べつにウィキペディアの説明をくり返さなくてもいいけど」マデリンは相手の話を遮った。「バッグのなかに何があったかだけ言ってちょうだい」

カイルは面目を潰されたにちがいないが、そんな素振りは見せなかった。そして、あどけなさを強調するような口調で続ける。

「変な物ばかりでした。あまりにどうしようもないので、だれかが興味を持つことなんてないだろうとさえ思っていました。そして昨日、クタンスさんの話を聞いたときにピンときて、ぼくは家までバッグの中身を取りに帰ったんです」

まるで露出趣味か闇の腕時計売人のようなしぐさで〈バブアー〉のキルティングジャケットを開き、大きな内ポケットに入れた厚紙のファイルホルダーを見せた。

「カイル、それを渡しなさい。わたしはクタンスと組んで捜査をしています。だから彼でもわたしでも同じこと」

「同じことなんですね。では、千ドルです。クタンスさんに払ってもらおうと思っていた金額です」

「わたしは刑事だけど」

だが、カイルを脅かすには不充分。

「ぼくの父も警察官です」

彼女は数秒間ためらった。選択のひとつはカイルの喉元をひっつかんで書類を取りあげることだ。肉体的には自信があったものの、それを思いとどまらせる何かをカイルから感じとった。彼女の祖母がよく言っていたものだ、「悪魔が住みついているような人間もいる」と。それが真実ならばカイルはそのうちのひとりであり、彼に対して何をしようが、それはブーメランとなってもどってくるだろう。

「今ここに千ドルなんか持っているわけないでしょう」

「ATMなら三十メートルと離れていないあそこにありますよ」道路の反対側、夜中でも営業中のドラッグストア〈デュエイン・リード〉を指さし、カイルは笑みを浮かべて言った。

吸いさしのタバコで新しいタバコに火を点けながら、マデリンは降参するしかないと思った。この若者はただ者ではない、悪の手先そのものだった。

「分かった。ここで待っていて」

彼女はグリニッジ・ストリートをよこぎり、ドラッグストアの入口に置かれたATMまで歩いた。機械をまえにして、そんな金額をカードで下ろせるのかと危ぶんだ。幸い、暗証番号を入力すると五十ドル紙幣が問題なく束になって吐きだされた。ホテルのまえにもどりながら、マデリンは結局のところすべてとんとん拍子に進みすぎていると思った。彼女はだいたい天からの恵みなど信じない性分である。道路を渡っているとスマートフォンが震えた。ベネディックからだ。本文なしでURLのみのSMS、『ル・パリジャン』紙の記事にリンクしている。日刊紙のホームページを開かなくとも、iPhoneの画面に記事の見出しが表示された。

ペネロープ・クルコフスキの衝撃的な死、一九九〇年代のトップモデルで画家ショーン・ローレンツのミューズが自殺。

これはショック……。

いくつもの情報が頭のなかで交錯するあいだにも、カイルは彼女を急《せ》かす。

「お金は用意できました？」

若者は勤務を終えたらしく、もう固定ギアの自転車にまたがっていた。紙幣を受けとるとポケットに突っ込み、それからファイルホルダーを差しだした。ペダルを勢いよく踏んで、カイルは夜の街に消えた。

一瞬、マデリンは若者にしてやられた、世間知らずの娘のように金をだまし取られたのかと思った。

だがそうではなかった。ファイルホルダーを開けて、街灯の明かりで目を通してみたのだ。

こうしてマデリンは魔王こと榛の木の王《エルルケーニヒ》と出会うことになる。

17　榛の木の王《エルルケーニヒ》

お父さん、お父さん、榛の木の王がぼくをつかんだよ！
魔王がぼくを苦しめるんだ。
ヨハン・ヴォルフガング・フォン・ゲーテ

1

〈ブリッジ・クラブ〉のラウンジに座っているマデリンは、頸動脈が脈打つのが聞こえるように思った。

ローテーブルに広げた不気味な資料類を、もう一時間もまえから調べていた。おそらくアドリアノ・ソトマヨールが集めたにちがいないむごたらしい資料には、数十もの新聞記事、一部は新聞を切り抜いたもの、その他はインターネットでダウンロードしたもののほか、尋問調書および検視報告書、連続殺人犯に関する著作物のコピーも含まれていた。

資料全体が、二〇一二年初頭から二〇一四年夏にかけてニューヨーク州およびコネチカット州、マサチューセッツ州で起きた一連の児童の拉致および殺害事件に関連していた。ひとつの信じがたい犯行動機で繋がる、恐ろしくもあり異常な四件の殺害事件だった。

最初は二〇一二年二月、二歳のメーソン・メルヴィルがフェアフィールド郡シェルトンの公園で拉致されるという事件が起きた。十二週間後に幼児の遺体が、同じコネチカット州の町ウォーターバリーの沼地で発見された。

二〇一二年十一月、四歳のカレッブ・コッフィンがマサチューセッツ州ウォルサムの自宅の庭で遊んでいて姿を消した。遺体は三か月後、ハイカーによってホワイト山地の湿地帯で発見される。

二〇一三年七月に起こった拉致事件がついに大きな反響を引き起こす。トーマス・シュトゥルムが真夜中にロングアイランドの父親宅から拉致されたのだが、父親マティアス・シュトゥルムはドイツ人建築家で〈第2ドイツテレビ〉の人気女性司会者の夫であった。事件はドイツ中を震撼させるほどのニュースとなった。一時的に父親に疑惑の目が向けられたのだが、それは夫妻が別居中で離婚手続きが難航していたことも影響していた。ドイツのタブロイド紙、なかでも『ビルト』紙がマティアス・シュトゥルムを叩くキャンペーンをくり広げ、卑劣にも彼の私生活を暴くという戦術に出た。建築家はごく短期間とはいえ勾留されたのだが、秋に入ったころ、ニューヨーク州のセネカ湖付近で発見された子供の遺体がトーマスであると確認された。その時点で『シュピーゲル』紙が初めて、謎の殺害犯に榛の木の王《エルルケーニヒ》、あるいは魔王という、ゲーテの詩からとった名を与えたのだった。

二〇一四年三月にまた事件がくり返され、マサチューセッツ州チコピーの公園で、ベビーシッターの女性がふと目を離した隙に、幼いダニエル・ラッセルが拉致された。その遺体は数か月後、こんどはコネチカット州の海水浴場オールド・セイブルックの塩田でみつかった。そして……はたと事件は起こらなくなった。二〇一四年夏以来、エルルケーニヒはレーダーの視界から消えた。

2

マデリンは目が覚めてからずっと飲み続けているプーアル茶を、また一口飲む。朝の六時。〈ブリッジ・クラブ〉のラウンジもいくらか活気を見せていた。大きな暖炉がまるで磁石のように早起きの客たちをそばに集め、彼らはコーヒーを飲みながら炎の舞を見つめた。

マデリンはまぶたを揉みながら記憶を呼びもどそうと試みた。ニューヨークで過ごした数年間、エルルケーニヒこと魔王の名前をメディアを通じて聞いたことはあったが、おぼろげな記憶しか残っていなかった。殺人犯は二年のあいだ活動をしたが、各事件の関連性がすぐには判明しなかったし、彼女自身も事件関連の部署にはいなかった等々……。

それでも当時、ある事実がその種の犯罪の特徴と必ずしも符合しない点があったため彼女の注意を引いていた。四人の児童の遺体がどれも、性的、もしくはいわば通常の虐待を受けたようすも、また異常な損壊の痕跡もいっさいなかったのである。今、眼前にある検視報告書には、拉致被害者の児童はいずれも監禁されているあいだ、充分な食事を与えられていたようだ、とある。遺体は清潔で肌にもクリームを塗った痕跡があり、髪の手入れがなされ、衣服も同様、きちんとしていたようだ。薬剤の過剰投与が死因であることから、苦悶の死だったとは考えられない。その検証によって犯行の忌まわしさが減じるはずもないが、殺害犯の行動心理を理解することへの妨げとなった。

資料を読みながらマデリンは、ＦＢＩが抱える犯罪学者やら心理学者、あるいはプロファイラーら全員がその異常者を特定し逮捕するため、どれだけ歯嚙みをくり返したかを想像できた。しかしながら、榛の木の王が二年以上もまえから犯行を停止しているのは、捜査活動による影響とはまったく無関係だった。

お茶をまた一口すすって、下腹の痙攣を抑えるためソファーに座ったまま下半身を動かす。連続殺人犯がその殺人衝動を中断させたとすれば、その理由はいくつもあるわけではない。たいていの場合、それは犯人が死亡したからであり、もしくは別件で刑務所に入ったからだ。エルルケーニヒもその可能性のいずれかに当てはまるだろうか？

ともあれ、ひとつの疑問がマデリンの頭から離れない。エルルケーニヒ事件とジュリアン・ローレンツの拉致事件との繫がりはいったい何なのか？　ショーンがアドリアノ・ソトマヨールの家からこの一連の資料のみを回収した理由は、おそらく息子ジュリアンの拉致犯をアドリアノがエルルケーニヒと断定したにちがいないとの確信を得たからだろう。もっとも資料のなかにそれを裏づけるものはないし、直接的にも間接的にもジュリアンに言及する記事もなかった。

確かに時期だけは一致するものの、アドリアノがジュリアンを連続殺人犯の第五の被害者と結論づけた理由はいったい何だったのか？　なぜ、ジュリアンの死体が発見されていないのか？

説明の糸口がひとつもみつかっていないのに疑問だけが積み重ねられていく。頭のなかでそれらの疑問が密に絡みあった繁みの様相を呈し、マデリンはそこに何らかの手がかりをみつけようともがく。だが、理解すべきことなど何もないのかもしれない。ローレンツは理性的に思考できる状態になかったし、アドリアノ・ソトマヨールは警部補止まりの一介の警察官でしかなかった。ローレンツ・ジュニアの拉致事件と連続殺人犯との関連付けを、机上でいとも簡単に想定してのぼせ上がってしまったが、結局うまくいかなかった？

マデリンは空想が一人歩きするに任せ、ありえないような仮定すら組み立ててみる。たとえば、ベアトリス・ムニョースがエルルケーニヒだったとすれば？　不合理とは言えない。殺害日時が一致しないこともないだろうが確かめようがない。いろいろな想像をこね回しているうち、ガスパールが着目、提起したことのひとつ、アドリアノ・ソトマヨール自身もエルルケーニヒに殺されたのではないかとの仮定を思いだした。ありえない、妄想にすぎない。というか、未知数の多すぎる方程式を解こうとするようなものだった。でも諦めないこと、もっと考えなければいけないと思った。

3

マデリンはスマートフォンを手にとり、殺人犯を最初に〈榛の木の王《エルルケーニヒ》〉と呼んだ『シュピーゲル』紙の元記事をインターネットで読む。グーグル翻訳と高校時代のおぼろげなドイツ語の知識を総動員して読んだのは、ミュンヘンのドイツ連邦警察《BPOL》の元捜査官カール・デプラーをインタビューした短い記事だった。彼は数々のメディアに解説者として出演する常連だった。

ほかの報道サイトを見ていくと、デプラーと、あるゲルマン文化学者の内容の濃い対談記事が日刊紙『ディ・ヴェルト』のサイトでみつかった。アメリカの連続殺人犯の犯行手口と、ゲーテの詩〈エルルケーニヒ〉を比較検討するという興味深いやりとりである。

逸話自体はゲーテによる創作ではなく、もともとはデンマークの古い民謡の歌詞であったが、ゲーテが十八世紀末に書いた詩のおかげで、この榛の木の王こと魔王の民話が広く知られるようになった。記事には、鬱蒼とした暗い森、不気味で危険な存在が支配する恐るべき領域を、幼い男児を抱えた父が馬に乗って疾走する光景、それを描く強烈かつ重苦しい詩の数行も引用されていた。

ゲーテの詩文は二つの会話が絡み合う構成となっている。ひとつは、榛の木の王におびえる男児の言葉に対し父親が虚しくも安心させようとするもの。もうひとつは、子供を奪おうとする榛の木の王がじかに子供に話しかけるもので、さらに不安を掻きたてる。邪悪な甘い誘惑で始まる榛の木の王の言葉は、すぐに凶暴な脅しに場所を譲る。

おまえのことが好きなのだ、かわいい顔にうっとりさせられる、
嫌と言うのなら、力ずくでも言うことを聞かせようか。

わが子が怖がり動転しているのを見て、父親は一瞬でも早く森を抜け出ようと手綱を緩めて馬を急がせる。だが、詩は男児の不吉な運命を告げて終わりを迎える。

苦痛の呻きを漏らすわが子を抱えた父親が、
やっとのことでたどり着いたとき、
腕のなかのわが子は死んでいた。

シューベルトも歌曲《リート》にしたこのゲーテの詩は多くの芸術家にインスピレーションを与えるが、とりわけ暴力と拉致というテーマが二十世紀の心理学および精神医学的なあらゆる分析に基盤を提供する。ある者にとってそれは、明快なる性的虐待を象徴していた。またある者たちは、そこに庇護者もしくは虐待者の衣をまとう父性愛の両面性が喚起されていると見る

のだった。
マデリンは記事を読んでいく。対談者はともに、エルルケーニヒの被害者たちがいずれも水源地に近い、榛の木の近くで発見された点を指摘する。そして、警察捜査というより、むしろ植物学に近い解釈を展開していた。

榛の木、これは沼沢地や堤防、ほとんど日照の機会がない、森の下生えなど湿地帯に自生する樹木だ。湿気に強い特性から、ことにピロティ式家屋の基礎杭や浮き橋、ある種の家具、楽器などの素材に最適とされる。そのような具体的な特質に加えて、多くの神話的な意味づけもなされた。古代ギリシアで、榛の木は死後世界を象徴した。古代ケルト社会における祭司ドルイドたちは榛の木を死者復活のシンボルとしていた。ヨーロッパ北部のスカンジナビア社会では、魔法の杖の材料であり、それを燃やした煙が妖術の実現を容易にするとされていた。またほかの地域でも、赤い樹液が血に似ているため、伐採が禁じられ、神木としても扱われた。

これらのことから具体的に何が考えられるか？　榛の木の豊かな象徴性をどのように連続殺人犯の犯行動機に結びつけられるのか？　記事はほんのわずかな結論すら提示していない。インターネットから離れたものの、マデリンは靄がかかった荒涼とした無人地帯、もうひとつの敵対的な領域に向かって進んでいるような気がした。榛の木の王の領地にはおいそれと侵入できそうにないと感じつつ。

18　霧氷の町

自分の人生が不確かな海を絶え間なく行く旅になるだろうと、わたしには分かっている。

ニコラ・ド・スタール

1

朝の七時からマデリンは、ガンズヴォートとグリニッジ・ストリートの交差点にある〈ファストカー〉の営業所前で待っている。

アメリカでレンタカーを借りるくらい簡単なことはないだろうとたかをくくっていたけれど、インターネット予約をしていなかったため際限のない手続き、つまり客を助けるよりスマートフォンで仲間とのチャットに忙しいマイクとかいう係員のまえで、冷えきった店内で立ったまま、長い申込用紙の記入をしなければならない羽目に陥った。ニューヨークにおいてすら、お客は神様の神話は通用しなくなっているようだ。

車の選択は、エコロジカルな小型車スパーク、スバルのＳＵＶ、あるいはピックアップトラックのシボレー・シルバラードに限られていた。

「スパークにします」マデリンは言った。

ばかでかいトラックなんて冗談じゃない。

「結局、ピックアップしか残ってないですね」端末モニターを見ながらマイクが言った。

「あなた、全然違うことを言ってたじゃない！」

「そうですけど、よく見たら違った」マイクはボールペンをかじりながら言う。「ほかの車は予約済みだったんですよ」

マデリンは諦め、クレジットカードを出す。まあとにかく、大型トレーラーだって受けいれたにちがいない。

ピックアップトラックのキーを受けとって数ブロックも走るとマストドン並みのトラックにも慣れ、マデリンはトライベッカ地区付近でマンハッタンとニュージャージーを繋ぐハイウェイに乗った。

十二月二十四日の土曜日にしては、車の流れがスムーズだった。十五分もしないで対岸に着き、フェリー乗り場のパーキングにスペースをみつけた。

これまでホーボーケンに来たことはなかった。パーキングから出たとたん、景色の美しさに息をのむ。ハドソン川堤防からのマンハッタンの眺望は圧巻だった。摩天楼に反射する太陽がそのスカイラインに非現実的な様相と色彩を与え、ハイパー・リアリズムの画家リチャード・エステスの画法のように微小な細部まで浮かびあがらせていて、本物の景色が金褐色の過剰なほどの反射光のなかに閉じこめられているように見えた。

いくつかの緑地帯を挟んでほぼ百メートルにわたって延びる板張りの歩廊が、対岸の空中緑道〈ハイライン〉とグリニッジ・ビレッジに相対していた。圧倒的なパノラマ。ひとたび南に目を向けると、そこにはアメリカの歴史の一コマが広がる。世界に光明をもたらす自由の女神の灰緑色のシルエット、アメリカ国民のうち一億人の祖先が一度は立ち寄ったことのある小島。通常ならばサイクリストやジョガーで賑わっているはずの場所も、酷寒の今朝はさすがの常連も尻込みしたようで無人だった。マデリンは板張り歩廊のベンチのひとつに座るとパーカーのフードをかぶって両手をポケットに突っ込み、ハドソン川を北上してきた寒風から身を守る。風の冷たさが目に沁みる。熱い涙が頬を伝ったが、悲しみや絶望を示すものではない。それとは正反対の気分だった。

恐るべきことだが、榛の木の王について調査をするとの見通しのおかげで彼女は元気をとりもどした。彼女が最初から期待していた火花、それが光った。ハンターの本能を目覚めさせてくれた火花。自分でも暗澹《あんたん》とさせられるけれども、マデリンの最も奥深い部分がそうなっている。自分でもそれはよく分かっていた。

自らの本性から逃れることは難しい。たとえばガスパール・クタンス。あの外見の内側にとても繊細な感情が潜んでいる。人間を嫌悪すると主張している厭世家だが、むしろ人々を愛する傾向にあり、息子の死によって打ちのめされた父親の話に動転させられてしまうのに長く時間はかからなかった。彼女は、マデリンは、大きな獲物を狙うハンターなのでそういうタイプの人間とは違う。感傷的ではない。彼女の血管には黒い血が流れている。そして頭のなかでは、沸き立つ溶岩が絶え間なく駆けめぐっている。冷やしたり、誘導したりすることのできないマグマが。

彼女がクタンスに語ったことは嘘ではない。殺人者どもを追う行為は当の人間の人生を破滅させるだろうが、それは一般に言われていることが原因ではない。人殺しを追うことは自身を荒廃させるが、それは自分も殺人者であることを自覚させられるから、そして、それを嫌悪するのではなく、むしろ好むからなのだ。ほんとうに当惑させられるのは、その点だ。「怪物に立ち向かう者は自分も怪物になることを警戒せよ」というニーチェの箴言《しんげん》が陳腐に思えるくらい。とはいえ、その使い古された認識は正しい。狩りが続いているかぎり、あなたはあなたが追っている相手とそれほど大差はない。そんな結論がすべての勝利に苦みを加える。もしそれを乗り越えたと思ったところで、悪の芽は生きつづける。あなたのうちに。どこかセックスのあとの悲しみ《ポスト・コイトゥム・トリステ》に似ている。

心を落ち着かせるために、彼女は凍るような空気を深く吸い込んだ。少しペースを落とす必要がある。マデリン、現実的になりなさい。この国のプロファイラー全員の神経をすり減らした事件を、あなたひとりで解決できるわけがないでしょう。

そうは言っても……。ほかに類を見ない事件をトレーに載せて出されたとの印象がどうしても拭えなかった。世界中の刑事たちが一生に一度は担当したいと夢見るような捜査。それに比べられるものは存在しないのだ。体外受精も、また哺乳瓶や産着とかいう心安らぐ生活すらも。

血の味だけが重要。

狩りの陶酔。

「やあマデリン、元気?」

肩に手を置かれて、マデリンはびっくりした。物思いに耽っていたマデリンは、ドミニック・ウーが近づいてくるのに気づかなかったのだ。

2

電話の呼び出し音でガスパールは起こされた。やたら癇に障るサンバのリズム、まるでリオのカーニバルの真っ只中で目を覚ますようなぞっとする感覚だった。目を開けてスマートフォンを握るまえに、留守番電話が応えてしまった。カーテンを開き、ついでに留守電も聞かずに折り返し電話をする。アドリアノ・ソトマヨールの感じのいい従妹イサベラ・ロドリゲスだった。

「仕事に出かけるところですけど遅刻しそうなんです」彼女はまずそう言った。

電話の向こうで車の行き交う音、けたたましさ、パトカーのサイレンなど、要するにニューヨーク特有の街の騒音が聞こえていた。

「お子さんたちは今日は休みではないんですか?」彼は聞いた。

「クリスマスのお休みは今日じゃなくて明日」美人のヒスパニックは答えた。

「どこまで行くんです？」

「ブリーカー・ストリートにある〈アデルズ・カップケーキ〉のお店を任されているんです。それに今日は一年中でいちばん混む日ですし」

イサベラは約束を忘れていなかった。ショーン・ローレンツが彼女たち夫婦の許を訪ねたときのことを夫に思いださせてくれた。

「あなたに二つか三つ話すことがあると夫のアンドレが言っています。よかったら家に寄ってください。でも十時前にお願いしますね、彼が子供たちを母の家に連れて行くことになっているので。わたしはとにかく遅れるとまずいので、ごめんなさい！」

ガスパールは詳しく知りたかったが、もうイサベラは電話を切ってしまった。スマートフォンを見ると、マデリンからのSMSが届いていた。「いくつか確かめたい件があって出かけています。では、正午にホテルで。M」

最初はマデリンの別行動が気になったが、じつは彼女にそういう自主的行動を期待していたのではなかったかと自分に言い聞かせる。それに、もしイサベラの夫をつかまえたいのなら愚痴など言っている暇はなかった。時計を見てからさっとシャワーを浴び、髪に櫛《くし》をとおして一九九二年製〈キャロン〉の〈プール・アン・オム〉を一プッシュした。

ホテルを出るとフランクリン・ストリートまで歩き、切符を買って地下鉄1系統でセントラルパークの西南端、コロンバス・サークルに向かう。そこで乗り換え、また十駅ほど行ったハーレム最大の駅で降りる。一二五丁目駅、九〇年代に〈花火師〉たちが数十もの地下鉄車両にグラフィティを描いていた場所である。またベアトリス・ムニョースが命を絶つのに選んだ駅でもあった。

そこからビルベリー・ストリートまで歩いて十五分もかからない。確かに彼もこの道が気に入った。凍てついた佇まいでありながら陽の光がさんさんと降りそそぐ道路は、絵に描いたような〝良き時代〟のニューヨークを見せていた。十二番地のイサベラの家のまえで、風にそよぐ枝の影を歩道に落としているマロニエ並木を剪定中の作業員もいた。

「どうぞなかへ、遠慮せずに」アンドレ・ラングロワがドアを開けながら言った。

昨日と同じように、三人の子がテーブルを囲んでいた。でも今朝は、グラノーラにフロマージュ・ブラン、パイナップル、キウイフルーツと食べきれないほどの朝食をまえにしていた。おまけに温かい雰囲気のなか、楽しそうな笑い声がはじけている。〈WQXR-FM〉と表示されたiPadから「くるみ割り人形」の〈花のワルツ〉が流れていた。ラングロワ家では、できるかぎり子供たちが文化に接する機会を多くしているようだ。

「ぼくがオフィスでこき使われていたというのに、イサベラはあなたにはエッグノッグをつくってあげたんだそうだね」アンドレは冗談を言いながらガスパールにコーヒーをいれた。

剃りあげた頭にボディービルで鍛えた身体、褐色の肌、すきっ歯のアンドレ・ラングロワに、ガスパールはすぐに好感を持った。妻よりも若いアンドレ・ラングロワは、トレーニングパンツに、大統領候補のタッド・コープランド支持キャンペーンのTシャツという格好だった。

イサベラに昨日話したことと矛盾しないよう、ガスパールは自分がショーン・ローレンツの伝記を執筆中の作家で、画家の愛息の死にまつわる不明な点を調べているのだと自己紹介をする。

その説明を聞きつつラングロワは、ハイチェアに座ったいちばん幼い子のためにオレンジの皮をむきはじめた。

「ぼくはローレンツとたった一度しか会っていないんだけど、それは知ってますよね？」

ガスパールは肯いて続きを待った。

「確かにイサベラから彼の話は聞いていました。ぼくと結婚するまえ、彼女がローレンツと付き合ったことがあるというのも知っていたので、当然、少しばかり警戒しましたよ」

「でも、そんな警戒心も実際に彼と会ってみたら消えてしまったと……」

ラングロワは認めた。

「彼が亡くなった息子のことを話しだしたとき、ぼくはほんとうに同情した。追い詰められて血走った目つき、どうしていいか分からないようすだった。見た目も、魅力いっぱいのプレイボーイというより、ホームレスといった印象だったな」

むいたオレンジの房をいくつか末っ子に手渡し、ラングロワは上の二人に歯を磨いてからおばあちゃんの家に持っていくランチの用意をするよう言いつけた。

「イサベラの従兄アドリアノとの関係についての話を、最初はぼくも理解できなかったんだけど、彼女はショーンに家のなかを探しまわってもいいと許可したんだ」

アンドレがテーブルの上の朝食を片付けはじめたので、ガスパールも当然のように食器を流しに入れるのを手伝った。

「ぼくはべつに反対じゃなかった」アンドレははっきり言った。「何といっても、遺産を相続したのは彼女だったからね。その手続きに思っていたよりも時間がかかってしまったけれど。一応イサベラには子供を連れて外出したほうがいいだろうと告げて、ぼくがローレンツを見ていることにしたんだ」

「イサベラから、彼が書類を持ち去ったと聞いたのですが」

ガスパールは昨日と同じように新事実を得られると期待していたが、まもなくラングロワはがっかりするようなことを言う。

「そのとおり」クロームメッキのゴミ入れからビニール袋を外しながらラングロワが言った。

「しかし、それが何だったのかは分からない。アドリアノの部屋は書類というか、とにかくいろんな資料で溢れていたのでね」

彼はゴミ袋を閉じて、それを表のゴミ箱に捨てに行くためドアを開けた。

「でもショーンが持って行ったのはそれだけじゃない」玄関の階段を下りながら彼が言った。

ガスパールは彼に続いて庭に出る。

「ショーン・ローレンツはアドリアノの車、一年前からずっと裏道に停めてあったダッジ・チャージャーを調べたいと言いだしたんだ」

ラングロワは顎で表通りと平行する袋小路を示した。

「いい車なのにアドリアノが死んだあとは放ってあって、去年の夏に売り払った。ショーンが来たとき、もうバッテリーが上がっていたね。ダッジを仔細に調べていたよ。要するに自分でも何を探しているか分からなかったんだろうな。それから、何か思いついたように一三一丁目の通りの雑貨屋まで買い物に行ったんだ。五分後に大きなサイズのゴミ袋を買ってもどってくると、車のトランクを開けた。内部のシートをぜんぶ剝がして袋に入れて、ぼくに挨拶もせずに帰っていった」

「パパ、パパ！　シドニーがぼくを叩いたの！」子供のひとりが家から飛びだしてきて父親に抱きついた。

「あなたは彼が何をしているのかまったく聞かなかったんですか？」半ば驚いてガスパールは聞いた。

「彼の意志に逆らうのはちょっと難しかった」子供をあやしながらアンドレは説明する。「ショーンは取り憑かれたような状態、まるで何光年も離れたべつの惑星から飛んできたような感じだった。苦悩の塊のような顔だったしね」

泣いていた子は涙も乾いて、また兄弟のそばに飛んでいきたいようだった。

アンドレがそんな息子の髪をかき乱す。

「だれであっても、子供を失ったりしてはいけないんだね」と、アンドレは自分に言い聞かせるように言った。

3

ドミニック・ウーはウォン・カーウァイの映画の登場人物にそっくりだった。

ダンディーな性分なのだろう、このFBI捜査官はいつでも仕立てのいいスーツにジャカードのネクタイ、絹のポケットチーフで決めている。今朝もサングラスで目を隠し、紺のカシミヤ地のトレンチコートに包んだ優雅なシルエットを、その色に趣味よく合わせたかのようなメタリック・ブルーの高層ビル群を背景に披露した。

「ドミニック、わざわざ出てきてくれてありがとう」

「マデリン、あまり時間がない。ハンスと娘たちを車のなかで待たせているんだ。今朝は公園の砂場までが岩のようにカチカチに凍っているよ」

彼はマデリンの横に腰かけたが、ちゃんと一定の距離をおいていた。両手に薄い黒革の手袋をはめていた。繊細な手つきでコートの内ポケットから四つ折りにした紙を出した。

「きみに頼まれた調査をしたよ。アドリアノ・ソトマヨールの殺害事件についてだが、とくに問題はなかった」

「どういうこと？」

「あのマヌケは武器も持っていなかったのに、チンピラの売人同士の喧嘩を仲裁できると思った。口論になり、ナイフで喉を刺された。それで一巻の終わり」

「刺した売人というのは？」

「ネスター・メンドーサ、二十三歳。スパニッシュ・ハーレムを根城とするチンピラ、短気で気が荒い、ライカーズ島で三年の刑期を終えたところだった」

「どうして逮捕できなかったわけ？」

ウーは肩をすくめた。

「うまくずらかったから、それだけのことさ！　サンアントニオ市に家族がいるが、本人の足取りはつかめなかった」

「通常なら、警官殺しだと、もう少し一生懸命になるんじゃないの？」

「追い詰められて、いずれ交通取り締まりで捕まるとか、あるいはリトルハバナの路上で喧嘩のあと死体で発見されるとかに決まってる。それより、どうしてソトマヨールの殺害事件にきみは興味を持つんだ？」

ウーは賢い捜査官である。彼女にいくつか情報を流すとしたら、何かの役に立てるつもりなのだ。というのも、彼はマデリンが能力のある刑事だと知っているから。もし彼女がモノになりそうな事件を嗅ぎつけたのなら、当然ウーは自分もその分け前にあずかれると思ったにちがいない。

「わたしはソトマヨールの死がもうひとつの事件に関係していると思っているの」彼女は明かした。

「どの事件かな？」

「それを言えるのはあなたでしょう」マデリンは言い返す。

ウーはのこのこ手ぶらで出向いてくるような男ではない。

「ヤツの弟のことを考えているんだろう、きみは？」

ヤツの弟？　弟っていったいだれ？　マデリンは血管内にアドレナリンが放出されるのを感じた。

「知っていることを話してくれないかな」彼女は苛立ってみせる。

連邦捜査官は銀色のサングラスをかけ直す。ひとつひとつのしぐさ、歩き方までが、あらかじめ決めてある不思議な振り付けに従っているように見えた。

「ソトマヨールについて調べているうちにひとつ奇妙なことを発見した。彼には年下の兄弟がいたんだが、名はルーベンといって、フロリダ大学の歴史学教授だった」

「ということは異父弟ね？」

「それは知らない。事実のみを言うと、二〇一一年、ルーベン・ソトマヨールがいつもジョギングに出かけるゲインズヴィルの公園内で死体となって発見された」

「どういう状態で？」

「残忍極まりない状態。殴り殺された、野球バットで」

ウーは手に持っていた四つ折りの紙を広げる。

「ときどき公園内で野宿するイヤニス・ペラヒアというホームレスが逮捕された。当人は容疑を強くは否認しなかった。精神疾患を患っており、何年もまえから病院と収容施設のあいだを行き来していた。多少ともペラヒアが自白したため、三十年の禁錮刑を言いわたされた。つまり、忌まわしい事件だったが早い解決を見たというわけだ。そこに〈トランスペアレンシー・プロジェクト〉が乗りだして騒ぎはじめた」

「冤罪防止を訴える運動組織のことね？」

「ああ。またしてもあの連中が司法手続きを無視して、もっと厳密なDNA鑑定でやり直せと言いだす判事を引っ張りだしてきた」

「理由は？」

「毎回同じ言い分だ。自白は精神的に不安定な容疑者から引きだしたものであって、今の技術を用いれば、以前は見逃したかもしれないDNAを識別できるのだとね」

マデリンは首を振って調子を合わせる。

「たった四年で変わったという最新技術というのは何でしょうね？」

「そう、ほんとばかげているんだ。とはいうものの、まんざら嘘でもなかったんだな、それが。新しい技術でDNA特定の領域を増幅できるから……」

「それならわたしも知っている」彼女は相手の言葉を遮った。

「端的に言うと、新しい鑑定をやった結果、そのホームレスは無罪となった」

マデリンはウーが切り札を隠しているなと感づいた。

「無罪とされた理由は？」彼女は聞いた。

「それはルーベンのトレーニングウエアから、以前の鑑定で見落としていた新しいDNAがみつかったからだ」

「そのDNAがデータベースにあった、そうでしょう?」

「そう。それもある警官のDNA、アドリアノ・ソトマヨールだった」

マデリンが新事実を飲みこむまで数秒を必要とした。

「どういう結論を出したの? ソトマヨールが自分の弟を殺したと?」

「そうかもしれないし、違うかもしれない。確かに接触があったとも言えるが、その時期を特定するのは非常に難しい」

「兄弟同士に交流があったかどうかは分かっている?」

「まったく不明だ。その間にアドリアノも死んでしまったわけだから、捜査を再開できなかった」

「つまり、そこで終わったということ?」

「残念ながら、そういうこと。さて、こんどはきみの番だ、マディー! 何を調べているのか言いたまえ」

マデリンは首を振った。今のところ彼にローレンツの件を話すことはとてもできない。魔王こと榛の木の王のことならなおさらだ。

ダンディーはがっかりしたことを隠さず、ため息をつきながら立ちあがった。

「アドリアノ殺害事件をもっと調べることね」マデリンがアドバイスする。

ウーはトレンチコートを整えて笑みを浮かべた。まるで映画の一コマのように彼の動作がスローモーションに見えた。

彼はマデリンに軽く手を振ると、家族を待たせている車のほうへと去っていく。

太陽に向かって、背に「夢二のテーマ」（ウォン・カーウァイ監督『花様年華』で流れるBGM）を漂わせながら。

19　地獄のはずれ

地獄では各人が自分しかいないと思い、それが地獄となる。

ルネ・ジラール

1

レストランのなかにはコーンブレッドのえもいわれぬ香りが漂っていた。

寒さをしのぐため、ガスパールはハーレムのソウルフード殿堂のひとつ、〈ブルー・ピーコック〉に逃げこんだ。平日は昼食時にしか開店しないが、週末は十時からオープンで、鶏の唐揚げや香辛料を利かせたサツマイモ、キャラメル色に焼いたフレンチトーストといった食べきれないほどのブランチを注文できる。

入口に近い馬蹄型カウンターを囲むスツールのひとつに席をとる。すでに旅行客をはじめ、近所のブルジョワ《B。》・ボヘミアン《B。》（経済的には中流の上、若くて高学歴、穏健左翼、創作的な仕事をする人々）の家族連れ、詩的な名のついたカクテルをストローで味わうきれいな若い女たち、ロバート・ジョンソンあるいはセロニアス・モンクのような格好をした年配の黒人たちでたいへんな賑わいで、和気あいあいとした雰囲気だった。

ガスパールは手を挙げてバーテンダーを呼んだ。たまらなくスコッチが飲みたいところだが、代わりに有機栽培のまずいルイボス・ティーを頼み、プランテン（料理用の大きなバナナ）のフライを頬張って我慢した。腹がいっぱいになってようやく頭のなかの歯車がふたたび動きだした。まずはアンドレ・ラングロワから仕入れた話を考える。なぜショーン・ローレンツはアドリアノ・ソトマヨールの古い車のトランクシートを剝がしたのか？　もっと重要なことは、それをどうしたのか？

客観的に見て、いくつもの選択肢があるとは思えなかった。考えられる理由はひとつだけ、シートを分析させたかったということ。だが、何をみつけたかったのか？　血液もしくは何らかのDNA型の痕跡にちがいない。

ガスパールは額にしわを寄せる。そうしたことの裏側に、もうひとつ違う線が見えてくるように感じた。彼が最初に想像していたこと、そう信じたかったこととは逆だったのではないか。ショーン・ローレンツはソトマヨールに協力など一度も頼まなかったのではないか。もしかしたら、かつての親友がわが子の拉致事件で何らかの役割を果たしていたことすら疑っていたのではないか。ソトマヨールはベアトリス・ムニョースの共犯ではないか。とんでもない仮定が頭に浮かぶ。そもそもそんなシナリオが成立するだろうか？

頭のなかをまるで映画のフィルムのように無音の場面がつぎつぎと流れていく。ベアトリスが荷台に小さなジュリアンを乗せたバンを運転している――指を一本切られた男児の手は血まみれだ――バンはニュータウン・クリークの河口の堤防に着くと、ダッジ・チャージャーの横に停車する――ダッジから出てきたソトマヨールは、ムニョースが男児をダッジのトランクに乗せかえるのを手伝う――血の染みたジュリアンのぬいぐるみが石畳の上に置き去りにされる……。

瞬きをしたら映像が消えた。映画を観るのは自由だが、まずは証拠を集めなければ。自分の思いつきをべつの角度から検討する。ショーンは一般人であり、刑事ではなかった。トランクシートの分析は、民間の研究機関に頼まざるをえなかった。ガスパールは両手で頭を抱えこみ、自分が調査した結果すべてを繋げてみる。ショーンがラングロワ一家を訪ねたのは十二月二十二日、死ぬ前日だった。もし研究機関まで出かけたとすれば、おそらくそれは翌日だったろう。あるイメージがガスパールをギョッとさせた。ショーンの手帳、十二月二十三日の欄に記入された謎のストックハウゼン博士と会う約束である。

ガスパールはスマートフォンを出して新しくみつけた盟友グーグルの協力を得るため、キーワードのいくつかを組み合わせて入力する〈マンハッタン〉、〈研究所《ラボ》〉、〈ＤＮＡ〉、〈ストックハウゼン〉……。数秒後には探すものがみつかった。アッパー・イーストサイドにある血液学の〈ペレティア&ストックハウゼン〉法医学研究所。

研究所のホームページに入ってみる。紹介文によると、研究所は〝個人識別のためのＤＮＡ型鑑定〟を専門としていた。多くの機関――ＦＢＩ、裁判所、合衆国司法省――からの認定を受けており、刑事および司法手続きにおいて、犯罪事件現場に残された生物学的痕跡の分析を常時依頼されていた。民間個人からの依頼はというと、主にＤＮＡ親子鑑定だった。ホームページの紹介欄に代表者の履歴が載っており、エリアーヌ・ペレティアはモントリオールの〈サン＝リュック病院〉の元主任薬剤師、そしてドワイト・ストックハウゼンはジョンズ・ホプキンズ大学卒業の生物学博士とあった。

ガスパールは研究所に電話をかけ、ストックハウゼンの秘書と話をするところまでこぎ着けた。実際にはそれほど嘘ではないでたらめ、つまり彼は画家ショーン・ローレンツの伝記を執筆中の作家であり、そのためにストックハウゼン博士との面会を望んでいると伝えた。女性秘書はメールにて依頼文書を送るよう彼に勧めた。ガスパールは、自分の電話番号を告げるので、口頭にて博士本人に依頼内容を伝えたいとなおも食いさがった。秘書はそうすることを約束したあと、ぴしゃりと電話を切った。これは「希望を言うのはご自由に、どうせわたしは聞いていませんから」という意味だろうなとガスパールは思い、ため息をつく。

そのときＳＭＳが届いた。マデリンからだった。イサベラ、ソトマヨールの従妹の電話番号を知りたいという内容だった。自分で決めた行動方針に忠実であるため、マデリンに電話をして詳しく知りたいのをじっと我慢し、イサベラの電話番号だけを送った。

ルイボス・ティーが冷たくなってしまったので、手を挙げてもう一杯注文しようとして、はたと動作を止めた。一分間ほど、彼の目が百本は下らないバーテンダーの背後の壁に並ぶ酒のボトルに釘付けになった。ラム酒にコニャック、ジン、ベネディクティン、シャルトリユーズ。濃い色のそれらのボトルはダイヤモンドのように輝いて彼をうっとりさせた。火のようなリキュール、かぐわしいアルコールがガラスの宝石箱のなかで燃えていた。アルマニャックにカルヴァドス、アブサント、キュラソー、ヴェルモット、コアントロー。

一瞬のあいだガスパールは、一口のアルコールを飲めばもっとよく考えられるだろうと思うことそれ自体を自分に許す。短時間で考えるならそれは事実だろう。だが、今彼が沈んでしまえば、せっかく厳密かつ禁欲的で、立派なスタートを切った調査はその道から外れてしまう。それでもなお、ウイスキーの金褐色の反射はほぼ無限の魅力を持っていた。ガスパールは気力が萎えそうになるのを感じた。断酒がもたらした結果だ。予期しないときを選び、禁断症状があなたを捕まえに来る。自分の腹のなかに開く深淵。胸が締めつけられ、汗を噴きだすこめかみがブーンという音を響かせた。

彼はボトルそれぞれ、銘柄それぞれ、ラベルそれぞれが持つ味を知っている。あの日本のラベルは柔らかでクリームのような舌ざわり、木の香りのするスコッチ・シングルモルト、純粋な芳香のアイリッシュ・ウイスキー、蜂蜜の味を思わせる年代物バーボン、オレンジとモモの香りを持つシーバスリーガル。

昨日と同じように、ガスパールは唾を飲みこんでから肩と首を揉んで震えを抑える。けれども今回は、嵐が来たときのようには去ってくれない。自分ではどうしようもなかった。意志はしっかりしているのに、ほとんどもう屈服しそうになった。

電話が鳴ったのはそのときだった。表示されたのは覚えのない携帯番号。

「もしもし？」電話に出てそう答えたものの、それは狭い喉の隙間から無理やり絞り出したような声だった。

「クタンスさんですか？　ドワイト・ストックハウゼンです。昼食前に空き時間があるのですが、来られますか？」

2

マデリンは車内のサンバイザーを下ろして反射光を避けた。

辺り一面に溢れている光は目をくらませ、絶対的で、視界全体を遮るほどだった。

二時間前からピックアップトラックのハンドルを握り、ロングアイランドに向かう道を走っていた。景色はうんざりさせるかと思うと、つぎにはうっとりさせ、そのコントラストが甚だしい。こけおどしの豪邸のつぎには五〇年代そのままの保養地が、そうかと思うと世界の終わりのような景色が現れる。石灰で塗りつぶしたかのような空の下、これもまた純白の砂浜が果てしなく広がっていた。ウエストハンプトンを過ぎ、サウサンプトンやブリッジハンプトンといった町をよこぎりながら二十キロほど走ったのち、未舗装の道を大西洋岸に沿って進んだ。

砂利道を曲がったところでGPSに不具合が生じた。マデリンは道に迷ったかと思い、Uターンできそうな場所を探しはじめた。そうこうしているところに、高齢者ハウスが目に入った。

砂浜から五十メートルほどのところ、マツとカバノキの林に囲まれた古くて大きな板張りの建物だった。

林の脇に停めて、ピックアップトラックのドアをバタンと閉めた。すぐに野性的な空気に全身を包まれた。乳白色の空の下で吹き荒れる風が砂丘の姿を変え、辺りにヨードとアルカリからなる磯の香りを振りまいている。カスパー・ダーヴィト・フリードリヒの絵にエドワード・ホッパーが手を入れたような。

玄関の階段を上った。呼び鈴もないし、かといって扉が自動的に開くでもなかった。ペンキが剝がれかかり、破れた網戸を張った扉は、マデリンが押すと呻くような音を響かせた。玄関ホールは無人で、湿ったにおいが漂っていた。

「すみませーん！」

最初に聞こえた返事は、窓ガラスを固定している詰め物《パッキン》ごと剝がさんばかりの風の唸りだった。

それから、赤毛を長く伸ばした男が階段の上に姿を見せた。薄汚れた看護師用の白衣をだらしなく着ており、手には〈ドクターペッパー〉の缶を握っている。

「こんにちは」マデリンは挨拶をする。「わたし住所を間違えたようですね……」

「いや、間違ってないと思うよ」看護師は階段を下りながら言った。「ここは確かに高齢者用レジデンス〈エイレンロック・ハウス〉だからね」

「満室という雰囲気ではなさそうね？」

赤ら顔の看護師は大きな傷跡の走る顔に若いころのニキビの痕もあってかなり恐ろしげだが、紺碧《こんぺき》の目が驚くほど優しかった。

「ホレースです」男はくせ毛を輪ゴムでくくりながら自己紹介した。

「マデリン・グリーンです」

ホレースは受付カウンターの代用らしい板に〈ドクターペッパー〉の缶を置いた。

「入居者たちはみんな出ていった」彼は説明しはじめた。「ここは二月の末で閉鎖されるのでね」

「そうなんですか？」

「この建物は壊されて、代わりに高級ホテルが建つんだ」

「残念ですね」

ホレースは顔をしかめた。

「ウォール・ストリートのマフィアどもがここら一帯を買い占めたって話だ。もっとも、アメリカ全体がそうなってはいるがね！　それに、あの腰抜けタッド・コープランドが当選したからといって事情が変わるわけじゃない」

マデリンは政治の話に首を突っ込む気はなかった。

「わたしがここに来たのは入居者のひとりに会うためで、それはアントネラ・ボニンセーニャ夫人なのですが、会えますか？」

「ネラのことだね？　ああ、最後まで残っているんじゃないかな」

ホレースは腕時計を見る。

「たいへんだ、彼女に昼食を出すのを忘れるところだった！　今の時間なら、ネラはベランダに出ているだろう」

看護師はホールの先を指さした。

「ダイニングをよこぎるとベランダに出られる。あなたも飲み物が要るかね？」

「コーラをお願いします」

「〈ゼロ〉だね？」

「いえ、本物のほう！　まだ当分はだいじょうぶ、そう思いません？」彼女はジーンズのベルトを見せながら言った。

「そんなつもりじゃなかった」看護師は笑いながら厨房に向かった。

一階の広いスペースは田舎の家の居間を思わせた。ちょうどフランス大西洋岸の港町ベノデや、イギリス南東部のウィスタブル港にある〝海の見える一泊二食付き《ハーフペンション》の宿〟と同じような雰囲気だった。見せ梁の下に配置された流木材を使った小テーブルには、貝殻模様の布をアクリルコーティングしたテーブルクロスがかかっている。もちろん九〇年代には海浜ムード醸成には不可欠とされた球形吹きガラスのランプや瓶のなかの埃だらけの帆船模型、真鍮製の磁石とかコンパス、カジキマグロの剝製、そして〈モビー・ディック〉時代の勇猛なる漁を描いた銅版画なども忘れられていなかった。

強風に叩かれているガラス張りのベランダルームに入りながら、マデリンは嵐に襲われる三本マストの甲板を進んで行くような印象を受けた。ペンキの剝がれかかった壁と雨漏りする天井、ベランダは今にも海底に沈んでしまいそうだった。

いちばん奥まった小テーブルにいたネラ・ボニンセーニャは、小柄でハツカネズミのような顔をした老婦人で、分厚いメガネの奥に異常に拡大された目を輝かせている。丸襟の黒っぽいワンピースはだいぶくたびれており、タータンチェックの毛布を膝にかけ、厚い長編小説に読みふけっていた。アーサー・コステロの『けっして眠らぬ街』。

「こんにちは」

「こんにちは」老婦人は本から目を上げて応じた。

「その本、面白いですか？」

「わたしの好きな作家、まだ二冊目ですけれど。でも書くのをやめてしまったの、残念ね」

「亡くなったからではないんですね？」

「違うの、お子さんたちを交通事故で失って、絶望したんですって。注射をしに来てくださったのはあなた？」

「いえ、違います。わたしはマデリン・グリーンといいまして、捜査官です」

「あなたはイギリス人ね？」

「そのとおりですけど、どうして分かったんですか？」

「アクセントに決まっているでしょう！　マンチェスターね、違う？」

マデリンは肯いた。いつもならこういうふうに見透かされるのが好きではなかったが、老婦人は意地悪で言っているのではなかった。

「亡くなった夫がイギリス人でした」ネラが言い足した。「プレストウィッチの出身なの」

「それじゃあ、サッカーに夢中だったでしょうね」

「全盛期のマンチェスター・ユナイテッドを応援すること、それが夫の生きがいでしたね」

「ライアン・ギグスとエリック・カントナの時代ですね？」

ネラは肯き、茶目っ気たっぷりな笑みを浮かべた。

「どちらかというと、ボビー・チャールトンとジョージ・ベストの時代ね」

マデリンはまじめな顔になる。

「あなたにお会いしたかったのは、ある事件の捜査を進めているからなんです。ショーン・ローレンツの息子の拉致および殺害事件なんですが、何か心当たりがありますか？」

「画家でしょう？　もちろん覚えていますよ。ジャクソン・ポロックがこの近くに住んでいたというのはご存じ？　亡くなったのはここから十キロほどのスプリングスで、交通事故だった。愛人とオールズモビルのオープンカーに乗っていたのね。ひどく酔っ払って運転していたらしく……」

「その話はわたしも聞いたことがありますね」マデリンは相手のおしゃべりを遮る。「でも、それは確か一九五〇年代の話ですよね。ショーン・ローレンツ、彼はわたしたちの世代の画家なんです」

「あなた、わたしの頭がおかしくなっていると言いたいの?」

「まさか。ローレンツはあなたの昔の生徒、アドリアノ・ソトマヨールの友だちなんです。その生徒のことを覚えていませんか?」

「ええ、あの小さなアドリアノのことですね……」

ネラ・ボニンセーニャは途中で言葉を飲んで、表情まで変えた。その名を聞いただけで、あの茶目っ気もなくなってしまった。

「父親のエルネスト・ソトマヨールによる家庭内暴力を郡の福祉事務所に通報したのはあなただったんですね?」

「そうです。あれは七〇年代の半ばでした」

「エルネストは頻繁にわが子を殴っていたんですか?」

「そんな生やさしいものではなかった。ほんとうに怪物のような父親だったということ、それが問題でした。血も涙もない虐待者」

ネラの声が低くこもるように響きはじめた。

「ありとあらゆる虐待があった。頭を便器のなかに突っ込まれるとか、ベルトで叩かれる、拳骨で殴られる、全身にタバコによる火傷痕とか。あるときなどは、あの子に何時間も両手を挙げていろとか、また違うときは、砕いたガラスの上を歩かせられたとか、ほかにもいろいろあった」

「どうしてそんなことをしたのです?」

「なぜかって人類には多くの怪物と残忍な人間がいて、それはいつの時代でも変わることがないからでしょうね」

「アドリアノはどう受け止めていたんです？」

「おとなしい子だけど陰気で、注意散漫という問題がありましたね。しょっちゅうだったけれど、あの子の視線が落ち着かなくなって、するともうどこか違う場所に行ってしまっている、ずっと遠くに。まあ、そういうこともあって、わたしは異常な点に気づいたんです。それは、あの子の身体にある虐待の痕跡をみつけるまえのことだった」

「最終的に彼があなたに打ち明けたんですか？」

「そうね、父親が自分にする仕打ちの一部を話してくれた。何でもないことでも、エルネストはあの子を殴った。罰を与えるという名目の虐待は数時間続くこともあり、たいていはエルネストが持っていたトロール船の船倉内で行われたんです」

「母親は見て見ぬ振りをしていたわけですか？」

元教員は目を細めた。

「母親、そうでしょうね……。何という名だったかしら？　そう、ビアンカ……」

「結局、彼女は家を出てしまうわけですね？」

ネラはポケットからハンカチを出すと旧式フレームのメガネを拭きはじめた。白い髪との組み合わせで、五〇年代のブローラインのメガネは老婦人に〈ＫＦＣ〉のカーネル・サンダースの雰囲気を与える。

「彼女自身もひどい仕打ちに遭っていたのだと想像しますが」マデリンは思いついたことを言った。

「熱いよ！」ホレースが声をかけながら、テーブルに〈コカ・コーラ〉とティーポット、それにサーモンにオニオン、ケッパー、クリームチーズを挟んだベーグル二つが載ったプレートを置く。

ネラがいっしょに食べようと誘う。

「〈ラス＆ドーターズ〉のベーグルにはとても及ばないけれど、すごくおいしいの」とベーグルに勢いよくかじりつきながらネラは言った。

マデリンもそれをまね、コーラを飲んでから質問を続ける。

「アドリアノには弟がいたと聞きましたが？」

元教員は眉をひそめた。

「そうは思わないけれど」

「いえ、確かな話なんです。ルーベンという名で、七歳下の弟です」

ネラはしばらく考えた。

「ビアンカが出て行った当時、彼女がエルネストとは違う男性の子供を妊娠していたという噂はありましたね。小さな町ではつきものの陰口のようなものでしょうけど」

「あなたは信じなかったのですね？」

「ビアンカは妊娠していたかもしれないけれど、もしそうならエルネストの子でしょう。ビアンカはきれいだったけれど、ティッバートンであの気性の荒いエルネストに恨まれるような危険を冒す男はいなかったように思います」

またしてもマデリンは壁にぶつかった。

「どうしてビアンカは自分の長男を捨てる気になったのでしょうね?」

ネラは、自分にも理解できないというふうに肩をすくめた。またベーグルを一口食べてから、マデリンに最初から聞きたかった質問を思いだしたようだ。

「どうやってあなたはその話ぜんぶを知ることができたの? それに、どうやってわたしの消息を知ったのです?」

「イサベラ・ロドリゲスが教えてくれました」マデリンは答えた。

元教師はアドリアノの従妹の存在を思いだすのにしばらく時間を必要とした。

「あのイサベラね、もちろんそうでしょうとも。あの子は何度かわたしに会いに来てくれた。とてもいい女性《ひと》、あなたのように」

「外見で判断なさらないほうがいいんじゃないですか。わたしはいい人間ではないようですから」マデリンは笑いながら言った。

ネラも笑い返す。

「もちろんいい人に決まっている」

「その後、アドリアノには会いましたか?」

「いいえ。でも、わたしはあの子のことを忘れたことはありませんでした。元気でいてくれればいいけど。彼の消息、あなたは知っているの？」

マデリンは躊躇した。忌まわしい知らせでこの老婦人を苦しめる必要があるだろうか？

「元気にやっているようですから、ご心配はいらないです」

「あなたはきっといい人なんでしょうけれど、嘘つきね」元教師は言い返した。

「ネラ、おっしゃるとおりです。あなたには真実を知る権利がある。アドリアノは亡くなりました、ほぼ二年前です」

「あなたが捜査している画家の件と関連があるのでしょう。そうでなければ、あなたもわたしに会いに来ることはないですものね……」

「正直なところ、まだ何も分かっていないのです」

アドリアノの死で重苦しい雰囲気になったので、マデリンは話題を変える。

「晩年になって、エルネストは喉頭ガンを患っていました。そんな父親を、アドリアノが自宅に引き取ったようなんですが、ありうることでしょうか？」

ネラは目を丸くした。ルーペのようなメガネの奥で、瞳が二倍にも大きくなったように見えた。

「それがほんとうなら驚きね。アドリアノがキリスト教的博愛主義者になったとはとても信じられない」

「何をおっしゃりたいのですか？」マデリンは元教師がティーカップに紅茶を注ぐのを助けながら聞いた。

「自分がそんな目に遭ってみなければ、拷問を受ける苦しみというものを理解できないのだと思います。アドリアノが受けた残虐行為と、それに耐えなければならなかった時間、そのぜんぶが傷痕と後遺症を残さないわけがないんです。想像を超えるような精神的な崩壊ですね」

「つまり、どういうことですか？」マデリンは食い下がる。

「わたしが思うに、その苦しみと憎しみはある時点で制御しようがなくなるにちがいない。何らかの方法で、それを自分か他人に向けるしかなくなるのです」

元教師の奥歯に物の挟まったような言葉を聞いて、マデリンは切り札を出そうと決めた。

「榛の木の王、ドイツ語でエルルケーニヒ、これについて何か心当たりはありませんか？」

「いいえ。庭園用家具のお店とか？」

マデリンは辞去しようと立ちあがった。

「ネラ、ご協力に感謝します」

マデリンはこの老婦人に好感を持った。こういう祖母がいればいいなと思った。その場を離れるまえに、マデリンは最初からずっと気になっていたことを口にする。

「あの看護師なんですが……」

「ホレースのことね？」

「そうですが、あなたには親切ですか？　少し変わった人かなと思ったので……」

「人は見かけによらぬもの。いずれにしても、彼の場合はそのとおり。とてもいい人よ、ご心配なく。彼も、いろいろと苦しんできた人だから」

ネラの言葉に終止符を打つかのように、ひときわ強い風がベランダ全体を震わせた。思わずマデリンはガラス張りの天井を見上げ、今にもそれが崩れ落ちてきそうに思った。

「この高齢者ハウスが閉鎖されると聞きましたけど？」

「ええ、二か月後に閉まります」

「代わりの場所があるんですか？」

「わたしのことならご心配なく、夫のそばに行きますから」

「亡くなったとばかり思っていました」

「ええ、一九九六年にね」

マデリンは会話が思わぬ方向に向かってしまったのをまずいと思った。

「あなたはそんなに早く亡くならないと思いますよ。とってもお元気そうだし」

老婦人はそんな夢物語は信じていないとばかりに手で払いのけてから、玄関ホールのほうに遠ざかるマデリンの背に声をかける。

「あなたが何を探しているのか知りませんが、それはみつからないでしょうね」

「あなたは予言もするんですね」

ネラは笑みをこぼし、気取った手つきで髪を撫でつける。

「でも、ほかのものがみつかるでしょう」ネラは保証する。

マデリンは手を振って別れを告げ、松林に停めてあるピックアップトラックに足を向けた。

ハンドルを握るまえに、時の流れから取りのこされて自然をそのまま維持している浜辺まで歩いた。あと数か月もすればクレーン車やコンクリートミキサー車がこの場所を踏みにじりにやって来て、ホテルとサウナ、ヘリポートなどを建設する。愚かな行為、非人間的な仕業に思えた。

「くそったれが」と、彼女もガスパールのように唸る。

ピックアップトラックにもどり、思い出のために白い砂の浜辺と高齢者ハウスの写真を撮っておいた。老婦人が言ったことはきっと正しいのだ。おそらくマデリンはここまで来て何かをみつけたにちがいない。それが何であるのかまだ知らないけれど。

運転席に座りエンジンをかけると、国道に乗るためスピードをあげた。国道ではひたすらに距離をかせぎながら、頭のなかを整理することに専念する。一時間も走ったころ、携帯電話が鳴った。

ドミニック・ウーからだった。

3

近所の人々はその建物を〈ルービックキューブ〉と呼んでいるだろう。アッパー・イーストサイドの北、一〇二丁目通りとマディソン・アベニューの角でタクシーを降りたとき、少なくともガスパールはそう思った。

〈ペレティア&ストックハウゼン〉法医学研究所のビルは多色ガラス張りの立方体で、色とりどりの原色によるパッチワークが辺りのグレーと茶色の陰気な建物群のなかで浮き上がっていた。

アメリカ人はけっして休暇をとらないと言ったのはだれだったか？ ともかくこの日の正午前、研究所はフル稼働しているようには見えなかった。ガスパールはほっそりとしてエレガントな受付の女性――肉をそがれたような身体つきで、真っ白な肌の顔のどこもが定規で引いたような鋭角をなし、暗く憂いを見せる目は、まるでベルナール・ビュッフェの作品のそれのよう――に面会の約束があると告げた。

その針金のような女性が彼を七階の、〈マウントサイナイ病院〉と医科大学の巨大な複合施設に臨む部屋まで案内した。

「クタンスさん、どうぞどうぞお入りください！」研究所の経営者が声をかけてきた。

ドワイト・ストックハウゼンは出かける準備をしているところだった。〈フローレンス・ノール〉のソファーのそばには、モノグラム・キャンバスのトランク〈ルイ・ヴィトン〉の〈アルゼール〉二つと、揃いのバッグがひとつ、さらに毛皮の〈ムーンブーツ〉一足が置いてあった。

「イブをアスペンで過ごす予定なんです、〈ホテル・ジェローム〉で。泊まったことはありますか？」

露骨なうぬぼれで声が震えている。ヨーロッパ風に手を伸ばして握手をしようと、ガスパールに近づいた。

「最近は行ってません」劇作家は答えた。

ストックハウゼンは手でガスパールにソファーに座るよう勧めた。

彼自身はなおも一分ほど立ったままでいた。画面を凝視したまま太く大きな指で入力するさまは、まるでこびと用のスマートフォンを叩いているようだった。

「すぐに終わるんで。空港で出さなければいけない面倒な用紙の記入です」

そのあいだにガスパールは相手を細かく観察する。彼がまだ子供のころ、母親はパリの十六区とかロンドンのベルグレイヴィア、あるいはボストンのビーコンヒルに住むこういったタイプの男たちと付き合っていたことがあった。この経営者の二重顎とルイ十六世そのままの横顔は、グレンチェックのズボンとヘリンボーンの上着、〈ガンマレッリ〉の靴下にタッセルローファーといった装いと、それなりに完璧な調和を見せていた。

ようやくブルボン家当主はスマートフォンを手放すことを決めてガスパールの正面に腰を下ろした。

「ショーン・ローレンツのことでわたしと話したいということでしたね?」

「わたしが知った話によると、彼は一年前にあなたの許を訪れています。二〇一五年十二月二十三日、彼が亡くなった当日でした」

「覚えていますよ。わたし自身で応対しましたのでね。実際、かなり有名な画家ですよね、違いますか?」

ストックハウゼンは広いオフィスの壁を示した。

「ご覧のとおり、わたし自身もコレクターでしてね」ほとんど彼のトレードマークとなったペダンチックな口ぶりで言った。

事実、ガスパールにはバンクシーの「少女と風船」のシルクスクリーンが見えており、それは数千もの応接間《サロン》を飾り、また数千ものコンピュータの壁紙となっているものと同じだった。さらに、ダミアン・ハーストによるダイヤモンドをちりばめた例の千変万化に変貌する髑髏がひとつ描かれたシルクスクリーン、そしてアルマン作の破裂したヴァイオリンの大きな彫刻——確かアルマンはヴァイオリン以外にも〝怒り〟と名付けてさまざまな楽器を壊していたような気もするが——もあった。要するに、どれもこれもガスパールが嫌悪するような代物だった。

「よければローレンツに話をもどしましょうか?」

ストックハウゼンはウナギのようにすり抜け、ガスパールに会話の主導権を握らせようとしない。

「まずは、どのようにしてそのことを耳にされたのか知りたいですな」科学者は言った。

そんな手に乗るのをガスパールは拒む。急いで彼に会おうと決めたからには、ストックハウゼンは自分と研究所の評判を気にしているにちがいない。

「時間を節約しませんか、ストックハウゼンさん。即刻それも正確に、ショーン・ローレンツが何をあなたに依頼しに来たのか話してください」

「できません。すべてが守秘事項ですから、それはご承知のはずだ」

「それも長くは続かないでしょう、わたしが保証します。ともかく、刑事たちがアスペンであなたに手錠をかけるとなればなおさらだ。〈ホテル・ジェローム〉でたいへんな騒動となるでしょうね、ほんとうに」

科学者は大いに気を悪くした。

「いったい何の理由で逮捕されるのかね?」

「幼児殺害の共犯」

ストックハウゼンは空咳をする。

「出ていきたまえ! 弁護士に連絡させてもらう」

ガスパールは出ていくどころか異様な硬さのソファーに深く座りなおす。

「そんな極端な事態を招く必要もないと思いますね」

「実際のところ、あなたは何を知りたいのだね?」

「それはもう言ったはずだが」

ルイ十六世はおどおどしている。上着からきれいな絹のポケットチーフをとって汗を拭きはじめる。そして、降参することに決める。

「あの十二月二十三日、ショーン・ローレンツはひどく興奮した状態でここに現れた。ほとんど正気を失っていた。正直言って、もしあれほどの有名人でなかったら、わたしは会わなかったと思う」

「彼は大きなビニール袋を持っていた、そうだね？」

ストックハウゼンは汚らわしそうに顔をしかめた。

「そう、ゴミ袋で、なかには古いカーペット、というか車のなかに敷くシートのようなものが入っていた」

ガスパールは肯く。

「確かダッジのトランクに敷いてあったシートだった」

「まあ、そういうわけだ」ストックハウゼンは続ける。「ローレンツはそのシートに息子のDNAの痕跡が残されていないかを知りたがった」

「可能なのか、技術的には？」

ストックハウゼンは、ガスパールが愚かな質問をしたかのように肩をすくめた。

「もちろん可能だ、なぜってローレンツが目のまえにいたのだから。やらなければならなかったのは、彼の唾液を綿棒で採取することだけだった。彼がわたしに頼んだDNA照合は、通常の父性鑑定よりいくらか複雑なだけにすぎない。時間が少しかかることを除けばだが」

「当然、ショーン・ローレンツは急いでいた」

科学者は肯く。

「年末年始の時期は、所員たちが休暇をとるのでいつも問題になる。だが、どんな問題であってもクレジットカードを出すつもりならば解決する」

「ちなみにいくらだった？」

「その件だが、金で支払ってもらうよりも良い方法があった」

ストックハウゼンは立ちあがるとバンクシーの絵に向かった。その裏にはデジタルコードで開閉できるオフィス用の壁金庫が隠されていた。彼は鋼鉄の扉を開け、なかから色の濃い小ぶりな額縁を出した。ガラスの下には、ショーン・ローレンツの署名があるニューヨークの摩天楼のスカイラインを描いた絵があった。ガスパールはそのときの光景を頭に浮かべ、吐き気を覚える。よく肥えたストックハウゼンが、悲嘆に暮れているローレンツから、単純なDNA鑑定の代価として最後の作品となる絵をかすめ取ろうとしていた。

ルイ十六世はその行為のおぞましさをまるで理解していないようだった。

「わたしが思うに、あの画家の遺作と言えるんじゃないだろうか！」ストックハウゼンは自分の言葉が意味することに喜びを隠せないようすだった。

ガスパールは、額縁を叩き壊し、絵を細かく刻んでから屋上に出て、空に向かって遺灰のようにその紙片をまき散らしたいという衝動を抑えた。気分は良くなるにちがいないが、それで調査の進展が期待できるものではない。彼は冷静さを保ちつつ、会話を進める。

「つまりローレンツは、あなたがDNA鑑定に必要な時間を短縮することを受け入れるのを条件に、この絵を描いたと……」

「そういうことだ。彼には二十六日の朝までに分析結果を渡すと約束した。問題があったにせよ、可能ではあった」

「ということは、彼は三日後にあなたと会う予定になっていたわけだな？」

「しかし彼は分析結果を取りに来なかった、なぜならそのあいだに彼は死んでしまったから」科学者はつけ加えた。

ストックハウゼンは数秒のあいだ言葉を切った。

「分析結果は予定されていた日に届いてはいたが、ファイルが開かれるのを待っているあいだにコンピュータのなかに埋もれてしまった。法廷命令があるわけでもなし、だれも結果を取りに現れなかった。研究所の管理システムには、三度にわたって依頼主に自動的に通知するプログラムがあるが、その後はだれも注意を払わなくなる」

「ローレンツの死亡はどの新聞も報道していた。あなたはそれには反応しなかったということかな？」

「関連性が分からない。彼は街角で心臓発作を起こして亡くなったのでしょう？」

その点に関して、ストックハウゼンは間違っていなかった。

「毎年秋の初めに、うちの研究所では所員がファイル内の大掃除をするのです。わたしはその時点で初めて、分析結果の内容を知った」

ガスパールはイライラしてきた。

「どういう結果でした？」

「ＤＮＡ鑑定の結果は陽性と出ました」

「具体的には？」

「具体的には、シートはざっと洗浄されたらしいにせよ、ショーン・ローレンツの息子の血液が比較的容易に検出されたということです」

「でも、あなたは警察に通報しなかった?」

「今年の秋まで気づかなかったと言ったでしょう! わたしはインターネットで調べた。男児はひとりの異常な女に殺された。通報したとして何が変わるんですか?」

「それには同意する」ガスパールは認めた。

彼はソファーから立ちあがった。ストックハウゼンはエレベーターまで送ると言った。

「あのトランクシートですが、持ち主はだれなんですか?」研究所オーナーは知りたがった。

「今になって心配しはじめても遅すぎるとは思わないかな?」

それでもストックハウゼンは言い張る。

「あれはベアトリス・ムニョースの車だったのですか? 彼女はほかにも子供を殺している、そうなんでしょう?」

彼が何かを隠していることにガスパールは気づいた。

「ふざけるな! まだしゃべってないことがあるな、ストックハウゼン、いったいどういうことだ?」

エレベーターが着いて扉が開いたが、ガスパールは相手から目を離さない。科学者は、マンハッタン島をマラソンしてきたかのように息苦しそうだった。

「トランクシート上には、間違いなくローレンツの息子の血痕が付着していたけれど、それだけではなかった……。ほかにも痕跡があった。ほかの人物の血液と唾液だった」

「子供のものか？」

「特定するのは不可能だ」

「あんたはどう理解したんだ？」

「分からない、そんなことは！　わたしは警察官でも検死官でもないんだ。どんなふうにも解釈できる。単に身体的な接触があったとか、あるいは……」

「あんたがどう思ったのかを聞いているんだ」

ストックハウゼンは激しく呼吸していた。

「わたしが思ったのは、そのシートを敷いてあった車のトランクでほかの死体も運ばれたのではということだ」

4

マデリンは運転しながら電話を受ける。

「もしもし、ドミニック？」

「ああマディー、きみに頼まれたことをやってみた。ソトマヨール事件を調べてみたんだが、じつに奇妙なことがある」

ドミニック・ウーは休暇中のはずだが、声は勝ち誇るハンターのそれだった。

「アドリアノ・ソトマヨールの弟の件ね？」

「そう、ルーベンの件だ。殺される数週間前のことだが、彼はゲインズヴィル警察署に母親の捜索願を出していた」

「ビアンカ・ソトマヨールの？」

「そうだ。一九四六年の出生、失踪当時は六十五歳。定年になったばかりだった。それまでは各地の病院、最初はマサチューセッツ、それからトロント、ミシガン、オーランドで働いていた」

「夫、というか男は？」

「正式な結婚はアドリアノおよびルーベンの父親であるエルネスト・ソトマヨールとの一度きりだったが、カナダ人の医者と暮らして、その後もうひとり、二〇一〇年に死んだオーランドの自動車セールスマンとも同棲していた。行方不明になった当時、彼女は近くでスパを経営する四十四歳の若い男と付き合っていたらしい。歳のいった女性を引っかけるのが流行《はやり》だそうだ」

「彼女が行方不明になった件の捜査はあったのでしょう？」

「捜査はしたが結果は出なかった。予兆のようなもの、手がかり、痕跡などが皆無で、捜査を進めようがなかった。ビアンカ・ソトマヨールは蒸発してしまった、そういうことだ」

「そして、判事が死亡を認定したと？」

「認定は二〇一五年十一月だった」

そういうわけで、アドリアノ・ソトマヨールの遺産を相続する手続きが長引いたわけか、と、マデリンは思った。こんどは、きみがこの件に関心を持っている理由を話す番だね」

「マディー、ぼくは自分の分担分の仕事をやった。こんどは、きみがこの件に関心を持っている理由を話す番だね」

「あとで電話する」彼女は約束した。

それ以上質問させないため、マデリンは電話を切った。

そのままこんどはイサベラにかけたが、留守番電話だった。そこで、ガスパールに電話しようと決めた。

「クタンス？　今どこ、マンハッタン？」

「ほかのどこにいると思う？　タヒチのパペーテとかボラボラ島で退屈しているとでも想像していたのか？　ストックハウゼンに会ってきたところだ。やつの居場所を探り当てたんだ。考えてもみてくれ、じつは……」

「それはあとにして」マデリンは言った。「あなたをどこかでピックアップするつもり。わたしは車を借りて、今はサザン・ステート・パークウェイのヘムステッド付近を走っているところ。ロングアイランドのハンプトンズに行ってきたのだけれど、話すことがたっぷりあるので、それはあとで」

「ぼくのほうも話すことがある」

「あとで聞きます、もう小一時間で着くから。それまでに頼みたいことがいくつかある」

声の響きと決然たる口調を聞いただけで、ガスパールは彼女が昨日の気分とは大違いであることが分かった。

「どういう頼みかな？」

「ホテルから二ブロック行ったトーマス・ストリートに、〈ホガース〉という工具専門店があるの。そこに行って……」

「その店に行って何をしろと言うんだ？」

「最後まで聞いてよ、ほんとに！　メモするもの持っている？　今から買い物のリストを言うので。懐中電灯を二つ、バーライトを数本、鉄梃《バール》大小各一本……」

「そんな物を持ってどこに出かけるつもりだ？」

「それを教えてくれるのはあなたのはず。だから、これからわたしが言うことをそのままやってほしい。クタンス、聞いてる？」

　この調査の正当性についてずっとマデリンが抱いていた疑問に関して、それを覆すような発見があったのは明らかだった。ガスパールが自分ではみつけられなかった何か。

　ガスパールは彼女をマドリードまで迎えに行った自分の判断は正しかったと思う。

20　お気に入りの息子

黒はそれ自体がひとつの色彩であり、ほかのすべての色を要約し消化するのだ。

アンリ・マティス

1

二人がニューヨークを出たのは昼過ぎで、東に向かった。最初の百キロ、ニューヘイブンまではひどい渋滞に巻きこまれた。無数のインターチェンジが合流する混雑した高速道路、都会の地獄が果てしなく続く。転移するコンクリート症候群に蝕まれつつある瀕死の領域が、二酸化窒素と微粒子によって窒息させられていた。

マデリンとガスパールは永遠に続くかと思われるドライブの時間を利用して、不吉なジグソーパズルのピースを集めはじめる。子供時代を破壊された人生。ひとつの暴力が数倍に膨れあがった暴力を生みだす。日常の残忍さと野蛮さが、数年後に殺人という悪魔的な状況を招いた。時限爆弾。ひとりの少年を、両親それぞれが異なるやり方で怪物に変身させてしまったという話。

マデリンは車内の暖房温度を上げた。もう夜の帳が降りていた。相次ぐ発見のペースが加速していくうちに、一日が暮れようとしていた。陰のなかから事件の大まかな部分が現れた。いくつかの事件捜査でそういうことが起きることは体験していた。捜査で最も興奮を覚える瞬間でもあった。真実の逆襲、あまりにも長く抑えこまれてきたあと、いくつかの明白なる事実がすべてをなぎ倒すように荒々しく表面に現れる瞬間。自身の頭のなかでも霧が晴れだし、そこに見えてくるものに衝撃を受ける。

悲劇の根源を見定めること、ひとつの人生がひっくり返ってしまうその瞬間を予知すること、それはいつでも困難だ。でも数時間前からマデリンはあることを確信していた。悲劇は一九七六年の夏に始まった。その舞台は、今二人が車を走らせている目的地、マサチューセッツ州の小さな漁港町ティッバートンだった。

その年の夏、地元療養所の看護師ビアンカ・ソトマヨールは自分が二人目の子を身ごもっていることに気づいた。血液検査の結果を見た瞬間、彼女は一大決心をする。毎日のように耐え忍んできた夫エルネストによる罵倒と殴打に疲れはて、彼女は自分の蓄えをかき集めると、カナダで人生をやり直そうとその日かぎりで家を捨てた。

当時、一人っ子のアドリアノは六歳にもなっていなかった。ひとり残された男児は、父親が振るう暴力すべての受け皿となった。めった打ちに次ぐめった打ち、屈従に次ぐ屈従、それがときには想像を超える残忍さで加えられた。こうしてさらに二年間も、小学校の教師アントネラ・ボニンセーニャが父親の残虐行為を通報し、苦難から彼を救いだすまでの長い期間、男児はずっと待っていなければならなかった。

その後、少年の生活環境は好転したように見えた。父親から離されたアドリアノは、運よくも彼が従妹イサベラと連絡し合うことを認めてくれるほどに親切だった受け入れ家庭に引き取られる。そこハーレムでは、ごくふつうの思春期を過ごし、グラフィティの天才少年ショーン・ローレンツと、また深い悩みを抱えるチリ移民の娘ベアトリス・ムニョースとの友情を育んだ。そのベアトリスは身体的特徴が軽蔑の的となり、屈辱に耐えながら彼と同じように辛い子供時代を送っていた。

彼ら三人はグラフィティのペインター集団〈花火師〉を組み、地下鉄車両やマンハッタンの壁を強烈な色で染めていった。アドリアノは学校があまり好きではなかったから、まもなく通学をしなくなり混乱気味の青春を送ったが、結局は警察官となって問題も起こさずにそれなりに昇進していった。見たところ、まじめな生活を送っているようだった。とはいえ、実際に彼の頭のなかで何が起きていたのか、だれが知るであろう？

まさにその時点でジグソーパズルのピースはより不確かなものになる。以降は、数少ないニューヨークでの発見事項に支えられた印象やら可能性を組み合わせていくほかないだろう。それをマデリンは分かっている。とはいえ、形を見せはじめたものの全体を眺めると、信じられないくらい整合性があった。

ソトマヨールの子供時代の闇が消え去ることはけっしてなかったとマデリンは確信する。

二〇一〇年代になってそれがふたたび浮かびあがってきた。そしてアドリアノは、ゲインズヴィルにいる弟、フロリダ大学教授ルーベンの消息をつかんだ。兄弟は以前から互いの存在を知っていただろうか？　話をしたことは？　今の段階では、マデリンにも分からない。だがその時点で憎悪に蝕まれていたアドリアノは、復讐心に引きずられて殺人の衝動を膨らませていった。彼はフロリダに住んでいた母親をみつける。当初は殺すつもりだったが思いとどまる。母親が彼に味わわせたことを考えれば、死はあまりにも軽すぎた。

マデリンはアドリアノの行動の鍵をみつけたように思った。憎悪の対象は父親でなく母親だった。彼を見捨てたのは母親なのだ。かつては大好きだった母親、でも彼といっしょに闘っていた戦線から逃亡してしまった。かつては彼が崇《あが》めていた母親は、胎内に宿していた胎児とともに逃げだしてしまった。

したがって、彼の憎しみは母親に向けて凝縮していく。マデリンは、幼い男児が愕然とさせられたときのことを想像してみる。その茫然自失の程度は、父親の暴力などと比較にならなかった。少なくとも、そんなふうに男児の脳はその出来事を記憶したにちがいない。生来、男、父親というのは乱暴なのだ。ところが母親は、子供を守るという義務を強いられる。逃げてしまった彼の母親を除いて。もうひとりの大事な子を守るために。ビアンカがまだ償っていない戦線離脱の罪。

このシナリオはばかげているかもしれないが、アドリアノの軌跡を榛の木の王《エルルケーニヒ》が犯した罪に結びつけるというのは、マデリンがみつけることのできた唯一の合理的帰結だった。こうしてアドリアノは、ビアンカを拉致監禁のうえ、おそらく数週間もかけて、どのようにルーベンを殺すつもりか、つまり彼女のお気に入りの息子を死が訪れるまで殴りつけるかを延々と聞かせたにちがいない。一定の期間は精神的な拷問を与えることで楽しみ、それから行動に移った。ルーベンは死ぬ。

けれども、ビアンカはそれだけで窮地を脱することはできなかった。アドリアノは同じような責めを世の終わりまで続けるつもりでいた。お気に入りの息子を殺される苦しみを、幾度となくビアンカに味わわせること。苦難を耐え忍ばせる、彼が頭のなかでゆっくりと育んできた手のこんだ罰。二〇一二年二月、彼はシェルトンの公園で幼いメーソン・メルヴィルを拉致して自分の母親ビアンカに預けた。監禁されていた場所で、ビアンカは男児に対し、できるかぎりの世話をするほかなかった。両親から荒々しく引き離されて見知らぬ女といっしょに暗い地下室に閉じこめられた二歳の子が味わった心理的ダメージを癒やすべく、おそらく彼女は一生懸命だったにちがいない。必然的にその子への愛着を募らせるほかなかった。しかし春半ば、何の予告もなしにエルルケーニヒは自分の母親から男児を取りあげ、おそらく彼女の目のまえで子供を殺したあと、死体を沼のそばまで捨てに行った。以後の二年間、カレッブ・コッフィン、トーマス・シュトゥルム、そしてダニエル・ラッセルを相手にそのシーンが三度にわたってくり返される。

マデリンは今やエルルケーニヒの正体についてまったく疑念を持っていない。アドリアノが殺人犯であることは確実だが、だれもが信じていた事実とは異なり、ほんとうの意味での犠牲者は子供たちではなかった。こう言ってしまうのは悲劇だが、これら不幸な子供たちは巻き添えになり、被害に遭ったにすぎない。彼にとって唯一無二の犠牲者、それは自分の母親であり、子供たちは彼女に無限の打撃を与えるための材料にすぎなかったのだ。

2

ミスティックの辺りでようやく車の列が流れるようになった。ピックアップトラックは海岸沿いを東に走ったあと、ロードアイランドの内陸をプロヴィデンスに向かって進む。ラジオから曲が流れているので、あと数時間もすればクリスマスを迎えることに気づかぬわけにいかなかった。ディーン・マーティンからナット・キング・コールまで、往年のクルーナー（抑えた低い声で囁くように歌う歌手のこと）全員がイブを盛り上げていた。ルイ・アームストロングが「ホワイト・クリスマス」を歌い終えると、すぐにフランク・シナトラが「ジングルベル」を歌いはじめる。

ガスパールの思考もマデリンのそれを追う。神々から聖なる火を盗んだプロメテウスをゼウスが罰するというギリシア神話のことを思った。カウカソスの山に括りつけられ、毎日のように肝臓を鷲に食いちぎられるという罰を与えられる。プロメテウスの肝臓は毎夜再生されるという特性があり、苦難は翌日もまたくり返される。永劫の苦痛。それはアドリアノが母親に科した贖罪とそれほど違わない。お気に入りの息子の死が何度も何度もくり返される。

ガスパールは、アドリアノ・ソトマヨールがあのような犯罪を思いたつほど蓄積していった憎悪と、彼と遭遇したために被害者となった者たちの不運に思いを向ける。ある巡り合わせによって二〇一四年の十二月、殺人者が歩んでいた道筋と、ほかの二つの運命が、つまり彼ら〈花火師〉たち三人の人生行路が交差する。けれども九〇年代の鮮やかな色彩は、血の色と暗闇に場所を譲ることになる。

アドリアノと不定期ながらも連絡を取りあっていたベアトリス・ムニョースは、自らの内に潜む悪魔に引きずり込まれてしまう。ベアトリスがアドリアノの苦しみを理解する妹のような存在であったと考えるのは、どこか矛盾があり不充分でもあった。苦しみが苦しみを生む。自分が深く愛した者に最悪な仕打ちを課すよう仕向けるような憎しみと同類のもの。だが、非常に大きな違いがこの二人を隔てている。ベアトリスはそんな異常性の極限までは行かない。彼女はペネロープに対して肉体的、精神的な拷問を加えたけれど、ジュリアンの命を奪うことまではしなかった。

彼女は、アドリアノをまじめな警官だと思いこんでいたので、男児を両親の許に帰そうと決めた時点で、仲介役になってもらうために連絡をとった。ニュータウン・クリークで会うことになり、父親に引き渡すよう頼んで男児をアドリアノに預けると、線路に飛びこむためにその場を去った。

こうして榛の木の王《エルルケーニヒ》は、車のトランク内に閉じこめられたショーンの息子と二人きりになるという思いもよらぬ状況に巡りあった。新たな児童拉致の手間が省ける、もっけの幸い。

彼はジュリアンを隠れ家に連れて行き、もはや習慣となった手順に従い、ビアンカに男児を託す。

数週間が経った。それまでのやり方を遵守していたアドリアノは、二月末から三月初旬にかけてジュリアンの命を奪う計画を立てた。ただし二〇一五年の二月十四日、エルルケーニヒは自宅近くで麻薬売人のチンピラにあっけなく殺されてしまう。


ガスパールは瞬きした。現実にもどる。以上が、マデリンと彼がどうにか頭のなかで再構成した事件の一連の経緯である。空白部分については多くの仮定で埋めた。とんでもない間違いを犯しているのかもしれないが、そうでなければ二つの疑問が宙に浮いたままだった。エルルケーニヒはどこに自分の母親と犠牲となった子供たちを隠していたのか？　そして何よりも、牢番が死んでしまってから二年近く経つが、ジュリアンとビアンカがまだ生きている可能性はあるのか？

二番目への答えはおそらく否定的なものしかないだろう。監禁の場所となると、ガスパールとマデリンはそれを特定できたように思う。数時間前にニューヨークでガスパールは、マデリンの直感を根拠にイサベラの夫アンドレに電話をした。アンドレは、アドリアノの遺産相続手続きが長引いて複雑だったのは、ビアンカの失踪に関連する法的問題が理由だったと明かした。簡単に言うなら、伯母ビアンカの死亡認定書に担当判事が署名するまで相続手続きの凍結が解除されなかったのだ。

「アンドレ、相続目録にはほかの不動産はなかったですか？　土地あるいは山荘、森の小屋とか？」

「ソトマヨール一家の古い家というのがティッバートンにあったね」

「最近そこには行きましたか？」

「いや、一度もないよ。イサベラはあの町が大嫌いなんだ。それと、家のことだけど……彼女は怖がっているんだ。ぼくも写真で見たけど、まさにアミティヴィルの家（呪われた幽霊屋敷として恐れられ小説や映画のモデルとなった）といった感じで、とてもマーサズ・ヴィンヤード島の家（お菓子でできたようなカラフルな家並みが有名）みたいなかわいらしいものではないね」

「今はだれが住んでいるんですか？」

「だれも。一年前から売りに出しているんだが、買いたい人間が殺到するはずはないし、不動産屋も熱心じゃないね」

ガスパールは住所を控えた。話を聞いたマデリンは、エルネストがガンの診断を受けてニューヨークにいる息子の家に移った時点で家を手放そうとしなかったのは筋が通らないと指摘した。アドリアノの隠れ家ではないかという仮定が俄然信憑性を帯びた。アドリアノはニューヨークで勤務していたので、監禁していた母親と子供に食料などを補給するにはかなりの苦労を要したものと思われるが、不可能ではない。

ガスパールは、鼓動が速まりこめかみがピクピクするくらい興奮した。

「落ち着いて、クタンス。わたしたちがみつけられるのは二つの死体でしょうから」マデリンが吐き捨てるように言い、車を発進させたのだった。

3

四時間のドライブのあと、車はボストンを迂回するバイパスを進んでいた。バーリントンを過ぎたところで、給油のためにサービスエリアに寄る。ガスパールがガソリンを入れようとしたのだが、負傷した手での給油は無理だった。

「それはやるから、わたしにコーヒーを買ってきて」マデリンは言うと、彼の手から給油ノズルを奪った。

彼はひきさがり、寒さから逃げるように建物に向かう。自動販売機にコインを投入して、砂糖抜きのコーヒー二杯。すでに八時になろうとしていた。一部の家庭では、もうイブの食事が始まっているはずだった。スピーカーからグレート・アメリカン・ソングブックのクリスマスバージョンが流れており、ロジャー・ミラーの「オールド・トイ・トレインズ」はガスパールも知っていた。グレアム・オールライトがフランス語にして流行った「プティ・ギャルソン」は父親がギターを弾いて歌ってくれた。大人になっても、幼いころのクリスマスの思い出は消えずに残っているものだ。父親の二間の家で過ごしたクリスマスがいちばん楽しい思い出として残っている。三十七平方メートルのアパルトマンで、パリ郊外の町エヴリのポール＝ラグランジュ広場にあった。二十四日の夜、クリスマス・ツリーのそばにビスケットと熱い紅茶を置いて、サンタクロースが来るのを待っていた。プレゼントのおもちゃ、〈ビッグジム〉やスロットカー〈ＴＣＲ〉、〈魔法の木《アルブル・マジック》〉、〈大食いカバさん《イッポ・グルトン》〉……で父親といっしょに遊んだのを思いだす。

いつもなら、そのことを思いだすと泣いてしまうので避けるようにしていた。けれども今夜は何ら動揺させられることなく受け入れられた。ごく単純に、思いだすのが喜びであるひとときとして。すると、すべてが違って感じられた。

「ああ、寒い！」マデリンが愚痴りながら、合成樹脂のカウンターを囲む不安定なスツールのひとつに腰かけた。

彼女はコーヒーを一気飲みするつもりだったようだが、あまりに熱すぎたものだから吐きだすほかなかった。

「まったく、わたしを殺したいの、クタンス！　たった一杯のコーヒーでもあなたには難しくて手に負えないってこと？」

マデリン・グリーンのすばらしさ満開というところだった。落ち着きはらったガスパールは立ちあがると、彼女のために新しいコーヒーを買いに行く。勢いづいた二人の調査を彼女と言い争って台無しにすることなどもってのほかだった。

彼がコーヒーを持ってくるのを待ちながら、マデリンはスマートフォンを確かめる。ドミニック・ウーからのメールが注意を引いた。「もしきみがイブをひとりで過ごすなら、これはぼくからのプレゼントだ。メリー・クリスマス」短いそのメッセージには大きなＰＤＦファイルが添付されていた。クリックして文書を開く。ウーは同僚を通じて、アドリアノの銀行口座の出納記録を入手していた。いわば金鉱脈！

「突然上機嫌になったのはどういうわけかな？」持ってきたコーヒーを置きながらガスパールは聞いた。

「ちょっとこれを見て」マデリンはPDFファイルをメールで彼に転送しながら答えた。「ソトマヨールの出費明細よ。まずはこれを調べあげて、それから話をしましょう。何度も同じような出費がないか、それをみつけること」

マデリンは新しい紙コップを自分のスマートフォンの脇に置いた。三十分ほど画面から目を離さなかった。下を向き、神経を集中させて数十ページもある出納記録をつぎつぎに表示させ、紙のプレースマットにメモを書きこむ。その隣で、ガスパールもまったく同じ作業を進めていた。それはまるで、ラスベガスのカジノのスロットマシーンにかじりつく常連二人といった体だった。

資料はアドリアノ・ソトマヨールの死から遡ること三年にわたって記帳された出費明細だった。それは人間の一挙一動を監視するカメラの映像と同じである。あなたの習慣、昼食にはどこで寿司を食べるのか、車をどこに停めるのか、どの高速道路の料金所で払ったのか、かかりつけの医師はだれか、そして千四百ドルもした〈エドワード・グリーン〉のハーフブーツ、あるいは六百ドルもする〈バーバリー〉のカシミヤマフラーといったごくまれな衝動買いまでが明らかにされる。

ガスパールは頭を上げる、がっかりしていた。

「アドリアノをティッパートンに結びつける具体的なもの、定期的に払っている高速料金、水道代、電気料金、ティッパートン付近の店への支払いなどは何もないな」

「それが決定的な問題であるとは限らないでしょうね。アドリアノのように警官であれば、二つの銀行口座を使い分ける、あるいは現金払いで出費明細を隠すことだってできたでしょうから。でもわたしは、一部の定期的な出費が疑わしいと思う」

実際、四つの店で頻繁に買い物をしていた。まずは〈ホーム・デポ〉と〈ロウズ・ホーム・インプルーブメント〉。どちらも日曜大工や住宅リフォームの資材、道具などを販売する全国的なチェーン店である。出費額が大きいので、それ相応の工事が目的だろうと思われた。たとえば防音とか換気の設備、要するに長期間にわたってだれかを監禁しようとする場合、やらざるをえなくなる工事である。

三番目はあまり知られていない業者だったので、二人はインターネットでその業種を調べなければならなかった。〈リョフフーズ〉はフリーズドライ食品の通販を専門にしていた。同社のホームページを見ると、イワシの缶詰や乾燥製品、エナジーバー、乾燥牛肉、長期保存用の調理食品など、ありとあらゆる軍隊用の携行食あるいは非常食がみつかる。顧客はトレッカーあるいは船乗りのほか、間近に迫る世界の終末に備えて大量の食品を備蓄すべきと確信し、その数をどんどん増やしつつある一般消費者だった。

そして最後に、アドリアノの出費記録で明らかになったのは、彼が全米に薬局チェーンを展開する〈ウォルグリーンズ〉のネット通販サイトの常連客であることだった。確かに、〈ウォルグリーンズ〉には何でもというか、ほとんどすべて、ことに赤ん坊や幼児向けの日用品が揃っていた。

マデリンは冷めたコーヒーを飲みほし、ガスパールのほうを向いた。彼が自分と同じことを考えているのは明らかだった。二人の胸のなかでとてつもない希望が膨れあがる。そして、防音処置のされた地下室に何年もまえから閉じこめられている老いたビアンカ・ソトマヨールの姿、彼らの期待を具現化するイメージを頭に浮かべる。彼女は自分をそこに監禁したわが子が死んでしまったのではないかと疑っている。二年以上もまえからひとりの子供を見守って来た女は、食べ物から水、明かりなどすべてを自分のためには制限してきた。もしかしたらある日、だれかが救出しに来てくれるかもしれないと待ちながら。

「急ぎましょう、クタンス、錨《いかり》を上げるときが来たようね！」

4

最後の行程は長かった。ティッパートンに向かう道は曲がりくねっていた。セイラムの手前でほんの少しUS一号線を走ってから、GPSによれば〈黒い種の森《ブラックシーディ・ウッズ》〉という奇妙な名の森を迂回して緩やかな上り坂を走り、ふたたび沿岸のほうに下っていく。

ガスパールはそっとマデリンを観察する。すっかり顔つきが変わっていた。きらめく目に震えるまつげ、決然とした表情は、ガスパールが『ニューヨーク・タイムズ・マガジン』の記事で見た写真そのままだった。いくらか前屈みな姿勢は、今にも格闘したくてうずうずしているかのように見えた。

五時間のドライブのあとティッバートンに着いた。郡議会が街灯とクリスマスの飾り付けを倹約したのは明らかで、通りも公共建物にも明かりがなく、港すらも真っ暗だった。インターネット上の観光ガイドに書かれているよりもさらに質素な印象を与える。ティッバートンは人口数千人の町で、かつては漁業で栄えていたが、数十年のあいだにマグロ漁の中心地である隣町グロスターの名声に押されて徐々に衰退した。以来、町は漁業と観光のどちらに重きを置くかの困難な選択に直面していた。

二人はGPSを頼りに海岸沿いを離れ、蛇行する通りを進んで町中に向かった。さらに進むと、藪に挟まれた狭い道に入った。一キロほど行ったところで、ヘッドライトが〈売り家〉と書かれた看板を照らした。〈ハーバー・ハウス不動産に御連絡ください〉と書いてあり、地元の電話番号も記されていた。

マデリンとガスパールはヘッドライトを点けたままの車からほとんど同時に飛びだした。武装はしていなかったが、ガスパールがマンハッタンで買ってトランクにしまっておいた懐中電灯と鉄梃《バール》を取りだした。

さきほどと寒さは変わらない。大西洋からの強烈な風が正面から吹きつける。だがここティッバートンでは、ヨードの香りにも腐臭が混じっていた。

二人は並んで歩き、家の建物に近づく。ソトマヨール家はコロニアル調のこぢんまりとした二階建ての田舎家で、中央に立派な煙突が立っていた。以前はこぎれいな建物だったのだろうが、今はうらぶれた印象しか与えない。イバラと丈の高い雑草に囲まれた陰気なコテージ、今にも崩れ落ちそうな二本の柱に挟まれるように玄関の扉があった。二人はイラクサをかき分けて近づく。闇のなかで、松材の外壁にはまるでコールタールが塗られているように見えた。

玄関の扉が半開きになっていたので、バールを用いる必要もなかった。湿気で変形した木のようすから、ずいぶんまえにこじ開けられたにちがいない。懐中電灯で照らしながら家のなかに入る。ほとんど何もなく、もう何年ものあいだ見捨てられていて、幾度となく町のホームレスが泊まったのだろう。オープンキッチンの設備と木製カウンター、戸棚の扉もなくなっていた。リビングのソファーは大きく穴の空いたのが一台しか残っておらず、テーブルの天板も壊れていた。床には数十ものビールの空き瓶とコンドーム、注射器が散乱。大きな石でぐるりと囲んだなかに灰がたまっているのを見れば、リビングの真ん中で火を焚いたことは明らかだった。ここに入り込んだ連中は、ここで火を囲み、セックスをし、酒を飲み、麻薬でトリップしていたのだろう。しかし、どこにも人を監禁したような痕跡はみつからなかった。ほかの部屋にも、あるのはたまった埃に湿気ばかりで、雨漏りのせいで歪んだ床板しか目に入らない。家の裏側には張り出しベランダがあって、一対の肘掛け椅子が残されていた。腐りかかった木製の〈アディロンダック〉の折りたたみ椅子。マデリンが驚きの声を漏らす。寸詰まりで急勾配の屋根を持つ大きなガレージ、あるいは船の格納庫《ハンガー》だろうか。ガスパールを後ろに従え、彼女は庭をよこぎってそちらに向かったが、やはり空っぽで何もなかった。

また家のほうにもどった。二階に向かう階段の下に目立たぬドアがあり、それは地下倉庫というか、大きな地下室に下りる階段に続いていたが、そこには蜘蛛の巣だらけの卓球台しかなかった。部屋の反対側にもうひとつのドアがあり、肩で押し開けると、ただの風通し用の床下だった。どう見ても、数年間人が入ったようすはなかった。

念のため、二人はかつて寝室と浴室があった二階に上がる。ほとんど何も残っていないのは一階と同じだが、アドリアノが八歳まで自分の部屋にしていた子供部屋だけは違っていた。ガスパールが懐中電灯で追憶が眠っている室内を掃くように照らすと、ベッド、倒れた棚、床に落ちたビニール加工のポスターが現れた。『ジョーズ』や『ロッキー』、『スター・ウォーズ』……彼も同じようなものを自分の部屋の壁に貼っては想像を巡らせていたものだ。違っているのは、ここにあるアルゼンチンのボクサー、カルロス・モンソンの代わりに、彼のポスターはASナンシー時代のミシェル・プラティニだったこと。

ドアの内側にライトを向けると、子供時代にはとても重要だった身長を測った鉛筆の跡。ガスパールの全身を震えが走る。何かがしっくりこなかった。当時、息子への親権を停止されたエルネストが、どうしてわが子の部屋をそのままとっておいたのだろう？

ガスパールはしゃがみ込んだ。床に落ちている写真立ては積年の埃に覆われていた。汚れをとるためガラスを拭う。色あせた一九八〇年代の写真。現代の子供たちは〈インスタグラム〉のフィルターを使ってその雰囲気を出したがる。アメリカ的な一家族の写真、無愛想で尊大なエルネスト、美しいビアンカ。ラテン女性の曲線美、ティッパートンのモニカ・ベルッチと呼ばれた女。五本の蠟燭の点いたバースデーケーキをまえにしたアドリアノ。撮影者に気を遣っての笑顔を見せてはいるが、例の教師が言及した、どこか遠くに行ってしまったような目つき。ほかの写真立てのガラスも拭いた。四枚目のインスタント写真を見てあぜんとさせられる。エルネストと、大人になった息子がいっしょに写っていた。おそらくアドリアノがＮＹＰＤに採用された際のセレモニーで撮った写真だろう。父親が誇らしく息子の肩を抱えていた。

ということは、アドリアノは十八か二十歳あたりで、まだ発病するまえの父親と再会していたことになる。理解するのが難しい。というか、どこか倒錯気味の論理が働いていた。自分の息子をこっぴどく殴ることができなくなり、もはや脅威ではなくなったエルネストを、当の息子がふたたび受け入れるようになったという筋書き……。また改めて、ガスパールとマデリンはアドリアノが憎しみを母親だけに向けた事実に驚かされた。不公平であり許しがたいこと、不可解だった。しかし、おぞましさ、野蛮さがある限度を超えてしまうと、合理的な感性は人間の行動を理解するのに最良の道具ではないのかもしれない。

ビアンカ

わたしの名はビアンカ・ソトマヨール。年齢は七十歳、五年前から地獄の間借り人です。わたしが話すことを信じてください。真の地獄の姿がこれです。ここであなたが耐え忍ぶのは苦痛ではありません。苦痛はふつうのこと、生きていれば当然のことでしょう。人間は生まれてから、いつでもどこでも、あらゆること、些細なことで苦しむものです。ほんとうの地獄の特徴というのは、強烈な苦しみとはべつに、何よりもそれを終わらせられないことです。自分で死ぬ可能性すら残されていないのですから。

くどくどわたしの話を聞いていただこうとは思いませんし、あなたを説得するつもりもありません。第一に、あなたのご意見がわたしにとって重要ではないからです。つぎに、あなたはわたしの味方にも敵にもなれないからです。どちらにしてもあなたは、アドリアノがおとなしい人なつっこい子で、わたしたち両親は怪物だったと、あなたの目のまえで胸に手を当てて誓う人たちの断片的で一方的な記憶のほうを好むに決まっているでしょうから。

というわけで、わたしにとっての変わることのない真実を申しましょう。わたしはほんとうに自分の息子を愛そうと努力しました。けれど、それは簡単ではありませんでした。生まれてすぐの数年間でさえも。子供の個性というのは早くに表れてくるものです。四歳か五歳で、もうわたしはアドリアノを怖いと思いました。騒がしいとか、言うことを聞かない、癇癪を起こす――確かに、あの子はそのすべてに当てはまりましたが――そうではなくて、捉えどころがなく陰険だったからなんです。あの子を従順にさせられる大人はひとりもいなかった。わたしが愛情をもってしても、あの子の父親が暴力をもってしてもだめでした。アドリアノはあなたの愛情を欲しがるだけでなく、自分からは何もしようとせずに、あなたを従わせようとするのです。あなたを自分の言うとおりにさせようと思ったら、絶対に諦めません、わたしがいくら約束しても。それから、あの子に対しては言うことを聞かせるという理由で、わたしに対してはあの出来損ないの子の母親だから罰するという理由で、夫のエルネストがわたしたち母子をいくらベルトで叩いてもむだでした。苦痛を与えられているときでさえ、あの子の目つきはわたしの血を凍らせました。悪魔の残忍さと怒りが見えているように感じました。そんなものはわたしの頭のなかの妄想にすぎないとおっしゃるのでしょうね。そうかもしれませんが、わたしには耐えられなかった。そういうわけで、準備が整った時点ですぐに家を出ました。

わたしは人生のページをめくったのです。ほんとうに。人生は一回きりで、わたしは背を丸めたまま一生を過ごしたくはなかった。吐き気を催させる用事を数珠つなぎで続けるだけの人生、どこも魚臭くて退屈な町を毎日うろつき、殴られ、戦士の休息にフェラチオをさせられることに要約される結婚生活、問題を抱えた息子の奴隷となる……何の意味があったでしょうか?

わたしはほかの土地で、それまでの人生を続けるのではなく、もうひとつの人生を始めたのです。もうひとりの子──その子には、兄のいることを言いませんでした──、もうひとりの夫、もうひとつの国、ほかの友だち、職種も変えて。最初の人生に関わるものはぜんぶ燃やして抹殺しました、ためらうことなく。

本に書かれてあるような母性本能とか、わたしが感じたかもしれない後悔についてなら、いくらでもあなたにお話しすることはできます。アドリアノの誕生日には胸が締めつけられる思いをしたと言うこともできるでしょうけれど、それは事実と違います。

あの子がどうなったのか知りたいと思ったことがないのです。あの子の名をグーグルで検索したことはないし、消息を知っていそうな人たちとの連絡も徹底して断ち切りました。わたしがアドリアノの人生から、あの子がわたしの人生から消えたのです。あの一月の土曜日、だれかがうちの呼び鈴を鳴らすまでは。気持ちの良い日の夕方でした。夕日が最後の光を放っていました。逆光の当たる網戸の向こう側に、わたしは警察官の青い制服を見たのです。

「こんにちは、ママ」わたしがドアを開けるなり、彼がわたしに声をかけました。

三十年以上も会っていなかったけれど、彼はちっとも変わっていなかった。目の奥には以前と同じ怪しい炎が光っていました。でも三十年後、その炎は猛火になっていました。

その瞬間、わたしはあの子がわたしを殺しに来たのだと思いました。

わたしを待ち受けているものが、それより遥かに悪質だったとは夢にも思いませんでした。

21 ゼロ地点

だれひとりとして、実際には地獄から出るためにしか、書いたり描いたり、彫刻、造形、構築、あるいは発明したりはしない。

アントナン・アルトー

1

途方に暮れたマデリンはその場にくずおれぬよう努力する。

ガスパールはといえば、グロッキーになったボクサーのような虚ろな目つきだった。

二人はもう一度しらみつぶしに調べてから廃屋を後にした。無駄骨。どうしていいか分からず、疲れきってティッパートンまでもどってくると、港に車を停めた。身を切るような寒さに襲われ、堤防で手足を伸ばしたいという当初の欲求をすぐにかなぐり捨てて、クリスマス・イブの午後十一時だというのに一軒しか開いていない店に逃げこんだ。〈オールド・フィッシャーマン〉はパブで、客は見るからに常連らしい十名ほどがフィッシュ・アンド・チップスやクラムチャウダーにパイントのブラウンビールをとっていた。

「これ以上何をできるだろう?」ガスパールが自問する。

マデリンは無視した。まえに置かれたクラムチャウダーには手をつけず、アドリアノ・ソトマヨールの出費記録を熱心に調べている。意気消沈しながらも数字の列に目を凝らしていたが、十五分を過ぎた時点で、すでに分かっていること以外に目新しいことを発見できないことは認めざるをえなかった。脳みそが働くのを拒否しているのではなく、単に脳を使うための材料がないからだった。もはや追うべき手がかりも、掘り起こすべき溝も残されていなかった。

希望は一時間も持たなかったものの、確かにあったことはあったのだ。今になって自らの間違いをフィルムのように巻きもどしてみると、マデリンは自分が例のエピソードを充分に考慮しなかったことを悔やんだ。

「ショーン・ローレンツがわたしに会うためにニューヨークへ来たとき、もしわたしがいたならば物事はだいぶ違っていたんでしょうね。一年間をむだにしなかった。一年間よ、考えてもみて!」

牡蠣を載せた皿をまえにしたガスパールが、急に罪悪感を覚えたかのように彼女を慰めようとする。

「大した違いはなかったと思うけど」

「もちろん違っていたに決まっている!」

彼女は完全に参っていた。ガスパールはしばらく黙っていたが、心を決めて白状する。

「違うんだ、マデリン、何も変わりようがなかった。なぜって、ショーン・ローレンツがニューヨークにやって来たのはきみに会うためなどではなかったからだ」

彼女は理解できずにガスパールを見つめる。

「ローレンツはきみの存在などまったく知らなかった」彼ははっきりと言った。

マデリンは眉をひそめた。頭が混乱していた。

「あなたは引き出しのなかにしまってあったというあの記事をわたしに見せてくれたでしょう」

ガスパールは腕を組み、静かに肯く。

「一昨日あの記事をインターネットでダウンロードしたのはぼくだ。あれにメモを書きこんだのもぼくだ」

しばし沈黙。マデリンは記憶を呼び集めると、口ごもりながら聞く。

「あなたは……あなたは、わたしの勤務先の電話番号が何度か彼の通話記録に記録されていたと言ったじゃない」

「それもまた、ぼくがカレンに助けてもらいながら手を加えたものだ。そもそもそんな苦労をする必要などなかった、きみは確かめようともしなかったのだから」

茫然としたマデリンは、まだ話のすべてがガスパールお得意のからかいだと思っているので、そのまま信じることを拒否する。

「ローレンツは一〇三丁目通り、わたしの元の勤務先から数ブロックのところで死んだ。それは動かせない事実でしょう。世界中のメディアがそれを報道していた。彼がそこにいたのは、わたしに会いたかったからで」

「ローレンツがそこにいたのは事実だが、それは単に〈ペレティア&ストックハウゼン〉法医学研究所が目と鼻の先にあったからだ。彼はあなたに会いに行ったのではない、相手はストックハウゼンだった」

ようやく納得し、だがここまでの厚かましさに呆れ果てたマデリンは長椅子から立ちあがった。

「あなた、まじめに言っているんじゃないでしょうね？」

「ぼくはきみの関心を引きつけたくてこの話をでっち上げた。どうしてもきみをこの調査に引きこみたかった」

「でも……どうして？」

ガスパールも声を荒らげて椅子から立ち上がった。

「それは、ぼくは実際あの子に何が起こったのかをどうしても理解したかった、でもきみはまったく関心を持とうとしなかったからだ」

二人の周りでは話し声が止み、暖房が利きすぎたレストラン内は重苦しい沈黙に包まれた。

「それが理由、以上がぼくの説明だ」

彼は自分の顔のまえで威嚇するように人差し指を振りながら怒りを爆発させる。

「そんなままでぼくは納得できなかった！　それに、ぼくは正しかった！　きみはジュリアンが死んだものとずっと考えていたろう。あの子を救出できる可能性を二人で検討することをきみはけっして受け入れようとしなかったじゃないか！」

そこでマデリンはクタンスが仕組んだ心理操作を完璧に理解し、その瞬間、真っ赤な怒りのベールに視界が覆われた。

「あなたは病気……異常よ！　頭がおかしい。あなたは……」

怒りのあまりワーンという音しか聞こえなくなり、マデリンはガスパールに襲いかかって喉をつかんだ。ガスパールは押し返したが、マデリンはまた飛びかかって肘で彼の肋骨を突いたあと、パンチを二発食らわせる。さらに鼻をめがけて一発、肝臓を狙ったアッパーカットがそれに続いた。

ガスパールは防御もできずに殴られっぱなしの状態だった。身体を二つに折って嵐の過ぎ去るのを待っているところに膝蹴りを食らい、床に倒れた。

マデリンは竜巻のようにパブから出て行った。店のなかはもう大騒ぎだった。ひどい状態ながら、ガスパールはなんとか起き上がる。手の指を固定していたギプスもずれてしまっていた。唇が膨れあがり、右目も痛みだした。

足を引きずりながら店を出て港に向かい、マデリンを引き止めようとする。しかし堤防の端までたどり着いたとき、ピックアップトラックは走りだした。車が彼めがけて突進してきた。最初はただ脅すつもりなのだろうと思ったが、車は曲がらずに直進してきた。あわてて脇に飛んで、轢《ひ》き殺されるのを免れた。

タイヤを鳴らしながら、車は五十メートル先で停まった。ドアが開かれ、マデリンが板張りの歩廊に彼の持ち物、旅行バッグからスパイラルノート、ジュリアンのぬいぐるみまで捨てるのが見えた。

「くたばれ！」彼女が怒鳴った。

そしてドアを閉めるとアクセルを踏みこんだ。タイヤが歩廊の上で空回りしたあと、ピックアップトラックは安定した姿勢を取りもどし、疾走する駅馬車のように港から走り去った。

2

「しこたま殴られたね、あのねえちゃんに！」

鼻血を垂らしながら、ガスパールはモニュメントのそばのベンチに腰を下ろした。ブロンズ製の巨大なトロール船、三世紀にわたって海で命を落とした近隣の漁師たちを慰霊するためのものだろう。

「顔をめちゃめちゃにされたねえ」漁船員らしき男は歯が半分欠けた口を開けて大笑いしながら続け、ガスパールにひとつかみのティッシュペーパーを差しだした。

ガスパールは礼のつもりで頭を下げた。少しまえにレストラン内で見た覚えのある飲んだくれのひとり、髭に覆われた顔を頻繁にチックで歪めるかなり年配の男で、船長帽を被り、赤ん坊のおしゃぶりのように棒状のリコリス（甘草の一種リコリスの根とアニスオイルで味付けしたグミのような食感の黒い菓子）をしゃぶっていた。

「ひでえ顔にされたもんだ」飲んだくれはなおもくり返し、ガスパールが回収してきた持ち物をずらして自分もベンチに腰かけた。

「分かっているんだから、何度も同じことを言わなくてもいいだろう！」

「おれたちには結構な見物だったさ！　女が男を殴り倒すってえのは滅多に見られるもんじゃねえ。ふつうは逆だものな」

「分かったと言ってるだろう。ほっといてくれないか！」

「おれはビッグ・サムっていうんだ」ガスパールの機嫌が悪いことなどまったく無視して、相手は自己紹介をした。

　ガスパールはスマートフォンを出す。

「そうか、ビッグ・サム、あんたがだれだろうとかまわないが、タクシーの番号を教えてくれないか？」

　相手は噴きだした。

「この時間にかね。この辺りにタクシーなんかいるわけねえだろうが、カウボーイ。それにだ、ずらかるまえに飯代を払わなけりゃいけねえのと違うかい！」

　ガスパールは相手の言うことがもっともだと認める。混乱したなか、マデリンも彼も勘定を払わずにパブから出てしまっていた。

「それはそうだな」彼は同意して上着の襟を立てた。

「おれがついて行ってやるよ」飲んだくれが言った。「この老いぼれビッグ・サムに一杯おごりたいって言うんなら、拒む理由はねえものな、ほんと」

3

マデリンは泣いていた。

そして、少年がそれを見ていた。

たくさん涙を流したものだから、フロントガラスを透して道路もよく見えなかった。ガスパールを置き去りにしてから十数分ほど走ったカーブの途中で、運転するピックアップトラックが横にぶれてしまい、反対車線の対向車が目前に迫っていた。対向車のヘッドライトが鼻先に突きつけられたように目をくらませた。思いっきりハンドルを切った瞬間、怒りと絶望に満ちたクラクションが聞こえた。互いのバックミラーがぶつかり、彼女のピックアップトラックは路肩に乗りあげ、スリップしてから溝にはまる直前でようやく静止した。

くそっ！

対向車は停車するでもなく闇のなかへ走り去った。ありったけの力でハンドルを殴りつけ、マデリンは泣き崩れる。下腹の痛みがぶり返していた。一日中その痛みを無視していたが、今その仕返しをされていた。全身に震えが走る。両手を腹に当て、シートに座ったまま前屈みになり数分間じっと動かずにいた、漆黒の夜のなか、打ちひしがれて。

そのときも小さな男の子はじっと彼女を見ていた。

それでマデリンも男の子を見る。

それはソトマヨールの廃屋でガスパールがみつけたアドリアノの写真だった。五回目の誕生日会、彼の母親が逃げだす一年ほどまえ、夏の一夜だった。蠟燭の向こう側で、男の子は笑いながらカメラを見ている。黄色のランニングシャツにストライプの入ったショートパンツ、サンダルを履いていた。

マデリンは涙を袖で拭い、室内灯を点けた。

写真が気になってしようがない。それを見ながら、幼い男の子の内で未来の怪物がすでに胎動していたと考えるのは困難だった。一部の心理学者が、すべては三歳までに決定されると主張していることは知っていた。マデリンはひどく反発を感じたのだが。

でも、それが真実なら？　すべてがこの視線のなかにあるということだろう、可能性も、そして同時に限界も。マデリンはその考えを頭から追い払う。五歳で自分の内に悪魔を秘める、ありえない。彼女は悪魔を追い詰めたかったのに、悪魔はとっくの昔に死んでいて、もはや追い詰める相手はいなくなっていた。残るは、ひとりの子供の亡霊のみ。

ひとりの子。男の子。あのショッピングアーケードでおもちゃの飛行機で遊んでいたジョナサン・ランペラーの子のような。彼女が自分のお腹から産みたかった子供。ジュリアン・ローレンツのような子。ひとりの子供。

マデリンは深く息を吸う。もう昔のことになるが、〝殺人犯の頭のなか〟に入ることを学ぶ研修を受け、本も読んだ。多くは幻想と内容のない話ばかりだったけれど、犯罪者の考えを見抜くというのは、警察官にとって最大の魅力であることに変わりはない。しかし、五歳の子の頭のなかに入って考えるというのは……。

写真から目をそらすことなく、マデリンは男の子に問いかける。

きみはアドリアノ・ソトマヨールというんだね。きみは五歳……きみが頭のなかでどんなことを考えているのか、わたしには分からない。ふつう、それを想像するのがわたしの仕事なんだけれど。あの蠟燭を吹き消した瞬間にきみが考えていたことだって、わたしには知りようがない。きみが毎日の生活で何を考えていたのか、そんな生活のすべてにどんな意味があると考えていたのか、それもわたしには分からない。どうやってきみがあんなことに耐えたのかも知らない。きみの希望とは何だったのか、夜ベッドで眠るときに何を思っていたのかも知らない。そういった日々の夕方、きみが何をしていたのかも知らない。

きみのお父さんが頭のなかで何を思っていたのかだって、わたしは知らない。だいたいお父さんについては、何も知らないのだから。どうしてきみを殴りつけるようになったのかも分からない。父親が船倉内で息子に罰を与えるという光景、ベルトで殴ったり、火の点いたタバコを押しつけたり、便器に頭を突っ込んだり、どうしてそんなことになってしまったのか、わたしにはまるで理解できない。

きみを通してほかのだれかを殴っていたのかもしれないけれど、それも分からない。殴っていたのはお父さん自身だった？　それとも、お父さんのまたお父さん？　ローンの額を減らしてくれない銀行員？　社会全体？　自分の妻？　どうして悪魔がきみのお父さんを従わせてしまって、あとで同じようにお父さんがきみを従わせたのかも分からない。

マデリンは写真に目を近づけた。

男児が彼女を見ていた。

しっかりと視線を合わせて。

五歳や六歳で、人は悪魔にはならないけれど、すべてを失うことはできる。自信、誇り、夢の数々を。

「アドリアノ、きみはどこに行ってしまうの？」マデリンは囁いた。「どこに行ってしまうの？　きみの視線がそれてしまうとき。どこに行ってしまうの？　きみの視線がほかに向いてしまうとき」

きみが行ってしまう、ほかの場所ってどこにあるの？

また涙が流れた。マデリンは指が真実に触れつつあると感じた。けれども真実は、もう逃げだそうとしていた。真実、それは半秒で消えてしまう物語だ。ことに、それを遠くから探し求めてきた場合は一瞬にして失われてしまう。それはひとつの霊感であり、ある閃《ひらめ》きの前触れとなる静寂なのだ。

当初からマデリンは、過去の解釈を変えればこの話が解決すると考えることを拒絶してきた。他方で、奇跡が起こってくれることもまったく期待していなかった。にわかに月光が差してダッシュボードを輝かせるようなことは起きない。アドリアノが彼女の耳元に彼の秘密を囁いてくるようなこともありえないのだ。

しかし、ガスパールが自分たちに放った問いが残っていた。これ以上何をできるだろう？あらゆる捜査における最終的な問い、そして彼女はそれへの回答として、あのばかったれクタンスに負けてなるものかと思った。

エンジンを始動させてウィンカーを出すと、溝に落ちることなく道路にもどれた。ニューヨークに向かう代わり、Uターンをしてティッパートンに向かって走りだす。ガスパール・クタンスとは決着をつけなければならないと思った。

4

ガスパールはビッグ・サムにつきまとわれつつ、堤防沿いに歩いて〈オールド・フィッシャーマン〉まで引き返す。

足を踏み入れるなりパブの客から野次を浴びせられたが、その年寄りたちに悪意はないようだった。大いに笑ったあと、彼らはガスパールに一杯おごりさえした。彼の反応としては、初めは酔いたくなかったので断ろうとしたが、つい油断した。調査が終わってしまった今、何を堅苦しくなっているのか？

一杯目のウイスキーをゆっくり時間をかけて味わってから、こんどは全員に一杯ふるまう。さらに二杯を一気に飲み干し、五十ドル紙幣を二枚カウンターに置いてボトルごと引き取った。

おれの名はガスパール・クタンス、アルコール依存症の患者である。

アルコールが効いてきた。それに、気分も良くなった。いちばん快適な瞬間である。断酒を破って二杯か三杯空けた状態だと、醜悪な世界を逃れられてもまだ完全にできあがってはいない。とはいえ、彼の最も気の利いた戯曲の台詞のやりとりはそういう半ば酩酊状態で書かれたものである。思考がほぼ明晰な状態。しかしながらしばらくすると、周りの酔っ払いどもの存在が不快に感じられるようになった。大声がやかましいし、あまりにもマッチョでホモフォビア、言っていることのばかばかしさが限度を超えていた。それに、彼はいつだって一人飲みを好んだ。酔っ払うというのはごく私的で悲劇的な行為なのだ。いわばマスターベーションとヘロイン・トリップの中間地点を行くような。ライ・ウイスキーのボトルをつかむと、奥の部屋に引っ込んだ。薄暗いシガールームか何かのようで、壁は赤のビロード張りで、銛《もり》やら好色な銅版画、近所に住む漁師たちが自分らの船のまえで誇らしげに獲物を見せる写真などが飾ってあった。それらが一体となり、トゥールーズ＝ロートレックに描かせた『老人と海』の挿絵のような奇妙な雰囲気を部屋に与えていた。

テーブルに陣取り、向かいの椅子に持ち物を置いた。グラスに四杯目を注ぎ、調査全体の詳細を書きとめた大きなノートをめくりはじめる。それは、まさに自分の失敗を綴った日記だった。ジャケットと香水まで借用はした、だが彼はショーン・ローレンツではない。かの画家の遺志を受け継ぐだけの器量はなかったということだ。それに、そんな簡単に捜査官になれるはずがないと言ったマデリンは正しかった。いくつかの理由から、彼はジュリアンをみつけ救出できるものとうぬぼれていた。それはとりもなおさず、自身の救出にほかならない。この調査にしがみついたのも、失敗続きの自分の人生が安上がりに埋め合わせできるものとたかをくくったのだろう。しかし、ほんの数日間の努力で人生全体を償えるわけがないのだ。

酒を口に含んで目を閉じる。地下室で朽ち果てつつあるジュリアンの姿が脳裏に刻みつけられていた。あの子がまだ生きている可能性はわずかでもあったのだろうか？　いかなる確信もなかった。生きたままの男児を奇跡的にみつけられたとしよう、だが二年間も監禁されていた子がどんな状態にあるのか？　で、その子の将来は？　わが子を救おうとした父親は死んでしまっていて、母親は廃棄された地下鉄車両のなかで自分の頭を撃ちぬいた。もっとましな人生の出発があってもいいのではないか……。

ノートのページをめくりながら、ベネディック執筆のローレンツ研究書のなかでみつけた〈花火師〉たちの写真の一枚に目をとめる。ガスパールがいちばん気に入った写真だった。その理由は、まず写真が一九八〇年代の荒削りでアンダーグラウンドなニューヨークの雰囲気をそのまま写しだしていたからだ。それに、すばしっこい三人が揃っているうえ、ほとんど幸せそうな表情をしていたからだ。彼らは二十歳前後、カメラに最後の挑発的なしぐさをしてみせたあと、三人の運命は破綻あるいは躍進する。まずベアトリス・ムニョース、別名〈てんとう虫《レディーバード》〉は百二十キロという重量挙げ選手並みの体格だから、その名が連想させるように飛翔することもかなわず、現実のなかに埋没した。写真でも、軍用マントで身体を覆い、右にいる若者*Lorz74*に笑顔を向けている。当の若者はその作品で人々を夢中にさせる天才ショーン・ローレンツにはまだなっていなかった。彼は自分を待つ運命を予感していただろうか？　きっとしていなかった。写真では、仲間の若者とふざけることしか頭になく、相手にスプレーを浴びせようとしている。その相手が〈夜勤者《ナイトシフト》〉こと、アドリアノ・ソトマヨールだ。

　ガスパールはアドリアノをより仔細に見る。これまで明らかになったことを考慮に入れて見直そうと思った。四日前に初めて写真を見たときは、シャツの襟を広げて粋がるこの若者がワルを演じているのかと思ったのだが、威嚇に見えたのはじつはある種の無関心でしかなかった。子供時代からずっと変わらぬあの遠くを見る目。

　ガスパールは、いずれ榛の木の王《エルルケーニヒ》に変身する者の顔から目を離さない。ガスパールはアドリアノに関して、彼の〝バラのつぼみ《ローズバッド》〟（映画『市民ケーン』のなかで新聞王ケーンが死に際に残した謎の言葉）をみつけることに失敗した。それはすべての扉を開いてくれる魔法のカギだ。ある人生の逆説《パラドックス》すべてを明らかにする伝記上の細かな一点、それによって当人が実際は何者であったのかを知り、それを人は追いかけ、あるいはそれから逃げることに一生を費やすもの。ほんのしばらくのあいだ、ガスパールは目のまえに明瞭なるものがあるような印象を持ったが、それを目にすることは不可能だった。そのとき、ふと思春期のころの懐かしい思い出が頭をよぎる。エドガー・アラン・ポーの『盗まれた手紙』と、その主要な教訓。何かを隠す最良の方法は、目につく場所に置いておくこと。

はっきりと意識しないまま、ガスパールはペンを出し、戯曲を執筆するときの習慣でメモをとっていた。そうやって書かれたものを読みかえす。二つか三つの日付、〈花火師〉たちの氏名、各人の通称。間違いをひとつ訂正する。きっと海洋の雰囲気が濃い部屋にいるせいだろう、〈ナイトシフト〉の代わりに〈ナイトシップ〉と書き間違えていた。

ノートを閉じてグラスを干し、持ち物をまとめた。頭痛を感じながらカウンターに向かう。客の数は減っていて、騒がしさもいくらか治まっていた。どこかに泊まれないか店主に尋ねた。店主は何軒かに電話をしてくれると言った。ガスパールは頭を下げて礼を伝える。スツールの上で半ばくずおれていたビッグ・サムがまたヒルのように張りついてくる。

「カウボーイ、一杯いいだろう？」

ガスパールは自分のボトルから注いでやる。自分はもう飲まなかったが、ライ・ウイスキーがすでにかなり効いていた。頭がぼんやりしはじめる。核心のすぐそばまで近づいた印象があったのに、逃がしてしまった。

「あなたはソトマヨールの家族を知っているかい？」

「もちろん知ってるとも」飲んだくれが答える。「この辺りじゃあ、だれでも知っているね。船長《キャプテン》のかみさんを見せてやりたかった……。名前、何ていったっけな？」

「ビアンカか？」

「そう、そうなんだ。美人なんてもんじゃなかったね。おれは喜んであの女と一発……」

「キャプテンというのはエルネストのことだな?」ガスパールは相手の言葉を遮った。

「そうだとも」

「なぜキャプテンなんだ?」

「そりゃあそうだろう、ばかだなおめえ。なぜって、船長だったからよ! それも底引網の免許を持っていた数少ねえ船主のひとりだったし」

「船長はどんな船を持っていたんだ? トロール船か?」

「そうだ、大型ヨットなんかじゃねえに決まってら」

「船名は何ていった?」

「思い出せるわけねえだろ。どっかの国の名前だったな。もう一杯くんねえか?」

一杯注ぐ代わりに、ガスパールは飲んだくれの喉元をつかむと自分の顔を近づけた。

「ソトマヨール爺さんの船の名前を聞いてるんだが、どうなんだ?」彼は興奮して言った。

ビッグ・サムが振りほどく。

「落ち着けよ、おい! おめえ、ほんと行儀悪いな!」

船乗りは有無を言わせずにむんずとボトルをつかみ、かすめとるようにらっぱ飲みでゴクゴクと喉を鳴らした。眠気が覚めたのか、歯の抜けた口を拭うとスツールから飛びおりた。

「ついて来な」

ビッグ・サムに続いて例のシガールームに入り、一分もしないうちに、五十キロは優に超えるマグロの後ろに、エルネスト・ソトマヨールが乗組員といっしょにいる写真をみつけた。

白黒の写真で、おそらく八〇年代のものだが画質は悪くなかった。ガスパールは額縁に近づいた。乗組員らの背後に大型トロール船が見えている。目を細めて船名を読む。

〈ナイトシフト〉。

ガスパールは震えだした。目がかすむほど上気した。

「ソトマヨールが引退したあと、トロール船はどうなった？　今でも港にあるのか？」

「冗談言うな！　港の使用料がいくらだか知ってんのか？」

「じゃあ、どこにある？」

「そりゃあティッパートンの船ぜんぶと同じで廃船場に送られた。きっとグレイヴヤードまで引っ張られて行ったんじゃねえか」

「グレイヴヤード？　何だねそれは？」

「スタテンアイランドにある船の墓場よ」

「ニューヨークのか？」

「そうだ」

ガスパールはもう部屋を走りでていた。荷物をつかみ、パブから港に出る。凍てつく風が酔いを超特急で醒ましてくれるようで、じつに気持ちよかった。スマートフォンを出そうとしたところで、自分のほうに近づいてくる二つの大きなヘッドライトが見えた。

マデリン。

十二月二十五日、日曜日

22 ナイトシフト

夕べがあり、朝があった。第一の日である。
『創世記』一章五節

1

銀色の雪片が空を満たしている様は、まるで金属製の昆虫の大群のようだった。

ガスパールとマデリンがスタテンアイランドの船の墓場《グレイヴヤード》に着いたのは朝の七時、夜通し走りつづけたのでもう疲れを通りこしていた。眠ってはならないと思い、マデリンは立て続けにタバコを吸い、ガスパールは途中のガソリンスタンドで〈サーモス〉に入れておいたコーヒーを空にした。到着間際になって雪嵐に遭い、道路に数センチも雪が積もって徐行を強いられたため余計に時間がかかった。雪嵐をついてたどり着き、車はこうして船の墓場に乗り入れた。そこは有刺鉄線に囲まれた土地で、構内立ち入り危険を告げる立て札があちらこちらにあっても広すぎるため、立ち入ろうとする者を制止する役には立ちそうになかった。

立て札よりも有効なのは一帯に漂う臭気だった。まず驚かされたのはそれで、魚や海藻の腐敗臭。汚染された空気で吐き気とめまいを催す。そんな第一の難関の悪寒を克服したところで、奇妙に逆説的な美しい風景が目に入ってくる。

鉛白を溶かしたような空の下、終末世界の光景が果てしなく広がっていた。荒涼とした無人地帯、引き取り手のない幾千もの廃船が集まっていた。ヘドロのなかで腐りつつある艀《はしけ》、骨組みだけになった大型船、数十年前から浅瀬に乗りあげたままの川船、錆びた貨物船、マストにロープが当たってカチャカチャ音を立てるヨット、ミシシッピー川からそのまま流れ着いたような外輪船の残骸まであった。

水平線には何もない。人の姿もなく、錆に覆われた残骸の上空で旋回するカモメの鳴き声のほか、生き物の気配はない。マンハッタン島からそれほど離れていないとは信じられなかった。

一時間もまえからガスパールとマデリンは〈ナイトシフト〉号を懸命に探していたが、あまりの広大さにてこずっていた。降る雪が次第に密になり、空と海とのあいだで幽霊船のような船影を識別するのを妨げる。

都合が悪いことに、墓場構内の全域を車で移動できるわけではなかった。波止場の場所が明示されていないし、舗装や標識も定かでなかった。場所によっては、ピックアップトラックがでこぼこ道や海への突出部の行き止まりに入ってしまい、ぬかるみにはまらないためには歩いたほうが賢明な場所もあった。

そんな横道を進んで、陸軍のタグボートが半ば埋まっている広い砂浜を過ぎたところで、マデリンの注意がある一点に向けられた。中ぐらいの高さの木々が海から突き出ていたのだ。砂と泥炭の小道を挟むようにして十本あまりの木が植わっていた。自然に生えたにしてはまっすぐに並びすぎている。いったいだれがここに植樹したのか、そしてその理由は？　マデリンが蹴落とした一本の枝をガスパールが拾って調べる。

「まるで出血だな、これは」樹液が赤くなるのを見せながら、ガスパールが言った。

「えっ！」マデリンが驚きの声を漏らした。「この木は……」

「えっ、何？」

「これは榛の木」

血を流す木。冬の殺戮のあとに復活する木。死後生のシンボル。

2

榛の木の塀に導かれ、板を渡した危なっかしい道を百メートルほど進んだ二人は、高さがあって細身の船が仮設の浮き橋に繋留されているのを見た。

〈ナイトシフト〉号は船尾から網を降ろす方式の長さ二十メートルほどのトロール船だった。動けなくなり、錆に蝕まれ、海藻と泥にまみれた鉄の塊。

一瞬の迷いも見せずに、マデリンは板を渡して手すりをつかむと船に飛び乗った。向かい風に逆らいながら船尾ギャロス（魚網などを吊るす逆U字型の台）をくぐり抜けてウインチをまたぎ、ブリッジに上がった。ガスパールもあとに続く。雪が固まりはじめ、甲板はもうアイスバーンになっていた。ブリッジには太いロープやら滑車、ケーブル、網の切れ端、古タイヤなどが散らばっていた。

つるつる滑る危なっかしい階段で操舵室に入った。雨漏りのせいで床はへこみ、湿った壁も不快なにおいを放っている。べとつく汚れに覆われた操舵室は、操舵装置からレーダー、無線機、その他の航行器具すべてがなくなっていた。使用不能となった壁の消火器のそば、マデリンは樹脂コーティングされた船内見取り図に目をとめた。半分朽ちた見取り図には、船内火災時に守るべき安全措置がまとめられていた。

二人は操舵室からポートギーズ・ブリッジと呼ばれる外側通路を進んで板の仕切り壁のほとんどが取り外された乗組員用船室に向かう。まず古いレンジと冷凍庫で狭くなった通路、それから二つの船室を改造した作業室。部屋の隅には、セメント袋とツルハシ、左官用こてのほか、いろいろな道具が置かれ、ビニールシートを被せてあった。折りたたみベッドの上には、割れた瓶やネズミの死骸に交じって濡れた段ボールの箱が十個ほど腐りかけていた。マデリンがラベルを剝がしてガスパールに見せた。〈リョフフーズ〉、非常食や携行食を専門とする食品メーカー……。

これほど核心に迫るのは初めてのことだ。

見取り図によれば、階段を下りると機関室があったはずが、今やそこはネズミと腐食の王国と化していた。突然の訪問者に驚き、ネズミどもが床を這う配管の下に隠れようとする。機関室の奥に、これも錆だらけの鉄の扉が見えた。しっかり閉まっていた。マデリンは、ガスパールに懐中電灯を向けているよう頼み、扉をこじ開けようとした。小型、それから大型の鉄梃《バール》を使ってもびくともしない。

二人はブリッジまでもどり、見取り図を調べ、船倉に繋がるほかの入口がないか検討する。みつからない。かつては入っていけたはずなので、それが塞がれたのだろう。

諦めることなど問題外。二人はブリッジをくまなく探った。風の唸りがすさまじいので、大声で話さなければならない。怒り狂った突風が吹きつけ、飛ばされそうになる。とてつもない努力をして、床にこびりついた雪を足で剝がしていく。素早く動きたいのだが、凍えた手足がもはや自分たちのものとは感じられないような状態だった。その時点で言葉による会話は諦め、ジェスチャーで意思を伝え合うようにした。

トロール網を巻き上げるドラムの両側の床に、帯状に幅の広い磨りガラスが嵌め込まれていることに気づいた。氷のブロックのようなガラスからなる二列の細い窓が床に見えていた。ガスパールがまず考えたのは、イギリス風の半地下室の明かり取りに使うシステムだった。その前方で、マデリンが同じ形状の、だがこんどは磨りガラスでなく極細の鉄格子を張った箇所を発見した。換気窓……。

マデリンは船室まで走り、もどってきたときはバールを手にしていた。当初、ガラスブロックを簡単に外せると思ったが、それは尋常な厚さではなかった。ありったけの力を振りしぼり、それも数回くり返さなければならなかった。ガラスブロックを外すのに十五分もかかり、ぜんぶを外すには大型のバールも使わざるをえなかった。開けられた穴に、すぐ雪が吹きこんでいく。

ベルトに挟んであったバーライトを点けてから穴のひとつに投げこむ。ブリッジの床下に高さ三メートルの空間が広がった。

「ブリッジに確か縄梯子があったと思うから取りに行ってくる！」マデリンは走り去った。

ガスパールは虚ろな穴を見つめている。幻覚に襲われて気もそぞろ、血走った目つきをしていた。穴から漂ってくる魚と大便、小便の恐ろしい臭気で正気にもどされる。だれかがそこに監禁されていたこと、それは確かだった。

風の唸りに混じって、ひとつの声が聞こえたように思った。彼を呼ぶ声。もうマデリンがもどるのを待っていられない。

ジャケットを脱ぐや、穴のなかに飛びこんだ。

3

ガスパールはドシンと船底に重々しく落ちて埃のなかに転がった。立ちあがろうとして、吐き気を催す強烈なにおいに胸を締めつけられた。このにおいを、彼は知っている。死のにおいだ。彼はバーライトを拾い上げ、闇のなかを前進する。

「だれかいるか？」

唯一の応答は船を揺らす雪嵐の唸りばかり。

明かり取りの円窓はどれも塞がれていた。船倉を満たす澱んだ空気は拷問にちがいないが、船内のほかの場所に比べると湿気はそれほどひどくないように思った。ざらざらとした空気、船尾に近づくほど静寂が重苦しくなる。急に嵐が遠のいたように、どこかパラレルワールドに紛れ込んでしまったかのように感じた。

目が闇に慣れていくにしたがい、ガスパールはそこがただの船倉ではなく、船員らが魚を選別してさばく作業場だろうと思った。

ベルトコンベアや大型ステンレス製水槽、吊り上げ用フック、排水口が並んでいるまえを過ぎる。水切りラックを重ねたその後ろに、ガスパールは最初に死のにおいを嗅いだときから回避できないと覚悟していたもの、ビアンカ・ソトマヨールの死体を発見する。老境にさしかかっていたアドリアノの母親は、セメントブロックのあいだに胎児の姿勢で横たわっていた。

ガスパールはバーライトを近づけた。ビアンカの遺体はどんなものとも形容しようがなかった。膨れて水ぶくれに覆われた皮膚が光沢を放っているさまはスポンジを思わせ、崩壊がすでに始まっていた。爪は落ちつつあり、身体のほうは黄色とも黒ともつかぬ、おぞましさの最終過程を見せている。耐えがたい光景を目の当たりにして、ガスパールは動転してはならないと思う。ひどい寒さにもかかわらず腐敗臭がこれほど強烈だというのは、ビアンカがそれほどまえに死んだのではないことを示していた。検死官ではないが、彼は三週間前と見当をつける。ともかく、一か月以上ではないだろう。

暗い通路のなかをさらに進み、前後左右すべてが闇に包まれた。今や、恐ろしさと寒さが全身に貼りついていた。極度に緊張して警戒は怠らない、自分の行動に神経を集中させている。覚悟はできていた。この瞬間を二十年前から待っていた。ショーン・ローレンツの話など知るまえからとうに始まっていた何かの決着。彼の内でずっと共存していた陰と光の部分、その両者の闘いの結果を。

この数日間、予期せぬこと、驚かされることばかりが起きた。五日前パリに着いた時点で、戯曲を執筆する代わりに、洞窟探検よろしく自分の内奥《ないおう》に下っていき、そこに潜むデーモンと闘う羽目になり、とっくの昔に消えたはずの自分の特性がふたたび浮き上がってくるとは思ってもみなかった。

自分に残された力のすべてを、知力と信念を集中させた。何度挫折寸前まで追い込まれたことか、でもまだ倒れずにいる。それも長くはもたないだろうが、ともかくここまで来られた。深淵の縁まで。怪物が潜む深淵まで。怪物はなかなか死なないらしいが、彼のほうも最後の対決に向かう覚悟はできている。

「だれかいるのか？」

ふたたび闇のなかを前進する。バーライトは不良品だったのか、光が弱すぎてほとんど役に立たなくなっていた。ふいに床の傾斜がきつくなり、通路の幅も狭まった。もうほとんど何も見えない状態だった。見たというより、それらしいと推定したのは、そこに積まれた缶詰と二つの藁布団、何枚もの毛布だ。段ボール箱やらクモの巣に覆われたかご類も。

そして、それ以上前進できないところまで来た。入り組んだパイプと鉄製導管のまえに高く積まれた網にぶち当たった。

ついにそのとき、バーライトが完全に消えた。ガスパールは数歩後戻りしたところで足を止める。手探りで太い排気管が立てているかすかな風音のほうに近づく。しゃがんでから、排気管のなかに入り込むには太りすぎかと思いつつも、身体をなかに滑り込ませた。

闇のなかを這って進む。船倉に飛びおりた瞬間から、もうあの子といっしょでなければ戻りはしないと決めていた。つまり自分のこれからの人生がまさにここで定まるだろうと分かっていた。ここまで来るために、彼は自分の存在をジュリアン・ローレンツのそれにしっかりと結びつけた。暗黙の契約。年老いたポーカープレーヤーが自分のチップすべてを差しだし、千対一の自信を見せながら一世一代の勝負に出るような常軌を逸した気負いではあった。自分の内にある闇を打ち負かす光が存在するというほうに賭けた勝負。

ガスパールは暗闇のなかを這って進む。自分の重みが胸を押しつぶす。耳鳴り。ゆっくりとだが、船から離れるような感覚がした。揺れが感じられなくなり、トロール船が軋む音、その他のカタカタいう音ももう聞こえない。むしろ燃料とペンキ、湿った木の香りしかにおわない。彼を包むのは石炭のように黒い闇だけ。空気が焦土のにおいを漂わせる。そして排気管のトンネルの先に火花が見えた。暖炉の灰を掻き混ぜるときにきらきら光を放つ、あの火花だった。

その瞬間、彼は見た。

4

クタンスは雪嵐のなかを走っていた。

凍った空気が肺を焦がし、目を刺す。強風に煽られた雪片が顔を打つ。着ているのはシャツ一枚、寒さが彼を貫いて貪るけれど、今の彼は苦痛を感じなくなっていた。

彼はジュリアンをジャケットでくるんで胸にしっかりと抱いている。

マデリンは車のエンジンをかけるために先を走っていた。

灰色の大きな海鳥が頭上で旋回を続けていた。猛禽のような形相で、恐ろしく凶暴な鳴き声が耳に届く。

ガスパールは走っている。

頭を下げてほとんど男児の白い顔に接するほど近づけ、彼が与えられるものすべてを伝えたいと思う。体温、呼吸、生命。

ガスパールの行動は借り物ではない。何をすべきかを正確に分かっていた。凍りついた仮桟橋の上で足を滑らせることはないだろうと分かっていた。子供が腕のなかで死んでしまわないことも知っていた。船倉から脱出させた時点で、男児の状態も確認してあった。ジュリアンはショックを受けており、長いあいだ闇のなかにいたため目を開けることができなかったが、ビアンカが息を引き取る間際まで面倒を見ていたのだろう、死にそうな状態とはかけ離れていた。

「だいじょうぶだ、ジュリアン」彼が男の子を元気づける。

目を閉じたままの子供は、身体を震わせ歯をガチガチいわせている。

ガスパールは空いている手でポケットに突っ込んであったぬいぐるみの犬を取りだし、ジュリアンの首に押しあてた。

「もう心配ない。見てごらん、友だちを連れてきてやったぞ。ほら、温かいだろう」

ガスパールは走っている。

手の傷から血が滲みはじめた。激痛でもう両手はほとんど動かせない。それでも、彼は手を動かす。

ガスパールは走っている。

雪嵐のなか、タイヤの軋む音が聞こえた。舞い散る雪片の向こうに車が見え、マデリンができるだけ海に近づこうとしていた。浮き橋の端まで来たとき、ジュリアンが何かつぶやいた。ガスパールは聞き間違えたのかと思い、何と言ったのか尋ねる。

「パパでしょ？」子供は確かめた。

ガスパールには思い違いの原因が分かる。混乱しているうえに、自分のジャケットとシャツ、ぬいぐるみにはショーン・ローレンツのオー・ド・トワレが染みついているからだ。

彼は子供の耳に顔を近づけて誤解を解こうとしたが、口から出た思いがけない自分の言葉を聞く。

「そうだよ、パパだよ」

5

四輪駆動のおかげで、ピックアップトラックは雪の積もった街道をそれほど支障なく走りつづける。静かで快適な車内空間は外界の過酷さを和らげてくれ、厳寒が君臨する外とは天と地の差があった。ヒーター全開、静かなエンジンの唸り、音量を抑えたラジオがローカル局〈1010 WINS〉による十分間隔の交通情報を流している。

船の墓場を後にしたのが三十分前、そのあとガスパールとマデリンは一言も言葉を交わしていなかった。ガスパールはジュリアンを抱えたままだった。男児はそのまま眠ってしまったようだ。丸めた身体を父親のジャケットにくるまれた男の子は、絡まったブロンドの髪に隠れて顔は見えないが、四本指の左手がガスパールの手を握ったまま放さない。

疲れて染みる目で、マデリンはマンハッタンにある〈ベルビュー病院〉の住所をＧＰＳに入力する。現在地はインターステート九十五号線のニュージャージー州セコーカス付近。雪嵐のせいで道路の状態は芳しくないが、祭日なので交通量は少ない。リンカーン・トンネルにあと百メートルまで近づいた地点で車の流れはさらに遅くなり、わずか一車線に狭められた。左右往復をくり返すワイパーの向こうに、ニューヨーク市交通局の車が数台、塩を散布する車両を囲むように移動しているのが見えた。狭まった車線を数珠繋ぎの車が徐行する。そして、動かなくなってしまった。

さて、どうするか？　ガスパールは自問する。

彼はヘミングウェイの「わたしたちの人生における最も重要な岐路には標識がない」という言葉に思いを向けた。しかし、このクリスマスの朝、逆にガスパールは目のまえに見間違えようもなく点滅する電光標識が立っているように思う。ふたたび、幸運を見逃さぬため行動を起こさねばならないという言葉「機会《カイロス》」の意味を考える。人生でそんな瞬間があっても、彼はそれとどう向き合えばいいのか分からないままに生きてきた。滑稽なのは、この二十五年間、会話や台詞を書きつづけてきたというのに、じつは自分が対話の仕方を知らないという事実だった。今をおいてほかにチャンスはないと思うから、彼は行動に移し、マデリンに問いを発する。

「百メートルを行くあいだはまだ未来が開けていて、その後はもう手遅れになるだろう」

マデリンはラジオのスイッチを切って、問うような視線を向けた。ガスパールは続ける。

「右のマンハッタン方面に行けば、きみは第一の物語を書くことになる。このまま北に向かえば、きみはもうひとつの物語を創りだすだろう」

彼が何を言おうとしているのか理解できないので、マデリンは問いただす。

「第一の物語というのは何？」

今、ガスパールは言葉をみつけた。第一の物語は、運命にもてあそばれた三人、飲んだくれの作家と自殺志向の刑事、そして天涯孤独となった男児の軌跡を描くもの。

第一の物語では、作家と刑事はリンカーン・トンネルを通って男児を〈ベルビュー病院〉の救急医療センターに連れて行く。新聞や野次馬など飢えた連中たちのまたとない餌食となるだろう。ある家族の内輪の悲劇が公の場にさらされ、何の配慮もなしに解剖され批評される。それを土台にこんどは無責任な記事がソーシャル・ネットワークに採りあげられ、そしてニュース専門局が連日報道のネタにする。

第一の物語で、最終的に劇作家はまた山中の暮らしにもどっていき、以前よりさらに自分の殻に閉じこもるようになる。酒を飲んで人間嫌いを続け、世の中の我慢できるものをますます減らしていくだろう。朝起きることが前日よりも困難になっていく。ということで、さらに酒量を増やすのは、早くゲームを終わらせたいかのようだ。

刑事のほうは、おそらくマドリードの生殖医療クリニックにもどるだろう。あるいは、違うかもしれない。母親になりたいのは事実だが、新しい人生で支えとなってくれるだれかがいればいいとも思っている。自分が脆いことに気づいているからだ。思春期からずっとその生きにくさを欺《だま》しつづけてきたから。もちろん時期によってはごまかすことで生きられたし、他人にも自分にも、楽天家で才気煥発、安定した女と思わせるのに成功したことすらあったが、頭のなかはカオスであり、狼狽、高熱、血のにおいしかなかった。

そして男児は、まったくの未知に覆われていた。〝常軌を逸した画家〟と、何事にも過剰な母親に死なれ、さらに船倉のなかで連続殺人犯の母の手によって二年間にわたり育てられた身寄りのない子供だった。この子の人生とはどんなものか？　ほかの例にもれず、福祉施設と受け入れ家庭とのあいだを幾度も往復するようになるのは目に見えていた。精神科医の診療、見せかけの同情やら不健全な好奇心、被害者のレッテルを剝がすことは不可能だ。視線を合わせようとしない落ち着きのない目は、船倉内での暗い思い出で沈みがちになる。

ふいにもうひとつの車線が開かれた。黄色いベストを着た道路公団の係員が前進しろとの合図をすると、車が一気に動きだした。

一言も口に出せないまま、呆気にとられた表情のマデリンは、ガスパールの言葉を理解しようと努めながら彼の顔を見つめる。後ろに続く車が一斉にクラクションを鳴らす。マデリンは車をリンカーン・トンネルに向けて前進させる。ガスパールはギロチンの刃が近づくのを見つめている。五十メートル。三十メートル。十メートル。彼は切り札を出してしまった。もはや打つ手はない。

マデリンはマンハッタン方面に向かうランプウェイに入った。もし第二の物語があったとしても、それはどうせ無分別だしリスクが多すぎた。そもそも急いで決めるような問題ではないのだ。

これで終わってしまうのか、とガスパールは思った。

「第二の物語というのは？」それでも彼女は聞いてみた。

「第二の物語？」ガスパールは答える。「それはひとつの家族の話さ」

それで彼女はガスパールの目が何を意味しているのか理解した。ぼくは確信しているんだが、この子を守るにはぼくらより適切な人間はいないのじゃないかな、と。

マデリンは瞬きをすると袖で目を拭い、大きくため息をついた。それから車線を変更するため大きくハンドルを切る。ぎりぎりのところでピックアップトラックは何本かの白線を越え、プラスチック製の柵と標識を踏みつぶした。

マンハッタン方面への標識をあとにして、マデリンは渋滞を抜けると北に向かいスピードを上げた。

6

こうして第二の物語は始まったんだよ、ジュリアン。

これがうちの家族の話だ。

五年後……

ジュリアン、これが真実だ。

これがきみの話だ。うちの家族の話だ。

古いスパイラルノートに、お父さんが書き綴った話がこれなんだ。


あの朝、きみを〈ベルビュー病院〉の救急医療センターには預けず、わたしたちはそのまま北に向かって、ラーチモントの〈ローレンツ・チルドレン・センター〉、ディアーヌ・ラファエルがローレンツの絵を売って創設した子供のための医療施設まで行った。

そこできみは一か月ほど過ごした。徐々に体力を取りもどし、視力も回復した。きみが体験したことは、きみの頭のなかでかなりぼんやりとしていた。時間の観念がまるでなかったし、以前の暮らしについても、また拉致されたことについても、記憶がまったくなかった。そしてきみは、わたしを、このお父さんのことをパパと呼びつづけた。

その時期を利用して、わたしたちはさまざまな準備をすることにした。お母さんがわたしたちの法的な身分を〝正規の〟ものにした。連邦政府の証人保護プログラムで働いていたことがあったから、お母さんは充分に通用する出生証明書の偽造をだれに頼めばいいか分かっていたんだ。こうしてきみは、正規にパリにて二〇一一年十月十二日、父親ガスパール・クタンスと母親マデリン・グリーンのあいだに生まれたジュリアン・クタンスとなった。

アメリカを離れるまえ、お父さんとお母さんは〈ナイトシフト〉号が繋がれていた場所にガソリン入りの缶を持ってもどり、船を燃やした。

そのあとは、お父さんがすでにヨットを持っていたギリシアのシフノス島に落ち着いた。きみは幼年期を、キクラデス諸島の太陽の下、銀色の波と灌木林の岩だらけの地面を歩くときの乾いた音に囲まれて過ごした。

きみがあの暗闇を忘れられるように、わたしたちは、空の鮮やかな青やオリーブの木陰、ミントを利かせたザジキ（羊の乳のヨーグルトとキュウリなどで作るギリシアの前菜またはソース）の爽やかさ、タイムとジャスミンの香りをきみに味わわせた。わたしたちには、それ以外の方法はみつけられなかった。

ノートから目を上げ、家のまえの浜辺を歩くきみを見つめる。明らかにわたしのやり方は効き目があったようで、というのも、きみは星のように美しく、黒い色を怖がることがあったにせよ、健康そのものだから。

「ママ、見て、ぼく飛行機だよ！」

両手を広げたきみが周りを走りだすと、お母さんは声をあげて笑った。

二〇一六年のあの朝から五年が経った。夢のような五年間だった。お母さんにとっても、お父さんにとっても。きみにとっても新たなる人生の幕開けだった。真の意味での再生《ルネッサンス》だ。きみはわたしたちの人生に、久しく失われていたもの、軽やかさと希望、自信、意味づけを取りもどしてくれた。この文章を読む歳になったときに分かると思うけれど、わたしもマデリンも、きみが知るほど落ち着いた両親ではなかったのだよ。

しかし家族となって暮らしてみて、わたしはあることを学んだ。子供を持つことで、人はそれまで悩まされてきた邪悪さすべてを薄めることができる。世界の不条理、醜さ、少なくとも人類の半分以上が見せる底知れない愚かさ、そして群れて狩りをするような者らの卑劣さを。子を持つと、一瞬で惑星が一列に並ぶような奇跡が起こる。人間のあらゆる間違い、あらゆる迷い、あらゆる過ちが、わが子の目にある光によって埋め合わされるんだ。

一日としてあの十二月の朝に起こったことを思い返さぬ日はない。この腕にきみを初めて抱きあげたときのこと。あの朝のニューヨークは嵐が荒れ狂い、突き刺すような寒さで、わたしたちの頭上を鳥が不気味に旋回をくり返し、雪のなかで木が血を流していた。あの朝、きみを解放したのはわたしだが、わたしを救ってくれたのはきみだったんだ。

二〇二一年十月十二日
キクラデス諸島シフノス島にて

二十二番目のペネロープ

画家ショーン・ローレンツの大作がニューヨークの特別オークションに

二〇一九年十月九日（AFP通信）

有名オークションハウスの〈クリスティーズ〉がニューヨークの〝ロックフェラー・プラザ〟にて二〇一五年没のアメリカ人画家ショーン・ローレンツの大作をオークションにかける。〈二十二番目のペネロープ〉と名付けられた絵は、パリ市の古いメトロ車両全体を覆う、画家の妻でそのインスピレーションの源泉だったとされるペネロープ・クルコフスキを描いた肉感的な大作である。ニューヨーク出身のローレンツがフランスに住みはじめた一九九二年、法規に違反して描かれた作品であり、元妻クルコフスキ氏が同車両内で悲劇的な死を遂げた二〇一六年十二月まで発見されることはなかった。

事件後、パリの交通公団とショーン・ローレンツの遺言執行人で受遺者でもあるベルナール・ベネディック氏とのあいだで、絵の所有権を巡り世間の注目を集めた裁判が進められていた。

最近になって双方の歩み寄りが見られ、今回のオークションに繋がった。

関係者によれば、これまでの落札価格の記録を同作が更新することも予測されるとのこと。すでに生前からローレンツの作品には高値がついており、没後はそれが急騰していた。遺言執行人ベネディック氏は、ペネロープ・クルコフスキを描いた作品二十一点が二〇一五年の火災にて焼失していることから、今回オークションにかけられる同作品が特別な意味を持っているとつぎのように語る。「わたしの知るかぎり、この地下鉄車両は、ローレンツと元妻を結びつけていたたぐいまれなる関係を絵画にて証言するただひとつの作品でしょう」いくらか不吉な印象があるうえ、特殊な作品であるとの指摘に、美術商でもあるベネディック氏はそれは誤った見方であると反論する。

「本作品は愛と美のエッセンスを結晶させています」と評価し、「それはテクノロジーや、経済的な不条理、および合理主義に支配された時代から逃れるための作品であって、芸術と美、愛のほかに、わたしたちには何が残されているのでしょうか？」とも述べた。

典拠、記述内容の真偽について

現代美術館や画廊にてショーン・ローレンツを探さないでください。彼はわたしが好きな作品を描いた複数の画家の集合体であり、その画家たちは幸いにもローレンツほど悲劇的な運命をたどってはいません。

また、パリのヴォルテール河岸でジャン＝ミシェル・ファヨルの店および創作上の人物を探してもむだです。これについてはゲオルグ・クレマーが創設した〈クレマー・ピグメント〉社に関する記事や、その他インターネット上で読んだハーバード大学〈シュトラウス保存技術センター〉による世界でも唯一の顔料コレクションに関する記事から部分的に想像を膨らませたものです。

最後に、わたしの過去のいくつかの作品に登場した人物あるいは場所に、それとなく触れた箇所が本書中にあることに、読者のなかには気づかれた方がいることでしょう。愛読者の方々へ、わたしからのお礼を兼ねた目配せです。笑っていただければ幸甚です。

解説　〝これにてわが旅は終わる《クルスム・ペルフィキオ》〟

――愛と奇蹟に彩られたノンストップ・サスペンス

川出正樹

「二人が出会ったという偶然はまったく奇蹟に近いといってもいいだろう」
ロバート・アーレイ『ラスト・タンゴはパリで』

「たしかにその絵が存在するかどうかもわからない」
アーロン・エルキンズ『画商の罠』

クリスマスを間近にひかえたパリを舞台に、厭世的で人間嫌いの劇作家の男と心身ともに傷ついた元刑事の女が、心ならずも一つ屋根の下で過ごす羽目に陥ってしまう。男の名前はガスパール・クタンス、四十代前半のアメリカ人。戯曲作家として国際的な人気を博す彼は、新作を書くために毎年この時期にわざわざ大嫌いなパリにやって来て、エージェントが手配してくれた貸家に籠もり、自分を逆境に追いこんで執筆に専念する。女の名前はマデリン・グリーン、三十代後半のイギリス人。少し前、五年前に悲しい別れ方をした元恋人に遭遇し、癒えかけていた傷口がまた開いてしまった彼女は、警察官時代に辛い体験をしてどん底にまで落ちた際に、自らを再生・再構築するために四年間過ごしたパリを再び訪れる。自分を取り戻すための旅――この街にはそれだけの魔法があると期待して。

　そんな孤独で傷つきやすい魂を抱える男女が、不動産レンタルサイトの不手際から、同じアパルトマンを借りることになってしまう。そこはパリ六区の時の流れから取り残された聖域のような場所に建つ、急死した天才画家が遺したアトリエ。慣れ親しんだような癒しを感じさせてくれる空間に魅了された二人は、当初反発し合うものの、お互いの境遇を知り……。

　とまあ、こんな具合に物語の幕開けをざっと説明すると、まるでロマンティック・コメディ、そうノーラ・エフロンが脚本を書き監督し、メグ・ライアンとトム・ハンクスが主演を務めて、一九九〇年代に大ヒットした映画「めぐり逢えたら」や「ユー・ガット・メール」のようなエスプリに富んだ都会のラブ・ストーリーを思い起こす人がいるかも知れない。

　けれども、作者はギヨーム・ミュッソだ。失踪した婚約者の行方を追ううちに、彼女の秘められた波瀾万丈な半生が明らかになっていく、入念に作り込まれた謎迷宮のごときサスペンス小説『ブルックリンの少女』で、二〇一八年度の「このミステリーがすごい！」と「週刊文春　ミステリーベスト10」にランク・インしたギヨーム・ミュッソ。複雑巧緻なプロットと一寸先も予測出来ないストーリー展開、これでもかとばかりに繰り出されるドンデン返しで、文字通り最終ページまで読み手の鼻縻《はなづら》を取って引き回し、予想外の真相とえも言われぬ余韻でミステリ・ファンを唸らせたあのギヨーム・ミュッソだ。一筋縄で行くわけがない。

初手から読者の意表を突いてくる。凄いぞ、今回も。

ガスパールがシアトルから飛行機で、マデリンがロンドンからユーロスターで、それぞれパリへとやって来たのは二〇一六年十二月二十日の朝のこと。土砂降りの雨と労働法改革反対を訴える交通ストというダブルパンチに出迎えられた二人は、各々の事情から途中で車を降り、ずぶ濡れになりながら徒歩でパリでの住まいにたどり着く。まずはマデリンが、次いでガスパールが。そこは画家のショーン・ローレンツが、生前に妻ペネロープ、幼い息子ジュリアンとともに暮らしていたアパルトマン。一九二〇年代のアトリエ住宅を完璧に修復した、緑豊かな中央の吹きぬけパティオを囲む三層の建物に、ガスパールもマデリンも心から満足し、今回のパリ滞在が上手くいくことを予感する。だが、そんな安らいだ気持ちも、お互いの存在に気がついた瞬間に吹き飛んでしまう。「だれだ、あなたは？　うちで何をしている？」「まったく同じ質問をしようとわたしも思ってるけど」

いったい何が起きたのか。絶対に出ていかないと言うガスパールに怒り心頭に発したマデリンは、アパルトマンを貸し出した美術商兼画廊オーナーのベネディックのもとに押しかける。そこでサイトの不具合によりダブル・ブッキングされてしまったであろうことが判明するも、事態解決の見通しは立たない。しかも、彼女が元警察官であると知ったベネディックからは、ショーン・ローレンツの数奇な一生を聞かされた挙げ句、奇妙なお願い事をされてしまう。それは、一年前のクリスマス・イヴの前日に心臓麻痺で急逝したローレンツが亡くなる直前に仕上げたまま行方不明になっている三枚の絵をみつける手助けをして欲しいというものだった。というのも、それらが誰も目にしたことがない〝幻の作品〟だったからだ。
実は、二年前のクリスマスの時期にニューヨーク滞在中の一家を襲った惨事に打ちのめされてしまったローレンツは、一切の創作活動を止めていた。だが、死亡する前夜に彼は、マンハッタンから包括受遺者にして遺言執行人でもあるベネディックに電話を掛けてきて、最高傑作となる三枚の新作を仕上げた、それはパリにある、と告げたというのだ。手掛かりらしきものは、アパルトマンの金庫の中に遺されていた、彼が生前贔屓にしていたブラッスリーのマッチ箱のみ。そこには、ローレンツの手で「星たちを輝かせるときがやっと来たぞ」というアポリネールの有名な詩句が書きつけられていた。果たして絵は完成したのか？　あるとすればどこに？　そしてなぜローレンツは、彼にとっては忌まわしい場所であるニューヨークに行ったのか？

美しいものとそうでないものが混在する独創的な絵画で、人の心を揺り動かし、鷲摑みにするローレンツ。その作品を目にする者に、目眩や郷愁、喜び、安堵、怒りといった相反するさまざまな感情を想起させる天才芸術家の抗しがたい魅力に搦めとられてしまったマデリンとガスパールは、失われた遺作を求めてパリ市内を奔走する。けれどもそれは始まりに過ぎなかった。まるで想定外の事態に戸惑いつつも二人を夢中にさせた捜索行は、やがて数奇な運命に翻弄され波瀾に富んだ一生を送った天才芸術家の秘密を探る旅へと変容していく。それはとりもなおさずマデリンとガスパールが、自らの生き方の根幹をなす秘密と向き合い、欠落していたものを追い求める旅でもあった。

これは、現代芸術を巡る美と愛と、創造と破壊の物語だ。ショーン・ローレンツの元の妻ペネロープのもとを訪れたガスパールは、「芸術は火事のようなもので、燃えるものから生まれる」というゴダールの名言を思い起こす。一九八〇年代から九〇年代にかけてのニューヨークのグラフィティ全盛期に〈花火師〉というグループの一員として活動を開始し、ペネロープと運命的な出会いをして渡仏後、コンテンポラリー・アート界の寵児となった天才画家の周りには、強烈な情熱と創造の炎の犠牲となった生者と死者がまとわりついているのだ。彼に魅せられた者も彼を魅了した者も、人生を大きく狂わされていく。

と同時に、父性と母性の物語でもある。幼くして父親の元から永遠に引き離されてしまったガスパール。元の恋人との間に子供を望むも果たせなかった過去を引きずるマデリン。そしてもちろん、悲劇に襲われたローレンツ夫妻と息子ジュリアン。彼らの屈託と罪悪感、そして自己救済を望む心が事態を動かし、邪悪な存在を暴き出し、思いもよらない結末へと到る。前作『ブルックリンの少女』でも、ある人物が、「一人の子供が行方不明になるか死亡するという事件は、その家族だけを破滅させるのではない。すべてを根こそぎにし、すべてを焼きはらい、人々を破壊し、責任のありかを混乱させ、各人の落ち度を責めて悪夢に追いたてる」と述懐しているように、ギヨーム・ミュッソは父性と母性というテーマに強く惹かれている。ちなみにローレンツのアトリエが建つ場所は、ジャンヌ＝エビュテルヌ小路に設定されている。これは架空の通りだと思われるが、モディリアーニの内縁の妻でお気に入りのモデルでもあり、胎児とともに悲劇的な死を遂げた女性の名から取ってきたあたりにも、ミュッソが本書『パリのアパルトマン』に込めた思いが垣間見られて興味深い。

　こうした重めのテーマを核としながら、あくまでも愛とユーモアとエスプリに富み、ハラハラドキドキさせてくれる読後感の良いエンターテインメントに仕上げている点がギヨーム・ミュッソ作品の特徴だ。しかも本書には所謂《いわゆる》〝クリスマス・ストーリー〟としての趣向も凝らされているのだ。本国フランスでは、『その女アレックス』の作者ピエール・ルメートルをも凌ぐ人気を博し、ＡＦＰ通信によると、過去八年間ベストセラー・リストのトップを走り続け、昨年だけで百六十万部もの売上げを達成したとのことだが、それもむべなるかな。

　大西洋を挟んだ波瀾万丈の探索行の帰趨《きすう》を見届けページを閉じた後、物語が幕を開けて早々にマデリンとガスパールが目にするローレンツ邸のドアに掲げられた銘を思い起こした。〝これにてわが旅は終わる《クルスム・ペルフィキオ》〟。マリリン・モンローが終の棲家となる家の前に刻んだこの一文を選んだ作者のセンスに思わずニヤリとしてしまう。

　さて、この作品を最後にミュッソは版元をXO editions からCalmann-Lévy に変えた。その為か、本書には過去の作品に登場した人物や舞台がいくつか登場する。『ブルックリンの少女』のあの人やあの場所も出てくるので、前作を既読の方は見落とさないようにご注意を。無論、ネタばらしはないので未読でも何の問題もありません。

　なお、本書の主人公の一人マデリンは、二〇一一年に作者が超常現象《パラノーマル》要素のある恋愛小説からミステリへと舵を切った最初の作品『*L'Appel de l'ange*（天使の呼び声）』で主役を務めている。彼女が警察官を辞める羽目になった事件を扱ったこの作品が翻訳されることを願いつつ筆を措きたい。

（かわで・まさき　書評家）

S 集英社文庫

パリのアパルトマン

2019年11月25日　第1刷
2020年6月6日　第2刷
定価はカバーに表示してあります。

著者　ギヨーム・ミュッソ
訳者　吉田恒雄《よしだつねお》
編集　株式会社 集英社クリエイティブ
東京都千代田区神田神保町2-23-1　〒101-0051
電話　03-3239-3811
発行者　徳永　真
発行所　株式会社 集英社
東京都千代田区一ツ橋2-5-10　〒101-8050
電話　【編集部】03-3230-6095
【読者係】03-3230-6080
【販売部】03-3230-6393(書店専用)
印刷　図書印刷株式会社
製本　図書印刷株式会社

フォーマットデザイン　アリヤマデザインストア　　マークデザイン　居山浩二

ISBN978-4-08-760761-1 C0197